フィフティ・ピープル

FIFTY PEOPLE

チョン・セラン

斎藤真理子＝訳

亜紀書房

もくじ

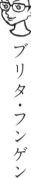

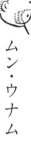

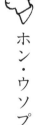

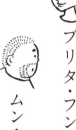

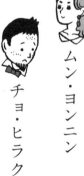

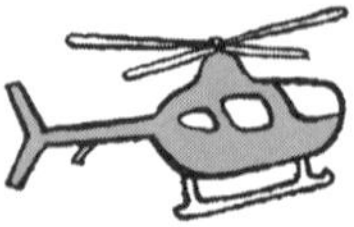

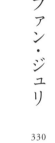

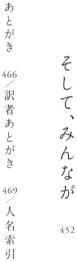

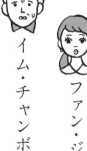

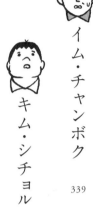

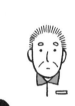

ソン・スジョン

教授の後ろで立ったまま控えていた若い医師が、上の方を向いて、頭の角度をちょっとずつ変えていた。スジョンは見抜く――あれは涙が流れ落ちないようにするためだってことを。小さなカップをぐるぐる回したって、それが大きなカップになることはないんですよ、とスジョンはひそかに思う。何年か前まではスジョンもあんなふうに、頭を回したりしていたっけ。涙《るい》腺《せん》の構造に詳しいわけではないが、スジョンが身につけた要領は、水がゆっくりと排水口を流れ落ちるところをイメージしながら、涙を飲み込むことだ。

「九月に娘が結婚するので、それまでは外出できないといけないんです」

母さんが、駆け引きと宣言の中間ぐらいにあたる曖昧さで、そう言った。

「……お式はできるだけ、くり上げた方がいいでしょうね」

気まずさを隠しきれない教授の答えが返ってきた。そのとたん、後ろに立っていた若い医師が泣き出したのだ。中学生と間違われそうなほど小柄で、子どもっぽい男性医師だ。私が泣いてないのに何であなたが先に泣くのよ、とスジョンは思ったが、そっちを見ないようにするのが一苦労だ。母さんのガンが初めてわかったころはスジョンもずいぶん泣いたが、再発を重ねた今は母さんもスジョンも、泣くより、時間を効率よく使うことに集中している。専門家ではないけれど、CTスキャンの写真を見てガン細胞にあたりをつけることだってできそうだ。誰が見てもわかる。最初は乳ガンだったのがリンパ管を伝って広がり、今は脳の方にも転移しはじめている。教授が説明のために口を開く前から、母娘には異様なほどの平常心が備わっていた。

「では、前倒しします」

胸の中で何かが素早く落下するような感じがしたが、それでも涙は出てこなかった。母さんとスジョンにはやるべきことがいっぱいあったから。母さんは病院を出るや否や、式場に電話して、もっと早い日程が空いてないか調べなさいとスジョンをせっついた。電話のむこうの担当者の混乱ぶりを察すると母さんは携帯を奪い取り、人気のない時間帯でいいから予約を入れてくれとごり押しした。

「私ね、ガンが転移しましてね、もうすぐ死ぬの」

まだ誰かを泣かせようとしてるの？　やめてよ。スジョンはまた頭痛がしてきた。もともと結婚する予定ではあったけど、母さんが主導権を握ってからは、何もかも制御不能になってしまった。誰も母さんにブレーキをかけることはできなかった。

「チマチョゴリは、ちょっといいものにしましょうね。それと、私はピンクに致しますのでね」

花嫁側の親族が赤系統を着るのは普通のことなのに、母さんがまるで先手を打つみたいにそう断言したので、スジョンは彼氏のお母さんに対してばつが悪かった。優しい性格の彼氏とそのお母さんは今までも、スジョンの母さんに振り回されるだけ振り回されてきた。いつだったかテレビで南極の砕氷船のドキュメンタリーをやっていて、それを見たら急に母さんを思い出したこともある。容赦なく直線的に突進する、そういう性格。小さいときはスジョンもずいぶん振り回されたが、大きくなるにつれて、母さんを制御できるのは唯一の娘である私だけだと気づき、世間と母さんとの間のクッション役を務めてきた。父さんも兄さんもクッションとしては役に立たなかったから。でも母さんがガンになってからは、スジョンも少々力不足だ。宗教を持たない母さんはデッドラインが近づくにつれて、昔話に出てくる、あらゆるものを貫き通す槍のようになり、少しの迷いも見せなかった。

スジョンは母さんが最後のエネルギーで稼働させているベルトコンベアに乗せられて、結婚式準備の節目節目を通過していった。母さんのせいで、ウェディングプランナーの顔のしみが濃くなったような気がする。母さんは韓国に存在するありとあらゆるウェディングドレスをすべてチェックしようとしているみたいだったし、写真スタジオについてきては、「もうすぐ死ぬの」と訴えて最多撮影カット数を獲得したし、式場に飾る花だけでもひと財産使い果たさんばかりで、フローリストには最高に派手なデザインを要求した。

「兄さんの結婚式はあんなに地味だったのに。義姉《ねえ》さんに悪いと思わない？」

スジョンはがまんしていたけれど、最後にとうとう、そう言ってしまった。

「だってさ、あのときは……」

あのときは私、死ぬとは思ってなかったもんと言いたげな母さんの顔を見ると、また負けてしまう。招待状は六百枚出すわよと言われたときも、そのうち五十枚でももらえればそれでいいやと思って、半ばあきらめたのだった。幸い、招待状にはもうすぐ死ぬということは書かずにすんだ。そのことは母さんの同窓会メンバーたちが、ファンファーレを吹き鳴らすラッパ手のごとく広めてくれたらしい。

だけど、いい面もあった。スジョンは結婚式当日の朝にも全然緊張しなかった。それは彼氏も同じだったらしい。

「僕らが主人公じゃないからね」

「だよね？」

「だよ」

スジョンはメイクアップの先生にそっと、自分より母さんのお化粧に力を入れてくれるように頼んだ。先生はふだん芸能人を担当している人なのに、母さんが、その日だけは朝出勤してくれるようにとお願いしたのだ。どう交渉したのかは知りたくない。

結婚式場はこのあたりで一等いいところだった。新婦控え室から式場の入り口が見える。それこそ盛装の限りを尽くした母さんの友人一同が、母さんと同じぐらい決然たる顔つきでドアを開けて入ってくる。あんたのために！　きれいにしてきたわよ！　と、そういう感じ。ボリュームたっぷりにふくらませた髪、真珠のイヤリング、シルクのスカーフ、螺鈿《らでん》のブローチが式場入り口にあふれ返っている。スジョンが知っている人もいるにはいたが、一面識もない人も大勢いる。母さんはその中に立って、スジョンには聞こえない言葉であいさつをしていた。結婚式のふりをしたお葬式だった。すてきなお葬式だった。

誰かが母さんのチマチョゴリをほめたらしい。母さんは古典舞踊を踊るように、ほれぼれするほど美しく片手を上げて、くるりといたずらっぽく一回転してみせた。

さらららん。

たぶんそんな衣ずれの音がしたんじゃないだろうか。そのとき、自分でも気づかないうちに思いがこみ上げてきて、スジョンは泣いた。後でこの日を振り返るとき、母さんが回ってみせたあの姿を思い出すだろうと、スジョンの涙腺がスジョンより先に判断したのだろう。ああ、もう、どうしたら。彼女は手袋でそっと目元を押さえた。

だけど悪くないじゃない、とスジョンは思った。母さんの強引さも、毎日のお決まりだったあの意固地さも、さらららんというあの衣ずれとともに思い出になるのだと、思えたから。

イ・ギユン

その男性は五十六回も刺されて搬送されてきた。運び込まれるとすぐ心臓が止まったので、ギユンは彼の体にまたがって心肺蘇生術を始めた。出血がひどすぎて、血が血のように思えない。損傷部位からこぼれ出た飯粒を見て初めて実感が湧いた。飯粒は半分ぐらい消化されている。本物の血だ。本物の人間だ。すぐに忘れる。感覚が鈍くなってる。

「開胸する。心臓マッサージ、行くぞ」

患者の心臓が三度目に止まったとき、外傷外科のフェロー（フェロー、レジデント、インターンについては四六五ページを参照）の先生が指示した。とうてい蘇生しそうにはなかったが、二人は胸部を切開して心臓を直接マッサージした。みんな、この先生のことを裏では、「心マ愛好家」と呼んで笑ったりしていたが、救急治療室が血の海になるまであきらめないという点では尊敬できる先輩だ。「最後の最後まで」――いつだったか、乾いた唇で彼がそう言ったのを思い出す。その一言はギユンの唇にも感染していた。

「どうやったら人が人を五十六回も刺せるんでしょう?」
すっかり青ざめたインターンが尋ねる。ギユンは救急医学科の一年目のレジデントだ。このインターンよりたった一歳年上でしかないが、ギユンもこんなにいっぱい刺された人を見たのは初めてだ。向こうでは警官たちが待っている。床に流れた血のせいで、はきものがつるつる滑る。

「一般人なんでしょうか?」

「わからない」

「刺青はなかったですけど……」

このインターンは知らないのだ、ギユンにもそれなりの大きさのタトゥーが二、三個入っていることを。腕には静脈注射の位置を丸で示すいたずらっぽいタトゥーがあり、わき腹には子どものときに好きだったトカゲのキャラクターが入っている。最近じゃ、タトゥーぐらいで一般人とやくざを区別するのは難しい。今の時点でこの男性についてわかっているのは、夕飯を食べたということ、その飯粒がすっかり消化されるまでの間に刺されたということ。ギユンは白衣を着替えて手を洗い、半分ぐらい消化された飯粒の感触をもう一度思い浮かべる。忘れるだろう。来週ぐらいになればね。

救急医学を志す者たちはえてして、生まれつきアドレナリンに弱い脳を持っている。体内のものに中毒して生きていくのは、体外のものへの中毒よりましなのかどうか、ギユンはときどき心配になる。ギユンの人生はいつも、常にアドレナリンに支配されてきた。二、三歳のころに高い階段から飛び降りたときも、六歳のころにすごい急傾斜の雪道でそり遊びをしたときもそうだった。もっともっと刺激が、はらはらするような危険が欲しかった。何度かのギプスも、あっちこっちにできた傷跡も、ギユンを止めることはできなかった。いっそアルコール依存症や麻薬中毒だったら、みんな理解してくれたかもしれない。けがばかりしてはまわりの人をいらいらさせた。何て子どもっぽいんだと言われたが、ギユンは自分の問題が何なのかはっきりと知っていた。アドレナリンのせいだった。いつだって。

ギユンが大学のときに入っていたスノーボードサークルの名前は「アドレナリン・ジャンキー」だった。それよりぴったりの名前はなかっただろう。もしも三年生のときにスノーボードの事故で十字靭帯を切らなかったら、ずっとエクストリーム・スポーツで欲求を満たしていたことだろう。冬はスノーボード、他の季節はＢＭＸに乗っていた——死んだ人の靭帯を膝に移植するまでは。その手術のために入院したとき、病院や手術がとてもかっこよく思えたのだ。麻酔から覚めて、これこそエクストリームだなと笑った。生命工学を専攻していたので、他の学生より転部が容易だったのはラッキーなことである。インターンを終えたとき、外科と救急医療科とで悩んだが、アドレナリンがいっぱい出そうなのは救急医療科の方だったから、長くは悩まなかった。

今週は妙に追われまくりの週だった。五十六回刺された男が運ばれてきたのが月曜日で、木曜日には、首を切られて二百七十度の角度に曲がってしまった女性が運ばれてきた。女性というより、女の子だ。残酷な事件をありったけ経験してきた救急治療室の救急救命士が首を押さえていた手を離したとき、みんな身の毛がよだってしまった。ギユンは希望なき心肺蘇生術を試みた。すでに出血多量だった。最後の最後まで――明らかに死んでいる患者の肋骨が折れるまで試みたが、無理だった。今回は、開胸心臓マッサージまでは行かなかった。

「……のこぎりか？」

ギユンは、切れてぐらぐらしている首を最後に見おろした。

「いえ、ケーキナイフだそうです」

まだそばに立っていた救急救命士が説明してくれた。

「プラスチックナイフで、そんなことが……」

「そういうのじゃなくて、金属のナイフだったんだよ」

インターンが間抜けなことを言うのでギユンはため息をついた。女子インターンはすみっこのゴミ箱のところに行ってそっと嘔吐していたし、男子インターンはちょっと泣いている。首を切られるにはあどけなさすぎる顔だった。ギユンは着替えられるものは全部着替えたが、はきものは洗濯業者に任せるしかない。中敷きが汗だか血だかに濡れてびしょびしょだ。よりによってメッシュ素材のスニーカーなんか買ってしまったことが悔やまれる。

一息ついていると、緊急度の比較的低い患者が待機しているイエローゾーンに、ひっきりなしに頭を振っている患者が見えた。

「あの、頭ぐるぐるして踊ってるおじさんは酔っ払い？」

「いいえ、耳に何か入ったらしいんです」

もう泣きやんでいたインターンが答える。ギユンは耳鏡を持って患者に近寄っていった。長く待たされた患者は疲れた顔をしている。耳鏡で患者の耳の中をのぞいた瞬間、ギユンは息を呑んだ。

蜂。

生きた蜂がいる。生きた蜂と目が合った。

耳から小さな虫を取り出したことはあったが、こんなに大きい蜂は初めてだ。ギユンはびっくりしていることを患者に気づかれないように努力しながら、落ち着いて、局部麻酔薬を持ってくるようにとインターンに言った。

「ちょっとお辛いと思いますが」

生きている蜂を殺すのは気の毒だが、仕方ない。蜂が麻酔薬で溺死するまでしばらく待ち、それから取り出す。二時間も待ったという患者には申し訳ないことだったが、耳の中に生きた蜂を入れて二時間も待っていられるなんて、めったに見ない、できた人だよなあ。ギユンはおわびの印に、小さな容器に蜂を入れて彼に渡した。いくら思い返しても、あれより早く処置してあげられる余裕は明らかになかったが、それでも、ご苦労様でしたと心の中であいさつしながら。

「ほお」

蜂に刺されて耳の中が痛いだろうに、患者は不思議そうに笑った。こんなに大きな奴が入っているとは本人も思わなかったらしい。容器をそっと揺らして見ているうちに、気が抜けてしまったようである。インターンたちも蜂を見に集まってきた。

そのあとは小さな案件ばかり。赤ん坊たちに解熱剤を打ってやった後、セックス中にバナナを使用して取り出せなくなった夫婦が来たのに続き、オートバイ事故多数、自転車事故も一、二件、それからうんざりするような酔っ払いたち。

ギユンはちょっとインターンに救急治療室を任せて何か食べることにした。心肺蘇生術をやった後はいつも腹がへる。アドレナリンの波が通過した後の空腹は耐えがたい。院内のコンビニでハンバーガーを買った。電子レンジで温めたハンバーガーを食べながら、ギユンは思った。

次の当直の日にも人がたくさん来るといい。どうせなら助けられる人の方が多いといい。遊園地みたいだ。ものすごく惨憺《さんたん》たる遊園地だけど、それでも遊園地みたいだ。

アドレナリン・ジャンキーは満足だった。

クォン・ヘジョン

「クォンさん、ポールダンス習ってみないか?」

整形外科の教授がそう言ったとき、ヘジョンは耳を疑った。患者たちからぶしつけなことを言われた経験は多々あるが、こんどはこっち方面からかと思った。ヘジョンが知っているポールダンスは、アメリカ映画に出てくる、ストリップクラブのダンサーが逆さ吊りになって服を一枚ずつ脱ぎながら踊るものだったから。

「腰が悪いんでしょ?」

「……悪いですけど」

「病院の近くにポールダンスのスタジオができて、私も先月から習ってるんだけどね、すごくいいんだよ。体幹の筋肉を鍛えるのに、こんなにいいものはないですよ」

それを聞いて、別の意味でちょっと驚いた。五十代男性の整形外科教授がポールダンスを習っているなんて。ヘジョンはそのようすを思い浮かべてみようとしたが、容易ではない。そうぃえば去年はピラティスをやってると言っていた。新しい運動をあれこれ試すのが趣味らしい。ポールダンスかあ……発祥がストリップクラブだというのは気に入らないけど、そんなこと言ったら、ピラティスだってもともとは囚人にやらせた運動だっていうから、どっちもどっちかな？　いや、ちょっと違うかな。とにかくヘジョンは小さいころ鉄棒がけっこう好きだったし、そのうえ腰の問題がだんだん深刻化してきたので関心が湧いてきた。オフの日の夕方に見学に行ってみると、施設もいいし、おもしろそうだ。幸い、ヘジョンが申し込んだのは整形外科の教授とは違う時間帯だった。

初めのうちは皮膚がひどくすりむけたし、筋力が不足していたので、レッスンの中盤まで来るともう辛かった。ポールに押しつけていたところも、床に落ちてぶつけたところもあざになる。割引率の関係で三ヶ月コースに登録したことをヘジョンは後悔したが、それでもやめなかった。根気はある方なのだ。根気がなかったら、大学病院で五年も頑張れなかっただろう。

ピーターパンのポーズができるようになると、すぐにスーパーマンのポーズもできるようになった。スーパーマンのポーズは際限なく変化していく。プランクのポーズもいろいろできるようになった。新しく習う技にはきりがなかった。鳥の名前、甲殻類の名前、知らない国の名前がついた技の数々。いちばんおもしろいのはやっぱり、スピンだ。エンゼルスピン、ファイアーマンスピン、フェアリースピンをやるのは楽しかった。技と技のつなぎもだんだんスムーズになってきた。やがてヘジョンは、同僚の看護師たちにポールダンスを勧めて回る側になっていた。

そんなヘジョンだから、二十九歳の最後の日に、友だちと一緒に夜景が一望できる最上階のクラブに行ったとき、そこに設置されていたポールを見逃すわけにいかなかった。十二月三十一日は誰もがちょっと無防備になる日だし、シャンパンは思ったより酔いが回る。ポールはずっと空いていて、それを見ると急にものすごくやりたくなったのだ。「あたし、あれ、うまいんだよ！　みんなに見せてやろう！」という単純な気持ちで喜んでバーカウンターの上に上がっていった。誰も止めなかった。チャイニーズスプリット、プラウン、アレグラ、ヘリコプター、タイタニック、ロケットマン、ジャガーをやった後、パワースピンで一度回っておりてきた。音楽もポールダンスにぴったりだった。DJがわざわざ選曲してくれたのである。途中からお客さんたちが集まってきて、最後は照明がガンガンに当たっていたが、全然気にならない。友だちが拍手してくれた。お客さんたちも大喜びで歓声を上げている。三十歳はこんなふうに迎えたかった。楽しいいたずらだった。その日は笑いすぎて声が枯れるほどだった。

まさか予想もしていなかったのは、そのとき大勢の人がヘジョンのポールダンスを撮影していたということ。近頃のスマートフォンのカメラは性能がよくて、ヘジョンの顔がばっちり写っていた。その上ちょっと露出度も高かった。いつものジャージ姿ではなかったので、ボタンが外れて下着が見えているのにも気がつかなかった。初めのうちヘジョンはそんな動画の存在すら知らなかったのだが、患者たちがだんだんヘジョンに気づきはじめた。患者から病院のスタッフへ、スタッフから患者へ。ただでさえ医療関係者だというだけで厳しい目にさらされているのに何であんなことしたの、と同僚たちに叱られた。変な目で見る方が悪いんじゃないの？　何でやられた方が注意しなくちゃいけないの？　腹の中ではそう思ったが、反論できなかった。

正式な懲戒があったわけではない。急な人事異動が発令されただけである。ヘジョンは突然、整形外科から新生児特定集中治療室に所属が変わった。新生児、しかも病気の新生児たちはヘジョンに気づきはしなかったが、その代わり、ヘジョンがとても受け入れられない比率で毎日、毎日、死んでいくので、めっきり涙が増えてしまった。かつて経験のないほど憂鬱になり、ポールダンス教室にもしばらく通えなかった。ポールダンスを最初に勧めてくれた整形外科の先生と廊下で鉢合わせしたが、ヘジョンの方が先に目をそらしてしまった。

生まれてからたった四日しか経っていない赤ちゃんが死んだ日のことだ。母親も意識不明という噂が流れていた。一人のインターンが廊下で泣いていた。病院のあちこちに置いてあるティッシュは固くて埃が出るタイプのものばかりだ。ヘジョンはポケットから柔らかいティッシュを出し、何枚か抜いてインターンに差し出した。小柄で、白衣がだぶだぶのインターンだ。インターンは鼻をかむと、ヘジョンを見上げた。

「あ、」

インターンがヘジョンに気づいた。この若僧もあの動画を見たのか。背筋がぞわっとする。

「僕もあれ、習いたいんです」

「はい？」

「僕、生まれてから腕相撲で勝ったことないんです。でもあれを習えば……」

子どもっぽく見えるインターンの顔に浮かんだ表情が作りものだったのかどうかはわからないが、ほんとに純粋に感嘆していたようなので、ヘジョンは拍子抜けした。

「救急治療室の先生の一人もエクストリーム・スポーツのマニアなんですよ。病院って、そういうのお好きな方が多いですよね」

あ、とこんどはヘジョンが小さく声を漏らした。このインターンはあれをエクストリーム・スポーツと思ってるんだ。実際、ポールダンスの本質はエクストリーム・スポーツに近いかもしれない。ヘジョンも忘れていた言葉だけど。またスタジオに登録に行こうとヘジョンは決心した。体がうずうずしてくる。

「腕相撲、やってみます？」

「あなた、よく、空気読めないって言われるでしょ？」

インターンがまだ涙の残っている目で笑った。二人は夜明けのベンチで腕相撲をした。インターンがわざと負けてくれたのかどうかはわからないが、ヘジョンが勝った。

チョ・ヤンソン

ヤンソンが買った包丁ではなかった。たぶん、前に住んでいた学生の誰かが置いていったのだと思う。流し台の内側の包丁立てに差してあったのだが、カビが生えていたので、ヤンソンはそこを使っていなかった。他人が置いていった刃物を使うのはちょっと嫌だから、放っておいたのだ。何に使う包丁なのかもわからない。刃わたりが二十五センチぐらいあって普通の包丁より長かったが、幅は狭く、鋸目《のこめ》がついている。

「パンナイフじゃない？　うちのお店にもそんなのがある。もう少し長いけど」

ベーグル屋でアルバイトを始めたスンヒがそう言ったとき、あ、そうだなと思ったがすぐに忘れてしまった。最近のスンヒは、日に一食は必ずベーグルだから家ではパンを食べなかったし、二人で暮らしはじめてからはケーキを買うこともなかった。いつからか誕生日のごちそうも準備しなくなっていたのだ。実際、ヤンソンがふだん使っていた包丁は、切れ味の悪い果物ナイフ一本だけである。それで料理も作れば果物の皮もむいていた。母娘二人の台所はシンプルだった。

　ヤンソンはスンヒを、今のスンヒの歳で産んだ。十七歳。夫のソンシクは家にしょっちゅう来る兄さんの友だちで、声が大きくて闊達だった。何だかんだで子どもができてしまったが、それも悪くないと思っていた。あんなに太っ腹でよく笑う人とならやっていけるだろうと。単に、他の人よりちょっと早く家庭を持っただけだと思っていたのだ。周囲のあちこちからお金を集めて始めた引越し屋はすぐに軌道に乗り、初めの何年間かは仕事も多かった。ヤンソンは社長夫人ぶって奥様どうしの社交などはせず、夫と一緒に現場に行ってまじめに掃除などを担当していた。

　問題はソンシクが金に慣れてからのことである。金遣いが荒くなり、賭場にもしきりに出入りし、女もできた。よくあることだと気づくにはヤンソンは若すぎたし、無為無策だった。ソンシクはときどき、どこで出会ったんだかもわからない若い女の引越しをヤンソンに内緒で無料にしてやったり、その家に額を設置してやらなきゃいけないだの、何だのと言っては夜中に出かけた。そんなありさまだったから事業は間もなく傾き、スンヒが小学校に上がるころには引越し屋をたたまなくてはならなかった。ソンシクは他の仕事を転々とし、ヤンソンも一生けんめい働いたが、結局、借金のためにスンヒが中学校のとき書類上の離婚をした。しばらくは一つ家で暮らしていたが、書類上の離婚が本物の離婚になるまでに長い時間はかからなかった。

スンヒはうんざりしているようだった。父親に、母親に、そしてその二人から生まれた自分自身に、引越すたびに狭く、また汚くなる家に、遠くなる学校に、減る一方の小遣いに、とげとげしい言葉を投げつけ合う級友たちに。うんざりしているのはヤンソンも同じだった。ストレスのため、この若さで関節リウマチになった。今は別の引越しセンターに勤めているが、あまりに疲れるので毎日は出られず、一日おきに働いている。三十四歳のヤンソンには、鏡に映った自分が四十四歳に見え、心の中身は五十四歳じゃないかと思っていた。二人で暮らしはじめてから母娘は互いに、うんざりする思いを爆発させずにすませる方法を苦労して学んだ。去年が最悪で、今年は少しましだと思っていた矢先のことだった。

出前が来たと思ってドアを開けたスンヒを男がつかまえ、ぐっと押しながら家に入ってきたとき、ヤンソンは驚いて立ち上がった。スンヒが苦しそうな顔で一瞬振り向いたときになって、娘がつきあっていたことのある男だと気づいた。男は二十代初めぐらいの年代に似合いそうな服を着ていたが、よく見るとヤンソンと同じくらいの年齢である。スンヒにちょっと腹が立ったが、怒りはすぐにおさまった。やけになってこんな男とつきあったのだろう。ヤンソンもその年齢で失敗したのだから。ヤンソンは娘の硬直した後ろ姿を冷たいあきらめの心情で見やった。何てばかなんだろう、私に似て。

男は、どっちつかずに下がって見ているヤンソンを見て見ぬふりをしながら、スンヒに向かって何か叫んでいた。離婚してくるから絶対に別れないでくれと、すがるようにして怒鳴っていた。妻子持ちだったのか。この手の男たちが、ふたの開いたマンホールのように人生のあちこちに潜伏していて、若い娘たちを呑み込む。若くて、頭の悪い娘たちを。もちろん、若いときに賢い人間は多くない。ヤンソンはそろそろと這い進む要領で二人の方に近づいていった。男が怒鳴ろうが何をしようが、スンヒの決心はもう固まっているらしく、きっぱりと拒絶している。そうだわ、あんたは私よりはましでいてくれなきゃ――私よりは。ヤンソンはちょっとほっとした。

「いいから出てってよ。何よ、人の家でこんなことして……」

そのときだった。男が肩でヤンソンを押しのけて、流し台の下の棚を開けたのだ。包丁の柄が見えた。そこにあることも忘れていた包丁の柄が。ヤンソンはスンヒをつかまえてドアの方へ向かったが、男が後ろからスンヒのもう一方の腕をつかんだ。お母さん、とスンヒがしがみついたが、男はスンヒをむりやり半回転させた。まるでヤンソンが知らないダンスの動作みたいに。スンヒが力なく半円を描いて男の懐に抱き込まれると、男はそのナイフでスンヒの首を掻き切った。あまりに素早く、あまりに深く。

ヤンソンは、男が血まみれになって家を飛び出した姿を見ていない。そんな暇はなかった。台所の手拭きタオルでスンヒののどを押さえようとしていたから何もできなかった。タオルは何の役にも立たずびっしょり濡れてしまい、ヤンソンの指は焦るあまり、なぜかしきりにスンヒののどに食い込んでしまう。娘の顔はまっ青だった。ヤンソンは悲鳴を上げた覚えがなかったが、隣の部屋の人が代わりに通報してくれた。

ひょっとしたら、とヤンソンは思った。大通りに出て角まで行けば大学病院だ。部屋代が安いのはけたたましいサイレンの音が朝まで続くためだとは知らずに借りた家だった。病院がこんなに近いんだから、どうにかなるかもしれない、ひょっとしたら。何とかしてスンヒを助けてくれるかもしれない。たった五百メートル行けば病院なんだもの。どうにかしてあそこまでたどりつくことができれば。

スンヒがいつまで生きていたのか、今となってはわからない。ヤンソンにだけ、生きているように見えていたのかもしれなかった。ヤンソンはスンヒの血で濡れたまま救急治療室に立っていた。立っていたが、いつからか座っていた。人々が声をかけたが、ヤンソンは長いこと何も言えなかった。

あのナイフ。捨てておけばよかった。さっさと捨てなきゃいけなかったんだ。ヤンソンが口を開いてそう言ったとき、誰も聞いていなかった。

キム・ソンジン

去年は救急治療室詰めだった。主として、酔っ払って暴力を振るう人たちへの対応だ。彼らは酔って喧嘩して負傷したり、転んで負傷したりして、とにかくめちゃくちゃな状態でひっきりなしに押し寄せてきては、医師や看護師を押しのけたり、げんこつを振り回したりする。腕を骨折してやってきたある患者が、折れてない方の腕で救急治療室の医師の頬骨を陥没させたおかげで、ソンジンの会社は派遣人数を増やすことができた。ソンジンはこの病院で保安要員として働いて二年目になる。給与は最低時給より若干高めという程度だ。働いてる時間より待機時間の方が長いのだから当然だと、会社の人は押っかぶせるように言う。どう考えても、こんな金額でやるには危険すぎる仕事だ。保安要員といえば聞こえはいいが、要するに外注の暴力対応係だ。病院の職員がけがをしたら困るので、代わりに殴られるのが主な業務である。

英語はそんなにできないが、いちばん美しい単語を選べと言われたら「ローテーション」だと思う。重大なストレスのかかる仕事を一人に長くやらせておくと退職者が増えるばかりなので、会社ではローテンションの変更がしょっちゅうあった。もう耐えられないと危機感がつのりだすころ、ローテーションは組み替えられる。もうこの病院以外に行きたいと思っていたら、この前のローテーションで九階担当になった。九階には消化器内科と精神科の閉鎖病棟がある。消化器内科は平和なことこの上ない。精神科の閉鎖病棟は、何の表示も出ていない金属製のドアの中にある。備品室か何かのようで目立たないが、ドアを開けるとたくさんの病室と当直室と事務室が秘密都市のように隠れているのだ。病棟の入り口に表示を出していないのは、同じ階を利用する患者たちに不安を感じさせないためらしい。

実際には、閉鎖病棟もそれほど悪いところではない。もっと重症の患者は大学病院ではなく、長期入院に適した病院に行くから、短期入院の患者がほとんどなのだ。うつ病患者、青少年患者、短期入院の認知症患者が多い。消化器内科ほどではないが、それなりの平和を維持しており、ソンジンが呼び出されることはめったになかった。ソンジンはワンシーズンずっと、待機だった。

消化器内科と精神科閉鎖病棟の間を行ったり来たりしながら、雨のしずくの跡がいっぱい残っている窓の外を眺めるのが主な日課だった。窓の外の、どう見ても洗練されているとはいえない市街地を見おろす。誰が見ても、この都市の育っていく方向には何の計画性もないことがわかるような、美しさのかけらもない風景だ。ソンジンはよく、目の前のすさんだ景色を消去して、この前行ってきた旅行先でのイメージの断片を呼び出した。そのうち一ヶ所を選べと言われたら、アムステルダム。やっぱりアムステルダムだ。

　去年、一週間の休暇をもらってヨーロッパに行った。生まれて初めてのヨーロッパだ。みんな大学時代に行くと言うけど、ソンジンは二十代の終わりになってやっと、かの地に足を踏み入れたのだ。オランダ航空のチケットを六ヶ月前に最低価格で買い、屋台の食べものだけ食べ、カウチサーフィン（インターネット上の無料国際ホスピタリティ・コミュニティ。サイトに登録した人の家に食費など実費のみで宿泊させてもらえる）をしながら移動した。ヨーロッパの旅に一週間は短い。ロンドン、パリ、アムステルダムに行ったが、アムステルダムがいちばんよかった。ソンジンは同性愛者で、旅行中に特に誰かとつきあおうとは思っていなかったが、おもしろ半分で同性愛者のためのデートアプリを入れていた。英国では老年期に近い中年男性からぽつぽつと呼びかけがあり、フランスでは反応がなかったが、オランダでは爆発的にポップアップウィンドウが反応した。ソンジンは思った——性的嗜好ほど重層的な差別意識が鋭く現れるものがあるだろうかと。アジアの男をまったく同じように欲望し、愛する準備ができているのはオランダだけだった。何ていい人たちなんだろう。

　将来いつか、アムステルダムで……そんな想像をするときにも、家というものを思い描くことはなかった。家じゃなく、ボートハウスぐらいなら想像がつく。あまり大きくなくていい、小さな船に屋根だけついていればいい。ふだんは運河で過ごし、夏に橋が開門したら海に出る、そんな生活がしたい。旅行期間が短すぎたし、臆病風にも吹かれたしで、誰にもデート申請はできなかったが、次は恋人ができるかもしれない。ソンジンの心ははるかな土地、遠い日々へと飛んでいく。ちょうど九階から見おろす風景の向こうの端には、何年か前に無理に造られたが、一日じゅう見ていても船が通らない運河の端っこが見えた。ソンジンの頭の中で、運河とそこに浮かぶボートと、まだ顔も知らない恋人は日々、そのディテールを豊かにしていく。そしてコールが入ると、一瞬にして飛んでいってしまう。

すさまじい患者が一人、閉鎖病棟に入院して、ソンジンの平和は砕け散った。春から夏にかけて、窓のガラスが温もり、そこにくっついていた花粉が雨に流されてどこかへ行ってしまうまで続いたソンジンの休息時間は、一夜にして終わりを告げてしまった。

二十歳過ぎぐらいのやせた患者だった。どこからそんな力が湧いてくるのか、派手に暴れるので、入院時だけでもソンジンを入れて四人の保安要員が呼び出された。精神科には、暴れる患者を抑えるための「技士さん」と呼ばれている契約職の保護士（看護師や看護助手を補助する人）が二人いるのだが、さらに人手が必要だったのだ。その患者はもがいた末、ソンジンの肩に噛みつきさえしたが、幸いなことに服の上からだった。救急治療室で手のつけられない修羅場をさんざん見てきたソンジンも、成人男性に噛まれたのは初めてである。結局患者は初日からベッドに縛られてしまった。多くの人々が誤解しているのとは異なり、閉鎖病棟でも、隔離や拘束は頻繁に行われることではない。患者の人権はデリケートな問題だからとても神経を遣っているのだと、准看護師が疲れた顔で言った。

「普通は縛らないんですよ」

その日からソンジンはほぼ毎日、日に何度も呼び出されるようになった。そのうちに、精神科の職員が事務室の中に椅子を一つ割り当ててくれた。そこに座っていると、いろいろな話が聞こえてくる。

「反社会性パーソナリティ障害ですってよ、カン・ハンジョンさん」

「そうなんだ？　パーソナリティ障害は、ほんと大変だよね。長くいることになりそう」

「お母さんとお姉さんをずっと殴ってたんだって……」

「あの日一緒に来たお父さんは、ちゃんとした人に見えたけどな」

ソンジンはスマートフォンでそっと、パーソナリティ障害を検索してみた。長い説明を読んでいくと、結論としては脳の問題ではないと書いてある。脳には異常がなく、他の医学的な原因があるわけでもなく、性格自体が変に固まってしまったのをパーソナリティ障害というようだ。長期間かけて固まった性格をいったいどうやったら治せるのだろう。

その患者、カン・ハンジョンは薬の効果が切れるたびにほとんど動物みたいに泣き叫び、他の患者まで不安に陥れた。うつ病で入院している患者がハンジョンの遠吠えに驚いて食事をひっくり返し、海苔のふりかけがパーッと床に散らばる。統合失調症の患者は幻覚がひどくなり、ふりかけをサクサク踏みながら病室を歩き回っている。ある認知症のおばあさんが、隔離されて縛られたその青年を自分の夫だと主張して看護師にむしゃぶりつく。病棟の雰囲気ってこんなふうに、一瞬で変わってしまうんだな。

ハンジョンのうなり声がようやく止まったのは、明け方に、縛られたままベッドで大便をしてからのことだった。彼にとってもそれはショックだったのか、凶暴だったのがすっとおさまった。とはいっても、二時間に一度ずつ壁を蹴り、口にもできないような汚い言葉で看護師を罵倒し、いくつか器物損壊をする程度におさまった、という意味である。精神科のスタッフは、そのぐらいではまばたきもしないほど熟練している。ソンジンと技士さんもだんだん呼吸を合わせるのがうまくなり、制圧時間はしだいに短縮されていった。

暴れてみても自分が損するだけだと悟ったハンジョンは、戦略を変えた。おとなしくしておいて、電話をさせてくれと哀れっぽい顔で頼むのだ。最初は母親に電話していたが、母親は、電話の向こうで声が震えているのを聞いただけでも息子と一緒に治療を受けた方がよさそうな人である。双方ともに泣きじゃくるだけで電話は終わった。母親では突破口にならないと考えたのか、こんどは姉に電話をかけはじめたが、姉の方は三回に一回、四回に一回、五回に一回……と、電話に出る頻度がしだいに減っていく。賢いなとソンジンは内心思った。最後の選択肢は父親だったが、それもまた見ものだった。

「俺をこんなところに閉じ込めるなんて！　訴えてやる！　それで何もかもしゃべってやるぞ！　賄賂まみれの悪徳公務員だってこと、俺が全部、ぶちまけてやる！」

どこまでが事実かははっきりしないが、ハンジョンが電話できるチャンスはそれでおしまいになった。それとともに、相対的に見ておとなしかった時期も終わりを告げた。卓球をしているときに二歳年下の女性患者の長い髪をひっつかんだのである。女性患者は悲鳴を上げた。素早く引き離すことは引き離したが、一握りの毛髪が抜けることまでは防げなかった。ソンジンは思わずため息をついた。卓球台が遠くに押しやられている。ボールを追って目を動かすだけでも患者が安定するというので奨励されてきた卓球だったが、あの事件以後、ボールが弾む音を聞くことはなくなった。何もかも、ご破算だ。

精神科の人々もソンジンも、ハンジョンの次の一手を予想することはできなかった。それは技士さん一人がお昼を食べに行き、ソンジンがちょっとトイレに立ったときに起きた。閉鎖病棟の入り口は当然二重ドアで、強化ガラスで遮《さえぎ》られた事務室からコントロールできるようになっている。本来なら起きるはずのない事故だったが、事務室の換気システムが故障したのが悪かった。ファンを直してくれと何度も要請したのに、病院の総務はもうすぐ交換の時期だからがまんしろと回答するだけだったのだ。そのため、少し早めに昼ごはんを食べに行って戻ってきたある看護師とインターンが、空気が澱《よど》んでいると言ってドアを開けていた。ハンジョンはそのチャンスを逃さなかった。よりによって、そこに残っていたのはいちばん年配でいちばん腕力の弱い技士さん一人だけだった。技士さんが気づいたのは、もうハンジョンが事務室のドアを押し開けて入ってきた後だった。

そして、看護カートの上にははさみがあった。

よく切れるはさみではなかったし、重いものでもない。ばんそうこうやラベリングテープを切るのに使っている、軽くて鈍い文具用のはさみだ。それでもはさみははさみである。ソンジンがトイレから戻ってきたときには、インターンが床に投げとばされており、看護師が何とかして非常ブザーのある側のデスクに行こうと、すきをうかがっているところだった。

「ドアを開けろ。開けないと、これで、のどを切るぞ」

小さなはさみでは他人への脅威にはならないと判断したのか、自分ののどにそれをぴたりと当てて、彼はそう要求した。寝間着とスリッパ姿でどこまで逃げられると思っているのかわからないが、やってしまってもおかしくはない。幸いハンジョンは、仕切りの向こうにある給湯室と職員用出入口に気づいていない。ソンジンがトイレに行ってきたそのドアだ。ソンジンは、給湯室にいつも置いてある果物ナイフ、患者が持っているはさみよりはずっと鋭いあのナイフが今日も引き出しに入っているかどうかをひそかに確認した。状況がもっと悪くなることだってありうる。仕切りからそっと頭を突き出してみると、ほとんど泣きそうなインターンと目が合った。インターンの目が「どうにかしてください」と訴えるのに軽くうなずいた。凶器を持った相手と、マンボのステップを踏まなければならないらしい。ソンジンは思った——こんなことをするには、俺のもらっている金は少なすぎると。

仕切りから飛び出していって手首をつかんだ。ぐっと力をこめるとはさみは落ちたが、例によって歯をむき出して向かってくる。殴ってやりたかった。ほんとに殴ってやりたかった。どこの息子か知らないが、殴ってしまいたい。だがソンジンは軽い足どりで向き直ると彼の首に腕を回した。その間に技士さんが走っていって非常ブザーを鳴らし、他の保安要員を呼び出した。看護師とインターンがハンジョンの足を押さえてくれた。

家族と最後に会ったときのことが脳裡に浮かんだ。ハンジョンの首を押さえているとき、なぜかあのときのことを思い出したのだ。みんながソンジンを異常だと言った。精神病院に行くべきだと言った。今この瞬間を家族に見せてやれたなら、説明できたなら、伝えることができたなら――ソンジンがどんなに正気かということを。こんなに明らかなことなのに。

ソンジンの次のローテーション変更は、ハンジョンの退院より早かった。

チェ・エソン

いつだって、長男のお嫁さんの方が心配だった。結婚して何ヶ月もしないころに実家のお母さんが亡くなったので、気にかけずにいられない。思いのほか冷静な顔で耐えているのが、いじらしくてならなかった。エソン自身は一昨年、八十三歳の母親を亡くしてもしばらく引きずっていたというのに、たった三十一歳の長男のお嫁さんの方がエソンより辛抱強かった。エソンが何か言って慰めるたび、静かに笑って大丈夫だと言うのだった。あの子はほんとに、大丈夫なんだと思う。

次男のお嫁さんを心配したことはなかった。もともと明るい子だ。顔が小さくて背が高い長男のお嫁さんに比べ、この子は背が低く肩幅が狭いのに、頭だけが丸くて大きく、お人形みたいだ。お人形みたいな長い髪にパーマをかけて、身長に比べて長すぎるんじゃないかと思えるティアードスカートをはいている。長男のお嫁さんはどんぐりみたいにキュッと詰まった顔をしているが、次男のお嫁さんは顔が……開いていた。何ていうか、固くとんがったところがなくて、目が、その奥の深いところまでふんわりと開いているような感じがする。大学で文章を書くことを教えており、ときどき詩を書くというのだが、エソンはお嫁さんが詩人だというのが何となく気恥ずかしくて、大学の講師だとだけ言っていた。

「お義母さんのキムチは水彩画の味がしますね」

そんなわけのわからないことを言われて、そうか、なるほど、詩人らしいわねと思うこともあった。性格は明るくて、どこに行ってもルンルンラン楽しそうにしているので、悪いことなんか一つも起きそうになく、安心していたのだ。

「母さん、ユンナが歩いてたら道路が急に陥没して……」

事故に遭ったと次男が知らせてきたとき、しばらく座り込んでしまったことを思い出す。シンクホール（道路や地面の一部が突然陥没する現象。韓国でも頻発しており、上下水道管の老朽化や地下空間での工事などが原因とされている）に落ちちゃって、と言われてどんなにたまげたことか。編みぐるみのお人形みたいな私のお嫁さんが、ニュースによく出てくる、あんな穴に落ちたただなんて。

幅二メートル、深さ四メートルのシンクホールだったという。右の腕と足首が折れ、あちこちに打撲傷や擦過傷もたくさん負った。心配なのはもちろんだが、腹が立ってたまらない。エソンは友だちの間では「菩薩」というあだ名で通っていたが、生まれてこの方経験したことのないような怒りの炎が燃え上がってきたので自分でも驚いた。自治体や、上水道管を破裂させたとおぼしき工事業者にも電話して、怒りをぶつけた。多くは電話をちゃんと受けてさえくれないどころか、詳しい話を聞こうとすると、謝罪はせずによそのせいにばかりするのである。ぶつける対象を失った燃える怒りは、赤い獣のようなものになって病院の廊下を徘徊し、しばらくすると弱まっていった。もっとひどいことになった可能性だっていくらでもあるのだから、と思うと心は鎮まった。死んだかもしれないし、目が覚めないことだってありえたのだ。あの子が人形みたいにひらひらと落っこちたからよかったものの、頭から落ちていたらどうなったか。お嫁さんの実家はずっと前に田舎暮らしをするため移住したので看病に来られる状態ではない。エソンはほぼ毎日病室に通った。付き添いさんも頼んだが、それでも家族の顔を見た方がいいだろう。

初めのうちは痛みのせいかと思っていた。手足が一ぺんに折れちゃったんだもの、痛くないわけがない。だが時間が経っても、お嫁さんの表情は以前通りには戻らなかった。うまくいえないけれど、開いていた何かが閉じてしまったような感じ。目が、その内側が、暗くなった。

「ねえ、ユンナ。こういうこともあるわよ。もう元気を出してね」

するとお嫁さんはエソンを見つめ、大きすぎる飴を口に入れたときみたいに、しんどそうに口から言葉を押し出した。

「引越しは無理ですよね？」

「引越し？」

「また足元がボコンってなったら……」

「そんな、まさかまた道路が陥没するなんて。それにあんたはまだ運がよかったんだよ。ラッキーだと思って、次、行かなくちゃ」

どの言葉に対してかはわからないが、お嫁さんは首を振った。ナイーブな子だったんだ。そうは見えなかったけど、見たところよりずっと繊細だったんだな。エソンは悔しかった。それで、お嫁さんではなく息子に文句をつけた。

「何で呼び出したりしたのさ。お前にお弁当を届けに行ってけがしたんじゃないか。昼ごはんぐらい、一人で食べなさいよ」

病院で放射線技師として働いている次男は、エソンにやりこめられなくとも明らかに自分を責めていた。エソンも、次男が傷つくようなことを言った瞬間に後悔したのだが、それでもお嫁さんよりは息子の方が気楽だ。お嫁さんと一緒にシンクホールに転がり落ちたお弁当箱はどうなったんだろう。また埋め戻された地面の下に埋まっているのか、誰か拾って捨てただろうか。

ひと月に一度集まるランチ会の友だちと占い師のところに行った。もともとは神占（神霊の憑依によってお告げを語る占い）をしていたが、霊能力がちょっと落ちたので四柱推命もやっている人で、実はそんなによく当たるわけではない。何度か卦《け》もはずしているのだが、さっぱりした性格で話をよく聞いてくれるのでたびたび行っているうちに、友だちみたいになった。息子たちはその占い師を「主治医の先生」と呼んでエソンをからかったりするが、からかわれたってどうってことはない。エソンは自分の番になったとき、お嫁さんの話をした。あの子がまた元気を取り戻すためにはどうすればいいかと。

「五方色（陰陽五行説の方位を表す青赤白黒黄の伝統色）が全部入った小さい袋を作りなさい。お札を一枚書いてあげるから、赤い豆と一緒に入れて枕元に置きなさい」

ランチ会の友だちと別れて家に帰ってきたエソンは、絹の端切れであずき袋（あずきには邪気を遠ざける力があるとされ、あずきを入れた布の袋を身につける習慣がある）を縫った。小さな袋に五色を全部入れるのは簡単ではないが、できあがるとけっこうかわいい丸い形になった。何度もたたんだお札に効果なんてあるかしらと思ったけれど、何もしないよりは気持ちが楽になる。

あずき袋を枕元に置きに行くと、ユンナは寝ていた。起こさないようにと、袋だけそっと枕の横に置く。

「これ何ですか？　何が入ってるんですか？」

眠りが浅かったのだろう、すぐに目を覚まして尋ねる。

「あずきだよ」

そう答えるとユンナが久しぶりに笑った。

「結婚前に一人暮らししていたとき、誕生日に母さんから電話が来たんです。何でもいいからあずきの入ったものを食べなさいって。そうすれば邪鬼が寄りつかないからって、何度も念を押すんですよ。でもその日は仕事が遅くまであったから、食事では食べられなかったんです。

それで私、何食べたと思います？」

「何食べたの？」

「ビビビック（あずきアイスの銘柄）」

こんどはエソンが笑った。

「買ってこようか？」

「ええ、食べたいです」

エソンはエレベーターで売店まで降りていく間ずっと、じりじりして足の指を動かしていた。油圧式エレベーターなのでとてものろいのだ。病院の売店にそのアイスはなかった。近所のスーパーを何ヶ所か回らなくてはならなかったが、そんなことはかまわない。とうとうビビビックを見つけて買ったエソンはこらえきれずに、レジ袋をぶんぶん振り回した。ちょっとの間、五十肩も遠慮してくれた。見ている人がいなかったら、嬉しさのあまりぴょんぴょん飛び跳ねたかもしれない。

ユンナ、笑いなさい。怖がらないで、これを遠くまで投げるんだよ。運動会のくす玉割りで、一生けんめい玉を投げる子どもたちみたいに。戦うのよ。けがをせずに。穴に落ちずに。

エソンはかつて自分が、どんなに娘が欲しかったかを思い出した。二人のお嫁さんのことを考えていると、娘とあんまり違わないという気がする。子どもが四人だ、四人。菩薩じゃなく、修羅になってでも守ってやりたい子どもが四人いる。そんな子どもたちを守るために、あずきしか持っていないなんて。あずきぐらいしか、ないなんて。

イム・デヨル

「聞いた？　耳鼻咽喉科の鼓膜クラッシャー、訴えられたんだって」

「え、ほんとか？」

「春にまた一人、インターンの鼓膜を破ったんだって。それで今回は、やられた子が黙ってなかったんだってよ」

「自分の科の子じゃなくてインターンのか？　こうなると思ってたよ。もう潮時だよな、黙って殴られてるような時代じゃないもん。このごろの子たちはしっかりしてるからなあ。鼓膜クラッシャーも長いこと頑張ったもんだよ」

「あんな狂犬みたいな人、追い出したら、この病院もちょっとはましになるよね」

「で、インターンって、誰だ？」

「あの子よ、泣き虫の」

「ああ……名前、何ていったっけ、ソ……」

「そう、その子。ソ君」

みんながイム・デヨルのことをひそひそ言っていた。イム・デヨルは、病院側がインターンの肩を持ったことがとても信じられなかった。この病院のために最も尽力してきたのは誰だと思ってるんだ？　多少厳しい指導はした。それは認める。だが、緊張感があってこそまともに学べるのだ。だらだら教えていたら、人を殺すことになりかねない。ここは大学病院だ、託児所じゃないんだからな。

デヨルは、こんな仕打ちは不当すぎると思っていた。そもそも、「鼓膜クラッシャー」というあだ名にしたって誤解から始まったものだ。毎年レジデントの鼓膜を破ったという誤った噂が流れているが、この病院に勤務して以来、鼓膜を破ったのは四人だけだ。失敗をくり返す連中だった。気合いを入れろという意味で殴っただけだし、実際、殴られた後はけっこう使えるようになったものだ。レジデントだけにしておけばよかったんだが……インターンに手を上げたのが失敗だった。あのちびが訴えるなんて。病院の仲裁によって訴えは取り下げられたが、イム・デヨルの悔しさは簡単には消えなかった。食欲が出ない。嫌気がする。

だめです、とあのふざけたインターンが言ったのが毎晩思い出された。一発殴って二発目を見舞おうとしたとき、目をぐっと見開いて、だめですと言った。お話にならんぐらいのちびだった。子どもみたいにつぶらな目に涙がたまっていた。悔し涙かと思ったら、そうでもないのだ。牛みたいな目で、だめですとだけ言ったな。ソ・ヒョンジェ。どこのソ氏（韓国では同じ名字でも、その家系の始祖の出身地によって区別する）だろう？　かっとして三発も殴ってしまったのはやりすぎだったが、あっちの自業自得だ。いいの悪いのというようなことではない。何日かしてあいつが訴えた。以来、こんな侮辱に耐えている。廊下を歩けば尊敬のまなざしを浴びていたのに、それが蔑視に変わった。たかがあれしき、張り倒しただけで。デヨルが若かったころには拳で殴られた。それでも感謝したものだ。これが教えなんだなと受け止めるべきところを、横っ面を張られたぐらいでがまんできないとは、最近の若い連中は信じられない。二十年の間に世の中はこんなに変わってしまった。にせものだ。最近の医者は本物のにせものだ。

分院の一つを選んでそこに行くか、または辞めろと言われた。それが病院の決定だった。私たちもどうしようもなくて、とそれを伝えてきた者は言い訳したが、何となくみんなせいせいした顔である。これさえなければ向かうところ敵なしだったデヨルを追い出せるので、嬉しくてたまらないというような顔だ。分院だなんて。名前こそ分院などとかっこをつけてはいるが、島に一つ、山間地に一つ、どっちもほとんどつぶれかけている。病院と呼ぶのもはばかられるそんなところへ、この俺に、行けと言うなんて。イム・デヨルは腹が立って立って、誰でもいいから殴りたかった。殴って辞めたかった。これしきのこと、開業すればすむ話だ。

耳鼻咽喉科は開業すればけっこう儲けを出せる診療科だ。にもかかわらず今まで大学病院に残ったのは、組織生活が性に合っていたためである。組織がデヨルを必要とし、デヨルも組織を支えたのだ。それに開業するとなると、看護師たちを管理しなくてはならず、そのわずらわしさが考えただけでも嫌だったのだ。看護師どもは若くてへらへらした医師ばかり好み、デヨルにはふくれっ面しか見せない。マナーも知らない不細工な女どもで、目上を立てるということをわきまえていない。そんな奴らを直接管理する苦労は想像するだけでも耐えられそうになかった。

もちろん、開業資金も足りなかった。アメリカに行っている二人の子どもと妻が、稼いだそばから持っていってしまう。初めは上の子だけ留学させたのだが、下の子が留学するときに妻もついていってしまった。教育のためというけれど、夫をおろそかにすること甚だしく、離婚してしまおうかと思うこともあった。病院の前の、部屋が三つあるマンションに一人で残されて、結局一部屋しか使っていない。残りの部屋をどうすべきなのかもわからなかった。たまに夏休みで子どもたちが使うことはあったが、母親にどう丸めこまれたのだか、父親を見る目が限りなく冷たい。一発ずつ見舞ってやろうかと思ったが、あきらめた。子どもに注ぐべき熱意も愛情も病院に捧げてきたのだ、なのにこんな目にあわされるとは。狩りが終われば猟犬は煮て食われるというのでは、虚しいにもほどがある。さっさと辞めたら向こうの言いなりみたいだから、わざともう少し粘ってやるつもりだった。

「鼓膜クラッシャー、すっかりしょげちゃっただろ?」

「ううん、そうでもないんだ。雀百までって言うじゃない。外国人の交換留学生に手を上げかけてから、自分でもびびってたもん。ほんと、現場で見せてあげたかったわ。あそこにいた人たち全員、凍ってたから」

「いったい、いつ辞めるんだろう？」

「だよねえ。最後まで腹黒いんだから」

病院の食堂で、デヨルがいることに気づかず悪口を言ってる連中がいた。デヨルはトレイを投げつけたかった。振り向いて大声で怒鳴ってやりたかった。しばらく奥歯を嚙みしめていたが、憤怒よりもやりきれなさがこみ上げてきた。そうか、出ていくよ、出てってやる。以前は仕事がなくても夜中の十二時までは絶対病院にとどまっていたものだが、今日は宵の口に帰宅することにした。横断歩道を二つ渡ればもう家なのだ。

がら空きなのに家は汚くなるというのが、デヨルには不思議だった。どこか、自分の真価を認めてくれる新しい職場を見つけたら引越そう。そしてアメリカにいる家族を呼び戻そう。嫌がったら耳をつかんで引きずってでも戻ってこさせるんだ。自分の子だからって、鼓膜を破らないとでも思うか？　デヨルは心を決めた。目が回るほど忙しかったこの何週間かにたまった資源ゴミを持って、一階に降りていった。

マンションには、夏の一時期だけ水が流れる貧弱な川とまっ赤なあずまやがある。そのあずまやに、知った顔がいた。生意気なことで有名な救急医療科のレジデントと、ソウルのクラブで棒からぶら下がって噂になった看護師だ。似た者どうしでつるむんだな、まったく。彼らもデヨルを見たことは間違いない。暗い照明の下でも、ちょっと困った表情がよぎるのがわかった。でも結局あいさつをしないことに決めたらしい。何さまのつもりだ？

デヨルは資源ゴミを両側にぶらぶらさせながら彼らに近づいていった。辞めるにしても、最後の一喝は見舞ってやらにゃあ。デヨルが近寄っていくと、男の方がフーッとため息をついた。

「知り合いに会ったらあいさつするもんだぞ」

「コンバンワ」

女の方が誠意のかけらもないあいさつをした。よく見ると男の腕の内側には刺青が入っている。医者たるものが！　何たることだ！

「最近の医療人には礼儀も、品格もないのか？」

正論をぶつには、両手のゴミ袋が邪魔だ。捨ててくればよかった。興奮しすぎたのだ。レジデントは一言も言わずじっとしていたが、額のあたりに血管が浮き出ている。こいつも喧嘩っ早い方だということははっきりしている。そして奴がふっと笑った。

「へんへぇ」

イム・デヨルは、「せんせい」という単語がこんなチンピラ風に発音されるのを初めて聞いた。少なからぬショックである。

「へんへぇ、もう、いいですよ。終わったんですよ」

レジデントがもう一度言うと、こんどは看護師の方がククッと笑いを漏らした。このクソガキとクソアマ、二人とも頭がおかしい。何か一言言ってやらなければ。負けてはならない。しかし言葉が出てこない。

「終わったんですから」

イム・デヨルはそこに、最後まで残った戦士の種族の末裔《まつえい》のように立ち尽くし、両手に持ったゴミ袋を床に力いっぱい叩きつけた。ガラス瓶が割れ、ペットボトルと缶が転がり出す。ビニールが風に乗って飛んでいく。散歩していた家族たちがデヨルの方を見ている。見ろ、見るがいい、これが誇り高き医師の最後の退場の姿なんだ。ゴミたちの群舞を背景に、デヨルは後ろも振り向かずに歩いていった。爆破のシーンを背にして歩み去るアクション映画のヒーローみたいに。

「ゴミが……」

看護師が何か言ったが、聞き取れなかった。

鼓膜クラッシャーは翌日、辞表を提出した。残った人々はみな、耳を触りながらほっとした。

チャン・ユラ

ホニョンの冷たい鼻。

血管の数が少ないのか、夏でも不思議と鼻が冷たかった。大きくもないしとんがってもないし、高い鼻でもなかったけれど、そういうこととは関係ないらしい。

「あなたの鼻って、死んでるみたい。鼻から先に死ぬんだね」

ユラがそう言ってからかうと、ホニョンは自分の鼻に触れて、だろ、すごく冷たいだろ、子どものころからそうだったんだと言って笑った。あの鼻。あの冷たい鼻はベッドでよく、ユラのおなかの上を滑った。すてきな愛撫の道具だった。役に立っていたのだ。今でもユラは寝入りばなにホニョンの鼻を感じることがあった。もう抱いてくれる人がいない、突然の激しい欲求を満たしてくれる人はいないと気づいて目覚めるときには、何もかもが前世のできごとのように思える。

たかが昨年末のことなのに。雨道でスリップした二十五トントラックが、センターラインを越えてホニョンに襲いかかった。雨の降る日には三百件前後の交通事故が起き、事故に遭った人のうち十人前後が死亡する。雨が降るたび、毎回……ユラはもう、雨を見ても雨と思えなかった。水より危険なものに見えた。おぞましいものに見えた。雨の中へ出ていくことができなくて、心の中で暗算してみた。雨の日には一日に二千人近い人が交通事故に遭うとして、そのうち何人がホニョンみたいになるだろう。悪い確率の問題だったなんて、とても受け入れられない。ユラが受け入れられないからといって何がどうなるわけでもないけれど。

ホニョンは死ななかった。頭に重傷を負っただけだった。もう目を覚ますことがないくらい、覚ましたとしてもまぶたの誤作動にすぎないというくらいの。何度か危機があったが、息が止まることはなかった。自発呼吸はできた。陥没していない方から見ると、単に眠っているだけのような顔をしている。食べものは経鼻栄養チューブで入れている。食べものといってもただの白い液体にすぎなくて、ユラはなぜかそれが腹立たしかった。まっ赤な汁物が好きな人だったのに。こうなるとわかっていたら、辛くてしょっぱいものをどんなに食べても見逃してあげればよかった。ホニョンは目を覚まさず、どんどんやせていった。やせたので、つきあっていたころの外見に近づいた。一方から見た限りでは。

しばらく前に、大学病院から療養病院に移した。おじいさんたちの間に寝かされたホニョンがあまりにも若くてかっこよかったから、心のどこかで何かが割れる音がした。割れるものがまだ心に残っていたのか。まるで瀬戸物のかけらが詰まった縫いぐるみみたいな気持ちで立っていたユラは、ホニョンの顔をガーゼのタオルで覆ってしまいたいという異様な衝動を感じた。今さらかっこよくなったって無駄じゃないの、と恨み言を言いたかった。叫びたかった。若いころはむしろ、ちょっと自信なさそうに見えるタイプだったのだが、四十代に入って安定するとホニョンは雑誌の中のヨーロッパの男性みたいに見えた。いい顔で年を重ねていけそうな、すてきなおじいさまになりそうな……今になっては何の役にも立たない話。ユラはガーゼのタオルをぎゅっと握りしめる。

ホニョンの枕元に、六歳の息子ジョンビンが自分の写真を貼った。去年の夏休みに撮った写真だ。ジョンビンは渓谷でイルカの浮きマットに乗って笑っていた。狭くて浅い水たまりに比べてイルカが大きすぎ、ジョンビンが小さすぎておかしかった。息子がホニョンに、パパ起きてー、パパ目を開けてー、パパ会いたいよー、パパー、と声をかけ続けるのが気に入らない。ジョンビンは、ほんとにパパが帰ってくると信じているというより、そう言うと大人たちが悲しくなって、自分に関心を持ってくれることを知っててやっているように思える。こんな状況でも愛情を求める子ども特有のエゴイズムが、何だかいやらしいものに感じられる。ホニョンにもうちょっと似ていたらよかったのだが、ジョンビンはユラの方に似ていた。

だが、子どものせいではない。ユラは道を歩いていて、まるで不幸を知らなそうな、晴れやかな笑顔の人を見ると急に腹が立った。不幸を知らない顔たちを攻撃したくなったりした。あなたたちはなぜ不幸を知らないの、と訊いてみたかった。幼く、若く、まだ悪いことを経験していない顔は思ったほど多くないのだが、それは歪んだ慰めだ。

再就職しなくてはならないことははっきりしていた。就職して、引越さなくては。今となっては切れ切れの記憶になってしまった衝撃の瞬間のことは忘れ、気を取り直し、保険証書を全部取り出してすみずみまで目を通し、結論を出した。保険に入ったときは何て楽観的だったんだろう、信じられないほどだ。保険に入りはしたものの、何事も起きないだろうと思っていたのだ。健康診断をして、内視鏡検査を受けて、あちこち修理しながら老いていき、少額でも年金を受け取りながら死ぬまで暮らすのだと思っていた。二人で。かつかつではあっても、二人で。

ほんとうはすぐに仕事につかなくてもよかった。いつかはそうしなくてはならないが、すぐにではない。でも、ただ家にいて、お見舞いの電話に対応し、親戚が作って持ってきてくれるご飯を食べていることにひどくうんざりしたのだ。ユラは前の職場の同僚のうちでも情報通の人に連絡して、惨憺たる状況を、ちょっと誇張して話した。そしてまた二週間ぐらい間を置いて、人事に影響力のある人たちを選んで電話し、就職口の紹介を頼んだ。最悪の状況になると人間は思ったより強引になれる。不幸を売りものにして仕事をもらうぐらいじゃ、ほんの小さなすり傷さえ心に残らない。ジョンビンは母さんに預けた。還暦をとうに過ぎた、離れて暮らす母さんにはすまなかったが、親不孝をすることも大して怖くなかった。誰にも非難されない口実があったから。

もともといた部署に戻ることはできないのはわかっていた。誰がどんな縁で引っ張ってくれたのかはわからなかったが、ユラは前に勤めていた会社の子会社の、ソウルで二番目に大きい支店のリフォームアドバイザーの地位についた。以前の給料の半分くらいだったが、かまわない。それ以上は期待していなかった。ソウルは遠かったが、十時までに出勤して十一時に仕事を始め、八時半に仕事を終えて九時に退勤するスケジュールなので、朝晩のラッシュは避けられる。

ユラの業務は主にキッチンのリフォームだった。何年かのうちにモデルも多様化するから、新しくあつらえるのとほとんど変わらない。高級ラインでは輸入製品を使い、中級からは直接生産だ。ユラはレンジフードの種類に、タイルの色に、大理石の等級に、ビルトイン家電の機能に、引き出しと棚とキャスターと取っ手などすべての細部に素早く慣れた。顧客が測ってきた数値によって計算し、実測技師を派遣して確認する。高い製品を無理に勧めなかったので、むしろ成約率は高かった。キッチンを新しくしたいと思っている、悪いことなど起きないと信じている人たちと毎日毎日会うことには、一種の免疫のような作用があった。腹を立てることが減ってきた。こっちの方が人間らしい習慣なのだろう——確率を考えずに生きていくということ。ただ、ユラの働いているところには窓がなかったので、仕事を終えて出たときに雨が降っていると、何かの襲撃を受けたような気分になる。

引越しの準備もしなくてはならなかったので、もうホニョンが使えない品物を中古品として売った。登山用品を売り、スノーボードを売った。スノーボードだなんて、ほんとに怖いもの知らずだったなあと改めて驚きながら。首や腰を骨折する可能性だってあったろうに。足が痛くなると言ってホニョンがほとんどはかなかった正装用の靴を売った。帽子とマフラーを売った。本とCDとこまごました蒐集品を売った。去年渓谷に行ったとき、前に使っていたのが破れたので、新しく買ったまま一度も着なかった水着も売った。新品ではなく、着ていた服を売るのは特に辛かった。服を洗い、乾かし、たたむのも大変だったし、中古品売買サイトに説明文を書くのも骨が折れる。不幸な事情を記載する必要はないから、やせたので着られなくなりましたと書く。嘘ではない。値段はいつも、同じ製品の最低価格より低くつけた。捨てるのはしのびなかった。ホニョンの持ちものが粉々になって燃やされ、土に埋められることだけは耐えられなかった。

「ママ、うち、貧乏なの？」

ジョンビンが訊いてきた。子どもの目につかないようにそっと整理しているつもりだったが、そうもいかなかったらしい。

「ううん、貧乏じゃないよ」

「貧乏じゃないのに、何で引越しするの？　どうしてパパのものが、なくなってくの？」

「ママが今、お仕事してるでしょう。ここは会社からすごく遠いし、おばあちゃんちの近くに住めば、おばあちゃんが楽になるでしょ。ソウルの家はここよりずっと高いから荷物を減らしてるんだよ。小さいお家に引越すけど、うちは貧乏じゃないよ、心配しないのよ」

「僕、パパのもの、何でもいいから、一個だけもらっちゃいけない？」

そう言うジョンビンはもうすすり泣いており、ユラも胸が詰まった。

「僕が大きくなってパパのもの使っちゃいけない？　置いといちゃだめ？　パパが目を覚ましたとき、びっくりするかもしれないし……」

ユラはジョンビンを抱きしめた。ホニョンに少しも似ていなかったが、体臭だけは似ている。お前が大きくなるまでこのまま暮らしていくことはできないのよ、ごめんねと、子どもが理解できないことは言わなかった。その代わり、ドレッサーの引き出しからホニョンの時計を取り出した。

「これ、あげるよ」

ジョンビンの手首で、ホニョンの腕時計がくるくる回った。ホニョンの手首にぴったり合わせたメタルチェーンだ。

「なくさない自信、ある？　大きくなるまで」

「うん。でも、冷たいな」

「待っていれば冷たくなくなるんだよ」

以来、ジョンビンはしょっちゅうその時計を握りしめていた。時計の温度が手の温度に近くなると、また宝物の引き出しにしまう。居間の棚の引き出しの一つがジョンビンの宝物の引き出しで、ほんとうに好きなものだけそこに入れていることをユラは知っていた。もしかしたらほんとになくさないかもしれない、ずーっと後まで。引越しの荷造りをするとき、ちゃんとしまっておかなくちゃと思った。

休みの日、家を探しに行って乗り換えでソウル市庁駅に行ったとき、ユラはホニョンとよく徳寿宮（ソウル中心部にある朝鮮時代の王宮）に行っていたことを思い出した。何となく行ってみたくなった。お昼だったので、サンドイッチを買ってベンチで食べればいいと思い、駅の上の方へ上っていった。

市庁前広場ではデモをやっていた。「貨物連帯」と書かれたところでユラは、歩くスピードを落とした。あそこにいるのだろうか、あの人も。雨水でスリップしたあの人も。ユラはその人の顔を知らなかった。先方も事故直後すぐに入院したので、直接対面することはついになかったのだ。誰かにパンフレットを渡された。そこには、事業主の強制による過積載の実態について、過積載をしている場合にハンドルのコントロールがいかに困難で、ブレーキがかかるまでの距離がいかに延びるかについて書かれていた。何重にも重なった下請け制度の悪循環を断ち切らない限り、トラックの運行は危険を冒す以外ないのだという説明だった。ユラの目が小見出しに止まった。「私たちはもう路上の爆弾になりたくない」。太い文字が、語りかけてきた。

ブレーキ制動距離。ユラはサンドイッチ店に向かいながら、ブレーキ制動距離について考えた。過積載で延び、雨水でまた延びたブレーキ制動距離。もしもその距離がちょっとだけ短かったなら、運転手がハンドルをコントロールできていたなら。そうだったなら。

「アボカドベーコンサンド一つ」

「飲みものは？」

「コーラで。あ、あの、十個ください」

「コーラをですか？」

「いえ、サンドイッチとコーラのセットを」

両手にサンドイッチの大袋を持ってユラは再び広場に向かった。さっきパンフレットをくれた人はまだそこにいた。受け取る人が少ないので、パンフレットはあまり減っていないように見える。ユラがサンドイッチの袋を渡すとその人はあわてた。いったん受け取ったものの説明を求める表情を見せたが、ユラには説明する気力が残っていなかった。袋を渡すと道を渡って徳寿宮へ行った。

ベンチに座って初めて、自分の分をとっておかなかったことに気づいた。おなかがひどくすいているのか、そうでもないのか感じてみようとしたが、体の中にひもじさと似たものがたくさんありすぎて、こんがらがってしまってわからない。このごろはいつだって、そうだ。自動販売機でいちばん濃いシッケ（米で作った飲料で、おなかに多少たまる）を買った。それを飲みながら、地面に落ちた木の葉のかけらが小さなつむじ風に乗って舞っているのを眺めた。ホニョンは、道路脇を浮かぶようにして滑っていく小さなつむじ風が好きだった。ユラが気づかずにいると、あれを見てごらんと必ず教えてくれた。

ユラがまた地下鉄に乗って家の近くの駅に着いたとき、雨が降りはじめた。今日も三百台あまりの車が道路をスリップするだろう。

イ・ファニ

ファニには夜勤手当が必要だった。ＣＴ室に志願したのはそのためだ。その前はＭＲＩ室にいた。ＭＲＩを撮るには三十分以上かかるし費用も安くないので、一日に撮影する人数は耐えうる範囲内に収まっていた。部位や疾患によって撮り方もさまざまなので勉強が欠かせなかったが、それもなかなか刺激になる。ベテランたちは目が肥えていて、画像医学科の若い医師たちよりも正確だし、医師が見逃したらそれとなく教えてやることさえあった。そんなときのベテランたちはかっこよかった。いや、いつだってかっこよかった。はさみを胸ポケットに入れたままＭＲＩ室に入ってくる無知なインターンをぐいとつまみ出すときの、あの余裕に満ちた態度といったら。

「はさみもボールペンもだめ。ボールペンの芯のスプリングみたいな小さいものが吸いついただけでも、あの高い機械がパアになるんだからな」

ベテランたちの強力な庇護のもとで働く放射線技師生活は、悪くなかった。病院全体をひっくるめると放射線技師は百人ぐらいいて、労働組合の中心勢力だった。他の病院では看護師が労組の中心だというが、この病院はひどく労働条件が悪いので、看護師の離職が多い。残念なことだ。結成されて十年くらいになる労組は事実上登山サークルのようなものだったが、ときに病院がおかしなことをやらかすと手厳しく声を上げた。そのたびに若い医師たちはうらやましがっていた。医師たちは契約書もかわさずに週に百時間働いており、待遇面ではずっと劣っていた。

CT室はMRI室よりはるかに骨が折れる。一度の撮影にかかる時間は三分。費用の負担もMRIより少ないので、患者がひっきりなしにやってくる。自分の足で歩いてこられる患者なら三分サイクルで撮れないこともないが、たいがいは横になっているし、しかも容体が悪くて機械に血や尿をつけてしまうこともたびたびだ。患者の体を持ち上げて分泌物を拭いたり、一人では撮影できない患者を支え、動かないように押さえておくために、鉛の防護服を着てそばに立ったり。二人分の体重を支えるバレエダンサーみたいとユンナが言ったとき、ファニは笑ってしまった。そんなふうに考えてみたことがなかったから。防護服を着てバレエなんかできないよ、と答えながら、突拍子もないことを思いつくユンナを不思議な人だと思った。防護服が隠してくれない部分については、ずっと前から考えないことにしていた。一日の仕事を終えると疲れて足が震えてしまう。撮りそこなったらもう一回撮ればいいというのが、それでもCT室の慰めではあったが。

病院の人たちは近ごろ、ファニに親切だ。ファニの妻ユンナが骨折で入院していることをみんな知っているからだ。ファニが心配しているのは、骨折よりもユンナのパニック障害だ。もう二回も発作を起こしている。一度はファニも一緒にいるときだった。息ができなくなり、手足に力が入らなくなって、ほとんど気絶したように見えた。ユンナがいちばん怖かっただろうけど、ファニも怖かった。骨よりも治癒しにくいものが折れてしまったのではないかと不安で。腕のギプスは取れたし、足首のも翌週には取れるので退院は近い。実はもっと早く退院することもできたのだが、ユンナを一人で置いておくことはとてもできそうになかったから延ばしたのだ。

ユンナは退院後もしばらく仕事はできないだろう。こんな状態で、点々と離れた大学を回って講義するなんて無理だろうし、そんなことをさせる気もない。だからといって二人の毎月の支払いが待ってくれるわけではない。だからファニには夜勤手当が必要だったのだ。

いつだったか、ファニとユンナが恋人時代によく行っていた店がテレビに出たことがあった。かわいらしいビストロだ。こういう店をビストロと呼ぶということは、ユンナに聞いて初めて知った。驚いたことに、いちばんおいしいのは何とモツ煮だった。トマトソース味ではあったが。

「あそこ、私たちのテーブルだったのに」

いつも座っていた席に他の人たちが座っているのを見て、ユンナが何となく悲しげに言った。ファニはただその店がテレビに出て嬉しかったが、ユンナは悲しんでいる。ユンナのこういうところは難しいなとそのとき、ちらっと思った記憶がある。よく笑い、優しく、親切だが、決してわかりやすい人ではなかった。

「しょっちゅう通ってりゃ、俺たちのテーブルって言えるけどさ。こんどソウルに行ったらあそこに寄ろうか？」

「んーん、いいのよ」

ユンナは、ファニにはよくわからない彼女特有の気分に陥ると、いつもそんなふうに答えた。「ん」をちょっと長く伸ばして言った後、「いいのよ」で締めくくる。

「どうして？　マスターはまだ覚えていてくれると思うけど」

「いいのよ、いいの。そういう時期は終わったの。終わったけど、今がいいの」

ユンナはそう言って頭をもたせかけてきた。ユンナの長い、パーマのかかった髪の毛が体にかかってくすぐったい。そういう時期、とはっきり言われるとほんとに昔のことのように感じられる。たかが何年か前のことにすぎないのに。あのとき二人は何を話していたんだっけ。

ファニは何を話したんだっけ。

「今日、おもしろい話を聞いたんだ。X線が初めて発見されたとき、そのころの人たちがみんなものすごく興奮したらしくてさ。それで、新婚夫婦へのお祝いに〈X線花束〉ってのを贈ったんだって。チューブに入った花がX線のせいで不思議な光り方をする装飾品だよ。いくらきれいでも放射線が出るチューブなんだから、体にむちゃくちゃよくなかったと思うけど、それをベッドサイドに置いて寝たっていうんだから……とにかく興奮してたんだろうね。すごく珍しくておもしろかったんだろう。靴墨とか台所用品の名前にも、やたらと〈X線〉って名前をつけたんだって。実際にはX線と何の関係もなくてもね。すごく単純な品物でも、X線を当てたっていう証明書をつけて、売ったんだってさ」

そんな話をしたのだと思う。毎日、おもしろい話を聞けばユンナに話してやった。ときどき、自分の話したことがユンナの詩にそっと入り込んでいることもあった。正直言ってファニはユンナの詩が理解できない。読んでみようとして頑張ったが、ファニにとって詩とは、単語が並んだものという程度である。ときおり、特定の一節がファニにも好ましく思えることはあったが、ユンナやユンナの友だちが理解しているようには理解できていなかった。それでも、自分がしてやった話とか、ユンナがユンナのやり方で解釈した二人の生活が詩になるのは、けっこう悪くなかった。

そして結婚したとき、二人はリビングに、結婚写真の代わりにいたずらっぽくX線写真をかけた。病院でそんなものを撮ったらいけないのだが、先輩がこっそり撮ってくれたのだ。並んで座った仲よさそうな二つの骸骨。ちょっと小さい方の骸骨が花の冠をかぶってブーケを持っている。花と骨の重なり具合がすてきだった。遊びに来た人たちはみんなその額を見て吹き出した。

ファニは額の下のソファーに横になった。風呂に入らなくてはならなかったが、そんな気になれない。ソファーの横のサイドテーブルにはユンナの詩集がある。そこに何冊か置いておき、お客にあげたりしていた。初の詩集だ。ユンナは、次の詩集はいつになるか決まっていないと言う。ファニは適当に開いて読んでみた。やっぱり難しい。何のことなのかもぼんやりとしかわからない。

こういうわかりにくい人と結婚したことが怖くなった。今までそんなことはなかったのに、怖くなった。特殊な撮影機械が開発されてユンナの入り組んだ内面を撮影することができたなら、ファニはその機械を使えるように一生けんめい勉強するだろうに。ユンナの、傷つき、壊れてしまった部分を突き止めて見えるようにする機械ができたら……そんなことを考えているうちにソファーで眠ってしまった。枕元で危険な花が咲き出しそうな、浅い眠りだった。

夜明けに目が覚めると、ユンナからメールが来ていた。

——退院したらあの店に行きたい。あれ食べたい。トマトモツ煮。

反射的にメールを確認して、また眠った。無意識に指を動かしていた。ユンナの髪に触れるために。ユンナが今はそばにいないことを忘れている指が、勝手に動いているのだった。

写真を入れた額の端が、手に触れた。

ユ・チェウォン

その手術室のジュニアスタッフはチェウォンだけだった。病院の創立者である会長の長姉が緊急手術を受けることになるや否や、あっという間に噂が広がり、病院のどこかにいることだけは確かだが、直接は会ったこともなかった長老クラスの教授たちが手術室に集まってきた。一世を風靡《ふうび》した医師たちだが、現場を退いてしばらく経つ人もいたので、チェウォンとしては首をかしげるしかなかった。

「私はもう手を引くから、君が執刀したまえ。今じゃ君の方がうまいよ。私が助けるから」

科長がそう言ったとき、本心なのか、VIPが死んだ場合の責任回避を狙った下心なのかわかりかねた。これじゃ手術室がにぎやかすぎると思いながら、チェウォンは手術台の上の患者を眺めた。八十三歳。二歳年下の院長が勉強を終えるまで支えた上、後に病院周辺の不動産を思い通りに操る大物になった人だと聞いている。葦《あし》ぼうぼうの湿地帯だったのを一つの都市にまで育てたというのだから、ものすごい女傑を想像していたが、思ったよりちっちゃいおばあちゃんだ。午前中に消化器内科で内視鏡による大腸ポリープの切除手術を受けたのだが、午後になって痛みを訴え、血便もあった。救急室で撮ったCTでは、腹腔内に空気が見えた。内視鏡手術の際に穿孔《せんこう》ができたのに違いない。内視鏡を担当した内科の教授は、まっ青になって手術室のすみに立っている。人間って思ったより簡単に青くなるんだな、ほとんどスマーフ（ベルギー生まれのマンガ・アニメのキャラクターで、まっ青な肌をしている）の顔色だ、とチェウォンは思う。チェウォンの目と手が小柄な老人のおなかの中を探り、穿孔を探しはじめた。

チェウォンは病院付属のメディカルスクール（医療専門大学院。医学部以外の卒業生や社会人が医師を目指して学ぶ。詳しくは四六五ページ参照）に首席で入り、首席で卒業した。もともとは獣医学科を出て二年ほど動物病院をやっていたが、すぐに嫌気がさしてしまったのだ。

「どうしてこっちに入りなおしたんですか？　獣医の方がいいじゃないですか。動物かわいいし、お金も儲かるし」

「うん、でもさ、もっと重要なものを切りたかったの」

「うえー、何だよ、それ」

みんな笑ったが、それはチェウォンの本心だった。どうしてみんな、私が本心を言うほど笑うんだろう。メディカルスクールの同期生だから十九、二十歳でもないので、チェウォンに嫉妬したり牽制することはなく、おもしろがっていた。別におもしろい人間ではないのだが、おもしろがられるのでおもしろい人のふりをすることもある。いつだったか何人かで出前を取ったときのこと、豚足を注文した。前足がおいしいのでそっちを頼んだのだが、配達されたものを見るなりチェウォンがお店の人を呼んで苦情を言った。

「これ、後ろ足ですよね」

「いいえ、前足です」

「私、獣医学……」

「ああ、ごめん、ごめん、前足が品切れになっちゃってねー、ごめんなさいねー、二千ウォンお返ししますからねー」

以来、豚足を頼むたびにこの話が持ち出された。豚足伝説が鳴りを潜めたのは、インターンになってからである。チェウォンは、よくある縫合でも珍しいのでも、人間ミシンになったように細かくきっちりと縫い上げたし、気道挿管も導尿カテーテル挿管も、テイクアウトのコーヒーにストローを挿すみたいに楽々と成功させたし、採血も消毒も文句のつけようがなかった。教授に言われて脊椎穿刺《せきついせんし》もやったんだって、手術室に十四時間も立ちっぱなしだったんだって、とチェウォンの噂がインターンの口にしょっちゅう上るようになる。頭がいいというレベルをはるかに超えた資質がチェウォンにあることは、みんなもそろそろ認めていた。科を決めるときには多くの科から声がかかったが、チェウォンは外科を選んだ。外科の人気は最低だったけれど、その選択にもみんながうなずいた。もっと重要なものを切りに来たって言ってたもんなあ、と。

チェウォンにしてみれば手術がとても楽しかったので、当直室が汚いことを除けばさほど苦にならないのだった。いつ誰が洗ったのかわからない布団は、色まで黄色い。お願いだから誰か、この布団はもともと黄色なんだって言ってよとチェウォンはぼやいたが、その布団をかぶってよく眠りもした。食べものは当直室にあるものを食べたが、それはいつも賞味期限ぎりぎりだったし、要冷蔵なのに誰かの不注意で室温で保管されていたりした。朝食を抜かしたために手術中に低血糖でしばらく気絶して以来、目につくほどよく食べていた。体重はしばらく落ちつづけたが今は正常に戻っている。あるとき、パンを食べているチェウォンの頭の上に当直室の天井のパネルの切れ端が落ちてきた。

「うちの病院、全部いいけど建物はひどいな」

パンを食べ終えてからチェウォンが言った。

「全部いい？　いいとこがどこにあるのか、わかんないんだけど」

先輩がパネルのかけらを払い落としてくれた。

「おもしろい手術が多いじゃないですか。手術スタッフも優秀だし。ほんと、建物さえもうちょっとましだったらね」

「会長のお姉さんが建てた建物だもん。この地域のビルはみんなそうだよ。一家を興《おこ》した女傑とか言われてるけど、あんまりな安普請《やすぶしん》だよな。ここがソウルであってみ、もっといい町であってみ、病院がこのざまだったら大騒ぎになるよ。この町だから患者も、天井が落ちてきても『落ちたなあ』ですませて気にしないんだ」

「そうなのか。ソウルじゃないからか。安全性まで不公平なのかなあ」

「そうだよ。ここはほんとに、韓国建築史上最も恥さらしな町だよ」

そんな話をしたことを思い出す。韓国でいちばんかっこ悪い病院建築とその周辺の建物を作った張本人がこの、ちっちゃいおばあちゃんなのか、と思いながらチェウォンはとうとう穿孔を探り当てた。穿孔のある部位をすっかり縫合して、別の穿孔もあるのかどうか大腸全体を手で一度確かめた。ギャラリーが多かったが、全体としてそれほど難しい手術ではなかった。

他の手術も続いた。雲霞《うんか》のごとく集まった老教授たちが雲霞のごとく散っていった後も、三つの手術があった。簡単な手術だった。運よく、とても息の合う麻酔科の先生が配置されていた。スタッフ全員でずっと練習してきた群舞を踊っているように、ミスがない。今日みたいにうまくいく日にはもうちょっと重要な手術をしたいなあ、とチェウォンは思わず心の中でつぶやいた。みんなチェウォンのことを頭がいいと言うけれど、自分では、頭が効率的ってことじゃないかなと思う。効率的であることをとても好む脳なのだ。適材適所に、みごとに配置された人々が各自の潜在能力を極限まで引き出している風景をいちばん美しいと感じる、そんな脳。

チェウォンも自分の居場所をずっと探し求めてきたといえる。すごく小さいときから待ちつづけ、探してきた「適所」はもしかしたらここかもしれないと、ついに最近、思いはじめた。

生やさしい居場所ではない。重い負荷のかかる居場所だ。だがチェウォンは、自分が頑丈な部品であることを知っていた。自分が重い負荷に、他者の生命という重さに、ありとあらゆる苦しみと果てしない要求に耐えうる部品だということを、いかなる自己愛もなくドライに受け入れていた。手のひらに載せたチタニウムボルトを見るように、何でもなく。どんなに困難な局面に置かれてもやりとげる部品として、自分の役目を果たそうと心に決め、実際にやりとげているところなのだ。そうした態度は言葉ではない形で、チェウォンの頭の中のどこかを流れていた。アスリートが毎回、自分の決心を言葉にはしないように。チェウォンは次から次へと淡々と手術をこなし、ＶＩＰの手術をしたことを忘れた。特に難しい手術ではなかったから、すっかり忘れてしまった。

「ＶＩＰの手術部位に炎症ができたんだって？」

何日かして、当直室で鉢合わせした先輩が言ったとき、チェウォンは誰のことを言っているのかすぐにはわからなかった。うろたえている先輩の顔を見て、あの手術のことを思い出した。

「そうなんですか？」

「うん。どうしたもんかな」

「手術自体は悪くなかったんだけど……すごく高齢だし、糖尿病患者だし」

正直、手術中に心臓が止まらなかっただけでも幸運だったのだ。病院じゅうが総力を挙げて助けようとしたことははっきりしている。

「会長のご機嫌が悪いらしいんだ」

「まさか、奇跡みたいに二日で退院なさるつもりだったんですか？　八十三歳なのに？」

「ちっ、そうだよな。でも何日か用心しろよ」

病院内の政治には、極度に効率的な脳でも理解に苦しむ部分があった。チェウォンは当直室のテーブルの上に置いてあったパンの袋を一つ持って廊下に出た。早めの夕ご飯だ。ほんとにみっともない町だけど、照明がつくとちょっとはましだ。パンの袋を開けるとシールが出てきた。黄緑と薄いピンクで描かれた、恐竜だか何だかわからないキャラクターのシール。チェウォンはＩＤカードの裏にシールを貼った。ＩＤカードを取り替える時期が来たのかな。他の病院に行かなくてはならないのかもしれなかった。ここじゃなかったのか。ここかと思っていたのに。

どこか正しい位置、適切な場所、自分の居場所を見つけたかった。工場にあるすごく効率的なロボットの腕が、今ここに立っているチェウォンを持ち上げて、そこに運んでくれたらいいのにと思った。

「だけど、世界は効率的じゃないもんね」

パンにはピーナツクリームが少し入っていた。あんまりちょっぴりなので、びっくりするほどだった。

ブリタ・フンゲン

ブリタ・フンゲンは最高のめがねモデルだった。髪色は濃く、顔は五角形、いつも好奇心いっぱいの表情はめがねをかけたときに最も輝く。眉骨と鼻、そして頬が出会う角度が特別で、どんなデザインのめがねをかけても理想的に似合うのがすごい。めがねをかけたブリタの顔はパッと人目につくが、めがねをはずすとちょっと平凡に見える。

誰の所有かわからない牛が歩き回り、住宅街のすぐ裏に羊の群れがいるオランダの小さな村で育ったため、ブリタは自分が最高のめがねモデルだということを知らなかった。村は小さいだけではなく国境に位置していた。ベルギーとドイツとオランダの国境が一点に集まったところに公園がある。ブリタは国境線をぴょんぴょん飛び越えて遊んだ。あたし今オランダだよ、今はベルギー、こんどはドイツだよ。一歩で国が変わる。国境なんかおかまいなしの楽しい土地の出身らしく、ブリタにとって旅とは、ごく普通のことだった。いつか、すごく遠いところに旅に出ようと心に決めていた。

めがねモデルとしてのブリタの特別な資質を発見したのは、八人目の彼氏だった。これはほぼ八人目ということで、数え方を変えれば六人目でもあるし、十一人目でもある。ブリタが大学生のときだった。大学のある都市は美しい運河で有名だったが、同時に、児童ポルノ製作者が団体で検挙されることでも悪名高い、いろんな意味で極端な場所だった。カメラマンだった彼氏はその奇妙な街で、健全にして健康的な商業写真を撮るアルバイトをしていた。みずみずしい断面を見せるピーマンとか、雨の降る日の博物館の裏の公園など、スーパーのチラシやコンピュータの壁紙によさそうな、穏当な写真である。

めがねをかけたところを撮ろうと彼氏に言われたとき、ブリタは快く承諾した。何かを脱げと言われるよりは何かを身につける方がずっとましだし、彼氏の写真には問題になりそうなところが全然ないので信じていたから、迷うことはない。それどころか、収益は分けてくれなくてもいいとさえ言ったのである。そのときは愛していたし、大した額ではないお金のことで気まずくなりたくなかった。その彼氏とはちょっとつきあってあっさり別れた。だから、何年か後にパーティーで偶然に会った彼がこう言ったとき、ブリタはちょっと驚いた。

「君の写真、グローバル写真サイトに上げたらいっぱい売れてさ。五十六回も売れたんだよ」

ブリタが興味を見せると元彼は、ユーザーが登録した情報を整理して送ってくれた。いろいろな国で印刷物に使われていたが、何と韓国では看板に使われていた。看板だなんて！　私の顔が看板に？　ブリタはちょうど休暇の計画を立てているところだった。

ブリタはソウルについてさまざまな誤解をしていたが、まずはその広さについて最大の誤解をしていた。ブリタが暮らしてきたヨーロッパの小都市はどこも、中心部は歩いて二十分、全体でも一時間半あれば横切れるぐらいの規模だ。ソウルが広いといったところでたかが知れているだろうと思ってやってきたが、あんまり広くてごちゃごちゃしているのにショックを受け、てんでばらばらな建物がぎっしりのこの都市にうんざりしてしまった。全世界の旅行者の友、グーグルマップがなかったら、看板製作会社を見つけることはできなかっただろう。

お互い英語が流暢《りゅうちょう》ではないのでしばらく誤解が行き交った末に、欲しかった回答を得ることができた。看板会社の人たちもうろたえたのだろうと思われる。二部屋しかない小さな会社では、外国人がなぜかいきなり連絡もなく訪ねてきたせいで業務が麻痺してしまった。問題は、看板の試案と完成写真は残っていたものの、購買先の住所も電話もわからなかったという点である。ブリタが途方にくれると会社の人たちは、この看板を作ったのはもう何年も前で、担当者は退職したということを、いくつかの単語とボディーランゲージで教えてくれた。

「スモール・ビジネス、ノー・レコード、ワーカー・カット」

ブリタはあまり解像度の高くない看板の写真に見入った。黄緑色の看板だった。社員が親切に「南大門眼鏡《ナムデムンアンギョン》」と読み上げてくれた。

南大門という地名は観光ガイドの冊子に出ていた。ざっと見積もってもくまなく探せそうな面積である。ブリタは自信を持った。南山方面にあるゲストハウスからも近いので、他の観光地に行くときにも毎回南大門を通過していたからだ——朝も昼も、夕方も夜も。ところが、南大門にはめがね屋はいっぱいあるのに、南大門眼鏡という店はない。結局ブリタは看板の写真を見せて、これはどこにあるかと人々に尋ねて回った。何人かが集まってブリタに説明してくれた。南大門がめがねで有名だから、南大門ではない場所のめがね屋も「南大門眼鏡」という商号を使うのだそうだ。もちろん説明は長く、いろいろな言語でなされ、じれったそうなため息まじりだったが、商人たちの言語感覚の方が看板会社の人たちよりずっとましで、ブリタにも理解できた。捜索範囲が急にぐっと広がってしまった。

友だちが必要だ、とブリタは思った。韓国人の友人がいたら紹介してくれとSNSに書き込むと、すぐに友だちの友だちの友だちと連絡がついた。弘益《ホンイク》大学前で会うことになった。ここが若者の街だという観光ガイドの説明は正しいようである。友だちの友だちの友だちは他の友だちも連れてきており、ブリタはハングルの読み方を覚えたいと言った。教えてくれるかと尋ねると、友だちたちは二時間もあれば十分だよと豪快に請け合った。そしてほんとうに、二時間後にブリタはどの看板でも読めるようになっていた。「いいだこ専門店《チュクミチプ》」と「肛門外科《ハンムンウェクァ》」の看板の文字を読んでブリタがむちゃくちゃ喜ぶのを見て、友だちたちも笑った。

翌日の午前中は二日酔いで何もできず、ブリタは午後になってやっと宿の共用コンピュータの前に座ることができた。彼女は韓国でいちばんよく使われるポータルサイトに入り、ハングルのキーボードで「南大門眼鏡」と打った。二百八十五ヶ所の南大門眼鏡がヒットした。友だちたちが教えてくれた通り、ストリートビューが直接出る地図に飛び、リストの三分の二ぐらい見たところで、ブリタはそのお店はもうつぶれているかもしれないと思って挫折しそうになったが、ついに最後から二番目のページに自分の顔が映った看板を発見した。ブリタは椅子からはずみをつけて飛び上がった。嬉しさに、思いのままめちゃくちゃに踊りながら走り回り、宿に他の人が誰もいないので一緒に喜べないのを残念に思った。そこは南大門ではないのはもちろん、ソウルですらなかった。川を渡って一時間以上も地下鉄に乗らなければならなかったが、もっと遠くなかったのはラッキーなことである。南大門とは何の関係もない町の店に南大門眼鏡という商号をつける韓国人は、不思議な人たちだ。

緊張して間違った出口から出てしまったので、ブリタとブリタの顔が出ている看板の間には八車線道路が広がっていた。大きな総合病院の隣に、小さな動物みたいにくっついた灰色のビルがあり、そこの二階に南大門眼鏡はある。冬に撮られたストリートビューの写真とは違い、よく茂ったプラタナスのせいで看板の両端が隠れている。そのため木のすきまからブリタの顔だけがひょいとのぞいている状態だった。ブリタは興奮した手でバックパックからカメラを出した。最新型の機種ではない。遠くから一度、ズームでもう一度看板を撮りながら、ブリタはもう笑いが止まらなかった。通り過ぎる人たちが、観光地でもないこんな町で、あの外国人はあんなに嬉しそうにいったい何を撮影しているのかと振り返って見た。

ブリタは古いビルの二階にあるめがね屋に上っていき、店員たちをあわてさせた後、気に入ったメガネを指差してみせた。照明のせいでガラスの陳列台が熱くなっている。めがねを出してくれた店員はブリタがめがねをかけると「おお？」と半信半疑の声を上げた。ブリタがいたずらっぽく笑ってみせると店員は「おおおお！」と、こんどははっきり感嘆の声を上げた。

めがね屋の人たちはブリタに大幅割引してくれた。ブリタは今もそのめがねをよく使っている。きれいなめがねだ、どこで買ったのかと誰かに聞かれると「ナムデムンアンギョン」と答えて、もっと質問してくれるのを待ちうける。

ムン・ウナム

同窓の友人たちと旅行に行ってきた妻に、彼女の不在中に蜂が耳の中に入ってひどく刺された話をしてやると、ひどく笑いころげた。医師が蜂を入れてくれた瓶も見せてやった。

「ハハハハハハハハハハハハハハ。それは痛かったでしょうね」

「そんなに笑われると、慰めてもらってる気がしないなあ」

だが、妻のソンミの笑い声を聞いているだけでも、まだ腫れている耳が少し治ったような気がする。ほんとに痛くて辛かったのだが、救急治療室は血の海で、催促できる立場ではなかった。そう言うとソンミは、あああ、うちのクマさんったらと言って背中を撫でてくれた。とにかく、どんなに深刻なことが起きようとそれを軽くする才能のある人なのだ。ウナムが何年か前に会社から依願退職を勧められたときも、ソンミは笑った。もともとよく笑う人だが、そのときはちょっと寂しかった記憶がある。

「ハハハハハハハハハハハハハハ。だって、呆れるじゃない。売上げの三分の二を引っ張ってくるあなたに出ていけですって？　会社がうまくいってないのはわかってたけど」

「どうしたもんかな？　俺も入れて部長は三人だけど、一人は親会社の社長の甥だし、もう一人は有名な国会議員の息子だし……」

「ハハハハハハハハハハハハハハハ。あなた、ほっときなさいよ。この会社、もう何年も持たないわよ」

驚いたことに、ソンミが笑いながら言った予言はほんとうに的中した。会社は長く持たず、つぶれた。だからといって、若い時代をまるごと捧げた会社がつぶれて嬉しいわけはないし、ウナムが経験した裏切りをなかったことにもできないが、因果応報だなという気持ちは確かにあった。

二人は手をつないで買いものに行き、腕を組んで映画館に行き、春には花見、秋には紅葉狩りにいそいそと出かけ、自転車と社交ダンスを習い、好きな歌手の船上ディナーショーに行き、日を決めて一緒に健康診断を受け……と、不仲も不運も経験せずに生き延びた、稀に見る幸運な中年夫婦に見えた。二人が一緒にいると、たまたま会った人までが「ほんとにすてきなお二人ですね、出会いのきっかけはどこで？」などと言う。ウナムもソンミも二度目の結婚だったが、そんな事実を話してやる必要は感じない。ただ、お互いだけがわかる笑みを浮かべているだけだった。苦くもあり甘くもある笑みを。

ウナムは最初の妻を三十一歳で卵巣ガンのために亡くしている。卵巣ガンは発見が遅れがちだと言われる通り、あ、あ、あと思っているうちに悪化してしまった。そのころのことを思い出すとまだ実感が湧かない。そんなことがあったのか、それが俺に起きたことなのかと茫然としてしまうほどだ。あまりにも早すぎた。昨日おとといのようだが、もう十何年も前のことになった。最近の医学なら助けられたのではないか。あんなふうに、打つ手もなく亡くなる人はまだたくさんいるのだろうか。ときどき新聞の健康欄の記事を注意深く読むことがあるが、それは前妻が忘れられないからではない。

前妻は六歳の娘を残して逝ったが、娘は父の実家と母の実家を行き来しながら成長したためずいぶん寂しかったのだろう、繊細な性格だった。ウナムが仕事で会ったソンミに惚れ込んで再婚を決心したとき、いちばん心配したのが娘のことだった。

そのときソンミはソンミではなかった。名前は最近になって変えたのだ。チン・マルスクからチン・ソンミへと。何だかミス・コリアみたいな名前だなあとウナムは首をかしげたが、ソンミにはそんな顔は見せなかった。若いころは二重だったが最近は四重ぐらいになった柔らかいまぶたに、ちょっとないほど洗練されたグレーのアイシャドウ、会うたびに結び方の違うシルクのスカーフが印象深かった。ウナムはソンミに会うたび、大統領令夫人よりきれいにしているなあと思って、ほとんどショックに近いものを感じたものだ。

「マルスクなんて野暮ったいわ。私みたいな女がマルスクだなんて。この名刺を使いきったら改名申請するの。がまんするだけがまんしたんだもの。面倒で延ばし延ばしにしてきたけど、ほんとに変えるわ」

ソンミは名家の娘として生まれ、名家の息子に嫁いだが、最初のうちは結婚生活も何とかうまくいっていたものの、子どもができないとわかると事態が急変した。姑の友だちがやっている産婦人科に行くと、ソンミに問題があるという結論が出た。ソンミはときどき、別の病院に行っても同じことを言われただろうか、最近の医学ならどうにかできたのじゃないかと思うことがある。ともかくそれであのとき、ソンミが養子をもらおうと提案したところ、夫の実家が大騒ぎになった。うちのような立派な家柄に血もつながってない養子を入れるなんて、とお目玉をくらい、一ヶ月後に田舎から見知らぬ娘さんが連れてこられた。三人で暮らして、子どもを作りなさいというのである。黙っていればばれない、あくまでビジネスだと思いなさいと言われて、笑うところではなかったが、思わず大笑いしてしまったとソンミは言う。ウナムはそれを聞いて以来ひそかに、妻の不適切な、吹き出すような笑い方が始まったのはこの瞬間だったのではと思っている。

思いきり笑い、その場で家を出て実家に寄り、弁護士である兄に離婚手続きを任せると、ソンミはアメリカに旅立った。一九九二年のことだった。アメリカではネイルサロンが人気を集めていた。何で爪を他人に管理してもらうのよと思ったが、実際にやってもらうととても気に入った。アメリカで流行っているならすぐに韓国にも入ってくるんじゃないかしら。これだと思って帰国し、ネイルサロンを開いた。韓国初のネイルサロンは八九年にできたということを後で知ったが、それより三年後とはいえ、遅くはなかったわけである。最初の店を出すときは実家からお金を借りたが、支店を増やしたのですぐに返すことができた。それだけでなく、マニキュアとネイルグッズの輸入流通事業も手がけて大きな収益を上げた。国内のネイル業界が飽和状態になる前に資本を引き上げ、中国に進出した。ソンミはハハハハハと笑いながら成功するタイプの女性だった。

「離婚しなかったらどうなってたか。私、今まででいちばん偉かったのは離婚したことだわ」

そんなソンミに再婚してくれと説得するのは、ウナムにとって人生で最も難しい仕事だった。持っていないものがない女性を、またもや結婚という枠に引っ張り込むのは、世界一賢い動物をお粗末な罠にかけようとするに等しい。

「だってウナムさんも私も、見たところは若くても、年は取るだけ取ってるじゃない。今選択をしそこなったら、十何年かのうちには病人の面倒を見ることになるわよ?」

後になってウナムの前妻がどうやって亡くなったかを聞いたソンミは、この言葉を後悔した。すでに一度、病人を看護したことのある男性に言うべき言葉ではなかった。事業は放っておいてもちゃんと回っていくので退屈でもあるし、ウナムが稀に見るほど善良な人であることは、人を見る目のあるソンミにはすぐにわかったので、結局再婚は成立した。ウナムの娘は思春期のまっただ中だったが、豪快に笑う新しい母はちょっと意外だったのか、心配したよりよく受け入れてくれた。今はしょっちゅうソンミのクローゼットをのぞきに来るぐらい、仲がいい。

「ねえ、私たちって、もう押しも押されもしない五十代でしょ？」

ソンミがしばらく前に買ったターンテーブルにレコードを載せながら言った。ターンテーブルもレコードも、二人がよく行っていたが、ビルのリフォームのために閉店したジャズバーで買ったものだ。

「うん。それで？」

「立ってみて」

ソンミがウナムを立たせて、足の甲の上に乗った。初めてのことではない。ウナムは、洗いたてでまだ水気が残っているような、軽くて白いソンミの足は完璧だと思った。別に足のために結婚したのではないが、きれいなところを毎日発見できるのは楽しいことだ。妻を足の上に乗せて踊りはじめた。

「ハワイ。ハワイに行きたい。行ったことないの。来年ぐらい連れてって」

「そうだな、行こう。来年じゃなく、来月にも行こう」

「忙しくない？」

「忙しいったって、それもできないほどじゃないさ」

「ヨンニンも連れていきましょうか」

「一緒に行くかな？」

「そうね、もう大きいもの。大人のお嬢さんだもんね」

大学に通っている娘の帰りが遅いので、妻とこんな時間をしょっちゅう持てるのは悪くないとウナムは思った。ときどき蜂が耳に入ったりするような信じられない事件が起きはしても、人生は決して悪いことばかりではない。

「小さいとき、お父さんが私をこんなふうに足の上に乗せて踊ってくれたの。かわいい娘だったのね、私」

「うちの父さんもだよ」

「え?」

「何で?　俺も、かわいい息子だったんだよ」

「ハハハハハハハハハハハハハハ」

「信じられない?」

「ううん、かわいい息子だっただろうけど、足の上に乗るぐらい小さな子どもだったとは思えないわ」

熟年夫婦の二人はそれぞれの両親の足の上に乗って踊っていたころを思い出し、お互いの幼いころについて想像した。うら寂しいような、でもいい気持ちで、ソンミの足の水気が完全に乾くまで踊りつづけた。

ウナムがソンミの目元に唇をつけた。下を向こうとして頑張ったので、耳の中がちょっと引っ張られる。いつかソンミの二重まぶたが五重になっても、六重になっても美しいだろうとウナムは思った。

ハン・スンジョ

スンジョは死にかけている犬と一緒に兄さんを待っていた。「テイ」は兄さんが十四年前に連れてきた犬だ。六年前からはスンジョが一人で飼っているも同然なのだが、やっぱり兄さんの犬だ。兄さんが好きな推理小説作家の名前をつけた、小さい白いテリアの雑種。テリアの中でもどのテリアなのかについては意見が分かれる。なぜか「僕の犬」とはとても言えなかったので、スンジョとテイは、誰が誰の所有でもないまま一緒に暮らしているという感じが強かった。

兄さんのスングクは、会社に入って研修を終えるとすぐに中国工場への辞令を受け、途中で一年半帰ってきて一緒に暮らしたこともあるが、すぐに二回目の辞令を受けた。あの一年半はテイも幸せだったが、その後は混乱に見舞われた。ドアの外に人の気配がするたびに犬が吠える表情を、スンジョはいつの間にか見分けられるようになった。希望と絶望がすさまじい速さで交差し、犬の寿命を削ったのではないか。スンジョは死にかけている犬を見おろしながらそう思った。撫でてやるスンジョの手を、手首の内側を、犬が舐める。テイはスンジョのことがけっこう好きだった。愛してはくれなかったけれど。

動物たちも子どもたちも、いつもスングクを愛した。スンジョには無愛想なのに。外見のせいかフェロモンのせいかわからないが、明らかな温度差があった。小さいときはそれを気に病んだこともあったが、いつからか、生まれついてのものだろうと受け入れるようになった。愛される人は、その愛情に応えようとして無理をする。一人息子が二代続き、その後に生まれた次男であるスンジョは、スングクに比べてその重みから自由だった。兄さんは、父さんの生前には長男として、母さんが一人で残されてからは、二人兄弟のうち大事な方の息子として、今はいったい誰の愛に応じようとしているのかわからないが、いつも無理をして生きてきた。彼の人生全体を「無理」の一言で要約できるほどだ。スンジョは逆方向に行った。どう見ても長寿の家系ではないので、無理せず、気の向くままに生きようと心に決めたのだ。例えば、十四年間も一緒に生きてきた犬が死にそうなとき、そばにいてやれるような生活をしようと。

獣医は遠慮がちに、楽にしてやることも考えてみてはと言った。テイは十歳を過ぎてから二回手術を受け、もう全身麻酔をかけるのが危険な状態になっていたから、手を打つことができなかった。多臓器障害に肺炎だなんて、最期は人間と同じなんだなと思う。母さんも父さんも最期は肺炎だった。スンジョは両親のことを思い出さないようにしようと努めた。犬が息をするたびにすごい音がする。歯石除去をしていないのでテイの口臭はひどかったが、スンジョは気にせずキスをした。獣医には考えてみると答えたけれど、それを決定するのはスンジョの役割ではない。テイは兄さんの犬なのだから。

——テイがこんどこそほんとに死にそうなんだ。

二時間ほどして、兄さんから返事が来た。

——行くよ。

そして兄さんは空港で飛行機に乗る前に一度、降りてからもう一度メッセージをくれた。来ると言ったんだから来るだろう程度に思っているのに、まじめな兄さんは移動経路と到着時刻も教えてくれた。兄さんらしい。テイ、兄さんを迎えに行ってくるからね。病気の犬の耳が動いた。連れていけなくてごめんな。帰ってくるまでは絶対、死ぬなよ。タオルでテイを包んでやると、この間に何てやせたことか、骨が手に触れた。触るに触れなかったが、指先で骨の形を一つ一つ描けるほどだった。

家から遠くないところに大きな工業団地があるのに、空気はまろやかだった。そう感じているのは鼻で、肺はどうだかわからないが。兄さんが降りる空港バスの停留所に行く途中、両親が時間差で亡くなった病院にさしかかった。一つ一つの窓の、白い光。

「ねえ、五十年後にはみんな死んでると思うより、三十年ぐらい経ったらみんな孤児になってると思う方が怖くない？」

何年か前につきあっていた彼女がそう言ったことがある。俺の場合は三十年かからなかったよと伝える方法がないから、空気に向かって言う。あれから連絡をとったことはないが、詩人になったと聞いた。詩人だなんて、あっちも相当な変わりもんだと思う。放っておいたら木の枝に目をつつかれてマンホールに落っこちかねない人だった。年齢は向こうが上だったが、水ぎわで遊んでいる子どもを見ているみたいに冷や冷やさせられた。気疲れしただけで関係は長続きしなかったが、こっちが悪かったんだろうとスンジョは結論を下した。子どもたちや動物たちがスンジョを愛さなかったように、恋人たちも長くはとどまってくれなかった。

スングクは、そろそろ来るんじゃないかと思った時間にほんとうに来た。スンジョが待つまでもない。トランクも持たず、軽いビジネスバッグだけだ。バッグの大きさから見て、長い休みはとれなかったらしい。スングクはスンジョの足首に新しく入れたタトゥーをちらっと見たが、何も言わなかった。この前口喧嘩したことを思い出したのかもしれない。

「そんなのは本物の職業じゃないよ」

前回帰国したとき、スングクは兄貴らしいことを言おうと思ったのか、厳しい表情でそう言った。すごく言いたかったけど、ずっとがまんしてきたんだというように。

「そう？　じゃあ、僕がこの仕事で会社にいたときの二倍も三倍も稼いでるってことを、兄貴はどう説明してくれるの？」

スンジョは思わず皮肉を言ってしまった。本物の職業じゃないだなんて、全国のタトゥー・アーティストを全員敵に回すつもりなのかな。とかくこの、偏見というやつがあるから、この職業は肉親との縁が薄い自分みたいな人間にこそぴったりなんだとスンジョはよく思った。家族くらい、一線を越えて自分の偏見を押しつけてくる人間たちもいない。

　ビジュアルデザインを専攻したスンジョが最初に魅力を感じた分野は、タイポグラフィだった。学校にはその関連の授業があまりなかったので、学校外でも熱心にあちこちを回って勉強した。そうこうするうちに業界で有名な先生に出会い、その人が会社を新しく作ったのでそこに入ったのだが、給料がお話にならない。インターンのころは月に六十万ウォン（六万円くらい）だった。クライアントが次から次へと押しよせても仕事のクオリティは高水準を保っているというので新聞や雑誌に毎月紹介されていたが、正規採用は延ばし延ばしにされた。出ていけという視線に耐えてついに正規採用されたが、業界最低年俸だった。作り笑いするしかないような月給だったけれども、大きな会社に移りたいならキャリアが必要だから、残業もしたし、土日にも働いた。

「お前はなあ、自分の食い扶持《ぶち》も稼げてないんだよ」

　お金をとる授業ではこの上なく親切だった先生が、上司になると毎日毎日スンジョを侮辱した。スンジョが手がけた作品を床にばらまいたこともある。拾うのが嫌だったから、スンジョもその上を踏んで歩いた。あと一年。あと一年だけがまんしようと思っていた。

　そして帯状疱疹になった。あんなにうんざりする痛い病気もない。シャワーの水が当たっても痛いし、Tシャツを着るときも痛い。休めば治るというのだが、休めないのだから、背中にほとんど地図みたいな発疹ができた。やっと治ったと思ったらまた再発して眉が抜けはじめたときには、目が見えなくなるかもという危機感を覚えた。手遅れになるのをみすみす待ってはいられない。

「意気地なし、弱虫。立派に育ててやろうと思ってたのに。俺についてくればそれでいいのに」

その言葉に爆発してしまったのだった。

「僕は、あなたみたいな歳のとり方はしないつもりです。それがいちばん怖いんですから」

眉が片っぽだけの顔でそう言ったところで、笑われるのが落ちだっただろう。でも、言ってしまうとすっきりした。私物も全部置いたまま歩いて出ていき、二週間ぐらい休んでいたら帯状疱疹はあっさり消えてしまった。眉毛がまた生えてくるにはもうしばらく時間がかかり、まだ片方がもう一方より薄いけれども。

休んでいるとき、けっこう親しかった学科の同期生がスタジオを作ったから遊びに来いと連絡をくれたので、何も考えずに行ってみた。何のスタジオなのかも知らなかった。階段の下まで来てからタトゥースタジオだということに気づいてびっくりしたが、その夜、たちまち魅了されてしまった。

「俺も入れてみたいな。やってくれる?」

「どこに?」

「そうだな……体ならどこでもいい」

「ちゃんと治ってからにしろよ。皮膚がカンヴァスなんだから」

それで、皮膚の状態がよくなるまで待つ間に友だちにタトゥーを習った。資格をとろうかと思ったが、刺青士法（刺青の合法化のための法制度）の制定は何度も挫折したので、そんなものは取らなかった。友だちと二人で国会議員を罵った。

「絵は俺がやるから、レタリングはお前がやれよ。お前の方がうまいから」

友だちに毎月部屋代を払い、スタジオを折半して使うことになった。お客さんが入れたいと言って持ってくる言葉がほんとに興味深い。ある人はひじの内側にあらかじめ場所を決めて、そこに点線で書いた丸と、「静脈注射はここ」という言葉を入れてくれと言った。ある人は足の甲に「Didn't we?」と入れてくれと言い、どういう意味かと尋ねると、もう閉めたけれど、前に経営していた店の名前なんだと言う。またある人は「Here comes the sun」の歌詞を両方のふくらはぎにつながるように入れてくれと言う。ビートルズがお好きなんですねと言うと、恥ずかしそうにええ、まあと答えた。

「そうなんだよね。初めのうちは、ほんとに大事な意味のある言葉を入れるもんだろうと思ってたんだけど、大げさに考えてない人たちの方がおもしろいって気づいたんだ。いつだったか、大きな帆船を入れてくれって言う人がいてさ。船と関係のある仕事をしてるのかと思って図案の相談したんだけど、聞いてみたら全然そうじゃなくて。乗ったこともないんだって」

「ハハハ、それで？」

「その人も船のこと知らないし、俺もよくわからないからさ、ただもう、帆がかっこいいのを選んだんだ」

そのようにして、スンジョの体にも大げさでないタトゥーがいくつか入った。テイの顔と名前も入れようかと思って悩んだが、兄さんの犬だから、いつか兄さんが入れたくなったら入れてあげようと思って、思いとどまった。


テイは病気の犬が感じとれる最大限の幸せを味わいながら、兄さんに抱かれていた。兄さんに染みついた、知らない匂いをくんくんと嗅ぎながら。くんくんするたびに苦しみながら。

「いい子だ、テイ。待ってたか？　ん？　お兄ちゃんが来るのを、待ってたのか？」

死ぬに死ねなくて待ってたんだよと、代わりにスンジョが答えてやりたかった。

「俺が死ぬほど働いて最高級の餌を食べさせてやってたのに、他の犬たちは二十歳まで生きるのに、何でもう死んじゃうんだ？　ん？」

テイがすまなそうに、クウウンと鳴いた。

「そんなこと言ったら、こんど兄貴が来るときまで生きていようとするよ。そういう子だよ」

「そうか」

スングクの腿に頭を載せるだけではまだ不安なのか、前足でズボンをつかんでテイは眠った。おかげでスングクは窮屈そうなスーツのズボンをはき替えることもできなかった。兄弟はボリュームを落としてテレビを見た。あるアイドル歌手がグループから脱退するという芸能ニュースが流れている。

「俺、脱退するアイドルの気持ち、わかるな。同じ会社に七年とか八年勤めて辞めるなんていくらでもあるのに、批判されるようなことじゃないと思うな」

「そうだよね」

兄さんはそう言いながら、そのアイドルグループの全盛期の曲に合わせて足をクッ、クッと動かした。それなら、とスンジョも一緒に上半身の振りつけを踊ってみたが、二人の主人がうるさいのが不満なのか、テイが唸りはじめたので、すぐにやめた。

テイは兄さんの休暇が終わった二日後に死んだ。兄さんは冬にまた帰国して、会社員としてはいちばん目につかない足の裏に、テイの姿と名前のタトゥーを入れた。スンジョが入れてやった。

「足の裏だと消えちゃうかもしれないけど、いい?」

「いいよ」

後になってスンジョは、スングクが彼女を連れてきて「俺が帰国するとすぐに、俺に抱かれて死んだんだ」と言いながら足の裏のテイを見せているのを見て、ちょっと笑った。

カン・ハニョン

弟にフォークで目の下を突かれたのは先週のことだ。久しぶりに四人家族が揃って夕食をとり、果物を食べているところだった。弟のハンジョンが学校の前のマンションで一人暮らしを始めたことが話題になった。母さんが突然、ハニョンに言った。

「あんたが週に一度行って、掃除してやってよ」

「何で私が？」

それだけだ。そんなの、誰だって言いそうなことなのに、間髪を容れず果物フォークが飛んできた。ハニョンがとっさによけたので深くは刺さらなかった。穴が三つ。それだけ。そして血が出ただけ。だけど目に刺さってたらどうなってたか？　弟が爆発に至るまでの時間はだんだん短くなっている。すごく頻繁になってきている。もしかしたらハンジョンはいつかハニョンを殺してしまうかもしれない。そしたらみんな言うだろうな、そんなこととはほんとうに知りませんでしたって。知らないもんか。みんな知ってて、でも誰もハニョンを守ってくれない。真近にいる家族も遠くの親類も、隣人も、両親の知人たちも。

　父さんがハンジョンを取り押さえて床に押しつけ、母さんが床に散らばったりんごを拾って捨ててしまった。その程度でも、両親が反応してくれたのはラッキーな方だ。殴られたぐらいでは両親はびくともしないから。血を見てようやく、見て見ぬ振りをやめる。

「お前は——お前は、別の病院に行くんだぞ」

　弟を入院させに行くとき父さんがハニョンに言った。病院には行かなくてもすみそうだった。深く刺さらなかったのは、ハニョンが今までの経験で培った反射神経のおかげだ。しばらく前に血は止まったが、ひっくり返った果物の皿をかたづけようとしたらまた出血がひどくなるかもしれない。ハニョンはじっと座って傷にティッシュを当てていた。母さんが寝室に鍵をかけて泣いているのが聞こえる。母さんも年に一度はやられるのだが、最後まで「命中はしてなかった」と言い張る。

「病院に行ったら、フォークを持ったまま転んだって言え」

　父さんがまた言い、ハニョンは答えなかった。動揺したに決まっているのに、父さんの顔は何の変化もなく冷静だ。それが憎らしいかというとそうでもなく、ハニョンが感じたものは哀れみに近かった。ハニョンが出ていったら結局、父さん一人が残って弟に耐えなくてはならない。もう弟は父さんより背が高いのに、腕も長いのに、力もすぐに追いつくのに……。ハニョンは戻らないつもりだから、父さんはおじいさんになるまで息子に責任を負わなくてはならないだろう。

十三歳のときから、出ていきたかった。そしてやっと今、決行できるようになった。正常なものとそうでないものの区別がつく年齢って十三歳ぐらいじゃないだろうか。弟に髪の毛を一つかみ、誇張ではなくほんとに一つかみ髪の毛を抜かれて両親の方を振り向いたとき、二人ともただ面倒くさそうな表情をしていた。髪の毛だけですんだのがラッキーで、頭皮がはがれなかったのが不思議なくらいだったのに。この家は正常じゃない。母さんも父さんも正常じゃない。私はここから逃げなくてはならない。

長いこと、これが正常なんだと思っていた。お姉さんががまんすべきだから、男の子はもともとそんなもんだから、弟が変になってないときの両親はそれほど悪い人たちじゃなかったから。あざが絶えた日がなく、傷は数えきれない、それが普通だと思っていた。父さんは静かな人だったし、母さんは気持ちのアップダウンが激しいけれど、もともとそうだったのではなく弟のせいだ。猟銃の銃床で奥さんを殴ったとか、素手でイノシシをつかまえたとか、職場の上司の歯をヘディングで折っちゃって会社を辞めたとか、両親それぞれの実家に伝わる暴力の伝説が弟の体を借りていきなり実体化したとは、誰も思っていなかった。

ハニョンの考えでは、弟が一歳のころに何とかできたはずだった。恐竜みたいに人を噛んだり引っかいたりしていたとき、かわいさに負けてないでちゃんと言って聞かせればよかったんだ。家で放っておくから幼稚園の先生たちも放っておくし、小学校でも放っておかれた。その機会を逃した後、ハニョンの両親はひたすら弟を避けつづけた。知恵がついてくればちゃんとするよと、自分でも信じていないことを言いながら。親しい知人たちの顔に浮かんでいた「あの家の子はちょっと変。あの家自体がちょっと変」という表情を思い出すたび、「うちはおかしいのかもしれない」と一人で思い、疑いの念を抱いてきた。やがてハニョンの疑いは確信になり、固まっていった。辛い思春期だった。

ハンジョンはハニョンより力が強くなると、退屈しのぎにハニョンの腹を蹴った。両親がいるときはそっといたずらみたいに、いないときは息が止まるぐらい強く。首を絞めたり、ガスレンジでハニョンの手を危うく焼きそうになったこともある。それでハニョンの指紋はまだぼやけているのだ。あのころは、尖ったものはすべて気をつけてかたづけ、友だちもできるだけ招待しなかった。ハニョンは、自分がそんなふうに暮らしていることが友だちにばれるのが嫌だった。正常に見られたかった。正常さの感覚がハニョンにはいつも不足していたけれど、かろうじて正常に見えるようにとりつくろうことはできていた。

弟だけが変だったわけではない。両親のお金の管理方法も、ありえないぐらい変だった。ベランダの棚にはいつも現金がぎっしり入ったゴルフバッグが置いてあった。その棚には簡単な鍵がついており、母さんは生活費が必要になるとそこをちょっと開けてお金を持ってきて使う。それがあまりにも普通だったので、ハニョンはどこの家でもみんなお金はベランダにしまっていると思っていた。よそではそんなことはしないと知ったときはびっくり仰天。父さんは市役所の建築課の公務員で、母さんは働いていない。あのお金はどこから来たんだろう？あんなにたくさん、現金で？

訊いたって教えてくれないことははっきりしていたから、ハニョンは一生けんめいニュースを見た。詳しいことはわからなかったが、おそらく建設がらみの不正じゃないだろうか。いちばんよくあるのは、違法な許認可とか、入札の不正などらしい。大規模な開発事業は公務員がどうにかできることではないらしいから、欄干が低かったり、まともじゃない資材を使っていたり、消防車が進入できなかったり、何年か経つと床がそっと傾いて空き缶がごろごろ転がってしまうようなビルに関係しているのだろう……ハニョンは想像するだけでなく直接尋ねてみたかったけど、それはしなかった。両親が正常ではないと確認するのは、二十歳を過ぎていても怖い。ただニュースを一生けんめい見て、ときどき母さんに黙ってベランダの倉庫を開けてみた。五万ウォン札が登場してからは、ゴルフバッグが小さな箱に変わった。頂きものの高麗人参が入っていた箱だった。

アルバイトもやるにはやったが、バイト代は最低賃金より八十ウォン高いだけだったから、お金はちっともたまらない。もう家には戻らないと決心したハニョンは、高麗人参の箱を前にして悩んだ。ベランダの棚の鍵は台所の引き出しにある。もしこのお金を持ち出したら、どうなるだろう。ハニョンは何日も前から、おまけでもらったキャリーバッグと登山用リュック、軽いナイロンのショルダーバッグに持っていくものを詰めておいた。気づかれないように少しずつ、ベッドの下から出したり入れたりしながら。入れるべきものは、あとはあの箱だけだ。ざっと見積もって三千万から四千万ウォンの間の金額である。一緒に住むルームメイトも見つけてある。ハニョンが生まれてから出会ったうちで、一緒にいていちばん楽な気持ちになれる友だちだ。このお金があれば、卒業までどうにかなるだろう。

裸足でベランダに出て、プランターからこぼれた土を足の裏で集めながら悩んでいたとき、弟から電話がかかってきた。ハニョンはためらったが、電話に出た。何日か前の電話では、哀願されたっけ。フォークで私の顔を刺したことなんかすっかり忘れたみたいに、優しい弟みたいなことを言っていた。あんたは、友だちとは比べものにならないの。知らない人より他人なのと言いたかったが、ハニョンが弟に対して持っている感情は基本的に恐怖だけなのだ。だから適当に返事をしておいた。ご飯は食べてるのとか、病院はどうなのとか、みんな親切にしてくれてるのとか。ここ何日かで電話のやりとりを徐々に減らした。疑われないように。明日は電話番号を変えるのだ。電話機をおろすと指がすっと頬に、目の下に行く。ほとんど治ったけれど、薄くかさぶたになっている。

「盗むわけじゃない。慰謝料みたいなもんだわ」

心がちょっと軽くなる。ハニョンは高麗人参の箱を持ち上げた。重いけど、手に負えないほどではない。そして、要約すると「一人で暮らしたいんです。わかるでしょ」という意味になる手紙を食卓に置いた。

怖いだろうと思っていた。大きなバッグを背負ったり、引いたりしながら歩いていくことが。みんながじろじろ見るだろうと思っていた。みんながハニョンが家出してきたことに気づくんじゃないかと。ハニョンを後ろから押し倒して箱を取っていくんじゃないかと。ハニョンはナイロンのバッグが薄いため箱が目立つのが気になった。しょっちゅう振り返りながら歩いていった。誰も、何も気づいていない。ハニョンのことを、旅行に行く大学生以上に見ている人はいない。真昼、私は家の前にいる。もう二度と戻ってこない家。家がだんだん遠ざかるのを、背中でびりびりと感じる。キャリーバッグのキャスターが一つ壊れていて必要以上に回転してしまうので、バッグがしょっちゅう裏返る。ハニョンが横断歩道を渡るときに困っていると、一人のおじさんが代わりに持ってくれた。親切だな。みんな親切だ。

これが嘘かもしれないことはわかっている。壊れたキャリーバッグを親切に持ってくれる人が、家に帰ったら自分の家族にどんな顔を見せているかなんて誰にもわからない。でも、そっち側のことなんか知りたくない。裏にどんな異様さが隠されているかなんて。表だけ見ててもいい世界で、生きていきたいんだ。

脇に抱えたナイロンバッグはパラシュートを作る素材でできているそうだ。ハニョンはパラシュートを使ったことはなかったが、その気分だけはわかりそうだった。ちゃんと脱出できたという気持ちだけは。

電車とバスを乗り継いで、学校の前にある友だちの家に着いた。キャリーバッグはバスの床でひっきりなしに滑るので、持ち手をずっとつかんでいなくてはならず、降りるころには腕が痛くなるほどだった。その痛みさえ気持ちいい。すごく落ち込むかと思っていたけど、家が遠ざかるほど心がどんどん軽くなる。プロペラの形をして風に乗っていく種子とか、服や毛にくっついて山を越える、くまでみたいな形の種子になった気分だ。または動物の口から入って、長い汚い消化管を通過し、ついに芽を出した種子。私ははらわたを抜け出してきたんだ、とハニョンは思う。友だちが嬉しそうな声を上げながら玄関の外まで飛び出してきた。友だちの家は五坪のワンルームだ。翌月から二人が一緒に住む家はこれよりちょっと広い。玄関にはキャリーバッグを立てておく空間もない。

「来たねえ。ほんとに、来られたねえ」

これからルームメイトになる友だちのジジは、部屋の契約をした後もまだ、ハニョンの気持ちが変わるのではとずっと心配してきた。引越しのこともそうだが、ハニョンが逃げ出せないんじゃないか、これからも弟に襲われながら暮らすしかないんじゃないかと。ハニョンは、ジジがいなかったら実行できなかっただろうと認めるしかなかった。ジジとはチ・ヨンジを略した愛称で、ハニョンだけでなくみんながそう呼ぶ。二人は腸詰めと唐揚げとパイナップル味のビールを買ってきた。携帯を紙コップに挿して、ブルーノ・マーズの曲をかけて踊ったが、部屋がすごく狭いので、体がぶつかりっぱなし。しまいにジジの頭の上にファイルが一枚、落ちてきた。

壁が薄いため、隣の人がうるさいと壁を叩くので、五曲目になる前にやめた。たぶんこの世でハニョンが危険を感じない男性は、はるかかなたにいるブルーノ・マーズぐらいだろう。隣の人が嫌な人かもしれないので、また萎縮してしまった。

「自分たちは毎日もっとうるさいくせにさ」

ジジがぶつくさ言う。

キャンプに来たような気分で半月ほど過ごしてから引越した。ハニョンは高麗人参の箱からお金を出して、学校のサイトの中古品掲示板で使えそうなテレビを見つけて買った。ジジが毎日小さなノートパソコンで見ている、モデルが大勢出てくるリアリティ番組を大画面で見せてあげたかったのだ。感謝のプレゼントであり、引越してから初めて買った生活用品でもある。ハニョンの予想を超えていたのは、何日か後、テレビで父さんの動向を知ったことだ。父さんが出てきたのではない。父さんの名前が出たわけでもない。だが、聞き慣れた市役所の名前と、おそらく高麗人参の箱と関係のありそうな不正に関するニュースが流れてきたのだ。ハニョンは皿洗いをしながら振り向いてそれを見た。

「これ、もっと見る?」

内幕を知らないジジが訊いた。

「ううん」

ジジがチャンネルを変えた。

キム・ヒョッキョン

天才少女が腕の中に倒れ込んだときのことが、ひっきりなしに頭の中で再生される。軽かった。首と腰がヒョッキョンの広げた両腕の中に倒れてきて、しっかりと抱きとめられた。ヒョッキョンがあの、驚くべき頭脳を救ったのだ。ファベルジェの卵（ロマノフ朝のロシア皇帝のためにファベルジェ家によって作られた、宝石で飾られたイースターエッグ）さながらの、貴重な上にも貴重なあの頭が床に叩きつけられる前に。

みんながヒョッキョンの瞬発力をほめたたえたが、瞬発力のおかげではない。ずっと天才少女を見ていたから、気絶する前にその兆候に気づいたのだ。体の中心軸がわずかにぶれた。回っていたこまが停止する前みたいに。ヒョッキョンは天才少女の手術を展望していた。胃ガンの手術だった。複雑な手術でも単純な手術でも、天才少女がやると違う。バレエとかリズム体操とか、美しさと強さの両方が必要なパフォーマンスを見ているような感じだ。天才少女は、「少女」と呼ぶのが明らかに不似合いな成人女性だったが、どこか少女を連想させるところがあり、みんな遠慮なくそう呼んでいた。外科のキム・テヒ（美貌で有名な女優）と呼ぶこともあった。どっちのニックネームも、本人が知らないことは明らかである。

麻酔科は他の科に比べて勉強も実践も簡単だと誤解している人が多いので、ヒョッキョンはいつも悔しかった。楽な仕事じゃないのに。みんなが思うよりずっと難しいし、労力のいる仕事なのに。手術の主人公はもちろん執刀医だが、彼らがほんとうに手術にだけ集中できるように、他のすべてのことに神経を遣うのが麻酔医の役割だ。患者を苦痛なく、意識なく眠らせ、手術部位の筋肉を弛緩させせなければならない。このときに用いる筋肉弛緩剤のために患者の体が完全にゆるむと、ややもすると神経損傷が起きやすい。手術が長引くと、肉が少ない部位の神経がベッドに押しつけられるからだ。そんなわけで、手術の際に患者の姿勢をよく理解し、神経が圧迫されやすい部位にきめ細やかにスポンジを入れて支えてやるのも麻酔科の仕事だ。ほんとにどうってことない仕事のようだが、これをおろそかにしたら一人の人間が一生神経痛に苦しむことになる。その上、患者にだけ気を配っていればすむわけではない。床で入り乱れた各種装置のコードを器用にまとめ、パッドで包んで足が引っかからないようにしたり、動線を考慮して事故や失敗の可能性を減らす。いってみれば舞台監督に近い。

緻密な性格である上に、いろいろなことを同時にやれる人でないと務まらない。手術が始まってからはもっとそうだ。患者の呼吸、血圧、脈拍、体温、使っている薬などを絶えずチェックしながら、手術の全体的な進行をぬかりなく把握しなくてはならない。そのようすを一言で「展望する」と要約すれば何だか結構なことに思えるかもしれないが、単純な見物ではない。患者の体の上に張られたテントを間に置いて、手術室のコントロールを執刀医と分担するのだ。そして、領域を越えてお互いを尊重する。今のヒョッキョンは誰もが組みたがる麻酔科専門医だが、ずっとそうだったわけではない。麻酔科医をあきらめるところだった。天才少女がいなかったら。

天才少女の方では別に何とも思っていなかっただろうが、ヒョッキョンは彼女と同期だった。ヒョッキョンはこの病院のメディカルスクールを出ていない。学校は地方で出たが、首都圏で修業したくてここに移ってきたのだ。だが、いざインターンになってみると彼の手は「前足」だった。手技が非常に苦手なことをそう呼ぶ。採血もまともにできないのに何で麻酔科に行くんだと言われ、前足を抱えて泣きたい気分だった。そのとき、同じインターンの組に天才少女がいた。科を回るたびに組が変わるのだが、驚いたことに天才少女とはずっと同じ組だったのだ。

天才少女はヒョッキョンが手こずっていると、少しも恩に着せずに代わってくれた。ラテックスの手袋をはめた手が、手袋をしているとひときわ抜かりなく見えるその手が患者の血管の上で踊る。下手なりに真似してやってみると、いつの間にかヒョッキョンもできるようになった。前足がついに手になったのである。天才少女がよいヒントをていねいに教えてくれることもあったが、説明がほんとうに上手なので、それを聞くだけで頭の中に立体的に思い描くことができた。いつも終始一貫、いらいらもしなければ恩に着せることもしない。驚くほど穏やかな顔をしていた。ヒョッキョンにとっては恩人だが、それももう何年も前のことだから、今じゃマスクごしに、自分の顔に気づいてくれているかどうかもわからない。天才少女は頭がいい上に社交的だという評判だったが、ヒョッキョンが見たところでは、すごく頭がいいので社交的に行動しているのであって、ほんとに社交的なのではなさそうだった。

「朝ごはん食べました?」

天才少女が気絶した日、手術前に誰かが尋ねた。

「いいえ、まだ」

「今日は食べてません」

「私も」

レジデントもインターンもオペ室看護師もみんな朝ごはんを食べていなかった。

「あ、僕は食べたけど……」

そう言いながらヒョッキョンはちょっと恥ずかしかった。

「やっぱり麻酔科はQOLが高いわね」

天才少女が、少しだけ出ている目で笑いながらうらやましがってみせた。病院のスタッフがいつも「クオリティ・オブ・ライフ」を略してQOLと言うのは、忙しいからというより、「生活の質」とまともに言うのが照れくさいからだろう。何でそんなことに照れるのか、ヒョッキョンにはわからない。朝ごはんを食べさせてあげたかった。手術室の中と同じように、外でもサポートしてあげたい、ちょっとでもＱＯＬを高めてあげたい。やっぱり、好きなんだよな。好きになってずいぶん経つけど、今まで何も行動しなかった。それでも好きなんだよな……ヒョッキョンはそんなことを思いながら天才少女をずっと見守っていたのだ。彼女の体の軸が揺らぎ、まぶたが痙攣するまで。目だけが見える手術室にいると、目を見ただけで多くのことを感じとれる。ふつう顔全体で表現することを、目だけで伝えるのだから。

椅子をグッと引いて立ち上がり、走らずに早足で近寄るとすぐさま、倒れ込んでくる天才少女の体を受け止めた。生まれてこの方、あんなにほっとしたことはなかった。

そのままずっと抱いていたかったけどそれは他の人に任せて、素早く天才少女の手の甲の静脈を探し、ブドウ糖液を注入した。口にも一つ入れた。

「おお、一発で静脈、見つけましたね」

後ろで誰かが感嘆していた。誰に教わったと思ってるんです、と心の中で答える。天才少女は幸いすぐに意識を取り戻したし、手術はもうほとんど終わっていたので、最後はレジデントに任せても問題はなかった。天才少女がヒョッキョンにありがとうと言った。そう言う天才少女はまだ目を開けているのもやっとのようで、心配だった。僕が受け止めてあげたことを忘れちゃったらどうしよう？　天才少女の方では一度も恩に着せたことはないけど、ヒョッキョンはそうしたかった。王子様みたいに助けてあげたのだから、食事の一回ぐらいおごってくれないかな？

食べものにも薬にも消費期限があるように、おかげさまにも流通期限がある。ヒョッキョンは、また天才少女と一緒に手術をする日を待った。幸い、そう長く待たなくてもよかった。四時間かかる手術である。天才少女が切ると手術部位から血が出ないという噂は大げさだけど、そんな噂が出回るだけのことはある。ずば抜けて優れていることは明らかで、みんなが賞賛したくなるのは自然なことだ。目覚める前に終わっているので患者自身は知らないけれど、コントロール不能な修羅場と化し、罵声が飛び交い、めった切りみたいになる手術がどんなに多いことか。技術はさほどでもないのに、他のことが上手で大学病院に残った外科医も確かに存在する。それに比べて天才少女の手術は、何時間でも楽な気持ちで見守ることができた。気絶さえしなければ。

「また気絶するんじゃないかって心配したでしょ？」

手術が終わると天才少女が声をかけてきた。ヒョッキョンは自分でも気づかないうちに、いいんやいやいや、とおじさんみたいな反応をしてしまった。

「あのとき、ちゃんとお礼ができなくて」

「いんやいやいや、とんでもない」

何なんだよこの、いんやいやいやってのは。ほんと頼むから、やめてくれよ、自分。焦りすぎて汗が出る。それでもヒョッキョンはやっとのことで、心に決めていた通り、お返しの件を持ち出した。

「それじゃ、えーと、すきっ腹じゃなくて、何かおいしいものでお礼してくださいよ」

するとと天才少女の利口そうな小さな頭が、ヒョッキョンの方へ向いたままちょっと止まった。わかったんだ、デートの誘いだってことが。ヒョッキョンは足の裏まで汗が垂れそうだった。病院の床が抜けたらいいのにと思った。そうなって、マンガみたいに下の階に逃げてしまいたかったのだ。

「じゃ、明日の朝七時半に、隣のビルにあるドーナツ屋さんでいいですか？」

「ええ、いいですよ」

その夜ヒョッキョンはほとんど眠れなかった。朝ごはんをおごってくれると言った理由は何だろう。手術が八時に始まるっていうのに、七時半だなんて。もちろん忙しいからだろうけど、一線を引こうとしているんじゃないのかな。パン切れですませてさっさと別れようってことか。ドーナツが好きなのか。ヒョッキョンが嫌いなのか。ドーナツが好きでヒョッキョンを嫌いだということもありうる。胸が巨大なドーナツに押しつぶされているみたいで、浅い睡眠しかとれなかった。寝たり覚めたりをくり返して、朝になった。ただでさえイケメンじゃないのに、鏡を見ると無残なありさまである。

「ここならすいてるでしょ？」

当直室から来たのか、家から来たのか、顔だけ見てもわからないが、天才少女は先に来てコーヒーを飲みながらヒョッキョンを待っていた。人がいないところを選んだのか、やっぱり恥ずかしいのかと思ってヒョッキョンはまた足の裏に汗をかく。

「ドーナツの時代は終わったみたいですね。向かいの、あのベーグル屋さんが人気なんですって。油と砂糖の時代が終わったのね、残念だな」

そうか。ただドーナツが好きなだけか。

「油と砂糖を食べていれば気絶なんかしませんよ」

二人はドーナツをあれこれ選んでトレイに載せた。

「先生のいる手術室に入ると妙に気持ちが楽になります。手術がすごくうまくいくの。そんなのあんまり信じていないけど、ジンクスっていうか」

「ほんとに?」

ほんとに、だと。もうちょっと頭のよさそうなこと言えないのか。頭のいい女の子の前では頭のよさそうなことを言えよ、自分。そうだコーヒーを飲もう。コーヒー、コーヒーを。

「このビルの上の階に映画館が入るんですって」

「ほんとに?」

今日は「ほんとに」の日か。一日に一個ずつしか単語が言えないのか自分は。言いたいことはいっぱいあったじゃないか。あなたが大好きだからこの病院に残ったんですって。あなたの手術を見ているのがいちばん楽しいんですって。結婚しようよって。僕は料理も掃除も得意だよ、キャリアが途切れたりすることが絶対ないように、育児でも何でも、医学の才能では劣っている僕がやるよ、僕はあなたをサポートするために生まれてきたも同然だ、何年も何年もずっとそう思いつづけてきたんだ、いや、いや、多くのことは望まない、そんなのただの妄想だ、あなたのその奇跡みたいな指を一度だけそっと握れたら、もう他に望みはないって。

「映画館ができたら、映画が見たいですね」

こんどは「ほんとに」さえ出てこない。何て答えればいいんだ? 映画、好きなんですね、とかじゃなくてさ、何かもうちょっと頭がよく見える答え方はないのか。しかもドーナツを口いっぱいにもぐもぐしていたので、リアクションのタイミングを逃してしまった。

「ドーナツおごったから、映画館がオープンしたら映画おごってくれます?」

「はい」

天才少女が二回目のデートを提案した。ヒョッキョンは天才少女の言葉が終わる前にきっぱりと答えた。あんまり素早くてちょっときまり悪いぐらいに。実はヒョッキョンはドーナツが好きではなかったが、その瞬間はそのまま時間が止まって、ずっとドーナツだけ食べていてもいいと思った。デートだよね、それ。デートだよね?

「デートですよ」

ヒョッキョンの頭の中を読んだみたいに天才少女が言う。やっとカフェインが体に回ったのか、耳鳴りがしてきた。天才少女が、チェウォンが、手術があると言って先に病院に戻っていった。病院までちょこちょこついていきたいのをやっとのことでがまんした。ドーナツ屋のトイレで、前足を振り回して踊った。それだけのことはある日だ。そうして急に気がついた。知ってたんだ、僕が好きだってこと。ずっと好きだったってこと。どうしてわかったんだろう？　いつから知ってたんだろう？

しかも、目を見ただけで。

ペ・ユンナ

ユンナは週末の朝、ベーグル屋さんに行くのが好きだった。ベーグル一個にコーヒー一杯で三千六百ウォン。平日は出勤の途中に寄る人で混むが、週末は余裕がある。土曜か日曜の朝に本を一冊持っていき、長時間かけてベーグルを食べるのがユンナだけの楽しみだった。ベーグルの種類より、クリームチーズの種類の方が多い。社長がいる日もあるが、たいていはアルバイトだけで店を切り盛りしている。女子高生二人だ。土日のアルバイトなのだろうと思う。そのうち一人をユンナはひいきにしていた。ユンナが二つのクリームチーズのうちどっちにしようか悩んでいると、どっちか選んでくれたり、ちょっと取り分けて味見させてくれたりした。それでいて、笑顔は見せない。笑わない親切な人。ユンナはいつだったか自分の詩に、全然笑わないが親切な人たちの国について書いたことがあったが、この子はきっとその国から来たんだな、と思った。

そのアルバイトの子がよく、ウサギの絵のトレーナーを着ていた。大きく描かれたそのウサギは、何て憂鬱そうな顔をしていたことか。

「世界一憂鬱そうなウサギだね」

いつだったかユンナは思わずそう口に出していた。

「それで買ったんです」

その子が答えた。

ほどなくユンナはシンクホールに落ち、退院した次の週末に行ってみるとお店は閉まっていた。まさかつぶれたのかしら、最近は長続きするお店がほんとに少ないなあと心を痛めた。幸い翌週には営業していたが、喜んだのもつかのま、アルバイトは一人だけで社長がいる。

「前にいたもう一人の子は、辞めちゃったの？」

軽い気持ちでそう尋ねると、アルバイトの子がちょっと涙ぐみ、社長はため息をついたので、ユンナは罪人みたいな気持ちになり、いたたまれなくなって店を出た。ゆっくりゆっくり広がった噂を耳にしたのは、美容室でのことである。殺されただなんて。あの、ウサギのトレーナーの子が、誰に。十七歳の子が、誰に。その夜、一人でいたユンナはまたパニック発作を起こした。遅く帰ってきたファニがとても心配したが、すべてをファニに説明することはできなかった。その子を個人的に知ってたの？　その子の名前は何ていうの？　どうして何でもかんでも深刻に受け止めちゃうの？　ファニにそう訊かれたら答えられないからだ。

ユンナの家は東向きなので、朝の陽射しがよく入る。まぶたが重くても、病院にいたときより早く目が覚める。夜の間にまた誰かが殺されたり事故に遭っていないだろうか。ユンナは両腕を上げてストレッチをした。生きているのは紙一重の差である。その「紙一重の差」の感覚が、ユンナを苦しめた。まかり間違えばこの腕が、生きているこの腕が、腐ってしまうところだったのだ。死はあまりにも近くにあった。いつもあまりに近すぎた。電車の中で体をひどく密着させてくる気持ち悪い男みたいに近かった。そんなもの無視して元気に生きていける人もいるだろうが、ユンナはいつも後ろを振り返ってしまうたちなのだ。電車全体が暗転したように、心全体が真っ暗になってしまう。

小さいとき病気だったからかもしれない。幼少年期にちょっとだけ、軽いてんかんを起こしていたことがある。「てんかん」という言葉はまるで罵倒語や呪いの言葉みたいに使われるので、最近は代わりに「脳電症」という用語を用いるらしい（この用語は韓国でのみ使われる）。ユンナも、てんかんという言葉を平気で言えるようになるまでには長い時間がかかった。詩を書きはじめてからのことだ。そういえば世の中で、病気だ病気だといちばんしょっちゅう言ってるのは、詩人たちだ。病んでいることを美しく書いてしまう仲間のおかげで、言えるようになったのだ。てんかんを起こしたことのある人も何人もいた。ユンナはすっきりしたが、一方では唖然としてしまうこともあった。私たちが書いている詩が、実はてんかんの後遺症だったらどうしよう？　発作みたいなものだったら？　ユンナとしては永遠にわかりようがないことなのだが。

意識を失ってけいれんするような、ひどい発作ではなかった。十代のころユンナは、意識ははっきりしたままで突然に息が止まるという経験をした。顔や腕が麻痺することもあった。腕より下には症状が出ない。どんなに頑張っても息ができず苦しかった。苦しくて辛すぎてもう耐えられないと思うころ、また呼吸が戻るのだ。季節ごとに一回、大きな病院で脳波の検査を受けた。髪の毛の中のあちこちに、べたべたの糊をたっぷりつけなくてはならない。検査が終わって髪を洗う面倒くささといったらない。病院の施設も今みたいによくはなかったから、雑巾を洗うのと似たようなところで洗髪しなくてはならなかった。検査後にはマンガの主人公みたいに髪が爆発してしまうので、そのままでは家に帰れない。病院で一度洗い、帰宅してもう一度洗った。

今よりずっと高かったMRIもときどき撮った。MRI室はとても寒かった。あるときは起きたまま、あるときは注射で眠らせられて。MRIの機械に入るのはお棺の中に入るような気分だ。死ぬっていうのは、こんなふうに狭くて寒いことなのかな。息が詰まるんだろうな。そんな日がずっと続くと思っていたが、薬を飲みつづけて四年目、ある日突然治った。もう体が麻痺することはなかった。

そして今は、MRIを撮る男性と一緒に暮らしている。小さいとき病気だったことはファニにも話したが、さほど深刻に受け止めてはくれなかった。その程度なら毎日見ているので、大したことないと思っているのだろう。ユンナも二十年ほど忘れて暮らしてきたが、実は忘れていなかったらしい。初めてパニック発作に襲われたとき、またてんかんを起こしたのかと思った。胸が詰まり、息苦しくなるところが似ている。

入院中に届いていた郵便物を整理した。他の郵便物はファニが先に整理しておいてくれたが、詩人仲間が送ってくれた詩集、小さなプレゼントなどは包装もそのままである。ちょっと遅れたお見舞いもあり、ユンナの快復を祈る気持ちがこめられていた。ゆっくり返事を書かなくてはならない。その中の一つを開けてみると、ユンナが好きなクレイアニメの主人公であるトカゲが入っていた。レインコートを着て、きのこを集めるかごを小脇に抱えたトカゲ。ユンナは笑った。送ってくれたのは、ユンナに大学で講義をする機会を与えてくれたチャンジュ先輩だ。すぐにお礼の電話をしてみた。

「歩けるの?」

「はい、ほぼ治りました」

「じゃあ、来る?」

カードの一枚もつけず、トカゲの人形だけを送ってくれたのもチャンジュ先輩らしいし、その日にすぐ会いに来いというのも先輩らしい。チャンジュはユンナより十四歳年上の詩人だ。九〇年代から二〇〇〇年代の初めにかけて三冊の詩集と二冊の散文集を出し、ビルが買えるぐらい儲けたという噂がある。悲しいことに噂はどこまでも噂で、ユンナはチャンジュが契約ミスをしたため、もう倒産して今は存在しない出版社の社長だけが私腹を肥やし、もらえるはずのお金をもらえなかったことを知っていた。そのせいだけではないのだろうが、チャンジュはこの十年近く文章を書いていない。ユンナは先輩がまた書いてくれたらいいのにと思い、親しくなってからは、先輩の文章が読みたいと伝えたこともあるが、返ってきた言葉は「閉まっちゃったんだよね」というものだった。鍵みたいなものがかかっているのか、水道の蛇口みたいなものが閉まっているのかは説明してくれなかった。

閉まったせいなのか、電子たばこをものすごく吸う。今のように電子たばこが広まっていなかった初期モデルのころからずっと吸っていたが、一度など、機械の作動不良によってニコチン入りのリキッドをそのまま吸入してしまい、急性ニコチン中毒で倒れたこともある（韓国では、電子たばこのカートリッジに入れるリキッドとして、ニコチン入りのものも販売されている）。こうして、思ってもみなかった病院暮らしをした後でも、研究室に臭いがつくのが嫌だと言って電子たばこを愛用しているのだから、電子たばこ業界から賞をもらってもよさそうなものである。いくら紙巻きたばこよりましだとはいえ、そんなに一日じゅう吸っていたらどうなるのかと会うたびに思ったが、ユンナはチャンジュ先輩が好きだったので、その自己破壊的な面まで受け入れていた。「閉まった」からそうなのかもしれないし、いつか自分もそうなったら、何らかの毒を服用することになるかもしれないし。

チャンジュの研究室には学生たちがいたので、ユンナは廊下でしばらく待った。階段を上ってきたので足首がずきずきしたが、これから何年もこういう苦労をすることになるのだから、慣れておく方がいいだろう。けがをしなかった方の足首に体重を乗せていることに急に気づき、すぐにまっすぐに立った。一度けがをすると怖くなり、けがをしていない方に負担をかけてしまうため、そっちにも故障が出ることがあると理学療法士から警告を受けていた。ダンサーみたいに常に重心を意識しながら暮らすのがよさそうだ。ユンナは、体の中に小さな金属の錘《おもり》のようなものがあるところを想像しながら、パターンを描いて廊下を歩いていた。ゆっくりと、きいきい音を立てながら動くダンサーのロボットみたいに。中では何の話をしているのか、知っている学生たちだろうか、感情を押さえつけたような声が聞こえてきて耳をそばだてた。何か深刻な話であることは間違いなかった。

「頭が痛いったらありゃしない」

ユンナを見るなりチャンジュ先輩が言った。案の定、先輩の顔はずいぶんやつれている。十四歳年上だが、年相応なユンナよりちょっと上にしか見えなかったのに、最近は顔が年齢に追いついてしまったようだ。

「何かあったんですか？」

「知らないんだったね。統廃合されたのよ、文芸創作科が」

「あ」

そういうことが迫っているのは知っていたが、ユンナは驚いた。文芸創作科だけではなく、芸術学部と人文学部の十数学科が統廃合された。就職率と大学評価のためというのが表面的な理由だが、実情は、大学は企業が必要とする人材だけを育成すればいいという社会全体の要請によるものと思われた。お前たちは従順じゃないから要らないと、面前で言い渡されたも同然だ。不条理を目撃したらラッパを吹くラッパ手をかたづけてしまいたいんだろうと、ユンナは若干の被害者意識とともに疑った。

「ユンナは文芸創作科出身じゃないよね？　国文科だったかな？　国文科はそれでも今回は生き残ったよ。人文学部では日文科、仏文科、独文科、哲学科、全部なくすんだって。国文科、英文科、史学科だけ残されたんだ」

「名目上残しただけでしょう。こんなご時世だと国文科もいつまで持つかわかりませんね」

「だよね……学生たちがそこで座り込みしてるよ、見た？」

「裏門から来たので、見ませんでした」

「座り込みとなったら学校側が浄水器を全部撤去しちゃってね、お話にもならないわ。夜には電気も切るって言ってるし」

ミネラルウォーターのボトルを傾けて電気ポットに入れながら、チャンジュ先輩がため息をついた。

「ひどいですねぇ」

「壁みたいなんだよ、大学が。壁に向かってものを言ってるみたい。私ももう辞めて、母さんの看病でもしようかと思ってるの」

「お母さまは最近、どうですか」

「悪くなってってねぇ」

悪くなることだらけだ――そんな思いが湧いてきてユンナは悔しかった。ゆるやかに悪くなっていくのではなく、足元に穴が開くように、突然、急激に、悪くなる。

「でも、先輩は口ではそう言うけど、逃げられないじゃないですか。学生たちを置いていけないでしょ」

「今の学生たちが卒業するまではいたいけど、どうなるかわからない、いてやれるかどうか。もう烙印が押されてるからね」

「統合したら、いったい何学科になるんでしょう?」

「メディアコンテンツ何とか……もう、覚えてられない。やたら未来、未来と言っちゃコンテンツ産業ってやつに金を注ぎ込んでるけど、それが全部、コミッションを着服する詐欺師みたいな連中のところに行くんだからね。苦労している大学ばっかりつかまえて人員を三分の一に削減しておいて、名前だけかっこつけてどうなるのさ、ばかばかしい。とにかく、こうなっちゃ来年も講義してもらえるかどうかわからないからすまなくてね、それで呼んだのよ」

「私は大丈夫ですよ。講義ができるほど具合がいいわけじゃないし」

「他の予定でもある?」

「ないけど……この先もずーっと教えられるとは、思ってなかったですし」

「座り込みのテントに行ってみる? 学生たち、あなたが来たら喜ぶよ」

二人はゆっくりとコーヒーを飲み、座り込みのテントに向かった。ユンナも見覚えのある顔ぶれが、シートを何重にも重ねて敷き、毛布を巻いて座っている。文章が上手なので記憶に残っている子もいれば、文は下手だけれど、どんな仕事についてもうまくやっていけそうで記憶に残っている子もいる。自分のやりたいことが、今の社会では無用扱いされていると知ってはいるが、確固たる意志をもってこの専攻を選び、自分たちの後から来る人の選択の自由を保証するために、冷たい地面に座っている。もう子どもには見えない。ユンナはしばらくあいさつをした後、売店に行って温かい飲みものと食べるものを買ってきた。売店まで閉めることはできなかったようで、それは幸いだったが。首まわりが寒かったので、バッグからスカーフを出して巻いた。そういえばこのスカーフもチャンジュ先輩がくれたものだ。

他の教授たちや他の科の先生たちも、座り込み現場に来ていた。

「すぐに教授会で声明を出しますよ。今、文章を練ってるところです」

ユンナは後ろで黙って議論を聞いていた。学生たちは壁新聞について、ウェブサイトについて、SNSの運営について、外部からの支援について、印刷物について、ハンガーストライキについて、剃髪抗議行動について、総長室の占拠について話し合っていた。まだ序盤だ。そのときユンナのそばに座っていた男子学生が小声で何か言った。みんなが聞き取れずに話を続けていると、男子学生はもうちょっと大きな声で言った。

「もう負けてますよ」

やっとみんなにも聞こえたらしい。

「それはそうだけど、そう思いたくもなるけど、言わないでおこうよ」

教授の中の一人が言った。男子学生は立ち上がった。ダメージデニムをはいているので、膝が寒そうに見える。ユンナは彼のことを思い出した。いい詩を、いいけれど辛いイメージをたたえた詩を書く学生だった。いつも刈り上げたような髪で、剃髪抗議をしようにもほとんど刈るところがない。そんな短い髪が丸い頭に似合っていた。男子学生はトイレに行くのか、シートの外に歩いて出ていった。青い影を抜け出して、初冬の陽射しの中へ、そして忘れものをしたというように戻ってくると、ひものかたまりのようなものの中から何かを探して持っていった。

みんなは話を続けていたが、ユンナは何となく、遠ざかっていくその学生の後ろ姿を見ていた。座り込み現場は中央図書館からちょっと横に外れたところにある。学生は図書館の出入口のすぐ前に立ち止まっていた。スクールジャンパーの袖から何かがぐっと突き出しているのを見て、ユンナは思った。さっき持ってったのは何だろう？　違うよね？　見間違えただけだよね？

だが、それはやはりカッターの刃だった。ユンナがその輪郭を確認した瞬間、学生はすぐに手首を切った。深く切った。突然キャンパスが停止した。図書館前の広場を通っていた数百、数千の目が、視線で手首を追った。とても短い沈黙と長い騒乱のはざまで、ユンナは何でもいいからはきものを一組にしてつっかけると駆け出していた。模様を合わせてはめこまれたレンガの上に血が飛び散っていた。流れ落ちるのではなく、噴き上がり、ほとばしる血だった。鶏を絞めるときみたいに。ユンナはスカーフを握りしめていた。止血してやらなくちゃ。ここで今、発作を起こしてはいけない、今はいけない。

ユンナはしゃんとしていた。泣いてはいたが、気を確かに保っていた。群がる人々をかき分けて学生に近づき、手首の上をスカーフで縛った。縛った余りで血がほとばしっている部分を包んで押さえた。ユンナの指の間から血が流れた。

「ギュイク！　ギュイク！　どうして！」

後ろから女子学生が一人、辛そうに悲鳴を上げていた。そうだ、ギュイクだった。ユンナはその男子学生の名前を思い出した。ハン・ギュイク。息が苦しい。でも、今はいけない。他の人たちが来てギュイクを寝かせ、腕を上に上げさせた。幸い、看護学部の学生が何人か近くにいた。ユンナはスカーフを離して後ろに下がった。呼吸を整えるために座り込み、膝と膝の間に頭を入れた。

同じ人たちだ。

そんな短いフレーズが突然思い浮かび、そして初めて合点がいった。同じ人たちのしわざなのだ。土台の大切さを気にもしない人たちが大学を統廃合している。見える土台も見えない土台も区別せず取り壊す人たち。足元で砂が崩れていても気にしない人たち。そして、茫然と口を開けて穴を眺めている者の背中を後ろから押す人たち……。同じ人たちだ、と言ってやりたかった。言ってやらなくちゃと思った。

しかし言葉は、口の中にたまるだけで出てこない。ユンナは泣いていた。指の間の血は乾いたのか凍ったのか固まっていった。幸い、サイレンの音が聞こえてきた。この学校には大学病院がある。

必要なんだよ。ああいう人たちが増えれば増えるほど、それとは違う人が必要になるんだよ。ラッパ手が必要なの。目をそらさない人が必要なの。目をそらさないこと。そのためにここを、選んだんでしょ。ユンナは立ち上がった。ちょうど救急車に乗せられるところだったギュイクに近づいて、言った。

「あなたは違うよ。必要な人だよ」

ギュイクの目の中をいぶかしさが、それから「わかった」という光のようなものがよぎった。ユンナの錯覚だったかもしれない。あんな言い方だったたし。でも、伝えたかったことが確かに伝わったときの光だった。学生たちの目にその光を見出すことは多かった。受信の光、と心の中で呼んでいた。言いたいことはもっとあったけれど、こんどにしよう。ユンナがまた講義をすることができるなら、話す機会があるだろう。そうでなくとも、また会えるだろう。

救急車が坂道を上っていくのを見ているとき、チャンジュがユンナの肩に手を乗せた。ユンナはしばしチャンジュにもたれかかった。

イ・ホ

一九四〇年生まれだ。誕生日は二月八日。辰年の旧正月に生まれた。

ホ先生がそう言うと、最近の学生たちはぽかんとした表情になってしまう。「朝鮮戦争の前に、大韓民国樹立前に、解放前に生まれた人がまだ働いてるの？」という表情だ。七十代といってもまだ中盤にすぎないし、引退を延期した同僚は彼以外にもたくさんいるのに。学生たちの想像力が足りないのだ。それでホ先生は、生年を言うより、「うん、七十歳といくつか。知らんでいいよ」と答える習慣がついた。ときどき自分で認知能力テストをしてみるが、大丈夫だ。運がいいということはわかっている。

実際、言わなければ楽勝で六十代に見える。歳のわりにしわが少なく、髪は白いが頭のてっぺんの毛はまだ元気がよくて、そのためか学生たちに「シュークリーム教授」と呼ばれているらしい。丸い顔の上で白い髪の毛が跳ねていて、シュークリームから出たクリームみたいに見えるからだと。ホ先生は、自分たちが若いころに教授につけたあだ名を思い出し、この程度なら悪くないなと判断している。現在は診療するより、ゆったりと研究したり、ひよこみたいな学生たちの講義を受け持ったりしている。その講義もよくやるわけではない。特別講義に近い。大して仕事もしない年寄りをずっと病院に置いているのは、単に権威を借りたいからだろうとホ先生は推測している。ホ先生は国内で名高い感染症内科専門医だからだ。

実は十年あまり前、国際団体での仕事が内定していたのが取り消されたためにこの病院に来たのだが、これは予定外だった。もともといた病院は辞めた後で、引退すべきかどうか悩んでいたときにオファーがあり、もっと働きたかったので承諾した。ソウルから毎朝、車を一時間半運転して出勤する。ホ先生はまだ、運転でもかなりの瞬発力を発揮する。

大学にとって自分は、権威づけも兼ねたじいさんのイメージキャラクターみたいなものと自覚はしているが、それでも何かの足しになるならと、出勤時も退勤時も救急治療室を通っていく。主に腹痛を訴える患者たちに近寄っていき、触診をする。ホ先生が訓練を受けたころには今のように賢い機械はなかった。あったとしても不足していた。聴診器と指が診断の道具だった。今はとんでもなく立派な機械があるので触診の重要性が低下してしまったが、そうはいっても触診は簡単だし、早い。早いのはいいことだ。シュークリーム教授が患者の腹壁や胸壁をトントン叩き、ギュッギュッと押して「肝臓だ！」「脾臓だ！」「腎臓だ！」と言ってくれればさまざまな検査をする時間を短縮できるので、救急治療室ではいつもありがたがられていた。多くは小さな案件だが、何度か、ほんとうに危険な患者を間一髪の差で救ったこともある。

おかげで「出勤時に三人、退勤時に三人の命を救っていかれる」という噂が広まったが、それは誇張だ。近ごろの若者たちは尊敬できる大人があまりいないので、ちょっとかっこよく見える人がいると喜んでしまうんだな。そうは思うものの注目されるのは嫌ではないので、上質なツイードのジャケットを着て、週に一度ぐらいはおしゃれな帽子もかぶって出勤する。

「成功の秘訣は？」

ときどきそんな質問をする人がいるが、答えようがない。運がよかった。とんでもなく運がよかった。それが正直な実感なのだが、こんな答えじゃ心苦しい。聞いた方も、何言ってんだと思うだろうし。

一九四〇年に釜山《プサン》で生まれ育った。おかげで戦争のときもさほど悲惨な目には遭わずにすんだ。父親は数学教師だった。日帝時代には日本語で教え、解放後は韓国語で教えた。数学はそれが可能な教科である。おかげでホ先生は、大いに豊かではなくとも安定した環境で育った。激動の二十世紀半ばの時代に、安定した環境で育つのはたやすいことではない。隣人たちは父親への敬意を魚の干物で表したものだ。それでホ先生も、尊敬される職業につこうと決心した。魚が欲しかったからではない。

先生と呼ばれる職業の中でいちばん人手不足なのは何かと考えると、医者だった。ソウルへの進学は子どものいない親戚のおじさんの援助で、アメリカ留学は国の援助で行った。留学時代は栄養失調ぎりぎりだったが、飢え死に寸前のところまで行くと必ず誰かが助けてくれるのだった。運よく結核にはかからなかった。そのころ結核は恐ろしい病気で、多くの知人をこの病で失った。今も韓国は結核の脅威から抜け出していないのだが、みんなそのことをあまりにも軽く考えている。とにかく、串みたいにがりがりにやせて、必死で勉強ばかりしていた。奨学金をもらえないときは誰かが、よく知られていない奨学金を探してきてくれた。助けられた。絶えず助けてもらった。自分が偉かったのではない。頭は悪くなかったし勉強も好きだったが、この程度の人間ならいくらでもいる。自分が何をなしとげたにしろ、すべて、運よく助けてもらったおかげだった。必要なときにいつも救いの手がさしのべられる人生なんてそうそうあるだろうか。

妻に出会ったのも完全に運だった。妻は患者だった。親知らずを抜いたところが炎症を起こし、歯科で抗生物質を誤って処方されたため搬送されてきたのだ。アモキシシリン系統の抗生物質に重症のアレルギーを起こすのだが、その年齢になるまでなぜわからなかったのか不思議なことである。他の抗生物質を処方してやり、メモ用紙に「アモキシシリンが使えません」と書いてやって、これを財布に入れておきなさいと言った。そのとき自分の電話番号も書いておいた。赤い斑点が消え、嘔吐が止まってみると、彼女はとてもきれいだったのだ。幸い彼女の方でも気に入ってくれたのか、電話がかかってきた。歯科医が他の抗生物質を処方していたら、出会えなかっただろう。

美大生だった。画家として大成はしなかった。ホ先生の意見では妻の絵はかなりいいのだが、他人の目にはそうでもなかったらしい。有名画家にはなれなかったけれど、基本的に、美しいものにとても敏感に反応する女性だった。妻に会うまで、そういう人がそばにいると暮らしがどんなに豊かになるか知らなかった。例えば妻は使い終わったガラス瓶を集めていたが、そんなつまらないものを集めておいてもだらしなく見えない。何も入れずにただ置いておいても、色と透明度と形がよく調和して、高価なインテリアのようだった。一度の散歩で美しい場面を十何個も見つけた。足が速い方だったホ先生は、ゆっくりと楽しんで歩くことや、近景や遠景を眺めることを学んだ。そして少々意外なことには、美しさをキャッチする妻の気質は、不動産投資にも役立った。

「ここ、きれいな町になりそうよ」

妻が言う「きれいさ」がどんなものかホ先生にはよくわからなかったが、妻がそう言った町はほんとうにきれいになり、不動産価格が上がった。医師として働くことが今よりずっと経済的に有利な時代だったとはいえ、そのときも稼げる人は稼げたし、稼げない人は稼げなかった。妻が投資上手でなかったら、大学病院に残って研究を続けることはできなかっただろう。もっと稼いできてよ、と妻にお尻をたたかれることはなかった。また、ホ先生が長いこと家に帰れないときも彼女は一人でちゃんと暮らすことができた。ガラス瓶のラベルでもはがしているのか、郊外へ郊外へと広がっていくソウルの端っこを見物しに行っているのか、ホ先生は知らなかった。

その上、妻を信じて何年も医療ボランティアに行ったことさえある。東南アジアとアフリカに行った。妻を寂しがらせるつもりはなかった。絶対にそうではない。ただ、中年になって急に怖くなってきたのだ。こんなにいいことが続くわけがない、人生がこんなに幸運だらけなはずはない、自分が受け取った恩恵を他の人に分け与えなければ何か不幸なことが起きるだろう……満ち足りすぎることへの恐怖を妻に打ち明けると、ほんとうに理解したのかどうかはわからないが、受け入れてくれた。ボランティア先でも危険なことは起きなかった。ワニにも遭遇しなかったし、病気にも感染しなかった。しかも、現地でキャリアの助けになる論文もいくつか書くことができた。

仕事が少し暇になってからいくらも経っていないが、妻が今も生きていることが最高の幸運だと感じる。周囲でパートナーを亡くした人を見ると気の毒でならない。夫婦が二人とも生きているのはとてつもない幸福だ。妻は目がかなり悪くなったが、それでもいつもすてきなジャケットと帽子を選んでくれる。二人は認知症予防のために地域の文化センターでラインダンスを習っている。無理な動作をさせられることはないので、気楽に参加できる。しばらく前にホ

先生は文化センターから帰ってきて妻にこう言った。

「心身ともに不自由になったら、一緒に死ぬことにしようね」

「そうね」

「死ぬ前には浣腸をしないとね。浣腸は絶対しなくちゃ」

「そうね、そうしましょう」

「いちばんいいのは一酸化炭素中毒だよ。薬でやろうと思ったら、人に頼まないといけないし……」

「そのときになったら考えましょうよ」

もう海外ボランティアに行くのはちょっと大変なので、月に一度、近所の低所得者が住む地域を訪問している。そこの老人たちはホ先生より若くてもずっと老けて見える。運がついてこなかった人々だ。人生における不公平というものは、いったいどうしたらいいのだろう、わからない。人々は飲みもしない薬をもっとくれと言って腹を立てる。ホ先生より若い医者たちにはもっときつく当たる。寒い家でインスタント食品ばかり食べているらしく、免疫力が弱い子どもたちがいる。体温維持に努め、果物を食べろと言いたいが、難しいだろう。こんなことでは風邪がすぐに肺炎になってしまう。寒さで頬を赤くした子どもがホ先生に声をかける。

「おじいさん」

横にいたインターンがぎょっとする。

「おじいさんじゃないだろう、先生って呼ばなくちゃ」

「おじいさんだよ、な？　どうしたんだい？」

「いつから勉強がよくできたら、医者になれるんですか？」

「なりたいのかい？」

「はい。でも、勉強はできないんだ」

「勉強もできなきゃいけないし、運もよくないとな」

子どもは運ということがよく理解できないようだった。運がよかったことがあればこそ理解できるのだろう。大きな波に乗るのと似ている。砕けると思った波が続いた。一生、続いた。元留学生らしく、ホ先生は「グレート・ライド」だったと思う。すばらしかったそのライドももう終わりかけている。であれば、分けてやってもいいだろう。

「ちょっと運を分けてあげるからね。握手」

子どもがにっと笑って握手に応じた。変なおじいさんだと思っているのに違いない。

家に帰ると、もうドアの外まで焼き魚の匂いがしている。相変わらず魚はおいしい。小さいときに食べたのと同じくらいおいしい。十分に食べたと思う。ホ先生はもう欲はない。足元で大きな波が砕け去ってもいい。今まで、ほんとうに多くを手に入れた。失ってもかまわない。

ムン・ヨンニン

母さんと父さんがハワイに行っている間に彼氏と別れた。両親の仲がいいのは悪いことではないが、失恋しそうなときは正直、ちょっと気が重い。突っ伏して泣きたいときに、二人が熱々ムードをまき散らしているのは耐えられない。両親のハワイ旅行はチャンスだった。昨日、最後に彼氏と会ってかたをつけてきた。ヨンニンはベッドに背をもたせかけて体の中のダムについて想像し、水位がいっぱいになるのを待った。オアフでもマウイでもついていくつもりだったが、家ががら空きになって、一人でわあわあ泣ける機会がしょっちゅうあるわけではない。

ひどくよく泣く子だった。そのときはそれが問題だとも思っていなかった。母さんが死んでも泣かない子はもっと異常だから。実の母さんは六歳のとき亡くなった。母さんが病気のときから泣いていたし、その後も二年間泣いて泣いて泣きつづけた。おばあさんと、伯母さんと、叔母さんと抱き合って泣いた。ときどきなじみのない親戚たちが訪ねてきて、ヨンニンをぎゅっと抱きしめることもある。するとヨンニンも呼応して泣いた。泣きすぎてめまいがしてくると水を飲んで泣いた。人が大勢いるときも泣いたし、いなくても泣いた。朝も泣き、寝る前にも泣いた。

「そんなに泣くと顔に穴があきそうだな」

誰かがそう言ったことがある――誰だったか覚えていないが。その通りだった。ほんとうに穴があいた。顔にではなかったが、どこかに穴がある。ヨンニンはしょっちゅう穴の存在を感じた。母さんが死んだときに最初の小さな穴があき、ひっきりなしに泣くたびに、訪ねてきた人がかわいそうにかわいそうにと慰めてくれるたびに、穴はさらに拡大した。穴の縁が崩れてもっと広がり、それをくり返しながら大きく口を開けていった。

おばあさんたちは、涙のせいで成長に必要な栄養素が流出してしまうのではと危ぶんだに違いない。母方の実家に預けられたときも、父方の実家に移ったときも、大量に料理してはヨンニンに食べさせた。主にお肉と、チヂミである。法事の料理だ。ヨンニンを太らせることで、自分の悲しみを忘れられるだろうと思ったのかもしれない。おかげであっという間に肥満体になった。

父さんのウナムほどではないが骨格がしっかりしているので、肉がつくとたちまち、鈍重《どんじゅう》に見えるようになった。クマみたいに。そんな自分は嫌だったが、幼いヨンニン自身も心の飢えを食べものでどうにかしようとしていたのだろう。道で人々がじろじろ見たし、学校でひどいことを言われたりした。そのたびに泣いた。太った女の子に親切な国はないだろうが、韓国はその中でもいちばん残酷なのではないか。ヨンニンは幼いころのことを思い出すと身震いがする。舌まで太ってしまって言葉がうまく出てこないような気がしたし、学校でも塾でも隠れていたかったが、隠れるには体が大きすぎた。何度かの不登校の後、ウナムはヨンニンのためにいっそう努力し、娘を理解しようと必死になったが、図体のでかい男性が図体のでかい女の子を理解するのは思ったより難しい。

「俺も体がでかいけど、それが何だっていうんだ?」

「お父さんは何ともないかもしれないけど、私は怪物になったみたいな気持ちなのよ。お父さんにはわからないわ」

ヨンニンは説明しようと頑張ったが、ウナムはただ困った顔をするだけだ。

高校のとき、新しい母さんになったソンミと暮らすようになってすべてがちょっとずつよくなった。初めはソンミの華やかな外見のせいで、童話の本に出てくるような継母かと思ってショックを受け、それでまたかなり泣いたのだが、つきあってみると彼女の性格は魔女というより、王子様に近かった。父さんがもう一人できたような気持ちになるほどだ。豪胆といえばいいのか、自信に満ちているといえばいいのか、すごく単純で健康だといえばいいのか、どんな説明もぴったり合わない。ヨンニンが何年かかけて下した結論は、彼女は悲劇を処理する下水処理場みたいなものを持っていて、一瞬にして薬を溶かし、フィルターを回し、悲劇をそうではないものに処理するというものだった。本人はそれほど大したことと思っていないようだったが、ときどきちょっと不適切なときに笑う人だった。ヨンニンが彼氏と別れたことで泣いていたらそばでどんなに笑うかと思うと、想像するだけでも頭が痛い。

「あのね、心に渇きみたいなものがある人は、辛いでしょ」

ヨンニンと一緒に暮らしはじめてからいくらも経たないころ、彼女が言った。

「え？」

「そういう人はいつも、負けるの。私の見立てではね、あなたが辛いのは体重のせいじゃないのよね。心のせいよ」

こんな指摘をしてくれた人は初めてだった。あの鈍い父さんがこんなに賢いおばさんと結婚するなんてと、ヨンニンは泣きながらも驚いたのだ。渇き、飢え、穴。すべて同じものを指していた。ヨンニンの中の、空いているところ。

「心の問題は私じゃどうにもできないし、あなたが成長していく中で解決していくべきことだけど、体重のせいでなおさら辛いんだったら、今、どうにかしてみない？　お金で落とせないお肉なんてどこにもないわよ」

新しい母さんのおかげで、大学入学までに標準体重近くまで落とすことができ、父さんの反対を押し切って二重まぶたの手術も鼻の手術もすることができた。もう絶対クマには見えない。鼻の腫れがひくころには、新しい母さんをただ「お母さん」と、自然に呼ぶことができるようになった。体重をかなり落としても胸はDカップのまま残ったので、ときどきブラのワイヤーが折れることがあり、母さんが香港やシンガポールに出張するたび、下着を買ってきてくれるよう頼んでいた。下着の買いものを頼むようになれば実の母さんと変わりないだろう。そう納得したヨンニンは、ソンミを盛んにお母さんと呼んだ。ウナムは二人の間に生じたこれらの変化すべてがいまだによく理解できていないようだったが、ヨンニンがソンミをお母さんと呼ぶたびに目に見えて喜んだ。おばかさんの父さんグマ、とヨンニンは心の中で笑った。

少しは涙が減ったヨンニンだったが、それでもソンミが渇きと呼んだ心の中の穴はまだ残っていた。ヨンニンはそれを恋愛で埋めようとした。母親を早く亡くした子が大きくなってやらかす、最もありがちな失敗である。人間ってほんとにしょうもないものだけど、二十代の初めときてはなおさらのこと。その恋愛は渇きをいやすどころか、ヨンニンをさらに悪い状態へ追いやった。

「でっかい女だなーとは思ったけど、胸が大きいからつきあってやったのに、何をお高くとまってんだよ」

「中学校のときデブだったんだろ？　聞いちゃったよ、お前のこと知ってる子から」

「どことどこ整形したの？　それ、シリコンだろ？」

好きになった人、近づいてくる人。何だって、どいつもこいつもろくな人じゃなかったんだろう。ヨンニンは、自分のだめなところがだめな相手を引き寄せており、しかも増幅させていると気づいた。短い恋愛が終わるたびに生活が乱れ、両親がそれに気づかないようにとどれだけ苦労したかわからない。家に入らず遅くまで外で泣いていた。

今回はちょっと違うと思っていたのだった。同じ授業を聴講している、きちんとした印象の、二学年上の先輩である。ヨンニンの学校は演劇サークルが有名だったのだが、そのサークル出身だったからか声がよくて、まるで声優みたいだった。授業中、ある交換留学生が発表の際に緊張しすぎて気絶したときのこと。その先輩は軍隊では医務班だったとかで、飛び出していって救急車が来るまで応急措置をしてやったのがものすごくかっこよかったのだ。そんなことがあってからも、二人がつきあいはじめるまでには一年くらいかかった。ヨンニンが二回目の休学をして学校に戻ったときに親しくなった。

「車で迎えに行こうか?」

「車、持ってるんですか?」

「うん、でもトラックだよ。恥ずかしくない?」

「恥ずかしくないです」

トラックがあればワンルームの引越しするとき楽だよね。ヨンニンの感想はその程度だったのだが、彼氏が家の前まで車でやってきてみると、それはトラックなんかじゃなかった。古いジープだった。冗談だったのかな? 冗談だったのに、私が気がきかなくてわからなかったんだ。そう思いながら助手席に座り、少し走ったときだった。

「君、この車どういう車か知ってる?」

「あ、ごめん、見ないで乗っちゃった。どういう車ですか?」

正直言ってジープなんて全部同じに見える。女の子はビートルやミニなんかの特別かわいいデザイン以外、車種が見分けられないというインターネット掲示板を見て腹を立てたことがあったけど、実際、当ててみろと言われたら高成績をとれる自信はない。車はまだ、ヨンニンの関心の範囲内になかった。

「ヨンニンは気さくだね」

彼氏がそう言ったとき、妙にひやっとした。知らない間に何か新しい試験に受かったらしいと思った。そんな会話がやたらとくり返された。ただでさえ不安な人間をなおさら不安にさせるのに、試験ほどうってつけのものはない。しかもヨンニンは彼氏のことが好きだった。それまでの彼氏を全部集めたよりも好きだった。何としても試験に受かりたかった。だから会うたびに緊張した。

学校の前の靴修理店に靴をたくさん預けた日のことだ。六足ぐらいあっただろうか、いい靴もあったし、数万ウォン程度の安いのもあった。母さんは、ハイヒールをはける時期は人生で何年もないのだから、膝と足首を大事にして二十代後半になってからはきなさいと言うけれど、ヨンニンは今すぐきれいに見られたかった。紙袋から靴を一足ずつ出して預けていたとき、彼氏が後ろから、ふーん、と短く言った。短いが、否定的な感情のこもった声だった。ヨンニンはどきっとした。

「靴、いっぱい持ってんだ」

「これで全部よ……思ったよりヒールが減ってたから……」

靴を全部預けて何歩か歩いたところで彼はこう言った。

「俺が知ってる女性は、靴修理のグッズを買って自分でヒールを張り替えてるよ。そんなに難しくないんだって」

「私もやろうかな」

「いや、そうしろっていうんじゃないよ」

母さんのバースデープレゼントを買おうとデパートに行ったときも、同じようなことがあった。プレゼントは母さんがもう指定してくれていたから、選ぶ必要もなかった。母さんがいつも使っているのはもっといいものだったが、ヨンニンの懐事情を考えてそれほど高くない国内ブランドの美容液をちょうだいと言われたのである。ヨンニンはそれより何万ウォンか多く出せたのだが、彼氏の目を気にして指定通りのものを買った。包装を頼んで待っているとき、彼氏がまたひそかに偏見のまじった声で尋ねた。

「お母さん、いつもこのブランドを使ってるの？」

「ううん、あれやこれや、いろいろ使ってるけど……」

何で私が母さんの代わりに弁解しなくちゃいけないの？　母さんは自分の稼ぎで自分の好き

なものを使ってるのに？　ヨンニンはちょっとうっとうしくなった。今はけっこう余裕があるけど、父さんがリストラされたときには大変だったんだから。それに考えてみたら、いい車ではなくても自分の車を持っていて、学生の身分で乗り回している彼氏だって、そんなに環境は違わないはずなのに、何かといえば妙な難癖をつけられて悔しい。彼氏のお母さんのドレッサーを一度、点検してやりたいぐらいだ。

一緒にドライブしていて、知っている歌が流れてきたときはまた違う種類の試験を受けさせられた。昔のバンドのファーストアルバムに入っていた曲で、主に十代の子が夢中で歌う歌だ。

「わあ、私、この歌好きだったんだ。中学のとき好きだった男の子がカラオケでこれ上手に歌ったのよ。思い出すなあ」

「ほんと？　この歌を？」

そう問い返した彼の声には皮肉な笑いがこもっており、これにはヨンニンもちょっと嫌な顔をした。

「前に好きだった歌を大人になってからばかにする人って、何か、偉そう。いい歌だからずーっと歌われてるんじゃないの？」

「わかった、わかった、ごめん。俺が悪かったね」

謝ってくれたが、嫌な気分はすぐには直らなかった。その歌がラジオから流れてくるたび、それがぶり返す。

そんな試験ぜめにあっても好きだったのは、とはいえこの人がヨンニンをぞんざいに扱ったりはしなかったためである。意地悪な人ではなかった。どっちかといえば優しい方に近かった。一日に何度もかわいいと言ってくれた。ヨンニンは徹底した努力の末にまあまあかわいい方に入ったものの、自分がほんとにかわいいわけじゃないことを知っていた。でも、彼氏がかわいいと言ってくれれば、心の中の穴、渇き、どういう名前で呼んでもいいのだが、ヨンニンを夜中に泣かせるその部分が治っていくみたいに思えた。癒されるような気がした。彼氏がかわいいと言ってくれるのは主にスキンシップのときだったけれど、それでもまあ、慰めにはなる。何より、いつも面倒くさがらずに駆けつけてくれた。ヨンニンにはわけもなく落ち込むことがあり、そんな日に一緒にいてくれるのは楽なことではなかったはずなのだ。古いジープに乗って夜中に来てくれたり、朝までいてくれたりすることもあった。

問題は、ヨンニンにだけ優しいのではなかったことだ。ある日、一学年上の親しい女性の先輩が一緒にご飯を食べようと言ってきて、しばらくためらった後で教えてくれた。

「ヨンニンさあ、私、変な話聞いたんだ。そのときは、そんなことないだろうって聞き流したんだけど……」

彼氏が彼女のサークルの友だちと浮気しているらしいという話だった。科は違うが同じ建物を使っているため、ヨンニンも知っている人だった。何ともいえず涼しげな感じの人で目立っていたが、あの人と。

母さんと父さんが旅行に行くまで待てたなんて、我ながら偉いとヨンニンは思った。その場ですぐに爆発してもおかしくなかったのに、少しは自制心が育ってきたらしい。彼氏の言い訳はお話にならなかった。浮気ではない、お友だちだというのだった。

「お友だちなんて、気持ち悪い。芸能人のつもり?」

呆れてそう言ったら、帰ってきた言葉がとんでもなかった。

「君が悪く言うことないよ。君よりずっと一生けんめい生きている、大人っぽい、考え方もしっかりした人なんだから」

「何ですって?」

泣き出すかと思った。だけど、自分でも無意識にちょっと笑ってしまった。いや、実の母さんでもない新しい母さんから、珍しい能力を受け継いだのだろうか? にやっと笑いが漏れたとき、ヨンニンはびっくりした。ともあれ、皮肉な笑いは確実に伝わった。今回は私が笑ってやるんだから。ヨンニンはそれ以上話をせず、席を立って帰ってきた。

今日ぐらいは思いきり泣きたかったが、どんなに待っても涙が出てこない。ヨンニンは泣こうとして頑張るのをやめ、立ち上がってリビングに入った。

ターンテーブルなんてピンとこない。両親がこれを買ってきたときはちょっと疑問だったけど、音質の違いがわかってからは、雑音まじりの音がかえって魅力的だということに気づいた。二人が箱いっぱいに買ってきたレコード盤を探してあの歌を見つけた。あの歌。彼氏がばかにした歌。だけどもともとのロックバージョンではなく、甘ったるい声の女性ボーカル用に編曲したボサノババージョンだった。

レコードをかけておいてキッチンに行く。そうだビビン麺——ビビン麺を食べようかな。それにぴったりの小さい片手鍋を探して、まるで鍋の柄が恋人の手であるみたいに、遠くへやったり近くに引き寄せたりした。いたずらっぽくキッチンからリビングまで踊っていった。暗いリビングのガラスが鏡のようにヨンニンを映し出した。

大丈夫、かわいいし。

自分でそう言ったのは初めてだった。

チョ・ヒラク

店を閉めて二ヶ月になる。うっとうしい口の中の潰瘍と足の紅斑はほとんど消えた。実際、この程度の症状なら、最初の発病当時からずっとあったので慣れている。それよりも関節炎が辛かった。軽いカクテルを作っていても腕が抜け落ちそうになったし、材料を取り出すためにしゃがんだり立ち上がったりすると体が半分にちぎれそうだった。一瞬一瞬の動きが苦痛だったが、お客さんはなぜかヒラクを満ち足りた人だと思っていた。楽しそうに見えると言っていた。音楽のせいで錯覚しているのに違いない。そうだったら成功だ。

高校のときに発病した。珍しい難病だとはいえ死ぬような病気ではなかったが、両親が青ざめていたのを思い出す。口の中がよくただれるなあ、とは思っていたが、性器にまで潰瘍ができたのでおかしいと思い、病院に行った。そして聞いたこともない病名を耳にした。ベーチェット病。「ベーチェット」とは、この病気を体系的に整理したトルコの医師の名前だという。治らない病気を患った人たちは病気と親密になり、友だちになり、病気と戦わず、それを抱き込んだままで生きていくというけれど、ヒラクはそんな気分になったことはない。仲よくなるなんてとうていできない。初めて会ったトルコのおじさんになじめなかったのと同様、病気と親しくなることなく四十歳になった。

三十歳になったときは、実は嬉しかった。二十代は何をすべきかまるでわからなくて辛すぎたから、三十歳になって嬉しかった。四十歳は——四十歳はちょっと違うみたいだ。人生がひどく固定されてしまったような感じ。毎日、いいことが起きないように調整されたさいころを投げているみたいな感じがする。まだ中年っぽくは見えないが、中年なのだ。病気のせいで前から炎症が長く続く方だったが、最近は一度できると一ヶ月以上続く。

十六歳が四十歳になるまでに何があったかといえば、息子がとんでもない重病にかかったと思っている両親を説得して実用音楽科（ジャズ理論を中心として大衆音楽の理論と実践を学ぶ学科）に行った。作曲をしようと思っていたのだが、才能はあまりなかった。だが、ドラムだけはかなりうまかった。入学したてのころは誰とも同じようにロックドラムに夢中だったが、しだいにジャズドラムに移行した。ジャズドラムは華やかな瞬間と同じくらい、そっとかすかな、消えかけるようなときがすてきだ。ソロも悪くないが、伴奏が得意だった。演奏しているときだけは、どこにできたただれた潰瘍もヒラクを苦しめなかった。今でも、没入できた瞬間が恋しいときがある。

ドラマーの多くがそうであるように、下半身は頼りなくても腕だけは発達していたが、今はその筋肉もだんだん衰えつつある。演奏をやめたのは関節炎のせいではない。やめたころは今ほどひどくはなかった。ただ、グループを組んでいた友だちがばらばらになり、それぞれ生業を探さなければならなくなったのだ。梨泰院《イテウォン》や弘大《ホンデ》での演奏の稼ぎだけでやっていくのはもう難しい。小さな会社やアルバイト何ヶ所かを転々としたあげく病気が悪化した。ずっと音楽を続けておいて、今さらまともな職業につけると思っていたわけではない。そんなことを望むほど欲張りではなかった。

そして、店。四年もやった。ソウルだったらこの程度すら持たなかっただろう。家賃が安い古いテナントビルの地下なので、それでもやっていけたのだ。店の名前は「Didn't we?」だった。俺たちあのころ、音楽を、やるだけやったよな？　楽しかったよな？　そんなことを問いかけてみたい気持ちでつけた。お客さんは特に店の名前を気に入ってくれたようではなかったが。

「何か、ピロートークみたいだね」

誰かがそう評したが、実はヒラクはそういうこととは縁遠い人間だった。十六歳から四十歳まで、誰かとまともに長くつきあったことはない。ミュージシャンだったときはずいぶん女の子が近づいてきたが、うまくいかなかった。キスをするとき口を開けることができなかったのだ。痛さもさることながら、ばれるのが嫌だった。実際、恋愛とは粘膜を使ってやることではないか。だがヒラクの粘膜は上も下もめちゃくちゃだ。暗いところで肩を寄せ合って座っていても、なかなか自信が出ない。君は日光の中でも僕を好きでいてくれるのかなあ、と尋ねてみたくなり、いらいらし、いつもだめになった。

「どんな人が好き？」

「男の人で？」

「うん。どんなタイプ？」

「私は顔は見ないの。肌がきれいならいいんだ。あなた、肌、きれいじゃない」

そう言いながら顔を撫でてくれたあの子ももう四十歳だ。どんな四十歳を迎えているだろう。たぶん、明るい昼間の世界を生きているだろう。ヒラクみたいな夜に働く男とはつきあえないはずだ。望み通り、肌のきれいな男と出会えていますように。

もしかしたらヒラクだけがびくびくして、夜行性の生活をしてきたのかもしれない。他のベーチェット病患者は何とも思わず誰かと粘膜を触れ合わせながら暮らしているのに、ヒラクだけが特別変わっていたのかも。伝染病ではないし、遺伝病でもない。それでも心を開けなかったのは、病気のせいではなくヒラクのせいの方が大きいのだろう。いずれにせよ四十歳だ。凝り固まってしまった。

人づきあいへの欲求は、お客さんがいれば十分だった。二十代から七十代まで、お得意さまの年代は多様だった。ジャズに詳しい人もいれば、よく知らない人もいる。看護師らしい女性が三人でやってきて、ずっとナプキンに落書きをしていったりもするし、大学生のカップルが来て曲が変わるたびに男の方が説明をしたり、優雅に装った奥さんとクマみたいなおじさんがずっと腕を組んだまま座っていたりもするし、顔はけっこう似ているが服装が全然違う兄弟が並んでバーを占領し、ピーナツをすっかり平らげていったりもした。お金がなくてマホガニーバーなどは作れなかったが、雰囲気だけは悪くなかった。

「私が留学してたころ、その街にジャズバーがあったんですよ」

夏でも必ずすてきなジャケットを着てくるおじいさんが、たびたび言葉をかけてきた。嫌なお説教をするようなタイプではなく、ヒラクはそのお客さんが好きだった。

「あのころは音楽のことをよく知らなかったんだが、通り過ぎるたびに聴こえてくるのがとってもよくてね。ビル掃除のアルバイトをしてたから、帰るころにはかなり夜も更けてるんだが、そこはもっと遅くまでやってるんだ。中で聴きたければ飲みものを頼まなくちゃいけないけど、それが二ドルとか二ドル五十セントする。そのお金がないんだよ。店の近くをうろうろしててもおかしいから、角に立って、人を待ってるふりをしながら一、二曲聴いては家に帰ってたんだね。ところがある晩、店から人が出てきて大きく手招きするんだよ。どんなに怖かったか。お前、ただ聴きしてただろう、ちょっと来いって言われてるんだと思ってね。その人がまた体がでかくてねえ……頑丈そうな大男だったんですよ。おっかなびっくりついていったら、あと三曲あるから入れって言うんだね。座ってゆっくり聴いていけって。そこのいちばん後ろの席で聴いてて、ちょっと泣きましたよ。音楽がよくて泣いたのか、親切がありがたくて泣いたのかわからないけどね。全部終わって、やっぱりただで聴いちゃいけないと思って、テーブルに椅子を上げる手伝いをしたんだ。おかげで睡眠不足になったけど、いい思い出ですよ」

「わあ、そのとき聴いた曲、何だったか憶えてますか」

「それがわからなくてね。探そうと思って頑張ったんだが。聴いたらわかりそうなもんだけど、わからないままなんです。実は後になって、学会でその街に行ったとき寄ってみたんだよ。店はそのままあってね、経営者は変わっていたけど。同じ席に座ってると、ほんとうに妙な気分になったもんです」

そのお年寄りがかっこいい帽子をかぶってくると、店のムードがさらに引き立った。いつも注文はノンアルコールドリンクだ。

「お酒は全然召し上がらないんですか」

気になって、ヒラクは聞いてみたことがある。

「運転しなくてはいけないからね。家が遠いんですよ。でもあんまり道が混むもんだから、ちょっと空くまで待ってるんだ、ここで」

ある日、ふだんよく来ている目の丸い、なぜかいつもぜいぜいと息の荒い若い医師が店に入ろうとして、その老紳士を見るとそっと後ずさりして出ていったのを見た。白衣をくるくる丸めて小脇に抱えていたので、病院で働いている人だとわかった。老紳士はその姿を見ておらず、ヒラクだけが見た。

「もしかしてお医者様でいらっしゃいますか？　あそこの病院の？」

するとお年寄りが椅子から飛び上がりそうになって驚いた。

「どうしてわかりました？　そんなにつまんない人間に見えたかな？」

「いいえ、そんなわけじゃ……そういうことじゃ……」

「他のことをやってたらもっとおもしろかったかなあ？　若いころにパスツールについて読んだんだけど、それがとても印象的でね。特に、狂犬に噛まれたジョセフ少年のことでパスツールが悩みに悩んで、動物にだけ使っていたワクチンを接種する場面が好きだったんだ。その少年はジョセフ・マイスターといって、後にパスツール研究所の管理人になってね。一九四〇年にドイツ軍がフランスを占領したときにもそこにいたんだが、ドイツ軍将校に、パスツールの遺骨を見たいから地下の墓地の門を開けろと言われて、それを拒否して自殺したんです。私は幸運にも生き残ったそのジョセフ少年、パスツールの墓を守った中年のジョセフみたいな気持ちで、今まで生きてきたんですよ」

興味深い話だった。ヒラクもパスツールとワクチンの話は知っていたが、そのとき命拾いした少年がどうなったかは知らなかった。このおじいさん先生はほんとに博学だなあ。こんなお年寄りがこの世を去ったら、その頭の中の知識はどうなるのか、ほんとにもったいないと思う。

「でもこのお話には、一つどんでん返しがあってね」

「何でしょう?」

「ほんとは、パスツールは医者じゃないんですよ、ハハハ。微生物学者だよね。ハハハ」

店はドラマに出てくるような、誰もが一緒に会話に興ずる魔法のような場所ではなかった。けれども興味深い瞬間は確かにあった。二度と来ない瞬間だ。ヒラクは、音楽と音楽の間に交わされた会話を頭の中で再現してみた。

ビルをリノベーションすることが決まり、最後の週にはレコードを売った。スピーカーもターンテーブルも、皿もグラスも。またどこかよそで店をやることは考えなかった。お客さんが残念がって、寄ってくれた。レコードを一、二枚買っていくお客さんもいれば、選ぶ手間を省いて箱ごと買っていく人もいる。インテリアとして壁にかけられても、もう聴けないところまでスクラッチだらけになっても、ヒラクは気にしない。どうしてだか、気分はよかった。楽しい四年間だった。

ほとんど残っていない軽い荷物をまとめていると、すみっこの棚に誰かが置いていったビタミン剤がある。未開封の新しい瓶が三つ。付箋が貼ってあり、「元気で」と、男か女かわからない字体で書いてある。小さなブルートゥースのスピーカーから流れる音楽に合わせて、有効期間がまだずっと残っているその瓶をそっと振ってみた。ドラムに似た音がした。

それがもう二ヶ月前のことだ。人を懐しむのと同じように、店を恋しいと思うことがある。

キム・イジン

イジンは、ミニの最初の子がそろそろ一歳になるのに一度も会いに行っていないので、気が重かった。いちばん古い友だちの最初の子なのにそんなに放っておくなんて、人の道に外れる。仕事が忙しかったというのは言い訳だ。ソウルだったらもっと早く行っていただろう。一時間かけて行くぐらいのことなら何でもない。二時間かかるというのがネックで、延ばし延ばしになってしまったのだ。二時間といっても、帰りも合わせれば四時間だし、週末はミニの旦那が家にいるから気軽には行けない。結局平日に休暇を取って会いに行くことにしたが、なかなか休暇が取れなくて、どんどん時間が経ってしまった。翌々月が一歳のお祝いだというのでデパートへ行って子ども服を選んだが、いったいどのくらいの値段のがいいのか全然カンが働かない。一度も会わないうちに子どもは大きくなってしまったことだろう。

子ども、と言うしかないのは、名前が思い出せないからだ。確かにミニが教えてくれたはずだけど、すっかり忘れてしまった。他の友だちの犬や猫の名前はよく覚えているのに。そっちは簡単だ。だいたいは一音節をくり返す名前だから――「グーグー」とか「ロンロン」とか。でも子どもの名前はまるで思い出せない。だめ人間だな、人間としてどうなのさ、と薄い唇で自分を叱ってみる。ミニとときどきやりとりしていたメッセージを逆にたどってみたが、子どもの名前は出てこない。電話で話したときに聞いたんだな。しょうがない、行ってようすを見ているうちに、自然にミニが名前を呼ぶだろう。

市内バス、広域バス、そしてまた市内バスを乗り継いでミニの家に行く道は遠かった。混んでいない時間帯でもまる二時間かかる。イジンは復習をするため、ミニが送ってくれた子どもの写真を開いてみた。ミニにほとんど似ていない。旦那の方とは似ているようだ。特に子ども好きでもないイジンは、渾身の演技で子どもをかわいがるだろう。バスに揺られたせいか、すでにちょっと疲れてきた。

イジンとミニは幼稚園の友だちだった。同じマンションに住み、同じ幼稚園に通っていた。そのころの思い出はぼんやりしていて、お互いにかなり好きだった感じが残っているだけだ。当時は国民学校と呼ばれていた小学校でも一緒だったが、ミニが引越した。三、四年生のころまでは大きな字で書いた手紙をやりとりしていたが、引越しをくり返すうちに連絡が途絶えた。再会したのは大学のときである。そのころインターネット上で友だち探しや同窓生探しのサイトが大流行しており、それでミニがイジンを探し出したのだ。おそらく、イジンがミニを見つけるのは難しかっただろうと思う。ミニの方が平凡な名前だからでもあるが、イジンはミニほど優しくないので、最初から探す努力をしなかったと思うのだ。お互いに好きだった感じと、断片的な記憶だけで二人はまた親しくなった。二十代を一緒に過ごしたので、空白があったことを考えても、古い友だちと言って誇張ではない。二人は一緒に汽車旅行をし、合コンに出かけ、家庭教師のアルバイトを紹介し合い、一学期の差でお互いの卒業式に花を持っていった（韓国の大学では、基本的に春入学と秋入学の二度入学の機会があるので、二月と八月に卒業式がある）。

知らない町の知らない団地だ。団地の規模が大きすぎてちょっと迷ってしまう。棟番号のつけ方がわかりづらい。約束の時間に遅れたイジンを、ミニは嬉しそうにドアを開けて迎えた。おいしそうな匂いがどっと押し寄せてくる。

「料理してたの？　赤ちゃんがいるのにそんなことしなくても」

イジンは遅れてきたことがなおさら申し訳なかった。

「食べるところが近所にないんだよ」

ミニは部屋着にすっぴんのままだった。ミニがいつもどんなに完璧に化粧していたかを考えれば、驚くべきことだ。ミニはオペ室の看護師だったが、目の化粧にはいつも力を入れていた。そうしないと誰が誰だかわからないもんというわけだ。イジンは会うたびにアイシャドーの色の名前を尋ねたものだ。聞いたからって真似して買うわけではないのだが、ミニに、知らない外国の女性の名前、遠い国の海岸の名前、スイーツの名前やいい香りのするものの名前がついた色を教えてもらうのが好きだった。女どうしのあいさつみたいなものだ。今日はミニが目に何もつけていなくて残念だった。

「出前でもよかったのに。一人じゃ買いものに行くのも大変でしょ」

「ベビーカー押してって、そこのスーパーで全部買ったのよ。それぐらい大丈夫」

「赤ちゃんは？」

「寝てるよ。見る？」

写真よりかわいかった。もっとも、ミニは写真を撮るのがひどく下手なのだ。お母ちゃんはあんたの敵だね、そうでしょ？ イジンはちょうど目を覚まそうとしている子どもに顔を寄せた。名前、何だっけ？ こんど友だちの子どもの名前をエクセルで整理しておかなくちゃ。

子どもは起きるや否や活発に動いた。もうかなり顔がしっかりしていて、ミニが抱いている間ずっと後ろに体を突っ張ろうとして必死にもがく。まだ慣れない赤ちゃんより、友だちの方に心が傾くのはどうしようもないことで、子どもがミニを疲れさせているような気がする。料理はおいしかったが、交代で急いで食べなくてはならない。子どもを渡されて、落っことさないか心配だったのでソファーに座った。子どもはきゅうくつそうで、何かもごもご言ったが、泣きはしなかった。

「ジェジュン、重いでしょ？」

ああ、ジェジュンっていうんだった。覚えておかなきゃ。ううん、ううん、重くないよとイジンは答える。

「じゃあ、ケーキ食べようか？」

　ミニが冷蔵庫からケーキを箱ごと出してきた。二人で食べるのに、どうしてピースじゃなくて一ホールまるごと買うんだか。でも初めてのことじゃない。ミニは何かを小分けにして買うことをしなかった。小柄だが、太っ腹なのだ。

「しばらく前に散歩してたら、誰かがゴムを燃やしてたんだよ。それで、昔のこと思い出しちゃってさ」

　ミニの言葉にイジンは、ケーキがのどに詰まりそうになった。

「そんな臭いで思い出が蘇るんじゃ、困っちゃうね」

　そういえば、おとなしく汽車旅行をしたり家庭教師をしているだけじゃなかった。大学卒業直前のこと、イジンの彼氏が浮気をしたとき、ミニはすぐにイジンのワンルームに駆けつけた。一時間半かかるところだったのに。イジンも怒っていたけど、それよりもっと腹を立てていたミニは、その彼氏は近くに住んでるのかと尋ねた。隣の隣の通りに住んでるよとイジンが答えると、そこに行って窓ガラスを割っちゃおうと言う。ミニがそんなに過激だなんて、初めて知った。その家の前まで行ってみたが、窓ガラスを割る気にはなれず、その代わり下宿なので玄関が共同だったから、靴箱から彼氏の靴を全部盗み出すことができた。イジンがはっきり覚えているだけでも四足だった。スニーカー二足、革靴一足、サンダル一足。イジンとミニは空き地へ行ってライターの油を一缶まいて、その靴たちを焼いた。すごくすっきりしたが、誰かに見られるかもしれないのでイジンはすっかりうつむき、ミニは堂々としていた。自分はこの学生じゃないけど、それが何？　という感じで、こっちをじろじろ見る人を逆ににらみつけてたっけ。二人は窃盗と消防法違反の思い出で笑った。

「ほんと、あのとき、うんとありがたかった」

「昔のことになったね。でしょ？　ぼんやりしか覚えてないなあ。健忘症がひどくなっちゃって」

ジェジュンは際限もなくミニの関心と手を要求した。イジンはジェジュンがかわいくはあったが、また寝てくれないかなと思った。日に十八時間ぐらい寝てくれたら、ミニが辛くないだろうに。

「だけど、子どもはやっぱりいいよ。ホルモンのせいかな、私にはすごくかわいいし」

「そう？　よかったねえ」

「仕事に戻るとき辛いだろうなと思うの。子どもを置いてまた働きはじめたら……」

「気になってしょうがないでしょうね」

「でも復帰しないと。まあよかったわよ、目と鼻の先だからね」

ミニの家のベランダから、マンションとマンションの間に病院が見えた。イジンはいつも、ミニの旦那があまりにも急にミニの人生に登場した上に、結婚も妊娠もあっという間すぎたと思っていたが、ミニの職場のすぐそばに家を買ったことだけは気に入った。パパパパ、と病院に向かうヘリコプターの音が聞こえる。

「ヘリがうるさくない?」

「そんなにしょっちゅうは飛ばないよ。それに、人を助けるためのヘリだもんね。慣れたら、トンボが飛んでいくみたいなもんで、気にならないわ」

ジェジュンを抱いてモビールの下に連れていってやると、喜んで手足をバタバタさせる。イジンは腕にぎゅっと力を入れた。ゆーら、ゆーら、と言いながら上下に揺すってやると、ジェジュンがリズムに乗ってくる。笑いながらイジンと目を合わせる。ミニと似てるかな? 似てるところはないかな?

「眉毛はあんたと似てるみたいだね」

「みんなそう言うんだよ、眉毛の上はあんたと似てるって」

ミニがそう言って喜ぶ。そんなことといったって、眉毛の上には何もないじゃないのと思いながらイジンはジェジュンのおでこをまじまじと見た。じっと立っていた後で、また揺すってやった。歌いながら床を這い回るぜんまいじかけのトカゲを追いかけながら、ジェジュンをずっと揺すってやった。トカゲの歌っている童謡は音がつぶれてよく聞こえない。ジェジュンは興奮して口を開け、その中には米粒のような白い歯がきちんと並んでいる。歯列もミニに似ているようだった。まだ何本も生えてないからよくわからないけれど。

「後になっても一つも覚えてないでしょうね？　あんたがどんなにこの子をかわいがってたか」

イジンは思わずそんなことまで言った。私たち一人一人が覚えていられない愛の時間がどんなに長いと思う？　急にそんな思いが湧いて、ちょっと涙ぐんだ。イジンらしくもなく。ミニに見えないように背を向けた。

「そんなことないよ。覚えていられる年齢になったら、もっと喜んでくれるわ」

ミニが近づいてきてジェジュンを抱きとった。どう見てもミニに比べて赤ちゃんが大きすぎる。

冷めてもおいしいお茶を最後まで飲んで、イジンはまたバスに乗った。ミニが子どもを抱いて送ってくれようとしたが、エレベーターのところまでにしてもらった。まだバイバイができないジェジュンの手を、ミニが振った。

「ほら、おばちゃんに『お休み取って来てくれて、ありがと』って、して。ありがとねー、バイバイって」

イジンも閉まっていくドアの中から最後まで手を振った。

町と町の間の殺風景な地域をものすごい速度で走っていく広域バスにまた乗った。座っていけるのはラッキーだ。イジンはシートの間からシートベルトを掘り出して締めた。こんなバスで事故に遭ったらみんな死ぬよねと思う。なかなか眠れず、窓の外を見つめていたが、似たようなニュータウンがレールの向こうで高くなったり低くなったりするのが続くばかりだ。ミニの住む町にもう一度行ってもまた迷うだろう。全国がみんなそっくりだ。ぶざまさが、そっくりだ。

「いつかはミニの近くに住みたいな。すぐそばに……」

誰も聞き取れない小声でイジンは一人言を言った。イジンもミニも、小さいとき夢に見たようにソウルに住むことはできそうにない。それなら、ニュータウンの中でいちばん殺伐としていないところを選ぶしかない。

そんなにすぐじゃなく、ジェジュンがもうちょっと大きくなったら。イジンは携帯電話の連絡帳からミニの名前を探し、メモ欄にジェジュンの名前を入力した。もう忘れないように。

ソ・ジンゴン

まさか息子が建築学科に行くなんて、信じられなかった。せっかくこんなに勉強したのに、どんな進路だって選び放題なのに。

「こんなに高い学費を払って大学に行って、俺と同じことをやるのか?」

「お父さんの仕事とはちょっと違うでしょ。それに、同じ仕事だったらどうなの?」

「俺がこんなに苦労してるのを見ても、まだそんなこと言うのか?」

「お父さんだって、いくらでも他の仕事ができたんですよ。でも、自分に合ってたから続けたんじゃないんですか?」

ジンゴンは不満が声に出るのを隠せないのに、息子のヨンモは落ちつき払ってそう答える。十八歳。ジンゴンが故郷を出て働きはじめた歳だ。同じ年齢でも、ヨンモはまだあまりにも子どもっぽく感じられる。もちろんジンゴンも、将来のヨンモの仕事が自分のころのように辛く危険なものでないことは理解していたが、何か気に入らない。立派な会社の快適なオフィスで働くヨンモの姿ならいくらでも想像できたが、もっと欲を出したかった。ヨンモには、現場というものとまったく関係ない職業、現場が存在しない種類の職業に就いてほしかったのだ。そういう職業とはどんな職業なのか全然わからないけれど、ジンゴンの想像の外にそういう職場は確かにあるはずだったから。

「成績が足りないなら、来年また受けてもいいんだぞ」（韓国の大学入試制度においては、センター試験に当たる〈大学修学能力試験〉で収めた成績をもとに志望校を選ぶので、成績が思わしくないと浪人する人もいる）

ジンゴンが残念そうにつけ加えた。ヨンモが学校の補習とインターネット上の講義と、町でいちばん安い予備校だけでソウルのいい大学に合格したことは、誇らしかった。両親の負担になるまいとよく考えて努力してきたわが子だ。あと一年ぐらい勉強させてやっても、全然かまわない。

「お父さんの考えとはずいぶん違うんだけどな。ほんとにそれがやりたいから建築学科に行こうとしてるのに」

息子が、眉をしかめて口は笑っている独特の表情をして意地を張った。

「夜、母さんが帰ってきたらまた話そう」

ジンゴンは、昔みたいに父親が子どもを頭ごなしにやりこめることができるならよかったのにと心の中で愚痴を言った。思春期の息子と仲がいいのが自慢の種だったが、こういうときには何の役にも立たない。親の言うことを素直に聞く年齢はすぐに過ぎ去ってしまい、息子はいっぱしの口をきくようになった。悔しいぐらい、あっという間だった。ジンゴンは舌打ちをした。どうしてこんなにやわな父親になってしまったんだろう？　ヨンモのせいだ。ヨンモにはごく小さいときからそんな面があった。まわりの大人たちを全員軟化させてしまうような、ませた面が。ジンゴンは頭を振って悩みを振り払い、靴をはいた。寒い季節に入ったが、陽射しが強いので軽い運動靴をはいて家を出た。作業靴は現場に置いてある。

ちょうど、ある商店街のビルの増築が始まったところだった。古いビルだが、立地はいい。内装も外装もすっかり一新して、もう二階分増築するというのだった。だが、ふたを開けてみるとビルの内部は手抜きだらけで、安全性検査を通過するのもやっとだった。柱の位置が設計図と違っているし、床も平らではなく、補修すべきところが一ヶ所や二ヶ所ではすまないのに、工事期間は話にならないほど短い。

ジンゴンは労務長だった。労務長とか労務監督とか、最近の役職名は何だか格式がありそうに聞こえるけれど、ほんとは前に使っていた「什長《じゅうちょう》」（人足頭の意。もともとは「十人の兵卒を率いる長」という意味）という呼び名も嫌いではなかった。そう呼ばれると何となく、老将軍みたいな気分になる。什長という言葉にそんな意味があるとは知らなかったが、ヨンモが教えてくれた。賢い子だ。その賢い子が言うことを聞かない。賢いから聞かないのか。

什長といっても部下は十人ではすまない。多いときは三十人から五十人ぐらいを束ねて働く。最近会社を移って、今は二十人前後だ。業務も、什長というより現場の班長に近いものになった。

前にいた会社の理事は火のような性格だったが、その人が、金を払ってくれない元請け会社に出かけていって、先方の人間をナイフで刺したそうだ。一回ではすまず数十回も刺したのでニュースになった。その会社はほんとうに、金払いが悪かった。ジンゴン自身も未払い金のことが気になってバッと飛び起きたことがあるくらい、悪質な会社だった。一緒に食事をして酒を飲むたびに、理事は何度も何度も悪態をついていたが、だからって実際に出かけていって刺してしまうとは想像もしなかった。ある日理事が出勤してこないので、どうしたのかと思っていると、もう捕まった後だったという。とにかく汚い会社だった。大きな会社から鼻くそほどの小さな会社まで、どこもここも、軒並み汚い。汚いところにずっといると、人間まで変になってしまうのだ。息子にはほんとに、そんな世界に入らないでほしい。あの年ごろの若者は、世間の汚さというものをまるで知らないのだ。そういうことを知らずにすむように育てたのがよかったのか、悪かったのか。

「汚くないところがどこにあります？　どこだって同じでしょ」

ずっとブツブツ言っていると、女の大工が笑いながらそう言った。最近は女性もだんだん目につくようになった。道具がよくなったので、女でもちゃんと務まると気づいた賢い連中だ。型枠工ならずっと高い日当をもらえるからいい。だが、頑丈でないとできない仕事なので、まだ女は人数が多くない。ジンゴンは男女を問わず、働き手に人気があった。あの什長は金を踏み倒して逃げたことが一度もないという噂が広まっているからだ。そんな当たり前のことで人気が出るというのは、やはりこの業界に問題があるからじゃないかと思う。

「午前中は残った外装材を全部はがします」

疲れる仕事だが、夏よりはましだ。熱中症は危険だ。今まで熱中症で倒れなかったのは幸運なことだ。暑さがどんどんひどくなり、人間がゆで上がってしまうほどになっているのは、ヨンモが説明してくれたように地球温暖化のせいなのだろうか。ジンゴンは夏でなくとも、体内の水分が腐っていくような気がすることがよくあった。どこかが詰まって、じくじくして流れていかない。何年かのうちに仕事ができなくなるかもしれないが、まだ若い息子に学費の借金を負わせたくない。実は夫婦の老後の備えもできていないのだが。今さら田舎に帰ったところで、何年か前に腰を傷めたので農業などできるはずがない。農業が嫌で十八歳のときに上京したのに、歳をとったからって変わるわけがない。腰さえ悪くなかったら、ちょっとはましだっただろうが。ジンゴンは、それでも子どもが一人でよかった、二人いたらもっと大変だっただろう、一人っ子だが、その子が賢くてありがたいと思っていた。誰に似て賢いのか、たぶん母方の家系だろうな。妻のおかげだと思ってきた。

家の前の陸橋の上で急に腰に痛みが走り、動けなくなって、電話でヨンモを呼んだことを思い出す。あのときはほんとうにどうしたらいいのか見当もつかなかった。やっとのことで上りきったが降りられず、背骨全体が痛くて悲鳴を上げそうになった。あのときヨンモは何て冷静沈着に、自分の脇を支えて一緒に降りてきて、落ち着いてタクシーをつかまえてくれたことか。肩車に乗せて歩いていたあのちびっこが、自分を助けてくれた。陸橋がしばらく前に解体されたので忘れていたが、それまでは陸橋を見るたびにまた腰が痛くなるほどだった。

すぐに疲れたので足場から降り、他の作業をしていた三人を代わりに上らせた。さっさと終えてしまいたかった。どう考えても、与えられた時間が短すぎる。ジンゴンのチームが作業を終えたら、上の階に入る映画館と地下に入る大型スーパーのチームも別に工事を始めるということだ。日程が迫ってきたら大変なことになるだろう。冷たい水を飲んで、積み上げられた資材を確認しているとため息が出る。ほんとうに安物の資材ばかりだ。オーナーはこの地域を意のままに動かしてきた有力者だというが、それがどうしたと言いたい。

「正直に生きていると息子がいい大学に受かるんだな、この幸せ者。もう、悠々自適だな」

お祝い半分、からかい半分という調子で他の什長が声をかけてきた。駐車場の方を任されている奴だ。気の合う相手かといえばそうでもなく、まあ、泥棒のような奴ではないことを知っているという程度だ。

「うちの子たちは勉強はまるでだめでな。だが、親に学費を出させないのも孝行のうちだ。息子自慢はともかく、一杯おごりなさいよ」

「学費で大変なんだから、おごれないよ」

気の合う相手ならカルビタンぐらいおごっただろうが、そいつにはおごりたくなかった。ジンゴンはしばらく座っていたスプリングが飛び出したソファーからすっくと立ち上がった。換気扇が耳障りな音を出して回っているコンテナハウスの事務所のドアを閉め、外に出てまた足場を上っていった。もっと上へ行くため傾斜路に立ったときのことだ。足がさっと滑り、何かがヘルメットにぶつかった。頭がガーンと鳴った。悲鳴も上げられないまま倒れたが、顔から落ちることだけはやっと免れた。轟音が自分の頭の中で鳴っているのか、外で鳴っているのかわからない。そのまま後ろへ、下へ、ずっと滑っていった。ジンゴンは無我夢中で、手あたりしだいに何かをつかんでしがみついた。

衝撃が去るまで、そのまま待った。目の前をさえぎっていた腕をゆっくりと動かしてみる。鼻先しか見えない。倒れるときに舌を嚙んだのか、埃の中に血を吐き出さなければならなかった。腹部のどこかも殴られたように痛かったので、もっと深いところから出てきた血かもしれない。ジンゴンはうつ伏せになったまま、立ち上がれるかどうか足の指を動かそうとしてみた。ひどい耳鳴りがする。

立ち上がれはしたものの、ちゃんとバランスをとれず、何度かヘルメットをぶつけながら、半分ぐらい崩れた瓦礫をかき分けて出ていくと、外にいた人々がジンゴンを助けて引っ張り出してくれた。這うようにしてようやく抜け出し、ビルから離れて振り向くと、足場がUの字形に曲がっている。巨人が両手でへこませたように、まん中が地面につきそうに落ち込んでいる。人々が右往左往して何か叫んでいたが、よく聞こえなかった。十四人が足場の上にいた。

六人は端の方にいたのでかろうじてぶら下がることができたが、残りの八人、まん中にいた八人はそのまま墜落したらしい。墜落した八人のうち二人は廃材の上に落ちた。落ちた音は聞こえなかった。ジンゴンは地面に座り込み、片手で耳をふさいだり開けたりした。手袋に血がしみている。ポケットを探って携帯を探した。運の悪いことに割れている。そばを通った人のズボンをつかんだ。

「電話！　電話！」

「したよ。保険で決められた病院が来るはずだ」

声がぼんやりとしか聞こえず、唇を読まないとわからなかったが、ジンゴンは怒った。

「何言ってんだ！　一一九番に電話しろ！　大病院が目の前にあるのに、何で指定病院なんか待ってるんだ！」

自分の声さえ遠くに聞こえる。だが、かなり大声だったことは間違いない。人々がジンゴンを見つめていた。中の一人がジンゴンに携帯を渡そうとした。

「いや、お前が……お前がしてくれ」

その同僚が電話しているのを見てからジンゴンは立ち上がった。落ちた人たちのようすを見て回るために、足を引きずってまたビルの方へ寄っていった。思わしくないように見えた。特に四人は、よくない。今では見るだけでわかる。まずいと思った人がちゃんと回復することはある。しかしたいていはそうはならない。大丈夫そうに見えた人が悪化することは多くても。

ジンゴンは折れ曲がった足場を蹴飛ばした。賢明な行動ではなかった。強烈な痛みが腰まで上ってきたから。中古の足場。何回も何回も組み立てては解体された、何もわかっていない青二才が安全だとステッカーを貼っていった足場だ。しかも、踏板の固定があまりにも飛び飛びだった。これは不安だと思った。不安だったが……それより、急がされることの方が悩みだったのだ。あの三人を最後に上らせたのはジンゴンだ。三人を上らせなかったら崩れなかっただろうか？　口の中が腫れ上がり、血のまじった唾が唇の端から垂れた。

入院中、ヨンモは毎日来て付き添ってくれた。小さいころから母親にしょっちゅうやらされたからだろうが、果物の皮を何でこんなにきちんとむけるのか。病室の他の家族たちが驚いた。

「ほんとにいい息子さんですね」

耳がよく聞こえなかったが、この言葉だけは何度でも聞きたかった。ヨンモは細くて柔らかい指でりんごをウサギの形や白鳥の形にむいた。だが、ジンゴンはそれを少ししか食べなかった。りんごを食べるような気分にはなかなかなれなかったのだ。

「俺のせいだ。そうだと思う」

しばらく経ってから、やっとそう言えた。

「あなたのせいじゃないことはわかってるでしょ」

退勤後に寄った妻が断固としてそう言ったが、ジンゴンには信じられない。

「父さん、いろんなことがめちゃくちゃにからみあって、それで起きてしまう事故ってあるでしょ。父さんがどうすることもできなかったんだよ」

ヨンモもそう言った。柔らかい手のひらをジンゴンの手に載せて。何も知らないのに知っていると思っている、若者らしい顔で。だがジンゴンは、ヨンモがこれから先もずっと、そんな考えのままで生きていければいいのにと思った。ヨンモの手にはまめなどできず、ずっと柔らかいままならいいのにと思った。りんごなんかむきながら、この剣呑《けんのん》な世の中を生きていこうとしているなんて。ずっと子どものままでいさせてやることはできないのだろうか。風に舞う風船を手首に巻いて遊園地を歩いていくように、生きさせてはやれないのだろうか。それができる力を持った親もどこかには確かにいるはずだ。ジンゴンは自分がそんな親ではないことが悔しかった。あざができたところ、引っかいたところ、ひびが入ったところ、膿が出るところが、悔しさを感じるたびに痛かった。

ヨンモは結局、建築学科に進学した。口内の腫れは引いていたが、ジンゴンは反対する言葉を言えなかった。見渡す限りでたらめなのだから、子どもに別の方向を示してやることもできないのだった。

「僕は大丈夫ですよ」

ヨンモが、心配で眉をひそめながら、だが唇には慰めの微笑を浮かべて言った。ジンゴンは答える代わりに、手のひらをヨンモの手の甲に載せた。

クォン・ナウン

二人は違うグループに属していた。スンヒはいつもアルバイトをしていたから、友だちもみんなアルバイトをしている子だった。ナウンの場合、塾の友だちと仲がよかった。学校のクラスは毎年変わるが、ずっと通っている塾のクラスは変わらないから、そっちの方がずっと親しくなる。スンヒと親友だったとは言えない。ときどき仲良く話す程度の間柄だった。

ナウンがスンヒに声をかけるのは、いつも苦心に苦心を重ねた末だった。ナウンは年齢より子どもっぽく見えるので、中学生に、ときには小学生にも間違えられた。そのうちそれが嬉しくなるよとみんな言うけれど、高校生としてはちょっとうんざりする。アルバイトもしていて大人っぽく見えるスンヒにばかにされたくないと、けっこう気を遣った。スンヒがナウンをばかにしたことはない。でも、スンヒの友だちはいつもナウンをからかう。ナウンがスンヒと話していると、「ちょっとあんた、何スンヒの友だちぶってんのさ」などと突っかかったりするのだ。そんなときはスンヒが「この子、友だちだよ。中学で一緒だったんだもん」と言ってくれるので助かった。

スンヒの方からナウンに近づいてくるときは自然だった。主に、アルバイト先で残った食べものを持ってきたときナウンにも声をかけてくれたのだ。「クォン・ナウン、あんたも食べて」と。それが、スンヒがナウンにいちばんいっぱい言った言葉ではなかったか。いつだったかスンヒは消費期限が迫ったチューイングキャンディを四十個も持ってきたことがある。ナウンには、味別に三つくれた。ナウンは下の歯に矯正器具をつけているので、それを食べるのは大変だったが嬉しかった。高校生活はしんどいから、ちょっとした思いやりの効果がよそよりずっと長持ちする。最後にスンヒがくれたのはベーグルだった。十二個ももらったが、焼いてないので冷たくて固い。でも、口の中でずっと噛んでいるとおいしかった。風味がよかった。隣の列に座っていたスンヒは自分では食べず、ベーグルを噛んでいるナウンを「あんた、リス？」とからかった。

スンヒが死んだとき、先生は事故だと言った。事故だというからみんな交通事故だと思い、そうじゃないことがわかった後も、何だかもう一度、嘘があるような気がした。先生に腹を立てたわけではない。先生は先生でどんどん表情が暗くなっていったので、苦しめたくないと思った。でも、抜け落ちた情報、ぼかされたポイント、省略された空白が嫌だった。やだ、と思わずつぶやいていることがよくあった。ナウンはスマートフォンの画面を誰にも見られないように苦労しながら、スンヒの事件を何度も検索した。スンヒの事件は記事にもなっていない。ニュースにならないくらい、よくあることなの？　スンヒが死んだのに？　父親が警察関係者だという他のクラスの子が、犯人はスンヒが死んだ翌週にあっさり捕まったと教えてくれたが、それで何が楽になるわけでもない。犯人はスンヒの恋人だったというが、ナウンには信じられなかった。スンヒとそんな話をするほど親しくはなかったけれど、何だか嘘みたいだった。問題集の上に滑らせていたシャープペンシルがしきりに止まる。恐ろしい沈黙の末に夏休みが来た。どこにも行かなかった。何もしなかった。塾の自習室で突っ伏してばかりいた。

思い出せないほど短い夏休みが終わって学校に戻ってみると、机が一つ巧妙に姿を消していた。空席がなかった。いつの間にか教室はまたにぎやかになっていたが、それは沈黙より嫌なにぎやかさだった。忘れるためにわざと騒いでいるような、そんなうるささだと思ったのはナウンだけだっただろうか。いいかげんな作りのプラスチックのオルゴールの上で顔を歪めて踊っている人形みたいな、無理な不自然さを感じる。ナウンは誰にも言わなかったが、一人で嫌な思いをしていた。

塾に行く途中のお店でスンヒがはいていた靴下を見つけた。フランケンシュタインの靴下だ。片目をぎょろぎょろさせたいたずらっぽい靴下だった。スンヒにはちょっと奇妙なユーモア感覚があった。憂鬱でユーモラスなものが好きなのだ。ナウンはその靴下をつい買ってしまった。実際にはく気は全然ない。でも、買わずにいられなかった。それが始まりだった。

ナウンはスンヒが着ていたものを次々に思い出した。ポケットが二重になったカーキ色のハーフパンツ、太い紺のストライプのポロシャツ、ちょっとむら染めになったオレンジ色のパーカー、妙な表情をしたウサギのトレーナー、ベージュのノースリーブのニット、濃い緑色のプリーツスカートを買った。スンヒが着ていた服と正確に同じものを見つけるためには、必死に検索しなくてはならない。ナウンの記憶に残っている何年か前の服は、もう売っていないからだ。服以外にかばんも買った。ビニールのリュックだ。半透明のクリーム色のリュックの中でスンヒの携帯が鳴り、光が外に漏れていたのを見たことがある。

「そのリュック、かわいい」

ナウンが言うと、電話に出る前にスンヒが振り向いた。

「安物だよ」

その通りだった。安物だった。二万三千五百ウォンしかしない。でも、スンヒが持っているとそんな感じがしなかった。スンヒの服も三万ウォン以上のものはなかった。ナウンが買い込んだうちで最も値段の張るものはスニーカーだったが、それにしたって五万ウォンくらいである。スンヒがはいていたナイキのスニーカーは、たぶん世界一はくのをためらってしまうナイキだと思うけど、でもかわいかったんだよね、スンヒがはくと……そんなことを思いながら、箱ごとクローゼットに押し込んだ。その上ナウンは、スンヒが使っていたペンケースまで買った。洋服を着たトカゲのキャラクターがついたものだ。背中についたジッパーでペンを出し入れするのだが、トカゲが人間より人間らしい顔をしている。

一学期間ずっと、こつこつと買いものを続けたのだから、ばれないわけはなかった。家に宅配がしょっちゅう来るので、ママはけげんな顔をした。

「そんなにしょっちゅう何を買ってるの？」

「高いものじゃないよ。お小遣いで買ってるし」

「服が欲しいんだったらアウトレットに連れてってあげるわよ。試着して買いなさいよ」

「今、試着して買う人なんていないよ」

「じゃあどうして買ったもの着ないのよ？」

「大学に行ったら、着る」

「何をばかみたいなこと言ってんの？」

そうだよ、大学に行ったら着ればいいんだ。ママにそう答えた後、最初からそのつもりだったのかもしれないと思った。私はスンヒの服を着て大学に行くんだ。スンヒの服を着て通うんだ。私が着たらちっともかわいくないけど——もしかしたら卒業までにもっと仲よくなることもできなかったかもしれないけど、卒業後一度も会わなかったかもしれないし、私がスンヒを好きだっただけかもしれないけど……ナウンは急に涙がこみ上げ、一人で部屋にいたいと思った。家族たちはナウンがまだ中学生みたいなもんだと思っていて、遅い思春期がやってきたと呆れているらしい。ナウンとしては、そんなありきたりな解釈ですませてくれて、かえって楽だった。

たぶん忘れてしまうだろう、スンヒのことを。ナウンはそれがぞっとするほど嫌だった。だって、もう中学のときのことはよく思い出せないのだから。まだ高校生でしかないのに、何年か前のこともはっきり思い出せない。スンヒが体育大会でリレーに出たと思うし、勝ったと思うけど、よく思い出せない。応援していたことだけはぼんやり思い出せる。半ズボンがよく似合うスンヒのまっすぐな脚がすばらしい速さで走っていた。ふくらはぎと足首がほとんど同じ太さでまっすぐで、スポーツマンガの主人公の脚みたいだった。スンヒが鉄棒の上にいたことも思い出した。クォン・ナウン、塾行くの？　あんたみたいな子、何て呼ぶか知ってる？　齧歯《げっし》類だよ、齧歯類って言うんだってよ。

生徒が死ぬと、葬儀会社のバスが校庭を一回りしていくっていうけど、そんなことでもやってくれていたらまだましだっただろう。あれはテレビだけでやることなのか、スンヒは来なかった。スンヒのママにもう余力がなくて、思いつかなかったのに違いない。お葬式にも先生が行っただけだ。まるでスンヒが悪くて死んだみたいに、スンヒのお葬式に行ったら何かうつるみたいに、生徒には行かせてくれなかった。だから何も終わったような気がしない。スンヒが何をしたっていうの？　あの子を悪い噂のように扱うなんて、ありえない。スンヒはほんとにいい子だった。

中学の最後の冬休みに、一緒にファミレスに行ったことがあった。冬休みだったから平日のランチを食べることができた。サラダバーをさらっちゃえー、そうしちゃえー、と六人ではしゃいで出かけたのだ。とはいえ、思ったより少ししか食べられなかったんだけど。そのときナウンはスンヒの後ろに立って、スンヒが料理を盛るところを見ていた。どうしてこんなにきれいに、おいしそうに盛れるんだろう。それに比べたらナウンのお皿は残飯みたいだ。仕上げに、丸く盛り上げたポテトサラダの上に、かぼちゃの薄切りが縦にキュッと挿してあった。そのかぼちゃが、帆船の帆みたいに見えた。羽根帽子の羽根みたいに見えた。スンヒはそんなことができる子だった。そのことを忘れずにいよう。忘れないだろう。ナウンは横になって布団をあごまで引っ張り上げた。

「あんた、フードスタイリストみたいなのになったらいいよ」

ナウンが感心するとスンヒは、何言うのよ、というように照れていた。

ベーグル屋さんに一度くらい行けばよかった。妙に照れくさくて行けなかった。週末に行ったらスンヒが喜んでくれただろうに。たぶん、コマーシャルに出てくるみたいな波型にクリームチーズを塗ってくれただろうに。

その日ナウンは、クローゼットに入れたままのスニーカーをはく夢を見た。

ホン・ウソプ

　ウソプは紹介《ソゲ》ッティング（「ソゲ」は「紹介」のこと。知人友人からの紹介で異性に会うこと）に熱心な方ではなかった。病院の広報部で働いているのだが、人事部に親しい同期がいて、その人がほとんど強制的にセッティングしてくれたのだ。久しぶりのソゲッティングなので全然要領がわからず、何の話をしたらいいのか心配だったが、幸い会ってすぐに話を切り出すことができた。地味に見えるパク・チへはアクセサリーは何もしていなかったが、手首に彼とまったく同じモデルの時計をしていたのだ。

「時計が……」

「あ、ほんとだ、同じですね」

「不思議ですね。でもそれ、男性モデルですよね？」

「気に入ったんです。女性用より男性用の方がきれいだと思って。私、時計はフェイスの大きいのが好きなんです」

　チェーンをいちばん短く調節したらしいチへの時計は、ウソプのより傷もなく、ウソプのより新品みたいに見えた。ウソプは自分が時計を乱暴に使っているようでちょっと恥ずかしくなった。世の中に時計は何種類あるだろう。その中で、同じ時計をした者どうしが出会う確率はどれぐらいなんだろうか。すごくポピュラーなモデルもあればそうでないものもあるから、簡単には計算できないだろうけど。

「ちょっと変な話ですけど、この前ソゲッティングで会った人とは、この時計のせいでうまくいかなかったんですよ」

チへが笑いながら言った。

「え？　どうして？　この時計がどうしたんです？」

「会うとすぐに時計を見て顔をしかめて、それいくらですって訊くんですよ。もちろんいい時計だけど、出張のとき免税店で買ったんだし、それにちょっと前のモデルだからずいぶん割引もしてもらったんです。でも初めて会う人に、そんなこといちいち説明したくないじゃないですか。それでもう嫌な気持ちになっちゃって……あの日のこと思い出すと今でも、ちょっとね」

「失礼な人に当たったんですね。同じものを、しかも要領悪く定価で買った僕まで嫌な気分がしますよ。最近のソゲッティングって、ちょっと疲れませんか？」

「疲れますね。だんだん大変になっていくみたい」

「そうなんですよね。僕も疲れちゃって、ずっとやってなかったんですけど。今年になって初めてです」

「それでもやらなきゃいけないんですって。知り合いの女性の先輩がそう言うんです。四十人ぐらい会わないといいお相手は見つからないって」

「四十人もですか？　でも、何人も会わなくてもいい相手とつきあって結婚する人もいますよね」

「いますけど、それって、一本の当たりくじと三十九本の外れくじが入った箱から、運よく初めのうちに当たりをつかんだケースなんですって。試練にぶつかってもぶれないで、ソゲッティングの女神を信じるんだよって、念を押されました。箱が空になるまで続けないといけないんでしょうね」

「ソゲッティングの神は女神なんですね」

ウソプは、男性用の時計をして女神を信じているチへに興味を覚えた。惹かれたとか、ときめいたというには無理がある。それより、同僚への親近感に近い気持ちだった。それぞれ違う方角に向かって探検しているときに道が交錯した極地探検家どうしが感じるような好意、というか。

「出張にはよく行くんですか？」

「ええ、一ヶ月に一、二回は行ってると思います」

チへが電子製品会社の海外マーケティングをしていることは聞いていた。しかも携帯電話の担当だというから、ものすごく忙しいのだろう。

「主にどこに行かれるんですか？」

「中東とアフリカです。そっちの食べものをよく食べるから、ふだんは香りの強いものは全然食べたくなりませんね」

「うわあ、危険じゃないですか？」

「危険ですよ。武装した警備員たちが空港まで迎えにくる国もあります。前に会社の他の人が強盗にあってから、ずっとそうです」

ウソプは、全然日焼けしていないこの色白で小柄な女性が中東へ、アフリカへと出かけていくことがなかなか想像しづらかった。

「サウジみたいな国は……女性が仕事をするには大変じゃありませんか？」

「サウジは無理ですね。男性社員の担当です。アラブ文化はそういう面で大変ですし、突然紛争みたいなことが起きたりして怖いこともありますよ。ときどき出張が中止になることもあるし。でもだんだん、あんまり感じなくなります。外国の人たちは、韓国も危険だと思ってますよ。北朝鮮との関係が微妙になってるときは特にね。いざ行ってみれば人間が住むところはどこだって、すごく運が悪くない限りは大丈夫ですよ」

「勇気がありますね。僕は毎日同じオフィスで働いてるだけだから、想像もできないな」

「病院で働いていらっしゃるんですよね？」

「はい、広報部にいます」

「いい職場だって聞きました。安定しているし、福利厚生面もいいって」

「言われてるほどじゃないんですよ」

「そうですか？」

「新聞社にいたときよりはましですけど、対外業務って神経を遣いますからね。医療事故が起きたりすると、薄氷を踏むみたいになりますよ。ふだんはホームページの管理をしたり、パンフレット作ったり、海外から重要なお客様が来たら随行するぐらいだから楽ですけど、いったん事件が起きると……」

「そうでしょうね」

チへがうなずきながら、時計のちょっと上の、あざになったところを触った。

「そこ、けがされたんですか？」

「ここですか？　あのね、ライオンに噛まれたんですよ」

「え？」

ウソプが驚くとチへが笑った。

「仕事が終わるとときどき観光もするんですけど、南アフリカ共和国に行ったときサファリに行ったら、ライオンの赤ちゃんを抱いてみる体験コーナーがあったんです。猫がいたずらで噛むのと同じで、ライオンも噛むんですよね。力いっぱい噛んだわけでもなかったし、服の上からだったんですけど、あざがしばらく消えませんね」

「やっぱりライオンはライオンなんですね」

「あごの力が強いんですね……でも、ほんとにかわいいんですよ。写真、見ます？」

チへは赤ちゃんライオンの写真をたくさん見せてくれた。腕は噛まれても、ずいぶん楽しかったらしい。赤ちゃんライオンのアルバムは、ライオンの人形の写真で終わっていた。

「買わずにいられなかったんですよ、かわいくて」

男性用の時計も買うし、赤ちゃんライオンの人形も買う人なんだな。幅広いな、とウソプはひそかに思った。

「時間、大丈夫なら、この後お茶もご一緒できますか？」

「ええ、いいですよ。久しぶりだわ。このごろのソゲッティングって食事もしないことが多いんですよ、知ってます？」

「そうなんですか？」

「食事する時間ももったいないんでしょう。普通、お茶だけ飲んで別れるんですって」

「そうなんですね、最近は」

「一度、金曜日の夜七時に会ってお茶だけのソゲッティングがあったんです。だけど、一日働いた帰りだから死ぬほどおなかがすいてて、待ち合わせのお店の前でサンドイッチを詰め込んでから入っていったんです。時間とお金がもったいないのはわかるんですよ。でも、私がおごるからご飯食べましょうよって言いたかったですよ。でもそう言ったら、気が強いって敬遠されるでしょ」

「どっちがいいかよくわかりませんね。好きでもない人と三時間も四時間も閉じ込められるのが嫌なんでしょうけど、会う前から守りに入りすぎって気もするし……」

二人は喫茶店に場所を移して話を続けた。ウソプはミルクティーを飲み、チヘはアイスカフェラテを頼んだ。

「冷たいのでいいんですか？」

「ええ、大丈夫。体が熱っぽいので。暑い季節より寒い季節の方が好きなくらいなんです。ところで、ミュージカルお好きですか？」

「あ……歌のところは好きなんですけど、会話も歌でやるのがちょっと苦手で……演劇の方が趣味に合いますね」

ウソプは正直に答えた。

「そういうこともあるでしょうね。残念だわ、一緒に見に行けるかなと思ったんですけど。私けっこう好きなんですよ、ミュージカル。月に一、二度は見に行くんです。大型ミュージカルと、小劇場でやるのと交替に見るんですよ」

「自分でも歌うのがお好きですか？」

「社内に英語ミュージカルのサークルがあって、そこに入ってるんです。でもみんな、あんまり熱心じゃなくて」

「それは仕事が忙しいからでしょう。一節だけ、歌ってくれませんか？」

「えー、お酒も入ってないのにそんなこと」

そうは言ったけれど、チヘはウソプもよく知っている「シカゴ」の有名な曲を一小節歌ってくれた。軽く手振りも入れて。それから恥ずかしくなったのか、ジャケットを引き上げて顔を隠した。ウソプはかわいいなと思った。もう一回会ってもいいなと思った。

二人はもう二回会った。二回目は少しくだけた雰囲気の日本式居酒屋に行って、焼き鳥と炒った銀杏を食べた。三回目はチヘがウソプにミュージカルをおごってくれた。あっさりしたホラー・ミュージカルだったので、ウソプも楽しめた。うまくいくかなと思ったのだが、その後二人とも忙しい時期に入ってしまった。ウソプは連絡がまめな方ではなく、チヘは連絡がまめでない人に耐えられないタイプだった。うやむやになって、もう会えなかった。

何年か後、倉庫型スーパーで二人は再会した。それぞれ他の人と結婚した後である。チヘが先にウソプに気づき、「あ、こんにちは」とあいさつしてきたのだが、急にあわてた顔になったのを見ると、仕事関係の知り合いだと思って声をかけたらしい。チヘの連れが自分もあいさつすべきかと迷っている感じでこちらを見たので、ウソプは「取引先の者です。お久しぶりですね」ととりつくろった。チヘが目で感謝した。

つかの間だったが、いい再会だった。ソゲッティングの女神が僕らをかわいがってくれたんですね、そうでしょ？　とウソプは内心思った。品物を選びながら先に行っていた妻のイジンが、カートを押してきたウソプがどうしてついてこないのか心配になったらしく、振り向いてこっちを見ている。イジンとは、チへの次の、次の、次のソゲッティングで会った。偶然に親しくなったオペ室の看護師が、やはり強制するみたいに紹介してくれたのだが、行かなかったら大変な損失だったことになる。

「一緒に行くよ」

ウソプはすぐに追いついた。結婚生活にはお互い努力が必要だったが、毎日ほっとする瞬間があった。もうつまらない計算などせず、心をゆだねることができる相手とチームを組んで生きていけるという点で。暗く、居心地の悪かったソゲッティングの日々が終わったのが何よりも大きな安心だった。チへもそんな気分で暮らしていたらいいと、ウソプはちょっと思った。

チョン・ジソン

「ジソンさん、ちょっと喫煙スペース見てきてくれませんか?」

理事にそう言われて、すぐに席から立ち上がった。建物の外に出なければならないが、そんなに面倒だとは思わない。ジソンはむしろ、ずっと席に座っている方が嫌な性格だ。

喫煙スペースの整備は日々の雑事の一環だが、これをおろそかにしたらモデルハウスはめらめら燃え上がってしまうかもしれない。モデルハウスは、角の鉄骨以外は全部木でできているのだから。たばこの火が燃え移ったら五分で全焼し、赤い鉄骨だけが残るだろう。モデルハウスで働く人はみんな十七世紀ごろの人みたいに火を怖がり、用心するが、そんなに用心しているにもかかわらず何年かに一度は必ず火事が起きて、業界じゅうに警鐘を鳴らす。ジソンの会社の人たちは一日に何度も歩き回って、駐車場兼喫煙スペースを整備する。残っている火種がないようにと。

マンション分譲代行会社は、ジソンの三番目の職場だ。最初の会社は自動車部品の会社だった。発注元である大会社の横暴によって経営状態が悪くなり、辞めなくてはならなかった。その次に焦って就職した二番目の会社は用役会社（借金の取り立てや立ち退きなどを請け負う企業で、しばしば暴力的行為を行い社会問題になっている）で、何も知らずに入社し、最悪の経験をした。逃げるように辞めて、現在の分譲代行会社に来たのだ。これまで勤めた会社の中ではいちばん相性はいいが、規模は小さい。同業者が集まって作った会社なので、社長が三人、役員が二人、社員が四人である。ジソンは社員四人のうちの一人だ。管理職が多すぎると思ったがすぐに慣れた。

　社長三人のうち二人はシミュレーションゴルフをしに行ってよく席を空ける。どうしてわかるかというと、帰ってきたときにワイシャツに独特のしわが残っているからだ。でも、遊びに行ってたことを隠そうとして努力しているところが憎めないので、みんな気づかないふりをしている。

　ジソンは、三番目の会社の四番目のモデルハウスにほぼ一年間通勤している。モデルハウスの寿命もさまざまだなあと学んでいるところだ。分譲が早く進めば三ヶ月で壊されることもあるが、今回のようにのろのろだと、千年でも万年でもこのまま建っているかもしれない。ジソンは主に契約書のチェックと、分譲アドバイザーの管理を担当している。初めのうちはほとんどのアドバイザーより年下なので気まずかったが、だんだん楽になってきた。ジソンが努力したからというより、そもそもアドバイザーのみなさんがすごい女性たちだからだ。人に会うため、人を扱うために生まれてきた人たちみたいだ。一日じゅう髪のボリュームが変わらず、いくらしゃべっても唇が乾燥せず、お客さんを案内して中ヒールパンプスから室内ばきにはき替えるときさえ優雅なその物腰に、確かな積み重ねが感じられ、目の下にくまができない女性たちだ。あの誰もが忙殺される分譲開始時の大勢のお客さんも相手にしてのける。仕事の特性上、接客の適性のない人は早々と脱落してしまい、選手格の人だけが残るんだろうなあ、とジソンは想像する。正規職ではないが、選手たちを引き止めておけるぐらい、日当は十分だった。基本給が一日十五万ウォン。だが、未分譲期間が長くなると、一契約あたり三十万ウォンもらえる。ジソンはいつも気になっていた。シーズンになると現れてはまた消えるアドバイザーたちはふだん何をして過ごしているのだろう。他の会社の仕事をしているんだろうけど、仕事をしていない空白期が明らかにあるはずで、そういうときの彼女たちを想像するのは難しかった。

今回の分譲が不調なのにはもっともな理由があった。ジソンでさえ通うのが大変な立地だったのだ。ソウルから一時間半、首都圏の他の地域とも連絡が悪く、慢性的な渋滞区間に何度もぶつかる。興味があって見にきたお客さんも、モデルハウスに来ただけで交通の問題に気づき、契約をためらう。通勤時間が長くなればなるほど生活の質はぐっと落ちる。みんなが「家がない」と言うのは、交通の便のいいところに家がないという意味なのだ。何もないところにやみくもに造成した家ならあり余っている。ジソンはしばらく前に見た海外ニュースを思い出した。人口減少で日本のニュータウンがスラム化しているという記事だった。モデルハウスからモデルハウスへと移動しながら、ジソンはときどき、自分たちが販売した家の三十年後、四十年後の未来について考えることがあった。分譲代行の仕事には満足しているが、職業自体の寿命があまり長くないかもしれないと思うと暗い気分になる。大手建設会社、下請け工務店、分譲代行会社、広告会社が着々と役割分担して進めるこんな時代はいつか終わるだろう。マスゲームの参加者たちはばらばらに散っていくだろう。

「また広告、出すんだって」

席に戻っていくとき、ロビーでもたれていた隣の席の先輩が教えてくれた。

「どんな広告ですか？」

「まずは、道に出すやつ」

街路樹と街路樹の間にかける分譲広告はほんとうは違法なので、広告費に罰金まで含まれているのだそうだ。金曜日から土曜日にかけての真夜中にこっそり街路樹にかけたのを、月曜日の午前中に区庁の職員が撤去するというわけだ。区庁の方も、根絶は不可能なので、罰金を取り立てることで満足しているらしい。金曜の夜に外食して夜中に帰っていくとき、広告会社の人たちが必死で広告をかけているのを見たこともある。

席につく前、ジソンはクムジョンス（金運が上がるといわれている観葉植物）に水をやり、葉っぱを拭いた。

「ついでに、俺のにも水やってよ」

ユン理事が声をかける。

「嫌ですよー」

「何で?」

「だって、競争ですもん」

　この会社では、人が新しく入ってくると、クムジョンスの鉢植えを一つずつくれる。社長の一人が、そうすると会社がずっとうまくいくだろうと縁起をかついでいるのだ。ジソンのクムジョンスがいちばん丈も高く、葉もつやつやしている。入社順では遅い方だが、せっせと世話をして一度植え替えもしたので、しおれずによく育っている。最近は鉢植えをめぐって微妙な競争意識が生まれてきて、栄養剤を挿しておく人もいれば、駐車場の裏で日光を当てる人もいる。スマホゲームの代わりに鉢植えで遊んでいるような感じだ。ばかばかしいかもしれないけど、観葉植物の世話を一人に押しつけないという点ではいい会社だ。自分の鉢は自分で。いちばん若い女性社員に全部任せたりしない。

　ジソンは自分の鉢が他の人のよりまだ立派なことを確認した。それが毎日の楽しみだ。だが、他の鉢植えも頑張っている。愛されているという点では運のいい鉢植えたちだが、しょっちゅう引越しをしなければならないのは明らかにストレスだろう。こんなにあちこち移り住むライフスタイルは、人間にだってストレスフルなのだから。いつか退職することになったら、必ずこの鉢植えは持っていくとジソンは決めていた。そのときは一ヶ所に住めるようにしてあげるからね、置いていかないからね、と鉢植えに声をかけた。

お金を貯めていちばん最初にやったのは、車を買うことだ。トランクに植木鉢がやっと二個入るぐらいの小さな車だが、ハイブリッドだ。満タンでも六万ウォン分しか入らず、それでも一ヶ月近く乗れる。一リットルあたり二十キロ走れるというので買ったのだが、きちんと測ってみたら一リットルで三十キロまで行けるのだ。ジソンはとても満足しているが、ガソリンだけの車のようなパワーはないので、急な坂では後方から来る車にいつもクラクションを鳴らされる。前は身が縮む思いだったが、最近は図々しくなってきた。どんなに踏み込んだって上ってくれないのに、どうしろと。とにかく制限速度は守っているんだから、そんなにクラクション鳴らしてどうするのさ、みんな……と思う。ジソンは車を愛しており、人を乗せるときも車内でものを食べることを許さなかった。車は、ジソンが持っているものの中でいちばん高価な品物だ。

車はあるが、家はない。最近の若者の中には、そういう生活をいけてないと言う人もいるらしいが、車がなければおいそれと通えない職場があるということを知らないのだろう。まだ周辺に建物が建ちはじめる前の、土埃が舞う空き地。地下鉄はもちろん、バス路線も通ってないようなところにぬっとそびえたモデルハウス。ソウル郊外をサーカスのテントのように転々とする職場なのだ。車がなかったら、ずっと前に辞めていただろう。

「今日もいっぱい嘘ついた?」

帰宅したジソンを嬉しそうに迎えながら、妹のジウンがそう尋ねる。ジウンはジソンが、契約に来た人たちに、近所に下水処理場があるとか、飛行機の通り道だからうるさいとか、夏になったら川から蚊の大群が飛んでくるはずだとか、そういうことを言ってあげないのは嘘つきだと言ってよくからかうのだ。ジソンも完全に否定はしなかった。誰かが鋭い質問を投げかけると、ジソンもアドバイザーの女史たちもすっと口をつぐんでしまう。その短い沈黙は、嘘に近かった。最終判断はあなたに。大人と大人の取引は、本来そういうものだから。

飼い猫みたいなジウンは、学校に行ってるような行ってないような生活をしていた。二回も引越したため、そのたび学校が近くなったり遠くなったりしたが、そんなことは別に気にしていないらしい。工学部を出たジソンには、文芸創作科に入ったジウンがそこでどんな生活をしているのかなかなか想像がつかない。彼女は彼女なりに、大学受験の小論文対策の添削などをして生活費の足しにしているが、微々たるものである。いつかはもうちょっと助けになるかもしれないが、今はほんとに飼い猫に近い。生活の助けにはならないが、心の安定には助けになる。

「お姉ちゃん、このブログちょっと見て」

「何?」

「ほとんど材料費だけで、こんなふうにインテリアをきれいにしてくれるんだって。壁でも何でも、全部」

「ああ、きれいだね。でも、チョンセじゃなあ。大家さんの許可もとらなくちゃいけないんだよ」

実はジソンの家はチョンセですらなく半チョンセ（チョンセは韓国特有の賃貸の形態で、最初に多額の保証金を一括で大家に預け、月々の家賃が発生しない。大家は保証金を運用して儲けを出すので、退去時に保証金は全額返してくれる。半チョンセはそのバリエーションで、少なめの保証金で入居して毎月の家賃もある程度支払う）だが、まあそう言っておく。

「大家さんも喜ぶんじゃないの？」

「あんたが電話して許可を取ってくれればね」

ジウンが目をそらした。そんなことだろうと思った。知らない人に電話する勇気もなくて、いったいこれからどうやっていくんだろうか。ジウンは声はかわいいけど、そんなの何の役にも立たない……故郷を離れて二人きりで暮らすうちに、過保護にしてしまったのかもしれない。いつかは別々に暮らさなくてはならないが、そうなったら妹ももうちょっとしっかりするのだろうか。

姉妹は簡単に夕食をすませてテレビの前に座った。座椅子タイプのソファーは、とても楽なわけではないがすごく座りづらいわけでもない。

「するめ食べる？」

ジウンは答える代わりにすっと立って、小さな湯沸かしでお湯を沸かした。母さんが送ってくれるするめはほんとうに臭みがなくて、上品な味だが、臭みが出ないように固干しにしてあるので固すぎて、そのまま焼いても食べられない。食べやすく両端からはさみで切れ目を入れ、沸騰したお湯に一分間浸けてから出すと、半干しのするめのようになる。一分以上浸けておくと風味が抜けてしまう。えぐみのない、端正な味わいのするめを一枚ずつ食べながら一年が過ぎた。半分に折ってビニールで包み、冷凍室の一コーナーいっぱいに宝物みたいに保管してある。姉妹はするめを食べるたびに、生まれ育った東海（江原道中南部に位置する市。韓国では日本海を東海と呼び、その東海に面している）を懐かしく思い、同時にあそこではもう暮らせないだろうと思うのだった。人口構成が、年齢が上になるほど多いじょうごの形になっているあそこには。仕事場もお金の使い道も首都圏にばかり集まっている。

妹の書いたものには海が出てくるのかどうか、ジソンは気になっていた。文を書いているところを目撃したことはないが、ジソンがいない時間に書いてはいるのだろう。

「今、何か書いてる？」

やはり答えはない。ジウンは他のものは全部ジソンと共有だが、コンピュータだけは別だ。いくら姉さんでも脳を一緒に使うわけにはいかないと言っていた。

「クックだかギュックだかいう子とは、つきあってるの？」

「ギュイクなら、別れた」

「何でー、どんぐりみたいでかわいかったじゃん」

「彼は、しんどかったな」

「それで休学したの？」

「行きたくなくなっただけだよ」

「ねえ、机、買ってあげようか？」

「にゃーん？　どしたの、急に？」

モデルハウスに、ジソンが目をつけている机があるのだ。白木でできており、角が丸くて足が細い、とにかく目にパッと飛び込んできた机だ。ジウンが高校のときから使っているドレッサーのすみっこに小さなノートパソコンを置いて、姿勢を悪くして書いているのが気になっていた。ちゃんとかたづければ机の一つぐらい入るだろう。

「インテリアのチームが、こんどのモデルハウスが終わったら売るって言ってたから、私が先約しておいたんだ。写真、見る？」

「うん」

ジウンはジソンが渡した携帯電話の机の写真を拡大したり縮小したりして詳しく調べた。

「うわー」

「気に入った？」

「うん！　これ買ってくれるの？」

「ちょっと傷があるかもよ。何度も運んだから」

「そんなの大丈夫だよ」

「明日、一緒に来て実物を見てみる？」

「だって、どうやって帰ればいいの？」

「パソコン持ってきて、あっちのカフェ二、三ヶ所回って、帰るとき一緒に帰ればいいじゃん」

「そうしようか」

「私の植木鉢も見ていきなよ。いちばんよく育ってるんだから」

「そうなんだ」

「クムジョンスは育ってんのに、何でお金がたまらないのかね」

「机、買わなくて、いいよ」

「そういうことじゃないよ」

姉妹はテレビを消して、するめが消化されるまで散歩することにした。もう遅いが、二人だから怖くない。

「あっちの町の方で、また刃物の事件があったんだってよ」

「いつ？」

「先週だって」

「それで不動産屋のおばさんが止めたんだね、他のところで探せって。内側からだけ閉まる鍵をつけるといいらしいけど、うちもつけようか」

「うん。それと、防犯窓をつけるとき市が補助金をくれるっていうから、申請しておいたよ」

ジソンが笑いながらジウンの頭を撫でてやった。たまには役に立つこともあるじゃん。電話をかけたり、直接人に会うのはだめでも、インターネットで何か申請するぐらいならちゃんとやれるんだ。

「わっ、猫だ」

「かわいいね。茶色くてかわいい」

「いつか飼えたらいいなあ」

「あんたがうちの猫だよ」

「ちぇっ」

「あんたも鉢植え、育てる？」

「クムジョンスみたいなのはやだな」

「じゃあ、花が咲くのならどう？」

「いいよ」

「そう。じゃ、明日一つ買ってあげる」

姉妹はまた家に向かって歩いていく。ジソンは家に入る前、最後に大きく息を吸い込んだ。海の匂いが恋しかった。四十分も走れば海があることはわかっているが、それは西海だ。妹に、今すぐ車で東海まで行こうよと言いたかったが、がまんした。お姉ちゃんだから。明日も会社があるから。

「もっと歩く？」

階段の上でジウンが訊いてきた。

「ううん」

ジソンが続いて昇っていった。二人は施錠できるところを全部閉めて、深く深く眠った。

オ・ジョンビン

「ママは僕のこと、あんまり好きじゃないみたい」

　ジョンビンが鉄棒に乗ったままダウンに言った。おばあちゃんはいつもちょっと遅れて迎えに来るので、優しいダウンが一緒に待っていてくれるのだ。ジョンビンはいちばん低い鉄棒に乗っており、ダウンは頑張っていちばん高いのに上った。二人の間の、中くらいの高さの鉄棒は空いている。

「何で？」

「ただ、そんな感じがする」

「よく怒られる？」

「ううん……でも、目が怖い」

「ママ、働いてるだろ？　だからじゃない？　うちのママも働き出してから、話しかけると嫌がるよ」

「どうして?」

「疲れてて言葉が出てこないんだって」

「でもうちのママ、また仕事始めてから大して経ってないんだけどな」

「パパのことが心配だからじゃないか? 大人って、心配が多いとそうなるよ」

ママはパパを心配しているようではなかった。パパはまだ眠ってるし、パパのぽこんと凹んだ頭も前と同じだが、でも苦しそうではない。ジョンビンはパパに会いに行くのが嫌じゃないのに、ママは一人で行く方がいいらしい。眠っているパパと二人きりで話すことでもあるみたいに。

「僕が医者になったら、お前のパパも治してやるよ」

ダウンにそう言われてジョンビンは嬉しかったけど、自分たちが大人になる前にパパが治った方がいい。それにほんとのところ、治りそうにないってこともわかっていた。知っていることは知っていると言った方がいいのか、知らないふりをした方がいいのか、いつもはっきりわからない。パパが事故に遭って以来、いつもそうだ。

「じゃなきゃ、僕が知ってるおじいさんの医者の先生がいるんだけど、紹介してやろうか? 一ヶ月に一度うちの町に来るんだよ。有名なお医者さんなんだって」

「そうなんだ?」

「若いお医者さんが、そう言ってた。韓国でいちばん有名な医者の一人なんだって」

「脳のお医者さんか？」

「わかんない。聞いたけど忘れちゃった」

「じゃあ、次に会ったら聞いといて」

そうは言ったものの、ダウンが忘れちゃってもいいやとジョンビンは思っている。ダウンは医者になりたいと言うわりには、何でもすぐに忘れる。ジョンビンはダウンのそんなところがうらやましかった。ダウンもジョンビンと同じくらい悩みがいっぱいあるはずなのに、いつもにこにこ顔だ。ダウンが住んでいる町にはやがて大きな団地が建つことになっており、そのうちダウンの家も取り壊されるはずだ。だから急に引越しをすることになるかもしれない。ダウンのパパはいろいろあって遠くにいるそうで、ママは三日に一度家に帰ってくるそうで、しばらく前に生まれた妹は、どこか具合が悪くてずっと病院にいるという。だけどダウンは、学校に来るとそんな問題はすっかり忘れていた。そして楽しく過ごして帰っていく。ジョンビンは、自分もそんなふうにできたらいいのにと思う。

「パパ、夢、見るかな？」

ある日ママにそう訊いてみたことがある。あんなこと、訊かなきゃよかったんだけど……答えがなかったので、聞こえなかったのかなと思った。

「ママと僕が出てくる夢、見るかな？」

ママが振り向いたときの表情が忘れられない。それはジョンビンが生まれてから見た中で、いちばん温度の低い顔だった。

「そんなことが気になるの？」

「うん……見てたらいいなと思って」

「見てないわよ」

何でわかるんだよ、と最初は小声で言った。だけどジョンビンは、自分でも気づかないうちにもう一度、ちょっと怒った声で言ってしまった。

「何でわかるんだよ？　ママだってわからないだろ」

するとママがジョンビンを抱いてくれた。抱かれていても、ママが遠くに感じられた。ほんとにジョンビンを抱きたかったんじゃなくて、仕方なくそうしてくれたんじゃないかと思う。ママは会社から帰ってきてだいぶ経つのに服を着替えていなかった。服からは外の匂いがした。埃とバスの臭いだ。もしかしたら、顔を合わせるのが嫌で抱いてくれたんじゃないのかな。ジョンビンは気まずい気分で抱かれたまま、そう思った。

「考えてごらん。パパが私たちの夢は見てるのに話もできないのと、夢を全然見ないのと、どっちが嫌？」

「わかんない」

「ほんとにわかんない？　ママは、パパが夢なんか見ない方がいい。見るとしても、色だけの夢とか、温度だけの夢とか、そんなのだったらいい。人は一人も出てこない夢ね」

「お天気の夢?」

「うん、お天気の夢」

気まずい抱擁はこうして終わった。

ジョンビンは校門から手招きしているおばあちゃんを見た。ジョンビンの考えでは、おばあちゃんが遅れるのは出発が遅いからじゃなくて、歩くのが遅いからだ。ほんとは、迎えに来てくれなくてもいいんだけど……ジョンビンはちゃんと家に帰れる自信があった。学校のすぐそばの団地だから。ダウンの住んでいる町は学校から見えもしない。実はバスに乗った方がいいぐらいの距離なのだが、歩いて通っているという。そのせいか先生は、ダウンがちょっと遅刻しても何も言わない。

ダウンと校門まで一緒に行って別れた。ダウンは、電車の工事をしているので鉄板で覆われた横断歩道を渡って、ジョンビンに向かって一度手を振った。

「あの子は誰も迎えに来ないの?」

おばあちゃんが尋ねる。

「うん、ダウンちは……ちょっと複雑なんだ」

「あらあら、複雑なんて言葉使うとは、大きくなったねえ」

ジョンビンは家に帰っておばあちゃんが用意してくれたおやつを食べてから、ちょっとレゴで遊んだ。レゴで時計のケースを作るのだ。父さんの時計を入れるものだ。おばあちゃんが、時計ははめてないときにはケースに入れておくものだよって言うから作ってみたのだが、気に入らない。また壊しちゃった。明日もう一度作ろう。もう出かける時間だから。お絵かき教室なんて行きたくないけど、行かないとおばあちゃんが大変になるでしょ、とママが言う。僕がおばあちゃんに悪いことしてるんじゃないのに、どうして？　わけがわからないと思うジョンビンを、ママは、パパが描いたという子犬の絵を見せて説得した。

「これ、パパが昔、描いたんだよ。かわいいでしょ？」

子犬はちょっとぱりぱりしたナプキンに描かれていた。

「何で、こんな紙に描いてあるの？」

「パパが、ママが来るのを待ってるときにお店で描いたからよ。このワンコがすごくいい子に見えたから、この人と結婚しようと思ったの……。あんたもパパに似てたら、絵が上手なんじゃないかな」

「ママは？　ママは絵が上手？」

「ママはうまくないけど」

「僕もうまくないかもよ？」

「何ヶ月かやってみて、おもしろくなかったら他のこと習わせてあげる」

そしてママは、ナプキンをまた大事そうにドレッサーの中の小さい箱にしまった。パパのものはあんなにいっぱい捨てたのにナプキンは取っておくなんて、ママのやり方はおかしいとジョンビンは思う。

お絵かき教室では毎日違うテーマで絵を描いたり、色粘土などで工作をしたり、折り紙をしたりする。今日はいちばん仲のいい友だちを描いてみようというテーマだった。鉛筆、色鉛筆、クレパス、絵の具のうち好きなもの一つを選んでもいいし、組み合わせてもいい。いちばん仲のいい友だちはもちろん、ダウンだ。他の子たちはみんな誰を描こうかと騒いでいたが、ジョンビンはすぐに描きはじめた。

「これはだあれ？　誰を描いてるの？」

先生が尋ねた。ジョンビンはときどき、大人は質問をしすぎると思う。大人って、自分たちのうるささがあんまりわかっていないらしい。

「ダウンです」

「あ、その子、知ってる」

向かいに座っている子が割り込んできた。ジョンビンと同じ幼稚園を出て、今は同じ学年の隣の組にいるジェグンだ。

「似てるなあ。あの、毎日同じ服着てる子じゃん。服、着替えない子」

ジョンビンはダウンの代わりに腹が立った。

「僕の友だちの悪口言うな。自分の絵、描いてろよ。めっちゃ下手なくせに」

「あら、ジョンビン。そんなこと言っちゃだめよ。ジェグンもお友だちの悪口言っちゃいけません、お互い謝りなさい」

先生が割って入ったので、ジョンビンとジェグンは仕方なく謝った。

ジョンビンはダウンがどんな顔だったか、もっと詳しく思い出そうとしてみた。そうだ、いつもりんごのヘタみたいに、髪の毛の一ヶ所が跳ねてるんだ。目は、片っぽだけ二重まぶた。夜ふかしをすると両方二重になることもあるけど、いつもは片っぽだけだ。目がよくないけどまだめがねをしていないので、鼻すじにしわを寄せていることがよくある。上の歯はきちんと揃っているが、下の歯はちょっと歯並びが悪い。耳はちょっと立った猿みたいな形。Tシャツは、ジェグンが言った通りいつも白地にオレンジ色のしましまのものを着ているけど、それが何だっていうんだ。服を洗いすぎると水が汚染されるってママが言ってたし。

ジョンビンは鉛筆と色鉛筆でダウンを描いた。背景にはざっと校舎を描いた。絵には出ていないが、これはダウンが鉄棒に乗ったところなんだ。クレパスでは眉毛だけ描いた。眉毛だけクレパスで描いたので、そこが強調されておかしい。ダウンは左の眉のところに傷跡があって、眉毛がちょっと切れているのだが、ジョンビンはわざとその通りに描いたのだ。今日のお絵かき教室はちょっとおもしろかった。

「今日は何をやったの？　何を作ったの？」

お絵かき教室に迎えに来たおばあちゃんが尋ねた。おばあちゃんはジョンビンが何か作ると、食卓の隣の棚のいちばんよく見えるところに一週間は置いておく。埃がたまったり、壊れはじめたらジョンビンに相談してから捨てる。ジョンビンはそれが嬉しかった。最近のおばあちゃんのスマートフォンの背景は、ジョンビンの絵や工作だ。

「友だちの顔を描いたんだ」

ジョンビンがスケッチブックを開いておばあちゃんに見せてあげると、おばあちゃんは「さっきの子ね！」と気づいてくれた。

「僕、これ切り取ってダウンにあげようかな」

「絵は、そのままあげるもんじゃないよ。額縁に入れてあげるんだよ」

「額縁買いに行ってもいい？」

おばあちゃんはジョンビンを、バスで二停留所行ったところの千ウォンショップ（日本の百均ショップにあたる）に連れていってくれた。そこには、スケッチブックの大きさにちょうどぴったりの軽い額縁があった。二千ウォンだった。

「裏に、お手紙も書きなさい。何て言いたい？」

ジョンビンはちょっと悩んだ末、内容を決めた。「ダウン、お互い引越したら会えなくなるけど、大人になったらまた絶対会おうね」。字を間違えないように、おばあちゃんが手伝ってくれた。

「電話番号も書かなきゃ。会えなくなっちゃったら困るだろ」

「そうだね。でも誰の電話書けばいいの？」

「おばあちゃんの……？　ああ、あんたたちが大人になるころはおばあちゃん、もう死んでるわ。ママはどうして固定電話を入れないんだろうねえ。しょうがない、ママの携帯番号でも書いときなさい」

それでジョンビンはママの携帯番号を書いた。ダウンは大人になるまでこの絵を持っていてくれるだろうか？　額縁を買ってよかったな。

いざ絵をあげる段になると、ジョンビンは恥ずかしくなった。ずっとかばんかけのところにかけておいた。他の子たちにからかわれそうだったから、学校が終わるまで待つことにした。

いつものように鉄棒の方へ歩いていくとき、紙袋を渡した。

「これなあに？」

「うわー」

「昨日お絵かき教室で、いちばん仲よしの友だち描いたんだ」

「ごめんね、上手に描けなくて」

「ううん、似てるよ。この僕、鉄棒の上にいるんだろ」

「何でわかった？」

「学校が頭より下にあるじゃん」

ダウンは喜んでいた。ジョンビンが絵を上手に描いたからではなく、いちばん仲よしの友だちにダウンを選んだからだろう。

「うわー、家までちゃんと持っていかなきゃ。ありがと」

何回目の「うわー」か数えながら、ジョンビンも嬉しくなった。プレゼントをあげることが恥ずかしくなくてよかった。

「トッポッキ、食べる？　お礼に僕がおごるよ」

「ううん、いいよ。おばあちゃんに食べさせてもらおう。うちのおばあちゃん、何か買ってくれるの好きだから」

「お前んとこのおばあちゃん、好きだな」

「うん、おばあちゃん、いいよ」

そうして二人は鉄棒にぶら下がっておばあちゃんを待った。ダウンが歌詞の間違っている歌を歌いはじめ、二人はそれに合わせて脚を揺らした。おばあちゃんが来るのは遅くて、おやつを食べたくなったけど、もうちょっとぶら下がっててもいいなと思った。

キム・インジ　オ・スジ　パク・ヒョンジ

三人は職員寮のルームメイトだった。寮といっても専用の建物があるわけではなく、八十年代に建てられた、ベージュの塗料がはがれてひらひらしているような、病院の近くにある五階建てマンションの四〇一号室だった。インジ、スジ、ヒョンジだから、病院の人たちは三人をまとめて「３Ｇ」と呼ぶ。もともとは４Ｇだったのだが、一人退職したので３Ｇになったのだ。辞めた人は名前の中間に「ジ」がついていたので、統一性という点では残った三人の方が勝っている。部屋の割り当ては偶然の結果だったのだろうが、そのうち事務室でもおもしろがるようになったのは間違いない。

三人はコ・ジョンウの葬式にも一緒に行き、一緒に同じテーブルについた。ヒョンジはいっぱい泣き、インジは少し泣き、スジは泣かなかった。ショックを受けたときの体の受け入れ方が各者各様なのである。海外に医療ボランティアに行ったジョンウは、パラグライダーの事故に遭った。所定の期間中ずっと医療ボランティアをして、帰国前日の午後にちょっとだけレジャースポーツを楽しもうとして乱気流に巻き込まれたという。隣のテーブルに座った感染内科医の老教授が、水を注いでくれるときにヒョンジに教えてくれた。

スジは、美しかったジョンウの体が燃えてしまったということが信じられなかった。事故に遭った国で火葬にしてから帰国し、病院の葬式会場には一日だけ、あいさつのためにだけ寄った形である。三日葬《サミルジャン》（死後三日目に行う儀式）も挙げる気になれないほどまわりの人を虚しい気持ちにさせる、突然すぎる、若すぎる死だった。スジは、ヒョンジとインジが頬を濡らしているのを見ながら、それにしても、私たち全員がジョンウの若くてきれいな体を抱いたんだなあと思い返していた。お葬式の場で考えるには不適切な内容だったけれど。インジは三年前、ヒョンジは去年、スジはこの前の春だ。ジョンウはみんなの恋人だった。悪い意味ではなくいい意味で。ジョンウはどんなに疲れている日でも二時間は運動し、みんなに親切で、さっぱりしていて、口も固かった。見て嬉しく、寝て楽しいお相手で、そして紳士だったと思う。

体は単に体にすぎないということを、医療従事者は他の業界の人たちよりもよく知っている。体にそれ以上の複雑な意味を付与しないから、お互い楽だった。ストレスは多く、時間はないので、いろんな煩雑なプロセスはあっさり省略された。病院を屏風のように取り巻いている十何ヶ所ものホテルやモーテルは、観光客や患者の保護者、遠くからお見舞いに来た人たちが利用するのだと思っていたけど、実際にはこの病院の職員用だよねと笑いながら冗談を言いあい、ときどきほんとにモーテルのエレベーターで出くわしてばつが悪かったりしたが、それだけのことだ。いつだったか、ヒョンジが感心したことがある。

「初めは知らなかったけど、気がついたら私以外はみんな『グレイズ・アナトミー』（アメリカで二〇〇五年から放映された医師たちが主人公のドラマで、病院内の恋愛模様が描かれている）の撮影中だったのね。ずっと知らないままだったら悔しかっただろうな」

体は体だということを受け入れられないプレイヤーは早いうちに脱落していった。酔っ払って当直室のドアをばーんと開けて、誰々出てこいとか、何だよお前はなどと怒鳴ったり、誰々と寝てああだったとかこうだったとか言って歩くような輩《やから》は、すぐにはずされた。プレイヤーたちは出ていったり新しく入ってきたりしながら濾過《ろか》されていき、大なり小なりの事件の網をくぐり抜けて、テニスのパートナーみたいに楽に気の通じる人たちだけが残った。ジョンウはいちばんかっこいい選手だった。体臭がよく、マナーもよかった。

「おいしいものいっぱい食べたかな?」

スジが思わず言った。

「ジョンウさんが?」

インジが聞き返した。

「うん。いいセックス、いっぱいしてたじゃん。おいしい食べものもいっぱい食べたかな?」

ヒョンジが、ジョンウのSNSのアカウントを開いてみた。写真はアップされていなかった。食べものの写真がいっぱいあったらよかったのに。運動した後の自撮りがあった。ヒョンジがまたしゃくり上げる。スジは友だち申請を受け付けなかったことを後悔した。病院の人たちとはつながらないことにしていたからだし、ジョンウもそんなことは気にしてなかったと思うけど……待機中の友だち申請のところには、まだジョンウの顔が浮かんでいる。しばらくはそこにあるだろう。スジはそれを消すつもりはなかった。

「愛してたんだと思うわ」

「違うよ。あんた、それ、病気だよ」

若い患者が死ぬたびにヒョンジが、実は恋愛感情があったのよと言いだすことをスジは知っていた。病人のために心を砕く仕事の特性上、誰にもそんな傾向が少しずつあったが、ヒョンジはそれがひどい方なのだ。

三人は葬儀会場から早めに出た。座っているのが辛かったからだ。インジはこれから夜勤だ。スジとヒョンジはそのまま寮に帰ってもよかったのだが、インジと夕食を食べてから帰ることにした。

「何食べたい?」

「珍しいもの」

「珍しいものって、どんなの?」

「食べたことないものよ」

病院の近くに新しくできたインドカレーの店に行くことにした。正確にはパキスタンカレーである。卵カレーとほうれん草カレー、ラムカレーを頼んだ。ライスとナンを両方注文し、全部平らげた後、ラッシーも飲んだ。

「来週はロシア料理を食べようか？」

「そうね、そうしよう」

「我らのジョンウ。ご飯、おごってあげればよかったなあ」

三人はそれぞれの方法で悲しみ、思い出し、珍しい料理をしょっちゅう食べに行った。もう機会がないみたいに、楽しむ機会を逃さなかった。そのころ三人が知らなかったのは、その後三人とも、ジョンウが墜落した海岸に旅することになるという事実だった。

インジがその丘と海岸を訪れたのは、四年後だった。インジは病院を辞め、公務員試験の勉強をして保健福祉部（厚生省に当たる官庁）の公務員になった。受験後の休養旅行先に選んだのがそこだったのだ。わざわざ選んだのではない。安く出回っていたエアチケットを衝動的に買っただけである。到着してから、この地名には覚えがあると気づいた。麦わら帽子を持ってきたが、雨季だった。急にものすごい雨が降ったりした。雨が降ると果物の露店で果物を食べたり、麺類を出す店に行って麺を食べたりした。

「パクチー、抜きますか？」

「いいえ、いっぱい入れてください」

リゾートではないので、観光客も少なかった。インジはちょっと寂しかったが、気持ちよく海岸をそぞろ歩きした。村の子どもたちが、プレゼントだと言ってサンゴのかけらをくれた。とってもきれいだったけど、すぐに割れてしまう。お天気のいい日にはパラグライダーが見えた。全然落ちそうに見えない。それよりも、着陸しそうに思えない。永遠にそこに浮かんでいるみたいに悠々と飛んでいた。乱気流に遭うまでは、みんな大丈夫。乱気流に巻き込まれても無事だった人もいるし。だけどいつかは、どうすることもできない瞬間が来るだろう。インジは足の指の間に、波に引きずられていく砂を感じた。インジもいつかこんな小さな粒になってしまうだろう。

「宇宙を漂うんだよね？　そうでしょ？」

ヒョンジがそう言ったことがあるが、インジはそれも信じなかった。

「違うよ、先輩。私たちは分解されて分解されて、それから太陽の寿命によって太陽に飲み込まれるか、地球が凍りつくまでここに縛られるのよ。ずうっと、宇宙には行けないの」

楽しそうにそう言うと、ヒョンジに背中をどやされた。暗いなあと。暗いこと言わないでよ、と。

ヒョンジがそこを訪れたのはジョンウが墜落してから九年後のことである。ヒョンジは娘を二人生んだが、上の子がとても敏感な性質だった。母子分離不安がひどくて、出勤のたびに苦労した。育児の仕方のせいというより、生まれつきの性分によるものだったが、だからといって夫や他の家族が助けてくれるわけではない。むしろ、職場にいるときにスカイプで話しかけてきたりして、邪魔されることの方が多かった。そんな雰囲気だと子どもはいっそう母親にまとわりつく。ヒョンジはある日、朝から泣いて不安がる娘にこう言った。

「お母さんが病院に行かないと、人が死ぬの。だから行かなきゃいけないんだよ」

「死ぬの？　何人ぐらい？」

「五十人死ぬの」

大げさだったかなと思ったが、その後はちょっとだだをこねることが減った。娘は理解したんだろうか？　死はまだまだ遠く、ぼんやりした概念のはずだが。

夏休みを控えて、子どもたちと過ごすのに向いているリゾート地を検索した。ヒョンジが調べたときには、そこは子どもが楽しめるタイプのリゾート地になっていた。一日じゅう子ども向けのプログラムが準備されているという。安全な流れるプールでシュノーケリングを習ったり、ダンスをしたり、ビーチバレーをしたり、キャラクターミュージカルの公演も見られる。それでそこを選んだ。ジョンウのことは完全に忘れていた。夫は一緒に来られなかったので、二人の子どもをこっちのプール、あっちのプールと連れ歩き、夜は髪を乾かしてやりと大忙しだった。そこがあそこだと気づいたのは帰ってきた後で、それもしばらく経ってインジに会ったときだ。

「コ・ジョンウは完全に〈故・ジョンウ〉になったのね。でも、それって、〈Ｇｏ、Ｇｏ、ジョンウ〉って言ってるみたいでもあるな」

「私たちは歳をとるのに、ジョンウさんは若いまんまね」

スジがそこに行ったのは二十三年後、五十六歳のときだった。スジは三人の中でいちばん最後まで病院に残った。辞める前の最後の休暇だった。恋人と一緒に行った。

「あれがやりたいな」

まるで鳥のように数が増えたり減ったりしながら空を飛んできたパラグライダーを指差して、スジが言った。風の中で舞う小さな原色のかけらたちは、美しく感じられた。

「前に友だちがやってたの」

「友だちだったんですか？　それ以上？」

勘のいい人だな、とスジは感心した。でも、こんなに長い時間が流れた後で考えてみても、やっぱり友だちの方に近い。

「どんな人だったの？」

「いい人。いつもまともな人」

「すごくシンプルな説明だね」

「でも、なかなかいないでしょ、そういう人って。社会で長く働いてると、人に対する基準ができてくるじゃない？　私の基準は単純なの。いい人か悪い人か。自分の気持ちをしっかりコントロールできる人か、手綱を放してしまう人か。相手のことも考えずに感情を爆発させて、何でもないことみたいに思ってる人って意外に多いじゃない？　いい人で、同時に自分のコントロールができる人って珍しいし、貴重だわ」

特に体と欲望の問題についてはね、とスジは心の中でつけ加えた。ジョンウの美しい体が消えて久しく、スジはいつもあんなふうに突然消滅してしまうことを念頭に置いて生きてきたが、ともあれ中年までは無事だった。ほとんどの人は無事だった。ジョンウ以後にも友だちを大勢亡くしたが、この先失うだろう人たちの数に比べたらごく少ない。この無事を記念して、一度は必ず乗ってみたかった。

七十代までは生きたいな。あと十四年生きればいいのか。そのときまでこの人が最後の恋人ならいいなあ。スジは恋人に手をさしのべた。

二人は丘を上りはじめた。その途中で短くキスをした。

コン・ウニョン

ウニョンの家は、陽射しはあんまり入らないが、風はすごく強く吹き込む。マンションが風の通り道に建っているのか、マンションを建てたからビル風の通り道ができたのかはわからない。ウニョンは明るい陽射しの中に洗濯物を干すのが好きだったが、それができないので欲求不満になりそうだった。風は家の中をパーッと吹き抜けて洗濯物をさっさと乾かしてくれるが、やはり日に当てて干すのとは違う。洗濯機の乾燥機能は、梅雨どきなど、他にどうしようもないときだけ使っていた。乾燥機を使うとカビくさい臭いがつくし、埃が飛ぶ。ウニョンは洗濯完全主義者なので、繊維の組織をあんなに傷めるものには耐えられない。

ウニョンの頭の中には、洗濯の種類と量によって使い分ける洗剤とコースの一覧が用意されていた。洗濯機が勧めるコースをそのまま使うことはない。完璧に形を整えて干し、取り込む際にももう一度埃を払う。それでも落ちない埃は、価格のわりに高性能なコロコロで取った。鼻炎があるので埃が嫌いだというのもあるが、それよりも洗濯が好きだという気持ちの方が大きい。手洗いもけっこう好きなので、環境に優しいドライ用洗剤やスポーツ衣料専用洗剤も買ってある。バスタブでスーツやコートを洗うのはなかなか手ごわい仕事だが、服の傷みは確実に少ないと思う。いまどき洗濯は洗濯機がやるもので、人がやるもんじゃないと言う人は、洗濯の下手くそな人に違いないと信じている。完璧な洗濯のために、もう少し日当たりのいい家に引越せたらいいんだけど。特に、二週間に一度布団を洗い、一月に一度ラグの類を洗うときには思わず、日当たり、日当たり、とため息をつくのだった。

洗濯ほどではないが、掃除も好きだった。吸引力がとても強く、ヘッドを用途別に変えられるコードレス掃除機と、ロボット掃除機を使っている。家具の高さもロボット掃除機が入れるようにわざわざ調整してあるので、家具の下の奥の方にも埃がたまらない。だが、ロボット掃除機はまだあんまり頭がよくないので、全部を任せることはできなかった。同じ失敗を何度でもくり返す。学習能力があるってはっきり言ってたのに……。だからコードレス掃除機の方をよく使う。コードをずるずる引きずって歩かなきゃいけない昔の重い掃除機を使っていたら、こんなに掃除好きにはならなかっただろう。

掃除も掃除機がやるものだが、結局のところは人間の時間を取る。適切なタイミングでゴミを捨てなければならないし、髪の毛がからまると吸引力が落ちるので、たびたびヘッドを分解してきれいに保たなくてはならないから、自動だという気はあまりしない。掃除機をかけ終えたら、ウェットシートで跡が残らないように木目に沿って床を拭く。すみから始めて後ずさりしながら拭くことで、濡れた床に足跡がしっかり残るという不祥事を防ぐ。拭き終えて床が乾く前に、バスルームや玄関の拭き掃除をする。拭き掃除がしづらい玄関のタイルは、垢がつかない灰色の継ぎ目セメントで最近、補修した。捨ててもいい靴下やぼろ布が出るとサッシの埃を拭く。そこでは埃が雨水に濡れて固まっており、こんなものを吸い込んだらと思うとぞっとする。そのため安い空気清浄機をたくさん買って置いてあるので、季節ごとに一つひとつフィルターを洗ってまたはめこまなくてはならない。

本や装飾品、電子製品の上は静電気防止クロスで拭いてやる。特にマルチタップは、埃がたまらないようにしっかり見張っている。ふだんはマルチタップ保護カバーをかぶせておき、半年に一回ずつ全部抜いて綿棒で拭くのだ。水拭きはあちこちに跡が残るのであまり好きではない。ソファーなどの革製品に専用のクリームを塗るのも手間がかかる仕事だ。これを忘れると垢がつくし、ひびも入る。鏡の掃除とガラス拭きも忘れずにやるが、上層階なので窓の外側にすぐに汚れがつく。

基本的に整理することが好きなのだろう。本はジャンル、出版社、判型を考慮して並べてあるし、本棚が増殖しないように、とても好きな本以外は遊びに来た人にあげてしまう。服は、ハンガーの向きをきちんと揃え、明るい色から暗い色の順に並べておく。TシャツはTシャツホルダーを使ってたたみ、大きさを揃える。靴下は伸びないよう足の形通りにたたむし、下着が古くなったら容赦なく退場させる。化粧品を買うときにサービスでもらった試供品も残さず使うのを好む。着なくなったコートなどは、生活に困っている女性のための保護施設によく寄付する。はきものにはレモンの皮を入れた靴用の重曹をこまめにふりかけ、靴箱を開けても臭いが出ないように気を遣っているし、家族一人につき二足以上玄関に出ていないよう整理してやっている。家族があちこちに捨てる領収証、郵便物、各種買い食いのゴミは毎日毎日分類して捨てる。一つのゴミ箱に一緒くたに捨てると後で分別するのが大変だから、紙、プラスチック、瓶、缶、発泡スチロールに区分できるゴミ箱を用意した。

鉢植えの世話も一仕事だ。実はウニョンは鉢植えがあまり好きではないが、なぜか立て続けにプレゼントにもらったのだ。チョコレートか何かにしてくれればいいのに、何でみんな鉢植えなんかくれたがるのか、わけがわからない。鉢植えがジャングルみたいにならないように毎日観察している。水をいっぱいやらなければならないやつ、いっぱいやると枯れるやつなどさまざまなので、頭の中のカレンダーは複雑だ。

最近、機能性培養土というものを見つけた。ココナッツの殻の繊維を含むので通気性がよく、底に穴のない植木鉢にも使える土だ。底に穴のない植木鉢は水やりをしても汚くならないのでいい。機能性培養土が出てくる前は、使えなくなったフライパンで土を炒って滅菌土を作って使っていた。定期的に鉢替えをしてやり、支柱を立てるのも大変だ。最近もらった鉢植えにはカイガラムシがつき、それが他の鉢にも伝染し、退治するのが並大抵の苦労ではなかった。ウニョンはあんなに気持ち悪い生き物は初めて見た。命を脅かすウイルスと戦う映画の中の医師のように戦った。ほとんどウニョンの勝利と思われたが、まだ結果はわからないのでしょっちゅうルーペで葉っぱの裏を調べている。

料理はあまり得意ではない。レシピ通りに作れば食べられるものはできるが、そんなに上手ではない。料理は、創造性に富み、散らかることを恐れない人がうまくなるのだろう。ウニョンのおばさんは誰にでもほめられる家事の達人だが、ウニョンが結婚する前にこう尋ねたことがある。

「で、あんたはどっちなの？　かたづけが上手、料理が上手？　両方うまい人っていないんだよ」

やっぱりかたづけですかね、と答えたのだが、今までその答えが変わったことはない。

ウニョンは確かにかたづけ派だった。でも、料理をしながら合間合間に整理して、後始末が楽なようにすることだけはうまかった。食器かごに食器が山のようにたまることもない。料理より難しいのは買い出しだ。一週間分の常備菜と毎日のメインのおかずの材料を、毎週変化をつけてもれなく買い揃えるのは容易でない。大型スーパーと市場と生協を適切に利用するためには、細かい計画を立てる必要がある。料理は誰でもちょっと習えばできるが、買い出しはもっと緻密な作業なのである。ウニョンはときどき、自分より大きな家族の家事を担当している人たちはいったいどうやって買い出しをしているのかと不思議に思う。

残った材料が腐ったり、忘れられたまま冷蔵庫の奥の方に転がっていたりしないようにするには、頭を使わなくてはならない。ウニョンの冷蔵庫は、知らない人が来てドアを開けてもすべての材料が探せるほど整理が行き届いていた。夏でもキッチンで小バエが出ることはない。キッチンとはそれこそ、きめ細やかな上にもきめ細やかさが要求される空間なのである。果物は種類別に農薬を除去する方法と時間が違うし、食器には食器洗浄機に入れてもいいものといけないものがある。有害物質が出ないといわれて買ったステンレスの調理器具は、曇りや変色に気をつけていなければならない。シリコンは扱いが楽だが柔らかいので、あっと思った瞬間にキッチンばさみや包丁で切ってしまうという惨事が起きる。オーブンレンジもしょっちゅう掃除しなくてはならないし、鉄やホーロー製のものはまばたきする間にも縁が錆びる。レンジフードの油汚れは、埃がくっつかないうちに除去しなくてはならない。

埃、カビ、虫との終わりなき戦争。頻度でいえば埃、埃、埃、埃、カビ、カビ、虫ぐらいの感じだ。埃は玄関の錠の上にも、ドアノブにも、床のすみっこにもたまり、電気のスイッチや、オンドルの温度調節器のあんな狭い面積にすらたまる。ウニョンは、家の中でくり広げられるこれらの戦闘をすべてリアルタイムで把握し、司令室で陣頭指揮する将軍または国防長官のような気持ちで日々を送ってきた。最も重要なのは情報力だ。新しい情報を手に入れるために有名な家事ブログを見ていると、中学生になった娘がすっと横に来て座った。

「ママ、ママもそういうブログやりなよ。できるよ」

写真も撮れないのにブログなんてと思ったが、娘がそう言ってくれたのは嬉しかった。小学生の息子も横で合いの手を入れる。

「そうだよ、どこに遊びに行っても、うちぐらいきれいな家、ないよ」

自分の部屋もかたづけられず、トイレに水をじゃあじゃあこぼす子どもたちがママをおだてて逃げきろうとしているらしかった。ウニョンは笑ってしまった。二人のうちどっちかでも自分に似ていればよかったが、まだその萌芽は見受けられない。どうやら父親の方に似たらしい。

子どもたちの父親、ウニョンの夫であるインチョルの足をウニョンが車で轢《ひ》いてけがをさせたのは、インチョルの高校の同窓会の日だった。ソウルの小さなホテルのホールを一つ借りきって同窓会をやったのだが、夫婦でサックスを習っているとかダンスを習っているとか自慢したり、歌を歌ったりする時間が続いた。壇上から降りても自慢につぐ自慢で、誰々の奥さんは十キロ減量したとか、誰々の奥さんは目利きでニュータウンに買った家が二億ウォンになったとか、誰々はアンダーパーで回ったとか、絵を習って個展を開いたとか。ウニョンはそんな自慢もかわいいもんだと思う方なので笑いながら聞き、インチョルはテーブルに置かれたワインの味が気に入ったのか、気分よく酔っ払った。結局、帰りの運転はウニョンがすることになった。

レーシックのせいで夜間視力が落ちたというのは言い訳で、ウニョンは運転はできるが下手だった。事故を起こしたり、めちゃくちゃな停め方をしたことはないけれど、車を自分の体のようにすいすいと操り、運転を楽しむことは永遠にないだろうと思われる。怖がり屋だし、運動神経も鈍い。軍隊では運転兵だったインチョルは、ウニョンがハンドルを握ると小言ばかり言った。

「お前、大隊長殿の車でそんなことしたら営倉入りだぞ」

「黙ってて。そんなこと言われると集中できない」

「お前いったい、何ならうまくやれるんだ?」

インチョルはとうとう喧嘩をふっかけてきた。酔っ払って気分がよくなると、必ず論争をしたがるタイプなのだ。

「運転は下手でも他のことはちゃんとやってるんだからいいでしょ。静かにしてよ、集中しなきゃいけないんだから」

初めのうちはウニョンも大したことと思っていなかった。

「いや、ほんとに、何が得意なんだよ? これならってことが一個もないだろ」

「何ですって?」

「毎日毎日、家のすみっこにひっついて。昔の女みたいに」

「一個も、ない? 私に、うまくやれることが?」

何であんなに腹が立ったのかわからない。派手に寝返りを打っても埃一つ出ない寝具、カビのない清潔な浴室のタイル、ビシッと折り目のついたスーツのズボン、使い込まれて柔らかな光沢を放つソファー。インチョルは、それらのすべてが自動的に維持されていると思っているのではないかと長年疑ってはきた。認めてほしいなんて期待はしたことがない。でもその日、その瞬間、ウニョンは腹が立った。知らないの？　ほんとに知らないの？　こんなにちゃんとやってるのに？

「降りて」

家の近くまで来て、タクシーで三十分ぐらいの地点でウニョンは車を停めた。

「何だとお？」

「降りなさいよ」

ウニョンはインチョルのシートベルトを自分ではずし、彼を強く押した。

「誰に向かって、降りろだと」

「私の車よ。降りてよ！」

正確にはウニョンの車ではなかった。共同名義の車だったが、その夜の彼女の気分はそうだった。インチョルは気圧《けお》されて降りてしまい、もう一度乗ろうとしたが、ウニョンはすぐにドアを閉めてロックしてしまった。おい、おい、と窓を叩く夫を置いて車を出した。夫は酔ってはいたが家に帰れないほどではなかったので、軽々とスタートしたのである。

ウニョンが知らなかったのは、インチョルが車のそばにいすぎたという事実だ。あんなに至近距離にいたのに、とインチョルは彼女を非難し続け、ウニョンはインチョルがわざと足をはさんでいたんじゃないかと疑ったが、どっちにしても公式的には不注意による事故である。救急治療室でやたらと騒ぐ夫の隣に座って、ウニョンは家に帰りたいと思っていた。掃除用ウェットシートが切れてなかったかな、滑りがよくて密着するタイプの新製品があるんだけどあれが欲しいな、などと思いながら、あんまり清潔ではない救急治療室の床を見おろしていた。時間さえあれば、家にある洗剤だけでも、この血と汚物で変色した床を完璧に元通りにすることもできるのに。肩を酷使しないようにしながら、踊るように拭き上げることもできるのに。ウニョンは仕方なく、脳内で掃除をした。

わざとだったのはもしかして私の方かな、とウニョンはほんのいっとき悩んだ。

スティーブ・コティアン

あの弁当を食べるんじゃなかった。スティーブ・コティアンはハンドボールの国家代表になって六年目の選手で、国際大会への参加は四回目だったが、中でも今回は最悪だった。宿舎は急いで建てた建物なのか、ないものだらけだったが、なくていちばん困ったものは網戸で、夜じゅう蚊に悩まされた。韓国にまで来て、ナイジェリアでもかからなかったマラリアにやられそうになるとは。試合の進行もめちゃくちゃで、まともな控え室もない状態でずっと待たなくてはならなかったり、選手の乗るバスが試合の時間に合わせて到着しなかったり、毎日大騒ぎ。審判がえこひいきするという話もあった。

そして何より、弁当。弁当にはため息が出た。初めて食べた韓国料理は口に合わなかったし、味に慣れていないので腐っていると気づかず食べてしまった。深刻な集団食中毒が発生したわけではないが、チーム全員が腹痛に苦しんだ。お金のある国から来た選手たちはその弁当ではなく、別のものを買って食べたから、ぴんぴんしている。スティーブ・コティアンはナイジェリアチームで唯一の重症者だった。脱水症状で競技中にふらつき、倒れるときに他の選手の膝で頭を打ってしまった。額が裂けた上にしばらく気絶したので、救急車で協力病院に運び込まれた。

「ニー（knee）、Xレイ？」

小柄な、学生みたいに見える医師が来て言った。たどたどしくて、英語がまるでできないみたいだ。スティーブは呆れてしまった。他の選手の膝に頭をぶつけたと言ったのに、どうして膝のレントゲンを撮るんだ？　スティーブは若い医師を追い返して、通訳を待った。通訳は全員がボランティアで、人数が足りていない。

「ス……スティ……チー？」

追い出された医者がまたやってきて尋ねた。そう、縫《ステッチ》うなら額なのだ。子どもみたいな医者でまるで頼りないが、指が小さいから縫うのは上手かもしれない。スティーブは医者に額を任せた。

「バスケットボール・プレイヤー？」

「ノー、アイ・プレイ・ハンドボール」

「オフェンス？　ディフェンス？」

「オフェンス」

縫い終わって消毒しているとき、やっと通訳が来た。それでようやく詳しく説明することができ、受けるべき処置を全部受けることができた。一般病棟で一日経過を見ることになった。

窓際のベッドにしてくれたのは病院側の配慮だった。窓際といっても大した眺めではなく、街路樹とでたらめな看板が見えるだけだったが。

ここで暮らせるだろうか。この国で。この都市で。

海外に出るたび、スティーブ・コティアンはそんなことを考える癖がある。ときには軽い気持ちで、ときには真剣に。スティーブが生まれ育ったアブジャは、ある日はモスクで、ある日は大使館で、ある日は市場で爆弾が爆発する都市だった。走っていく民間人が背後から銃撃されることもあった。それなのにアブジャの外ではアブジャが特にニュースにならないことに、スティーブはときどき唖然とさせられる。アルカイダとISは注目されるが、ボコ・ハラムが何をしても目を引くことは少ないらしい。一年に一万人がボコ・ハラムに殺されているのに、何十人かが死んだ伝染病の方がニュースになるのだから、世の中の動き方にはとうてい、慣れることができない。慣れようとしていつも頑張ってきたけど、ずっと頑張ってきたけど、それに失敗した瞬間にはエラーが出たコンピュータみたいにぼんやり止まってしまう。ときどき競技中にもぼんやりしてしまうときがあった。で、この小さなボールをあの小さなゴールに入れて、その次は何を？　今までは運がよかった。で、これからはどうすれば？

スティーブの所属チームは世界ランキング四十位圏外。ハンドボールの世界でもときどき、帰化選手として他国の選手を引き抜くケースがなくはないが、しょっちゅうあることでもない。事実上、他国で暮らす可能性はないのだが、それでも足を踏み入れると考える。見知らぬ種類の街路樹を眺めながら、空気中に漂う料理の匂いを嗅ぎながら、宿舎の鍵をがちゃがちゃ言わせながら、親切な人と不親切な人の割合を見積もりながら。

どこの国でも病院の食事は似ているものなのか、白い粥のようなものが出てきたが、全然食欲が湧かなかった。韓国料理に対してはずっとそうだった。知らないハーブが使われているし、辛い味にしても風味が違う。油には香りがないし、コショウをあまり使わないらしい。ジョロフライス（代表的なナイジェリア料理で、トマト入りのスパイシーな炊き込みご飯）を一口でも食べたら治りそうなものなんだが。モイモイ（豆、魚などで作ったペーストを蒸して固めた料理）一個だけでも。クヌ（キビなどの穀物で作った飲みもの）一口だけでも。

もう食べものが恋しいのに、アブジャを離れて暮らせるだろうか。スティーブは何度かの試行錯誤の果てに背もたれの角度調節に成功して、体を起こして座った。寝ていても起きていても退屈なのは同じだ。隣では韓国人夫婦が喧嘩している。足を骨折した男が妻を責め立てているようで、聞き取れないけれど気に障る。自分の不注意でけがをして妻を責める男はどの国にもいる。

トレイを押しやって、窓の外を見ながらため息をついた。韓国に来る前に見た写真は華やかですてきだった。スティーブは何度となく観光写真にだまされてきた。実際に到着してみると、じめじめしたみすぼらしい風景が待っているだけだ。もしかしたら、最初から観光地に行った方が少しはましなのかもしれない。スティーブは空港からまっすぐこの都市に来て、帰るときもまっすぐ空港に行くだろう。写真で見たような風景は一つも見られずに。

「ミスター・コイタン」

名前を間違えて呼びながら、さっきの小柄な医者が近づいてきて点滴を替えてくれた。

「……コティアン」

「ソーリー」

スティーブは、善良そうなこの医者にいらっとしたのがちょっとすまなくなった。

「ワッツ・ユア・ネーム?」

「ソ・ヒョンジェ」

「ソイフンチエ」

ちぇっ、名前が難しいからやっぱりアジアは無理だろうな。ドクター・ソはどこかへちょこちょこ行ってしまったかと思うと、おじいさんの医者を連れてきた。いったい何歳なのか見当もつかないおじいさんである。このおじいさんは聴診器も使わない。スティーブの寝間着をまくり上げ、指をトントントン、またトントントンと動かしながら叩いていく。韓国の医療水準はちょっと見にもこれよりは高いと思うが、どういうわけだろうとスティーブはうろたえてしまった。

すぐによくなるだろうと、おじいさん医者は流暢な英語で言った。小柄な医者よりも英語が上手だ。あまり忙しくないのだろう、どこから来たのか、ナイジェリアは最近どうかと言葉をかけてくる。若いころに行ったことがあるそうだ。アフリカのあちこちに行ったが、ビクトリア瀑布は忘れられないとも。スティーブはビクトリア瀑布に行ったことがない。アブジャからビクトリア瀑布まではとても遠いのだ。ビクトリア瀑布には必ず行ってごらんと言うのが気楽そうに聞こえて嫌だったが、医療ボランティアで行ったことは間違いなさそうだったので、大目に見てあげることにした。

ビクトリア瀑布に行ったのはスティーブではなく、いとこのアイザックだ。いとこだが、同じ町でほんとうの兄弟のようにして育った。実の兄さんと変わりない。二十人近くいるいとこの中でいちばん頭がよかった。いとこのうちでも頭のいいのは工場で働いたり空港で働いたりするが、アイザックは大学に行った。大学を出て、もっと頭のいい人たちとつきあい、ついに国会議員の補佐官になった。実のところスティーブはしばらくの間、アイザックが何の仕事をしているのかよくわかっていなかった。みんながアイザックはいつか国会議員になるだろうと言うので、そのつもりなのかと思っていたのだ。いちばん頭のいいアイザックだもの、賢くて正直なアイザックだもの。アイザックはスティーブに会うたび、天然資源について、多孔質の土壌について、石油会社について、乳児死亡率や平均寿命について、際限なく話した。そんなに話してくれたって、スティーブはただのハンドボール選手にすぎないのに。半分も理解できなかったが、情熱的に話すアイザックが好きだった。

「もうちょっとゆっくり話して。僕、頭が悪いからわからない」

「何言ってるんだい、スティーブ。頭が悪くて球技ができるもんか」

アイザックが世界に対して抱いていた楽観は一時、スティーブにも徐々に感染した。アイザックはあんなに頭がよかったのに、どうしてあんなに楽観的でいられたのだろう。

銃撃事件が起きた。武装集団が選挙遊説《ゆうぜい》中の一行を襲い、自動小銃を発射したのだ。国会議員も死に、アイザックも死んだ。その場で四人が死に、そのうちの一人だった。走っていく車から撃たれたのだ。別にアイザックが狙われたわけではない。適当に発射された弾丸が無作為に散らばったその軌道上に、アイザックが立っていただけだ。アイザックはいとこの中で三番目に早い死を迎えた。一人目は脳脊髄炎、二人目は交通事故だった。スティーブは前の二人のときよりはるかに大きなショックを受けた。

楽観がアイザックを殺したと、スティーブは思っていた。変わりうるはずだという楽観が、世の中は徐々に、より常識的に動くようになるだろうという期待が。アブジャでは選挙が延期されることがよくあるのに、選挙を延期させるための銃撃なんかいつものことなのに、そんなところで政治をやろうとするなんて。アイザックは優秀だったけど、利口じゃなかったのだ。アイザックが死んだ後、スティーブはしょっちゅう考えた。平均寿命を超えて生き延びることができるだろうか？　事故に遭わず、殺害されずに生きられるどこかにたどりつけるだろうか？

夕方になって、うずうずしてじっとしていられなくなった。めまいは消えたし、腹痛もほとんどおさまったようだ。スティーブはキャスターのついた点滴台を引っ張ってロビーに出た。人々がスティーブを見つめる。穴があくほど見る人もいるし、さりげなく見る人もいる。やっぱり、人種構成が単純すぎるところで定着するのは難しいだろう。診療時間が終了してかなり経っているので、ロビーはがらんとしていた。スティーブのように病室にいたたまれなくて出てきた患者たちと、何を待っているのかわからない人たちがぽつぽつと座っているだけだ。スティーブが読めるものを探してあちこちの雑誌台を見て回っていると、一人の女性が自分のバッグから英語の雑誌を出してくれた。思いがけない親切に感謝の意を表す。もうちょっと話ができたらよかったが、恋人だか夫だかがすぐに現れて、一緒に病院の外へ出てしまった。

雑誌をめくってみると、メキシコの小都市の女性市長が就任翌日にギャングに殺されたという記事が載っていた。犯罪との戦いが公約だったという。詳しいことはわからないが、ここでもないだろうなあ。スティーブは手のひらに顔を埋めて考えた。地獄からまた地獄へ行くわけにはいかない。

かすかに音楽が聞こえてきた。点滴台を引きずって病院の正門から外に出てみる。道の向かいの公園で、小さなカーニバルをやっているようだ。ジャズだ。いい音楽だ。スティーブは横断歩道のところに立って、しばらく耳を傾けた。道を渡ろうとは思わなかった。寝間着姿で点滴を引きずって横断歩道を渡っていっても、あのカーニバルにまじることはできそうにない。

僕のカーニバルじゃない。僕のダンスじゃない。ここは僕が生きていく町じゃないから。しばらく立っていて、人々がしつこく見はじめたのでまた病院に戻った。耳に音楽が残っている。

病室に入って二時間ぐらい眠った。起きるともう完全に暗くなっている。窓の外を眺めた。カーニバルが終わったのかどうか気になったからだ。するとふいに、隣の建物の屋上に女性が一人で立っているのが見えた。テントが全部消えた空き地を見おろしている姿が寂しげに見える。何であんなに寂しそうなんだろうと思っていると、女性がスティーブの方に顔を向けた。

スティーブは手を振った。とっさの行動だった。女性もこっちを見て手を振ってくれた。女の人たちが親切な国だな。暮らしたいとは思わないけど、それでもまた来てみたい。スティーブの韓国に対する気持ちはちょっと和らいだ。

三日後、スティーブ・コティアンは出国した。幸い体調は完全に回復して、最後の試合では十分に動けた。ナイジェリアの世界ランキングは四十位圏から三十位圏後半に上がった。

キム・ハンナ

ハンナは司書だった。

司書だった、と過去形で言うのは何となく悲しい。英文学と文献情報学をダブルで専攻し、文献情報学科の大学院を修了し、契約職員の司書として八年働いた。二年ごとの契約更新で大学の図書館に三回勤め、仕事ができると言われたが、だからといって正規職員にはなれなかった。二年なんてほんとに短くて、季節が変わるたび、契約期間がどれくらい残っているかと思うとやるせなかった。いつもすっかり慣れたところで職場を移らなければならない。するとハンナのいたところには新しい司書が入り、同じ仕事を一から習うのだ。何という浪費だろう。ハンナは本を愛し、司書の仕事を愛していたが、韓国が司書を扱うやり方は愛せなかった。

大学図書館の口はそうそうあるわけではないので、その後は放送局の資料保管室で一年、建築会社の図面保管室で一年働いた。働きづらい環境ではなかったが、一年契約はいっそう不安定である。契約職を転々とするハンナを見かねた親戚が他の職場を紹介してくれたとき、ハンナはへとへとの心境で受け入れた。正規職員でありさえすれば何でもいいと、あきらめの境地で選択したのだ。

　臨床試験責任者という名称すら聞いたことがなかった。もののはずみで、存在すら知らなかった職業に就くことになった。試験の責任者だなんて、いくら責任感の強いハンナでも緊張してしまう肩書きである。すっかりガチガチになったまま初めての病院に出勤したが、いざ業務を始めてみると司書の仕事とそんなに違わなかった。臨床試験をする際に医師の代理として業務を任され、書類を管理したり、スケジュールを調整したりする仕事だ。すべての面でハンナが責任を持つ必要はない。途中経過を二重三重に確認して信頼性を担保する人たちは別にいる。コールさえすれば駆けつけてくれる医師もいるし、十五年の経験を持つ看護師もいる。仕事の範囲は広く制約は多く、書類はものすごい量だった。そのものすごい量の書類を司書経験者らしく処理していった。製薬会社、食品医薬品安全庁、分析機関、病院の間で必要とされる書類にはきりがない。どれも面倒な仕事だったが、ハンナはすぐに慣れた。

　おおむね海外の薬のコピーが多いので、誤差の範囲はさほど大きくないのだが、それでも人間を対象に行う試験だから常にデリケートである。ハンナは試験の参加者たちにていねいに説明した。

「いつでもおやめになっていいんですよ。参加なさったからといって、最後までやらなくてもいいんです。私の説明、ご理解いただけましたか？」

リスクについて、試験期間がどのくらいかについて、採血量について、試験に参加できない人の基準について説明した。説明を聞いた参加者に、自筆で書類にサインしてもらうことが重要な業務だ。薬の性質によって、患者対象の試験もあれば一般人対象の試験もある。これで食べていこうとする人が出ないように、通常は一度参加したら三ヶ月は参加が制限される。参加費は三十万ウォンから百六十万ウォンまでさまざまだ。ときどき、申請しておいて来ない人もいるので、特定の比率で補充要員も確保しておく。そのような人たちは、欠員が生じなかった場合は何もせずにお金をもらって帰宅する。何もしないでお金をもらって喜ばない人はいないし、それはたいてい若い大学生たちなので、そんなときはハンナも嬉しい。

参加者が何十人も来ると、病院は否応なく野戦病院のようになる。六十人来たこともあったし、九十人のこともあった。ハンナは、なぜこの薬をこの方法で試験しなくてはならないのかはわからなくても、指示事項をきちょうめんに守った。低脂肪食が必要なら提供し、立って食事しなければならない場合は座れないようにし、暗くすべき場合は病室の窓に暗幕を引き、病院の他の職員たちにも注意文書を渡し、歩き回ってはいけないときには、参加者がこっそり立ち上がっていないか見回り、トイレに行きたい人は車椅子に乗せて連れていってやった。

「めまいのする方はいらっしゃいますか？　めまいがしたらおっしゃってください」

よく知らない薬を服用するわけだから、みんな怖がる。ある人は朝、病院に着くや否や、またある人は錠剤を見るなり気絶した。そんなに怖いのにお金のためにやってくる人たちには、どんな事情があるのだろう……ハンナは気にするまいと努めた。司書が図書館の本をすべて読む必要はないのと同じように。大学生がいちばん多く、中にはハンナが働く病院傘下の大学院生もおり、夜間に行う試験には社会人もよく参加している。見るからにお金に困っていそうな人もいるかと思えば、高級ブランドのグースのダウンジャケットを着た人もいて、単純に一般化はできない。

飲み薬だけではない。あるとき関節炎の鎮痛剤パッチの試験が行われたのだが、一般的な貼り薬ではなく、麻薬成分を含むため非常に強い効果のあるものだった。胸に貼るもので、敏感肌の人やほくろの多い人は帰され、体毛の多い人は剃ってから実施した。健康な人に麻薬を投与するので、あらかじめ拮抗剤を入れてあったが、みんなとても楽しそうで笑いが絶えない。立ち上がって踊り出す人まで現れた。その試験が終わると、あの試験、この試験と何度も参加歴のある二十二歳が声をかけてきた。

「お姉さん、ちょっと僕とつきあいません?」

本に声をかけられたとしても、ハンナはあそこまで驚かなかっただろう。だがびっくりした表情はさっと引っ込め、その参加者は薬の効果が引くまでもう少しいさせてから帰すようにした。この関節炎パッチの試験と、参加費を手厚く盛った勃起不全治療薬の試験が、いちばん雰囲気がよかった。

どうしてもスーツを着なくてはいけないわけではないが、参加者の信頼を得るためには服装みんなだんだん、ハンナのことが気になりはじめる。二日、三日と続く試験もあり、そのぐらい一緒に過ごすとみんなだんだん、ハンナのことが気になりはじめる。

「看護師さん？　お医者さん？　学生さんですか？」

最初のうちは説明してあげていたが、すぐに、違うんですよー、気になりますかー、と笑いながら受け流すことができるようになった。毎回説明するのは面倒くさい。

週の半分くらいは宿直室で寝泊まりする。メモボードにあれこれチェックを入れながら、試験室を一回りしなくてはならない。それから戻って横になっても眠れない。家から持ってくる本が一冊から二冊、二冊から五冊に増えた。ときどき、夜中の採血管理をしなくてもいい試験のときには、病院のすぐ隣にできた複合施設でレイトショーを見ることもあった。映画が終わって出てくるときによく見ると、観客には病院の人が多かった。目礼することもあるし、しないこともある。

図書館で働かなくなり、図書館に行く時間もなくなって、本を買って読むようになると、家の本は果てしなく増殖していった。悩まずに買いたい本を買えるだけの給料をもらえるのはいいことだ。ハンナはときおり休日に、本棚の本を全部出して入れ直した。手に切り傷ができないように木綿の手袋をして。

「あーあ、お願いだからその本、全部持ってお嫁に行ってよ。頼むわよ」

母さんが後ろで嘆くが、ハンナは笑ってやりすごす。誰かとつきあって一緒に暮らすことができるだろうか。両親は、ハンナは「ちゃんとした」仕事に就いたのだから結婚できると思っているらしい。ハンナは誰かについて想像するとき、その人よりもその人の本を想像することが多い。例えば、韓国十進分類法の百番台から二百番台（哲学・宗教）の本を合わせて十五パーセント、三百番台から五百番台（社会科学・自然科学・技術科学）の本で三十パーセント、六百番台から九百番台（芸術・言語・文学・歴史）で五十パーセント、定期刊行物を五パーセントぐらい持っている人ならいいな、というわけだ。相手の人も本をいっぱい持っていすぎて、床に本の山ができても困るし……本のページをやたらと折ったり、何か食べながら読んだり、日の当たるところに置いて本を変色させたり、帯をはずして捨てたりしない人だといいなと思う。けれどそう思いながらも、結婚なんてしないだろうなという予感もあった。一人でいるのはほんとにいい。適正な収入が入ってくるようになってからはなおさらだ。ハンナの生活には完結性があり、足りないものは何もない。偏った人とつきあって邪魔されたくなかった。

「退屈だわ。退屈で死にそう」

だから友だちがそう言ったとき、ハンナはびっくりしてしまった。

「ほんと？」

「あんた、そんなことない？」

「本さえあれば楽しいもん」

「あ、私このごろ本読んでないなあ。おもしろいのない？　教えてよ」

ハンナは古典から一冊、新刊から一冊、マンガ一冊、科学の本一冊を推薦してあげた。一冊選ぶたびにちょっと悩んだが、そんなに長い時間ではない。

しばらくして、友だちから電話が来た。

「生きてても退屈だと思ってたけど、思い違いだったわ。とってもおもしろかった」

そう言う友だちの声には生気が感じられたので、嬉しかった。何日かして、本を注意深く選び、病院に何箱か持っていった。試験参加者が気軽に手にとれるような、軽い、すぐ読める本たちを。主人公がひっきりなしに飛び回っているような本たち、得体の知れない薬を飲み込む怖さをしばらく忘れられるような、わくわくするおもしろい本たちを。

試験が終わり、本を返しに来た参加者たちが言った。

「あんまり本は読まない方ですが、これは一晩経つのがあっという間でしたよ」

ときどき来るビジネスマンだ。動きづらいスーツ姿で試験に参加していたが、とても満足そうだ。誰もハンナが司書だということを知らないが、ハンナは司書として生きていくだろう。この先、どんな職業に就くかわからないけど、ひそかに司書でありつづけるだろう。

月給が入ると、インターネットで中古の移動式本棚を買った。ハンナの腰までの高さの、スチール製の本棚兼カートで、キャスターがついている。何日かどきどきしながら待った。いざ届いて梱包を開けてみたら、ちゃんとした大工道具がないと組み立てが難しそうだ。病院の技師の一人に道具を借りに行くと、組み立ててあげようと快く言ってくれた。ハンナは自分でやりたかったが、親切を受け取っておくことにした。まばたきする間にでき上がり、ハンドルを握って押してみると本棚がキーッと言いながら転がっていく。箱に入れておいた本を入れると、重さのせいかもっと音がひどくなった。

「ちょっと油をさしてあげましょう」

「私がやってみてもいいですか？」

ハンナは細身のタイトスカートをはいたままでしゃがみ、角と車に油をさした。最終確認のために押しながら、そっと体を乗せてみた。カートと本の重さがハンナの体重を支えてくれた。

パク・イサク

イサクの母さんは映画を見るたびわけのわからないことを言う。今さら言うほどのことじゃない、昔からそうだった。イサクが中学生のとき、母さんと一緒に『ワンドゥギ』（イ・ハン監督の映画。ワンドゥギという名前の男子高校生が困難な状況の中でたくましく明るく生きていく物語で、ユ・アインが主演して大ヒットを記録した）を見に行ったことがあるが、その翌週にこんな質問をするという具合だ。

「『ワンドゥギ』の主人公、あの子、名前、何ていったっけ」

「ユ・アイン？」

「違う、違う、映画の中の名前」

「……ワンドゥギ？」

「あ！」

その翌年には高校入学記念に、青少年鑑賞禁止だったがこっそり二人で『嘆きのピエタ』（キム・ギドク監督の映画で、息子を殺された女性が、天涯孤独な犯人に母親のふりをして近づき、復讐する物語）を見た。終わって出てくるや否や、母さんが眉間にしわを寄せて訊いてきた。

「実の母だったんだよね？」

イサクはちょっと答えようがなかった。ほんとに二時間、同じ映画を見てたのかと思ってしまうが、いつもこの調子だ。初めのうちは、母さんは小さいころに映画を見なかったから、訓練期間が必要なのかなと思ったが、だんだん、母さんならではの解釈がおもしろくなってきた。例えば母さんは、『ロード・オブ・ザ・リング』の主人公はフロドではなくサムだと信じているのだが、よく見てみると実際サムが主人公みたいな気もするし、『トワイライト』シリーズは「ああ、あの女もよくよく苦労するもんだ」とびっくりするほどシンプルに要約するので、イサクはもう説明努力を省くことにした。母さんは、自分がとんでもない感想を述べているることを自覚しているのかどうか、前後関係が複雑だったり、どんでん返しが隠れているような映画でも嫌がらず、自信を持って鑑賞している。もちろん鑑賞後は、未知の言語の映画を字幕なしで見たレベルで内容を再現するのだが。以前はワンシーズンに一度見るぐらいだったが、イサクがアルバイトを始めた後は、一ヶ月に二回映画を見るのが二人の楽しいイベントになった。気が向けば毎週見ることもある。

臨床試験のアルバイトをしていることは、母さんは知らない。知ったら心配したり怒ったり、すまながったりするだろうから言わなかった。母さんには、最近はアルバイトもスマホで簡単に探せるから、短期のバイトをいろいろやってるんだ、とだけ言ってある。けれども、大学に通いながら、しかも成績もキープしながらできるアルバイトはそれほど多くない。イサクは大学の奨学金には落ちたが、一生けんめい探して、由緒ある食品会社が関連学科の学生に出している奨学金に申請した。ずっともらいつづけるためには一定レベルの成績を上げなければならないし、休学してもいけない。他のことは何もせず、息を殺して勉強ばっかりやっていれば母さんの稼ぎだけで暮らせるだろうが、それはしたくなかった。映画も見て、旅行もして、恋愛もして、服も買い、二十一歳という年齢を二十一歳らしく過ごしたい。それで見つけたのが臨床試験のアルバイトだったのだ。「探せばいくらでも方法はある、解決できない問題はない」というのがイサクのモットーだ。

別に危険なこともなかった。もう二年めになるが、大きな副作用を体験したこともない。もちろんイサクがラッキーだったということはあるだろう。友だちのセフンが、自分もやりたいというので連れて行ったが、着くとすぐに気絶してしまったのだ。

「あのー、ちょっと、気持ち悪くて……」

そう言って、学校の名前を大きく書いたジャンパーを着た図体のでかいあいつがバターンと倒れてしまった。あそこを管理しているお姉さんのこと好きだったのに、ほんと、かっこ悪かった。

そのアルバイトはしょっちゅうあるわけではないので、ふだんはワンルームインテリアのブログをやっている。すごく有名ではないけど、思ったようりうまくいっている。友だちの部屋のインテリアをいくつかコーディネートしてやって、サンプルとしてアップしたら、自分の部屋もやってくれという連絡が来るようになった。この仕事も他のことと同様に、「やればできる、解決できない問題はない」という態度で臨んでいる。湿気がむちゃくちゃひどい部屋にはカビ防止剤を塗り、花柄のかっこ悪い壁紙には上にペンキを塗ってしまい、カラーボックスで本棚を作り、イサクより年を取っていそうな古い冷蔵庫はインテリアシートでリメイクし、間仕切りで空間を区切り、棚やハンガーラックを置き、シャワーカーテンとタイルを取り替え、日光が入らない部屋には適切な照明を配置する。材料費とコンサルティング代を合わせて請求するが、とりすぎだと言われたことは一度もない。仕事が終わると、おかげさまで恋もついてくる。年上の女性たちだ。お姉さまが好きだ。イサクは自分がかっこいいことをよく知っていた。

イサクのかっこよさはたぶん、父譲りだ。父さんは二つの家を行き来する生活が負担になったせいか、若いうちに肝硬変で死んでしまった。二重生活なんかするならなおさら健康でいるべきなのにさ、あんな迷惑なこともなかったよ。もともと父さんには年に一、二回、盆正月の前後ぐらいしか会わなかったので大ショックではなかったが、生活費が入ってこないのには困った。そのときから母さんとイサクは、深刻なサバイバルモードに突入したのだ。まだ中学生だったのに。だが成人した今、父さんから受け継いだかっこよさは非常に有益な財産だということに目覚めつつある。見た目のよくない男じゃなくて、ラッキーだったよね、父さん。

「そんなの、あてにしてちゃだめだよ」

いちばん仲のいい高校時代の友だち、ハニョンにそう言われたことがある。何で？　何でだめなんだよとイサクは訊き返した。

「外見の魅力はそんなに長持ちしないよ。私の弟だって、状態がいいときはけっこうかっこいいもん」

　ハニョンの弟は、日常生活を送ることも不可能なほど暴力的になって、精神科の治療を受けていると聞いたことがある。それとともに他の理由もあってハニョンは家を出た。そんなことがあってハニョンがルームメイトと暮らすことになり、その部屋のインテリアをイサクが担当してやった。一見して豊かな家で不自由なく育ったとわかるハニョンが家を出るなんて、少しオーバーじゃないかと内心では思ったが、本人しか知らない事情もあるのだろうから、イサクは何も言わなかった。

「長持ちする長所を探しなよ。あんたにはそういうのが絶対あるはずだよ。外見の魅力とか第一印象とか、そんなのは何でもないんだから。その先のことまで見通してる人たちに対しては、効果ゼロだよ」

「賢いお嬢さんだな」

「それと、彼女にあんまりお母さんのこと話しちゃだめだよ」

「何で？」

「あんたがお母さんを大事にしてるのはいいことだけど、だからって彼女の前で、お母さんが一番で私は二番なんだって思わせるようなこと、言う必要ないじゃん」

「ふーむ……」

それは実際、かなり有益なアドバイスだった。おかげで恋愛期間が二倍ぐらいに延びた。といっても、半年を超えることはなかったが。

どうしてかわからないけど、同年代の同性には人気がない。もっとはっきりいえば、敵視されることがよくある。漏れ聞こえてくる陰口によれば、男子たちの間でイサクは、女を落とすのがうますぎるし、どっか小賢しいという評判らしい。イサク自身は、女の子たちと仲がいいんで嫉妬されてるんだろうと思っている。

「お前、ゲイか?」

いつだったか、ふだんから嫌いだった先輩に飲み会の席でそう言われたことがある。イサクはあのお姉さまの胸からこのお姉さまの胸へと飛ぶ小鳥みたいなもので、確固たる異性愛者だったけど、絶対に答えてやりたくなかった。

「そうだったら?」

「いや、みんなが気にしてるからさ」

「知りたかったら、金払って訊けって言ってください」

「とにかくお前には何か、人を嫌な気分にさせる才能があるんだよ」

「僕が? 僕のどこが?」

「家が貧乏だとか言ってんのに、毎日スニーカーが違うし」

「……僕が新しいスニーカー買うと、嫌なんですか？」

「変なブログやって、せこい小遣い稼ぎしてるだろ」

アハハ、とイサクは笑ってしまった。どんなに人がばかに見えても目の前で笑ってはいけないという、前にハニョンがしてくれたアドバイスもぶっちぎってしまった。限られた条件の中でも生活をよくしていこうと頑張っているのに、それにやたらとケチをつける人というのはいるものだ。イサクは長くないこれまでの人生の中で、そんな人たちをいくらでも見てきた。よくない穴に生まれたら、ずっとその穴にいなくちゃいけないのか？　チャンスが与えられない世の中で、自分なりにチャンスを作り出そうとするのがずるいのか？　みんなが無気力に浸ってなくちゃいけないのか？　そうだったら安心できるのか？

「お前、もうちょっと好感度を考えて、変わっていく必要があるよ。これから社会に出ることを思うとさ。お前のために言ってるんだぜ」

「好感度？」

「そうだよ。例えば、今はいてるパンツだってそうだ。そんな、ぴったりしたオレンジ色のなんかはいてるから誤解されるんだ」

「消えろよ」

「何？」

「消えてください」

だが先輩には消える気がなかったので、イサクが立ち上がった。イサクー、とみんなに引き止められたけど、もうそこにはいられない。母さんはビヤホールで働いていたことがある。そのとき、ジョッキを投げて喧嘩するばかどもをいちばん嫌っていた。そんな人間になりたくないなら、出ていくしかない。顔に上った熱が冷めず、地下鉄の駅も通り過ぎてしばらく歩いた。すると、スニーカーのセレクトショップに行き当たった。これ見よがしな蛍光色のスニーカーを買ったら、おでこの熱がちょっと冷めてきた。

そのスニーカーをはいて、クラブにしょっちゅう行った。ハニョンとハニョンのルームメイトのジジと一緒に行くのがいちばん楽だ。ハニョンはほとんど動かずに踊り、ジジはぴょんぴょん跳ねてるだけだが、三人で過ごすのは楽しい。ジジとは直接会話することは多くなかったが、一緒にいて楽なところまで来た。ジジの髪形はいつもベリーショートだ。イサクが髪を切るタイミングを逃すと、ジジより長いくらいになる。イサクはロングが好きだったけど、ジジにはその髪形が似合うと思う。

「ロングのストレートが好きなの？」

ジジが笑いながら尋ねたことがある。

「いや、ロングで上手に巻いてる人が好きなんだ」

女性たちが朝、丹精こめて巻いた髪は、一日じゅうしっかりカールが残っていて、ほんとに人形の髪みたいだ。その髪をそっと手に巻いて握っていると熱が感じられるほどだ。髪の下のうなじと背中が温かいのもいい。イサクはいつも、髪を上手に巻いてつけまつ毛を上手につけている人が好きだった。だけど最近は、ジジの短くて下向きのまつ毛も何となくかわいく思える。

「だめだよ」

ハニョンが、ジジを見るイサクの目つきに気づいて言った。

「何で？　何がだめなんだ？」

「だってあんた今、彼女、いるじゃん。それに準備ができてないよ」

意地悪な子、だけど賢い子、いつも落ち着き払った子。ひょっとするとハニョンは、弟の分の落ち着きも持ってきちゃったんじゃないのか。ハニョンの弟は怒りにまかせて、自分の歯を全部折ってしまったそうだ。あごの力だけでそんなことができるなんてすごい。ハニョンはお母さんのおなかの中に、いい資質をちょっと残しておいてやったらよかったのに。とにかくイサクは、ハニョンの言うことはよく聞く。ハニョンはイサクのジミニー・クリケット（ディズニーの『ピノキオ』に出てくるコオロギで、良心の声である）みたいな存在なのだ。

外見の魅力を超える、長持ちのする何か。それが何なのかはよくわからないが、それがまだ自分には足りないということはイサクも認めるしかなかった。ハニョンはそれとなく、一人で何もせずに過ごすことに慣れるといいよと勧めてくれた。一人の時間もなければ、一人でいられる空間もないイサクはそう言われてむっとしたが、学校から家に帰る途中でときどき、川辺に近い駅で降りてみた。家まで一時間もかからない町で衝動的に降り、毎回同じベンチに座った。蜂の羽音のような音を立てて通り過ぎていく自転車や、人が空に投げようとしたいろいろなおもちゃや、橋の下の変色した目盛りなんかを見た。人の内側にもあんな目盛りがあったらいいのに——いっぱいになったときにわかるように。そんな、考えてもしょうがないことを考えたりした。

そうしているうちに、誰かに会いたいという欲求が、耐えがたい渇きのようにこみ上げてきた。体の欲求というよりは、親密さへの欲求だった。イサクはそんな気持ちになるたびに携帯電話から、もう会わないだろう人たちの番号を消した。しばらく前まで六百もあった番号が、今は四百ぐらいだ。二百ぐらいになったらハニョンに自慢しようと思う。十何個か番号を消してから、母さんに電話した。

「母さん、映画見る?」

「そうね、何の映画?」

電話の向こうからマッサージ機の動く音が聞こえた。母さんは仕事を終えて帰ってきて、脚を休ませているらしい。イサクが買ってあげた脚マッサージ機を気に入ってくれて嬉しい。家から近い映画館の上映時間表を母さんに読み上げてやった。それはまるで、歌みたいに聞こえた。

チ・ヒョン

ジャズフェスティバル参加のための出国まであと二週間とちょっとというとき、ドラマーが腕を骨折した。乗馬だなんて……楽器を演奏する人間が何でそんな無責任な趣味を持ってるんだろう？　ヒョンは呆れてしまった。ドラマーはばつが悪そうだったが、乗馬がどんなに大衆的な、いい運動であるか力説した。バンドの他のメンバーも怒りを表に出せなかっただけで、だんだん表情がこわばっていった。

ヒョンはベーシストだ。エレキベースではなく、コントラバスの方。いつも、大きな動物、例えばカバのお尻に敷かれたような形の帽子をかぶっているのですぐにわかる。帽子は一個ではない。ただ、全部似たような形をしているので、ヒョンにしか見分けられないというだけのことだ。帽子の下の髪の毛はパーマがとれていたが、これ以上は無理というところまでとれて何とか持ちこたえているようだ。古着が好きなんだな、とみんな思っていたが、ほんとうは、新品だけどあんまり長く着ているから古着に見えるといった方が近い。ニットにカーキ色の細身のカーゴパンツをよく合わせている。どこから見ても「愉快なかかしさん」という感じのヒョンが興に乗ってベースを回しながら踊ると、お客さんたちは喜ぶ。ジャズの場合「観客」というより「聴客」に近いと言えそうだけれど、見た目の楽しさが少々加わったからといって嫌がる人はいない。かりかりにやせた女性ミュージシャンがコントラバスと踊る姿はユーモラスな対比をなしていた。

「あのお姉さんかっこいい!」

ときどき前列の人たちがそうささやいた。ヒョンのファンは女性の方が多いのだ。

演奏は楽しいが、楽器を持って歩くのは苦行だ。アンプまで持っていかなくちゃいけない日はなおさらだ。コントラバスはタクシーの助手席を倒して載せるしかない。おもしろがる運転手もいるが、嫌がる人もいる。私の稼ぎは全部タクシー代に消えてるんじゃないか、とヒョンはときどき思う。電車にはたまに乗るが、バスは絶対に乗らない。バスの運転手が急ブレーキでも踏んだら大惨事になるに決まっているからだ。中心街に住んでいるのはせめてタクシー代を節約するためで、ソウルのどまん中の、坂の多い古い町で暮らしている。通帳の残高にひやひやし、ガス代が二、三ヶ月遅れることもある。

家の経済が破綻したのでやりたい音楽がやれなくなってからというもの、そのぐらいは何でもないと思って、びくびくしないで生きてきた。ブリッジを低くし、ピックアップをつけて、コントラバスをジャズ用に改造した日、振り向かないぞと決心したのだ。クラシックを続けていたらもっとましだったかなと、たまに思うことはあったけれど、それも後悔というのには遠かった。誰かが代わりに楽器をトラックで運んでくれたらいいのになあと、ふっと思う程度である。結局のところ、大きな違いはないだろう。いちばん得意なことが収入につながらないのは、よくあること。ちょっとほろ苦い思いはしたけど、ヒョンの周囲もみんな似たり寄ったりだから、悔しいと思うことはそんなになかった。

「ヒラクに頼むしかないな。この日程で俺たちに合わせられるのはあいつしかいないよ」

ボーカルとギターを兼ねているバンドのリーダーが言った。

「ヒラク先輩はお店やってるんだよね？　お店をほっといて行けるわけないでしょ」

頭の中で、他のドラマーがいないか検索しながらヒョンが聞き返した。

「やめたんだって、店。たたんでから一、二ヶ月になるはずだよ」

「やめたのかあ」

「ヒョンが行って連れてきてよ」

ピアニストが提案した。

「何で私が？」

「あいつ、前からお前のこと好きだったじゃん」

「嘘だよ」

もちろんヒラクはヒョンを好きだった。大事にしてくれた。けれどヒョンはその気持ちの性質が、ドロシーがオズを出ていくときに「実はあんたがいちばん好き」とかかしに言ったのと同じようなものだということも知っていた。

「とにかく、俺たちよりはお前の方が説得力があるんだよ、説得力が！」

「説得力って超能力じゃないよ。私にどうしろって言うの」

「次にいつ、あそこで演奏できると思う、ヒョン。二度と行けないよ。こんどが最初で最後なんだ」

その都市。ジャズの町。発音するだけでも気分が違う、そんな都市。演奏の動画を送ったら招待状が来た。すごく厳しい条件で選抜されたわけではなかったが、世界じゅうのジャズバンドが動画を送ったのだろうだから、気分はよかった。すみっこの小さなステージを割り当てられた。メインステージまで目指そうとは思っていない。演奏したいのもさることながら、そこに行って本場の、世界じゅうの演奏を聞くだけでも何かが大きく変わるだろう。ヒョンのバンドは貧乏で、その中ではまだましな方だったドラマーが乗馬で腕を折ってしまったとあっては、滞在中ずっとおなかをすかせていなくてはならないかもしれないが、それでも行きたかった。どうせなら、行って、ちゃんとやってのけたかった。呼吸が合うかどうかにかかっているのだから、ヒラクしかいないということはヒョンもわかっていた。音楽をやめると言って出ていった人を呼び戻すのは気が進まないから、知らないふりをしていただけだ。

楽器を持たずに歩くのは、まるで砂袋をぶら下げて歩いていた武術の名手が、袋の中身をすっかり空けてしまったような気分に似ている。体が軽くてしょうがない。ヒョンは帽子をまぶかにかぶり、かばんも持たず、財布だけをカーゴパンツのポケットに突っ込み、ヒラクが住んでいる場所へ向かった。バスをほんとに何回も乗り換えなくてはならなかった。

「いやあ、何年振りだ？」

嬉しそうに電話に出たヒラクは、ヒョンが降りることになっている停留場にもう出てきてくれていた。まぶしそうに見えた。

「相変わらず夜行性なんだね、先輩は」

「そうだな。そろそろ朝型にしなきゃいけないんだけど、うまくいかないよ」

「いいよ、時差ボケしないですむし」

「時差ボケ？」

ヒラクの住む町はどこもかしこも工事中だった。ヒョンはもったいぶらずに状況を説明した。歩道が掘り返されているところでは、息切れがした。

「俺が演奏やめてからどんだけ経ってると思う。だめだめ、できないよ」

「すぐにもとに戻るよ。アメリカ、行こうよ」

「最近、関節が痛いから無理だよ」

「練習なんかしなくていいよ。うちのレパートリー全部知ってるの先輩だけだから、お願いしてるのよ。飛び飛びに叩いてたって、誰も何も言わないよ。それでいいから先輩がやってくれるのと、場違いな人が来てガンガンぶっ叩くのと、どっちがいい演奏になると思う?」

「そうじゃなくて、ほんとに関節がさ……」

ここでしつこくしても無駄だと思ったので、ヒョンは休み休み説得することにした。二人はあわび専門店に入った。お店の外はいずれ湖水公園になる予定の敷地で、赤土を深く掘り下げているのが見えた。窓の外は殺風景だったが、あわびはおいしかった。

「このあわび鍋、体に染み入るみたい」

「ちゃんと食べてるか?」

「毎日似たようなもんだけどね」

「ヒョン、健康は大事だぞ」

「先輩は前からそう言ってたね。体に気をつけてたもんね」

食事の後は散歩をした。ヒョンの口から、ドゥン、ドゥン、ドゥン、と楽器の音が出る。ヒラクが笑った。実際、ヒラクはヒョンの健康さがいつもうらやましかった。日当たりの悪い部屋に住み、ちゃんと料理したものを食べてなくても、ヒョンはくじけなかった。薄いニットばかり着ていても風邪をひかなかった。その秘訣は何だいと訊くと、「帽子」と答えていたっけ。冬には頭と首を暖かくしなくちゃいけないと。ヒョンのそんな返事に呆れて、みかんを一袋買ってやった、何年か前のことをヒラクは思い出した。

「わあ、この町にも地下鉄ができるんだ」

地下鉄の工事現場を通り過ぎるとき、ヒョンが言った。

「でも開通後何年間か、事故が起きないかどうか見てから乗ろうと思ってるんだ」

「何で?」

「無人自動運転だってことも引っかかるしさ……。春に事故があったんだ。ここ、上にポンと持ち上がってるだろ、不思議じゃないか? 俺、駅を建てそこなったら下にへこむと思ってたんだけど、上にかぶせる土が軽すぎると上に持ち上がるんだって」

「ちゃんと直ったんでしょ」

「そうだろうけど」

「この町、ものすごい埃だらけだしさ、あたしと一緒にアメリカ行こうよ、ね?」

ヒラクは笑って受け流し、団地の前に一個だけあるATMにちょっと寄っていこうと言った。現金をいくらか引き出すと、ヒョンの手に握らせた。ヒョンはぎょっとして言った。

「借金なんかしに来たんじゃないわよ。頭、おかしいの?」

「一緒に行ってやれなくて悪いからさ。向こうでおいしいものでも食べろよ」

「いらないよう。ああもう、頭、変なんじゃないの!」

頭が変などと言われても不快な感じがしないのが、ヒョンの能力の一つだった。ヒョンはヒラクの手にお金を返した。

「手のひら、柔らかくなったね？　ドラムに触らなくなったから、ぶよぶよだあ。この手をまた水ぶくれだらけにしたくない？　それをバーッと破裂させたくない？」

「あー、それ、いいなあ。やりたいなあ。お前、人を説得するの、うまいよなあ」

ヒラクが、がまんならんというように長く、ゆっくり笑った。

「じゃあ、行こうよ」

「一日だけ考えさせてよ」

「引退ステージだと思って、行こうよ」

「明日連絡するよ」

一日ではなかった。四日かかった。その週の週末、ヒラクはついにヒョンに勝てず、ヒョンのバンドメンバーと一緒に九千九百ウォンのバイキングを食べていた。日程の相談をするために集まったのだ。他のメンバーが、ヒラクをからかいたいけどからかったら行かないと言われそうで、必死でこらえている顔がいただけなかったが、まあそんなもんだろう。

「いやあ、バイキングって年とると、取りに行くのが面倒なんだよなあ」

「うん、誰かが運んできてくれるものが食べたいよ」

「つまり、私に行ってこいってこと？」

ヒョンが一喝すると、男たちがいっせいにバッと立ち上がった。

チェ・デファン

今でも背面飛行の夢を見る。背面飛行中に空と海の見分けがつかなくなり、墜落する夢だ。機体のスピードがだんだん落ちて、脱出可能な高度はもう過ぎてしまったことに気づく。デファンは夢から覚める直前になってやっと悟る――これは自分に起きたことではないと。昔の同僚たちに起きたことだ。今後も彼にこんなことは起きないだろう。戦闘機に乗らなくなって長いこと経つ。体が、夢が、あのころから抜け出せずにいるだけ。

寮の同じ階に住んでいたパイロット三人が相次いで墜落して、死亡した。操縦ミスもあったが、機体の欠陥も疑われた。KF－16が整備不良だった上に、書類まで操作までされていたというのだから ぞっとする。一九九三年から使っていた翼の支持台が一度も交換されていなかったのである。遺児のために集めた奨学金を同僚の遺族に渡すとき、自分は未婚でむしろよかったとデファンは思った。いつか自分の番が来るだろうと思っていた。それが早く来ないでくれるよう祈るのみだったのだが、何とも意外なことに、半年に一度の身体検査を通過できなかった。戦闘機に乗るには眼圧が高くなりすぎているという。だったら残っている理由はない。最後に部隊を出たとき、急に寿命がぐっと延びたようでちょっとめまいがしたことを思い出す。

　少年の夢がかなうのは恐るべきことである。それに気づいたのは、少年期をはるかに過ぎた後のことだったが。士官学校にいたときだってほんとに成人とはいえなかったと、デファンは二十代を振り返って思う。学校は厳格で、その厳しさに対してみんな未成年者のように従順だった。酒、たばこ、恋愛をしたら警告なしで退学だった。もちろんそれでもみんなこっそりやっていたが、怯えながらやるのではほんとうにやったことにならない。嗜好品も恋愛も身につかず、厳格さだけが染みついた。だが、こんなにも厳格な集団に属しているという奇妙な安心感が嫌いではなかった。いつまでもそうやって生きていけると思っていた。マント着服式（空軍士官学校二年生が受ける一種の通過儀礼）の際、下着だけの自分たちを氷水に押し込む先輩たちさえ、憎くなかった。実際、誰も憎くなかったのだ、あのころは。

「民間機に乗ろう。そして、アラブの王様のお抱えパイロットになろうぜ」

　同期生たちはそんな冗談を言うことはあっても、みんな戦闘機に乗りたがっていた。古かろうが整備不良だろうが、戦闘機は限りなく誘惑に満ちた物体なのだ。レフト・クリア、フロント・クリア、ライト・ターン。デファンは今も夢の中でそう言っては飛行機を方向変換させる。

　飛行訓練より辛かったのはサバイバル訓練だ。戦闘機はいつだって落ちる可能性があり、タイミングよく脱出できたとしても、どこに落ちるかわからないので、敵陣で孤立した状態を想定して訓練を行うのだ。よりによって訓練地が、海兵隊の訓練所だった。トイレに「二等兵に蜘蛛を食わせるな」と書いてある。子どものころに海兵隊を夢見なくてラッキーだったなと思ったものだ。埋伏《まいふく》訓練をして、鶏、ウサギ、ヘビをつかまえて料理する方法を学んだ。鶏とウサギまでは生きるためなら何とかして食うが、ヘビはとうてい食えたものじゃない。食欲が落ちて、訓練が終わるころには八キロもやせていた。何も食べないわけにはいかないからウサギを殺し、ウサギの涙と鼻血を確認し、残った皮をアルミホイルで包んで土に埋めながらその夏を耐えねばならなかった。夏でも夜はひどく寒い。気温はほとんど零度近くにまで落ちた。体温を失わないために同僚たちと抱き合って眠った。一人でなくてよかった。

もしもクァン上士さえいなかったら、あのまま軍に残っていたかもしれない。もともとの姓は「姜《カン》」だが、みんな「狂《クァン》」と呼んでいた。どんな集団にも、小さな権力を手に入れただけで周囲の十人、百人を苦しめる人間がいるものだが、軍隊でそれが起きると最悪だなとデファンはいつも思っていた。そんな疑いのまなざしをちゃんと隠せなかったせいか、クァン上士はデファンを標的にした。会食の席で、乾杯したとき焼酎の杯を空けなかったと言って灰皿を投げるぐらいは、いつものことだった。

「中尉のくせに飲み干せないのか？　俺の前で？」

階級ではデファンの方が上なのはわかりきったことだが、それでもなお自分の方が年長だからと圧力をかけてくる。とにかく狂犬みたいな人間なので、周囲の人もどうにもできないらしい。デファンは残業のない日でも、毎日十二時まで残っていなければならなかった。三ヶ月がまんしたが、それ以上はもう耐えられない。そこで定時に仕事を終えて帰ると翌日、クァン上士は五時間かかる陸軍士官学校に彼を行かせた。

「お前は忠誠心が足りん。泰陵《テスン》の陸軍士官学校に行って〈忠誠の塔〉の写真を撮ってこい」

悪態を何度もつきながら泰陵に行ってきたが、よりによって違う塔の写真を撮ってきてしまった。現地まで行きはしたが、塔の名前を確認する誠意はもう残っていなかったのである。結局、もう一度行かなくてはならなかった。その次は歴史観を養うために、朝鮮王朝五百年についてＡ４の紙十枚に圧縮してまとめよという。理屈に合わない屈辱的ないじめだった。国歌の一番から四番までくり返し書けと言われるころにはデファンも戦闘意欲を喪失し、机の前にぼんやりと座っている時間の方が長くなっていた。他のことを考えていて時計を見ると、もう一時間が消えているのである。時間がこんなふうにぶつ切りで過ぎていくのは正常なのだろうかと、半分くらい埋まった紙を見おろしながら危機感に襲われた。

クァン上士は女性のいる店が好きで、さまざまな経費を飲み代に充ててしまうこともあった。部隊対抗軍歌大会の小道具代など、大した金額ではないが、何に使ったのか確認できないまま消えてしまうのだ。デファンは隊の将兵たちが、何も小道具を持たず、手ぶらで軍歌のリズムに合わせているのを干からびた気持ちで見守った。他の部隊では小道具代を惜しまず豪華なステージをくり広げているのに、デファンの部隊は一文も使わず、アイディアだけで一等をとった。そうやって手にした賞金で、クァン上士の浪費を埋め合わせなくてはならないときては、部隊員たちに合わせる顔がない。部隊員たちのために、デファンの持ち出しは増える一方だった。

とどめがヨルムキムチ（大根の間引き菜で作るキムチ）だった。デファンは今でもヨルムキムチが食べられない。デファンをいじめる方法がないか毎日研究していたクァン上士は、なじみの飲み屋でヨルムキムチを買ってこいと言って、一日おきに夜の十二時にデファンを使いに出したのだ。あの呪われたヨルムキムチ……十回ぐらい買ってきて、それでようやく二万ウォンくれるのだが、呆れてしまう。ヨルムキムチを配達して帰ってくるともう眠れない。深刻な不眠症になってしまった。あのまま続けていたら、不眠症で事故を起こしたかもしれない。朝の飛行は夜明けの四時にブリーフィングがあるのだが、一睡もせず夢うつつで空に飛び立ったりしていた。

辞める前、軍紀教育隊の大隊長に、長い手紙と一緒に、集めておいた資料を渡した。ふたを開けてみると、大隊長の奥さんがデファンの小学校のときの担任の先生だった。世の中は狭い。そんな偶然もあって、必ずしもデファンのためだけとはいえないだろうが、クァン上士は昇進できず軍を離れたと聞いた。もう他人をいじめることもできなくなって安心だ。少なくとも軍でやっていたようなことは、外の社会ではできないだろう。

実家に戻って半年あまり、運動ばかりやって過ごした。子どものころに通っていた柔道の道場がまだあったのだ。柔道を教えてくれた師匠は温厚な人柄のメダリストで、古いメダルが小ぎれいな額に入って、道場のすみに飾られていた。

「ときどき出てきて子どもたちに教えてやれ。お前にも運動になるだろう」

しばらくは楽しかった。道着もマットも懐かしい。何も考えずに過ごしていたら、不眠症もほぼ治った。道場でちびっ子たちと過ごし、家に帰ると兄夫婦が預けていった甥っ子たちと遊んでやる。甥っ子は、デファンがパイロットでなくなったのを残念がっていたが、さっと抱えて投げてやるとそんなことはすぐに忘れてしまう。老境にさしかかった両親は幼い孫たちをかわいがっていたが、体力的には手に余るので、デファンが来たのを喜んでいた。穏やかな転換期だった――貯金があっというまに消えていくことを除いては。二十年以上軍にいるだろうと思っていたので、大した備えをしていなかったのだ。

「未来学者が、これからは一生に職業を三つ持つことになるだろうと言ってる。お前を見てるとその通りみたいだな。これから何をするか、ゆっくり悩んでみろ。旅行でもしてきたらどうだ？」

甥っ子たちの面倒を見てやったお礼なのか、兄さんがお金をくれた。わざわざ背中を押してくれたのだから、どこか行かなきゃならない感じだ。自然のきれいなところに行きたかった。山に登れてトレッキングができて、野営ができるところ。もうウサギやヘビではなく缶詰を食べてもいいのだから、心も軽く出かけられるだろう。しばらく悩んだ末、サンフランシスコの往復チケットが安く出ているのを見つけて、ヨセミテ国立公園に行くことにした。デファンは運動を長くやってきたため肩が発達しているので、エコノミークラスの座席は非常に居心地が悪かった。フライト中ずっと眠れなかった。目をつぶっても緊張してしまう。

公園の入り口の案内所では、一人でトレッキングする人間はこんなにも歓迎されないのかと、初めて知らされた。

「年間、百四十人が死ぬって知ってます？」

職員が笑み一つ浮かべずに人を脅す。まず、クマに出会ったときの行動に関する本を読まされたが、読み終えてデファンが下した結論は、どうやっても死ぬしかないというものだった。死んだふりをしても死ぬし、背を向けて走っても死ぬし、木に上れば生存の可能性が生じるが、ヨセミテのすくすく伸びた針葉樹はそんなに上りやすい木ではなさそうだ。あれもこれも望みがなさそうだったら、両手の指を全部組み、手で首を保護して伏せろという。そうすれば他の人が助けに来てくれるまで生き残ることもできるというのだった。

「でも、ほんとに気をつけなくちゃいけないのはシカ類ですよ」

「クマよりもですか？」

「クマよりシカ類の動物の方がずっといっぱい人を殺してます」

発情期のシカは敏感で、驚かすと、人の内臓が残らないくらい角でつっつき回すのだという。デファンは内臓のない死体になって発見されたくはなかったので、角に似たものが見えただけでも逃げようと決心した。

クマもシカもちょっと距離をおいてやりすごすことはできたが、コヨーテのせいで危機に陥った。デファンはそれまでコヨーテがどんな姿なのかも知らなかった。今となってはもう忘れられないだろう。同じ方向に向かっていた他のトレッキング客と道が分かれ、一人で歩いているときだった。あるときから、コヨーテ三匹がついてきた。コヨーテでなく狼だったらデファンは死んでいただろう。デファンが体の小さい女性や子どもだったとしても、死んでいただろう。コヨーテ三匹とデファンは奇妙に対峙しながらしばらく歩いた。デファンは、長くて太い木の枝を一本、ゆっくりと拾った。互いに目で合図しながらついてきていたコヨーテたちが、棒を見てそっと後ずさりする。デファンは走らなかった。走ったら攻撃されることはわかっている。ゆっくりと地面から石を拾い、ポケットに入れた。

もうだめだと思った地点、他の道につながっているらしいその地点でデファンは振り向いた。杖で地面を叩いて、最大限体を大きく見せた。ポケットの石をがちゃがちゃ言わせて音をたてながら、にらみつけた。刺激しすぎるかと思って声は出さなかった。コヨーテたちはためらっているようだった。ここまで追ってきたのにあきらめるのがもったいないのだろう。デファンはさらに腕を広げて立ち、かかとを上げた。デファンとコヨーテの中間に石を投げた。攻撃と感じないくらいの距離に。

コヨーテのうち一匹が背を向けた。残りの二匹も結局背を向けた。デファンは警戒をゆるめずに、ゆっくりと後ずさりしてそこを抜け出した。距離を開けると膝がほぐれた。何でこんなところでこんな苦労をしてるんだろう？　サバイバル訓練なんて全然懐かしくないのに、何でここまで来たのか？　いったいこれから、何をすべきなのかな？　遠くまで来たけれど、別に未来は見えてこなかった。旅行でデファンが悟ったのは、民間の防寒用品はほんとうに性能がよいということだけだった。

体重が三キロ減り、再びエコノミークラスの座席にうんざりしながら帰ってきた。そして空港に着き、携帯の電源を入れるや否や、不在中のメッセージがくり返し現れた。デファンより先に軍を辞めた後輩からの連絡である。デファンが電話すると、後輩がすぐさま言った。

「ヘリコプター、どうです？」

「ヘリコプターがどうした？」

「ドクターヘリってのができたんですよ、知ってます？」

聞いてみると、航空会社の委託で運営している救急ヘリの件だった。自治体の支援を受けて運営されているが、主に救急車が行きづらい島嶼《とうしょ》や山間地域に緊急支援に行くヘリコプターだ。ヘリコプターなら低空をゆっくり飛ぶので、眼圧を気にしなくてもいい。

「だけど、俺はヘリの操縦時間が足りないからだめかもしれないよ？」

「来て、訓練受けてください。訓練受ければすぐに条件、満たしますよ」

デファンより有利なキャリアを持っている人が多いはずなのだが、後輩は粘った。

「私、前から先輩が好きでしたよ。高圧的なところが全然ないですから、ずっと軍に残る方じゃないと思ってました。目のことでお辞めになったのは予想外でしたけどね。上からめちゃくちゃ言ってきても、先輩のところで止めてくれていたでしょう。ほんとにありがたかったんですよ」

自分が後輩に何をしてやったのかよく思い出せなかったが、こうしてデファンはヘリコプター乗りになった。

「小さいなあ……」

それが、初めてドクターヘリを見たときの感想だ。装備はいろいろ揃っているらしいだが、軍用ヘリや消防ヘリより小さいモデルなので、当初の計画通り二十四時間運行するのは大変だった。夜間飛行には向かないし、カバーできる領域も思いのほか狭い。何より、着陸地が問題だった。病院の屋上、市役所の屋上、学校の運動場、野球場などを活用しなくてはならない。

気を遣うことも多く、制約も多かったが、それでも往復三時間の距離を四十分にまで短縮できるのだから、かなり人助けをした。救急救命士と救急医療の医師を乗せて飛んでいき、患者を病院に連れていく。後ろで起きている緊迫した状況のすべてをできるだけ気にしないように努めながら操縦だけするのは、たやすいことではなかった。

六百回ぐらい飛んだとき、デファンはついにヘリコプターが楽になった。強風の中で機体がワルツを踊るように揺れても怖くなくなった。このごろ夢を見ると、夢の中で乗っているのが飛行機なのかヘリコプターなのかしばらく悩む。相変わらず暗いし、空と海の区別がつかないが、デファンは全感覚を集中させ、特に音を聞こうと努める。

タ、タ、タ、タというヘリコプターの音が聞こえてくると安心する。ヘリは上下逆さまになって飛んだりしないから。

ヤン・ヘリョン

八年間、寮で暮らした。静かなところがヘリョンの性格によく合っていた。道路からも遠く、本館からも距離がある。三十歳でキャディーの仕事を始めたので遅い方だが、もっと若いころに始めていたら都心のにぎやかさが恋しくて、かえってなじめなかったかもしれないとヘリョンはよく思った。

どんな職業もそうだろうが、プロ意識と実力がいちばん重要だ。ヘリョンはルールブックを完璧にマスターしていたが、それでもしょっちゅう読み返していたし、勤務時間外にもスイングの練習をしていた。自分がゴルフをするわけではないが、プレイヤーのスイング姿勢が乱れたときに注意してあげられないといけない。よきアドバイザー、気に障らないアドバイザーになることが重要なのだった。一人一人の特性をいち早く把握して助けること、細心の注意を払って注視し、クラブを渡し、方向を言ってあげ、ライ角を決めてあげ……キャリアを積むほど確実にうまくやれるようになるのが感じられた。おかげさまでいいゲームでした、といったあいさつを聞くときがいちばん嬉しい。どんな細かいことにも力を注ぐようにしているが、相手がそれに気づいてくれるとやはり嬉しいのだ。仕事を始めたころより体力もついたので、ラウンドを重ねても平気だった。

一ラウンドに三、四時間はかかるので、温厚な人たちのチームに当たった日はついている。そうでない人たちが来ると疲れるが、疲れるチームも今ではそこそこ扱えるようになった。ヘリョンは、ちょうどいい距離感を保ちつつ、不快なことがないよう雰囲気を作る自信があった。いくつかの有名な事件のおかげで、キャディーが不当な目にあってもがまんしたり、黙っているばかりではないことが知られるようになったのは心強かった。三十八歳。どんなふうに中年を迎えればいいのか悩む年ごろだが、いろいろな人と会って学ぶところが大きい。

ヘリョンが特に好きな女性のお客様がいる。会員制だったクラブハウスが一般向けに変わってからよく予約を入れるようになったお客様で、仕事の関係で来るためメンバーはそのつど違っていたが、際立って目につく人だ。五十代初めぐらいではないかと思うが、みんな礼儀正しく「社長」と呼んでいる。どの程度の規模の事業を手がけているのかは知らないが、名ばかりの社長でないことは明らかだった。楽しそうによく笑うのでどうしても目立つが、それで好きになったわけではない。マナーがとてもいいのだ。前のチームの時間が延びても、後のチームが追いついてきても、嫌そうなそぶりを表に出さない。自分のチームが延びるとちょっと気を遣っているようすではあったが。スコアにも執着しないし、打数を少なめに書いてくれとか、一度ぐらいお願いとか、そういう要求も少ない。どのくらいかといえば、ほとんど無念無想に見えるぐらい。ゴルフのような神経を逆撫でされるスポーツでそんなことができるのかと、ちょっと感嘆してしまう。心を空にできる人たちがしばしばそうであるように、スイングに力が入りすぎず、距離もかなり出る。ショートゲームでの緻密さも悪くない。実際、あのぐらいできる人は多くはない。

何よりも好感を持ったのは、世間話をしない人だからだ。最初だけかなと思ったら、次に会ったときも同じだった。ヘリョンにくだらない話を一言もさせたことがない。カートに乗っているとき、他の人が暇に任せてヘリョンに何だかんだ質問すると、それも途中でさえぎってくれる。つまりわかっているのだ、ヘリョンの職業ではおしゃべりがいちばん疲れるということを。ヘリョンは普通の親切にはたくさん出会ってきたが、この種の配慮ができる人には初めて会った。それで名前を覚えたのだ。チン・ソンミ。覚えやすい名前だ。ラウンドのスケジュールは前日に組むのだが、予約者欄にその名前があるとヘリョンがすぐに担当を買って出る。

そんなある日、チン・ソンミがクマのような体格のいい夫と、あまり似ていない娘を連れてきた。娘の方は、いかにもむりやり引っ張られてきたという感じだ。家族には初めて会うので、ヘリョンも好奇心が湧いた。

「理解できないわ。こんなに広い場所にわざわざあんなちっちゃい穴掘って、あんなに当てにくい棒切れで打つなんて、変なスポーツ」

娘がぶつくさ言う。こんなにいいお母さんがいるのにと、ヘリョンは思わず帽子の下で眉をひそめた。

「難しいでしょ。難しいスポーツだけど、でも芝生は気持ちいいじゃない。静かだし。こんなふうに音楽も聞こえない、完全に静かなところに来たことある?」

そこですよ、やっぱりわかっていらっしゃる。ヘリョンはカートを運転しながらひそかに同意した。

何ホールか見ていると、夫は力任せに打つタイプのようで、娘の実力はお話にならない。それで家族では来なかったらしい。

「あなたもそのうち事業をやることになるかもしれないでしょ。そのときには必要になるんだから、覚えておきなさい」

チン・ソンミが娘のつるはしを振るうようなスイングを矯正してやりながら、説得する。

「でも、事業なんてやりそうにもないし、やるとしても、私たちの世代じゃゴルフがメインにはならないと思うんだけど……」

「家族三人で一緒にできるスポーツは多くないんだから、ちょっとがまんして、やってごらんなさい」

「バドミントンでいいのに。ゴルフはやりたくないわ。この芝生を維持するのにものすごい量の農薬を使ってるって、ニュースで見たし」

ヘリョンは、娘さんはお父さんの体格に似ているからけっこうゴルフ向きだなと思った。下肢と肩ががっちりしているし、腕が長いので有利だ。やる気にさえなればうまくなれるだろうに。むちゃくちゃな打ち方をするので球があちこち行ってしまい、一人でかなり歩かなくてはならない。カートに乗る暇がなかった。

「お嬢さん、欧米的ですてきですね」

ソンミが一人でカートに乗っているとき、ヘリョンはそう声をかけた。ソンミは、ヘリョンの方から先に雑談を持ちかけたのにちょっと驚いたのか、シートに埋もれていた体を起こしてヘリョンをじっと見た。

「そうでしょ？　最近の子はみんなそうね、すくすく伸びちゃって」

「健康的でいいスタイルですね。ダイエットしすぎの方はスタミナがないから、十八ホール回れませんよ」

「ハハハハハハハ、ダイエット禁止しなくちゃね」

「長女はお父さんに似るって言いますけど、ほんとに社長に全然似てらっしゃらなくて、お父さん似ですね」

「そうね……実は再婚したから、実の娘ではないんですよ」

ヘリョンは舌がわらびのように巻き上がってしまいそうだった。やめときゃよかった。これだから世間話って何よりも禁物なのだ。危ない。

「最近はとてもいい関係なのよ。長く一緒にいるから、自分で産んだ子みたい」

気まずくならないよう、ソンミがつけ加えてくれたが、ヘリョンは顔が熱くなった。距離感を間違えるといい結果にならないのはわかっていたのに、欲が出たのだ。すぐに顔が赤くなる方じゃなくて、よかった。三人をコテージに案内してキャディー休憩室に行ってからも、顔がカッカしているようだったけど。

十番ホールのパー4でのことだった、アルバトロスが出たのは。

「ちょっと右側から打ってみてください」

ヘリョンのアドバイスにソンミがうなずいてスイングすると、右方向に行きすぎてしまった。あっ、とヘリョンは小さくため息をついた。ボールはカートの道に落ちた。ソンミは特に未練もなくそちらへ背を向けたが、夫と娘は見ていた。

「あ……」

「お母さん、球がずっと跳ねてるわよ」

ほんとうだった。球は、カート道からカート道へトン、トン、トン、トンとバウンドした。

大きく四回。

「ハハハハハハハハ、ワンオンかな」

「まさか」

ワンオンでもなかった。最後にバウンドした球がそのまま転がっていき、ホールに落ちた。ヘリョンもソンミの家族もしばらく言葉を失った。八年のキャリアで初めて見るアルバトロスだ。器用に決めたわけではない、カート道でやたら強く弾んだためではあったけど、それでもアルバトロスだ。ヘリョンは無線機でクラブハウスに知らせた。

「……無線の状態がよくないみたいです。もう一度言ってください」

「アルバトロスですよ、アルバトロス」

「えぇー？」

ヘリョンは嬉しくなって、できることならゴルフ場全体に放送したいぐらいだった。だが当人のソンミは、不思議そうではあったけど、そんなに大したことと思ってないようだ。これがどんなに稀なことなのかわかってないんじゃないのかと、ヘリョンはもどかしくてならない。

「あれはクチナシの実かしら？　子どものころに見て以来だわ。色がきれいね」

ソンミは次のホールに行くと、さっきのことはすっかり忘れてしまったように庭木を見て感嘆している。それから娘と一緒にトイレに行った。ヘリョンはソンミに何かしてあげたかった。さっきソンミがチップの封筒にお金を追加で入れてくれるのを見てしまったので、なおさらである。アルバトロスにもそれほど驚かなかったのに、ヘリョンにはチップを上乗せしてくれるなんて、それもまたすごくソンミらしい。ヘリョンは悩みながら、クチナシを見上げた。庭木の実ぐらい、アルバトロスを出したプレイヤーにあげてもいいじゃない？　ささやかな記念品として。

木自体は小さかった。二メートルちょっとだろうか。問題は、その木が石垣の上に生えているということだ。ヘリョンはどこに足をかけるか計算してみた。それほど大変そうではない。四十歳を前にして子どもみたいに石垣を上るとは想像もしなかったけれど、自信はあった。気をつけて這い上りはじめたときだった。

「おや、何でそんなところを上ってるんです？」

トイレから早めに戻ってきたソンミの夫がびっくりして訊いた。

「あの実を……」

ヘリョンは、足をかけられる最後の足場に足をかけていた。手を伸ばしさえすれば届きそうだったのだが、届かない。わずか十五センチぐらい足りない。

「降りていらっしゃい」

「あら、どうしてそんなところに……」

「お母さんがあのクチナシの実を欲しそうにしたからよ。何であんなこと」

「まあ、私のために！」

いつのまにかソンミと娘が戻ってきて一緒に心配している。ヘリョンはもう一度だけ手を伸ばすことにした。あと二、三センチで届きそう、と爪先立ったときだ。そのまま重心を失ってしまった。背中から落ちるとき、くらっとした。死ぬんだなと思った。

幸い頭と肩は芝生に落ちたが、骨盤が庭石にぶつかった。体の中を轟音が貫いていったような気がして、ヘリョンは悲鳴を上げた。ソンミとソンミの夫も悲鳴を上げた。ソンミの娘が無線機で知らせようと必死になっており、その後は痛みのために記憶もおぼろげだ。痛みも痛みだが、恥ずかしくて、恥ずかしすぎて、目をつぶっていたのだ。

結論をいえば、ヘリコプターが来て、それに乗せられて病院に行った。予想通り、骨盤が砕けていると言われた。

入院中もずっと恥ずかしかった。キャディー人生最大の汚点だ。ゲームの進行を助けるどころか妨害するなんて。しかもアルバトロスが出た競技で。解雇されても文句は言えない。ヘリョンは頭の中で、貯金額を計算してみた。寮で暮らしていた上、お金のかかることは何もしなかったので、かなりな額になるだろう。寮を出なくてはならないのが問題だ。あれこれ悩んでいると、ゴルフ場の管理部長がお見舞いに来た。

「いやね、あのお客様があの日、治療費と、療養中の給料を負担したいっておっしゃっててね、言ってみてるだけかと思ったらまた連絡をくださったんだ。だから心配しないで、退院したら復職しなさい」

「え？　何でそうなったんですか？」

「もう全部処理ずみですよ。それと、これはあのお客様が置いてった名刺だから、電話でも差し上げなさい」

名刺には、ヘリョンが知っているあの名前が印刷されていた。

何度も声を整えてから、電話をしてみた。忙しそうな人だから、すぐにはつながらないだろうと思っていたが、すぐに出た。おかげでヘリョンのお礼のあいさつは、しどろもどろに近いものになってしまったが。

「いいえ、当然のことですよ。それよりね、他にお話ししたいことがあるんだけど、一度お目にかかりに行っていいかしら？」

ソンミは電話を待っていたように言った。ヘリョンはいぶかしみながらも、いらしてくださいと答えたが、その翌日にソンミが来たときも、何の話をしにきたのか予測がつかなかった。

「スカウトの提案に来たんですよ。完璧なキャディーさんだから、断られたとしても十分に納得できますけど、私と一緒に仕事をしてみる気はありませんか？」

「え？　何の仕事をですか？」

「私、中国に事業を拡大しているんだけど、信頼できるマネージャーが必要なんです」

「中国語なんて一言もできないし、マネージャー的なお仕事もやったことがないんですけど？」

「心配ありませんよ。決まったら私が業務上の詳しいマニュアルを差し上げるし、中国語は基礎だけできればいいんです……ジャジャジャーン」

ソンミが、自分で包装したとおぼしきプレゼントをさし出した。ヘリョンがまだ当惑したまま開けてみると、語学学習機と中国語の教材だ。そのときにはヘリョンも笑うしかなかった。ソンミがハハハハと笑ってそれを煽ったからでもあるけれど。

詳しいマニュアル。それがいちばん誘惑的な言葉だった。ルールブックを読み込みに読み込んできたヘリョンである。新しいマニュアルに慣れていく過程は絶対、楽しいだろう。それに、キャディーの仕事ができるのも四十代までだろうという心配も、常にあった。ヘリョンは五十代のキャディーに会ったことがない。とにかく今までは、なかった。骨盤の骨がちゃんとくっついた後、今までと同じように働けるかどうかも確信が持てなかった。

「まずは、中国語の勉強をしてみます」

「じゃあ、退院したら連絡をくださいね」

ソンミは、言うべきことは全部言ったと判断したように、すぐに立ち上がった。そんなところにもまた好感を持った。

好感。ちょっとした好感からどんなに多くのことが始まるか。好きで守っていた距離感をいっぺんに壊してしまって情けないと思っていたけれど、もしかしたらもっといいチャンスが到来したのかもしれない。ヘリョンは嬉しくて、一人で笑った。笑ってから語学練習機にイヤホンをつないだ。

アルバトロスとクチナシの実。その話をしたら、信じる人がいるだろうか。

ナム・セフン

高校のときはよくカラオケに行ったが、大学に入ってからはあまり行く機会がない。久しぶりに高校の友だちと会ってカラオケに行くと、出るときに店の主人がセフンを呼び止めた。

「君、アルバイト探してないか？　冬休みのバイト、決まってる？」

アルバイトはいつだって必要だった。詳しく聞いてみると、バスターミナルの隣のコーラテック（酒類を提供しないクラブ。中高年の社交の場である）だという。セフンはためらった。この前、高校の同窓生と一緒に臨床試験のアルバイトに行って気絶して以来、あんまり簡単そうなバイトや何となく疑わしいバイトはしないことに決めていたからだ。

「仕事ったって、やることはあんまりないんだ。コートルームの担当だからな。服やバッグを預かるだけだよ」

冬場にバイクで何か配達したりするようなバイトは嫌だった。雪でも降ってきたら、危ないことが一度や二度じゃないだろうから。コートルームならあったかいだろう。時給もかなりよかった。セフンはやりますと答えた。

十一時に出勤して五時までだ。コーラテックといっても踊るところだから、夜間も営業してるんだろうと思ったが、ピークは十二時から十四時半の間だった。午後のまっ盛りじゃないか。お日様をいちばん楽しめる時間にみんな地下に押しよせてくるのか。入場料は二千ウォン。二千ウォンじゃなくて二万ウォンも二十万ウォンも取りそうな、おっかない見た目の従業員が入り口に立って入場料を受け取る。その次がセフンの番だ。コートルームといったって、腰までの高さの仕切りと、仕切りにくっついたテーブル、本棚とあまり違いのないバッグの保管棚と、その後ろのハンガーラックが備品のすべてだ。バッグの預かり代は五百ウォンだが、お得意さんはセフンに千ウォン札をくれて、五百ウォンはチップだよと言ってお釣りを受け取らない。五百ウォンだって嬉しい。セフンはありがたくもらっておく。ある日など、帰ってくるとき五百ウォン玉でポケットがずっしりと重かった。

たいていはハンドバッグだが、ネギがちょっと顔を出した買いものかごもあれば、ピッケルが突き出したリュックサックを預かることもある。セフンは新しく服のたたみ方を覚えた。裏地を外側にして、しわにならないように、嫌な臭いが染みつかないようにたたむ。上等な服が多かった。バーバリーとか、アルマーニとか、高級な服に一つ一つ番号札をつける。

「こんないい服を着て、何で二千ウォンのコーラテックに来るんだろう？」

ある日気になって、一緒にコートルームで働いているおばさんに訊いてみた。紛失事故が思ったより多いので、少なくとも一人は常駐、できれば二人でその場を守ることが規則になっていた。

「ここで昼間にダンスの練習して、夜はキャバレーに行くんだよ。そっちは高いのよ」

コーラテックは満席で二百組ぐらいだ。

「あの中に、夫婦もいるんですかね？」

セフンが尋ねるとおばさんは吹き出した。

「夫婦なんて……！　一組もいないよ。絶対、いない」

それはおばさんの誇張でもなければ、ことさら意地悪な目で見ているわけでもなかった。

一ヶ月もするとセフンもツバメたちの顔ぶれを覚えた。特にイケメンでもないのでびっくりしてしまう。レトロな映画にでも出てきそうなトンボメガネをかけた、カン先生と呼ばれている男が、ある日セフンに尋ねた。

「セフン、ダンス教えてやろうか？　安く教えてやってもいいよ」

セフンは礼儀上、関心があるようなふりをして問い返した。

「いくらですか？」

「普通のダンスなら一ヶ月三十万ウォンで教えてやる。講師コースだったらもっと高いけどな」

講師コースというのは「ツバメコース」という意味なのだ。これは線だ。線が見える。セフンは大学に入って、変な宗教団体とかネットワークビジネスに引きずり込もうとする人たちにお断りを言いながら、かすかな線を見分ける方法を学んできた。越えるまではかすかなんだ。だけど越えてしまった後は、それが線ではなく壁になる。絶対に後戻りできないわけではないが、かなり苦労する。生きていてそんな線にどれだけぶち当たるか、越えることになるか。

「お金がなくてバイトしてるんで……」

「ま、余裕ができたら、言いな」

見ている分にはおもしろい世界ではあった。秋も深まるころからは、トロットバージョン（トロットは韓国の演歌調の大衆歌謡）のクリスマスキャロルに合わせて、前日の閉店後にセフンが床に一生けんめいまいておいた滑り止めの粉の上で、みんな滑りそうになりながら踊っていた。講師たちは文化センターなどでダンスの講習をやってから、受講生を連れてコーラテックにやってくる。コーラテックだけで帰る人もいれば、夜、キャバレーに移動する人もいる。講師たちの間にも等級があるが、セフンが初め思っていたようなキャリア順ではなかった。どれだけ上手にリードするかが、ときにキャリアもひっくり返す。

「背中に回した指三本。必要なのはそれだけさ」

雄のキジみたいに派手なダンス講師たちは、セフンとどれだけ仲が良いかについても競い合っていた。コーラテックの建物と隣の建物の間の狭いすきまに、食堂がある。「勝手口食堂」と呼ばれ、ビルの中にあるのでもなく外にあるのでもない曖昧な業態だ。コーラテックでは食べものを提供できないので、おなかがすいたらこのすきまに行って食べるのだ。講師たちは帰るときにここでセフンに食事をおごってくれた。おごってくれない日もあったが、微妙な種類の自慢をするためにセフンを利用しているようである。この若い子が俺の言うことよく聞くんだよとか、俺が弟みたいに面倒見てやってるんだよとか、ほんとに一生けんめい働いてるんだよとか言うので、セフンは適当にあいづちを打ちながら食事代を節約した。おごってくれるのはチヂミとか、豆腐の入ったキムチ鍋程度で、いつもマッコリがつきもの。コーラテックの店先で営業しているのであって店内ではないから、違法ではない。

セフンがいちばん好きなお得意さんは、上品なおじいさんだ。講師以外の一般の男性客はとても少ないが、そのおじいさんは八十歳を過ぎているように見えた。セフンと話をするようになると、暇なときに五千ウォンのチップをくれた。一万ウォン札をもらうとセフンが気が重いだろうと思って、五千ウォン札に換えてくれるのも優しい。みんなそのおじいさんを「大兄さん」と呼んでいる。相当の年配で、品がよく、しつこい感じがしなかった。経済的に余裕があるらしく、セフンだけではなくみんなに気前がよかった。ダンスは全然やらない。

「息子の家で同居してるんだけど、私が家にいるとみんな気を遣うからね。出歩けるうちは出歩いた方がいいんだ」

セフンもそろそろ人間関係が読めるようになってきて、何人かのおばあさんがそのおじいさんに言い寄っているのを目撃した。

「人気がありますね？」

「そんなもの、あったって。もうあの世が近いのに」

　おじいさんは勝手口食堂でも人気があり、食堂のおばさんたちがメニューにないものを作ってくれる。半分はチップのおかげ、半分はおじいさんの人徳だ。セフンはときどきそのおじいさんと、本物のちゃんとした食堂で出すような定食を食べた。どこから出てきたんだか、イシモチの焼き魚まで二皿ついてきた。

「この前、私の初恋の人が入院してね」

「初恋って、いつなさったんですか」

「君より若かったころ」

「具合がお悪いんですか？」

「そうらしい。会ってくれないんだよ、いくら会いに行くと言っても。病気の姿を見せたくないのはわかるけど、それでもこっちは会いたいんだがなあ……君は彼女がいるのかい？」

「いいえ、いません。男子ばっかりの学科に入ったんで。高校のとき、親しくなりたいと思った子はいたんですけど、うまくいかなくて」

「どんな子だったんだい？」

「頭もいいし、かわいいんだけど、いつも忙しく動き回ってて、毎日傷が絶えないみたいな子でした」

セフンは、前に好きだったハニョンをそのように説明したが、そう言ってみるとかなり正確な説明のような気がしてきた。

「何で仲よくなれなかったんだい？」

「後で気になって、その子と仲のいい他の男子に聞いてみたんです。そしたら彼女が、体の大きい男の人が嫌いらしくて。道で誰かにいきなり殴られたことがあるんですって。それで、腕力が強そうに見える人は思わず避けちゃうんだそうです。確かに、それを教えてくれた男子は小柄ですらっとしてて、服も、ピンクとかオレンジばっかり着てる、そんなやつなんです。うらやましいけど」

「おお、何てこった。昔は体格がよくてがっちりした男の方がずっと人気があったのに」

おじいさん本人もすらっとしているのに、セフンを慰めてくれる。

「初恋の人って、どんな方なんですか？」

「怖いもの知らずの女性だったね。大男も山の獣も怖がらないし、夜の峠道だって平気で越えていったよ。今よりずっと物騒な時代だったのにね。笑いもしないし、言葉も荒っぽかった。それでも好きだったなあ。怯えた表情を一度も見せたことがなかったよ。みんながびくびくしながら暮らしていたころなのに、不思議だったなあ」

「それじゃ、小さいときからずっと……？」

「いや、お互い別々に結婚したんだ。他はどうでも、自分の父親だけは怖かったんだろうなあ、彼女と性格がそっくりで、もっと強いお父さんだった。お金持ちの家に嫁に行ったけど、旦那さんが若死にしたから、その後ずいぶん苦労したらしい」

「何てこった」

こんどはセフンが、昔の人みたいな言葉使いになった。ちょっと照れくさくて顔が赤くなったが、勝手口食堂は暗いのでわからないだろう。

「だからって、連絡するわけにいかんだろ、こちらにも家庭があったからね。妻が亡くなったのでね、礼儀通り三年経ってから連絡をとってみたんだが、遅すぎたみたいだなあ。何度も会えなかったもの」

「でも、すてきですね」

「そんなことはないな。何がすてきかね。歳月が経つのはあっという間だよ」

「ここに一緒にいらっしゃれたら、いいのに」

「いや、その人、ダンスは嫌いなんだよ」

おじいさんだって別にダンスが好きそうではない。ふかふかのソファー、歌詞を知っている昔の歌、軽い社交が気に入っているだけなのだろうとセフンは推測していた。

踊りもせずにほとんど毎日出席していたおじいさんがしばらく来なかったので、心配になった。二週間ぶりにまた来たとき、おじいさんはひどい咳をしていた。

「お会いしないうちにずいぶんおやせになって。どうかされましたか？」

「頬がこけましたねえ」

「ちょっと何日か具合が悪くてね。風邪が長引いて」

おじいさんがみんなとあいさつをしている間に、セフンは他の従業員に頼んでホールの温度を少し上げた。食欲がひどく落ちているのか、お昼ごはんも食べず、ホールのすみの席で、ぐるぐると踊っている人たちを見ていたおじいさんがトイレに行こうと立ち上がったとき、セフンは無意識にそっちの方を見つめていた。初めの何歩かは問題なく見えた。けれどすぐに歩行が乱れはじめた。

「つかまえて！」

セフンは無我夢中で指差すと大声で叫んだ。音楽のせいで、聞こえた人は何人もいなかったが、カン先生がスケート選手のように床を滑ってきて、おじいさんがすっかり倒れる前に支えた。音楽が止まった。

「熱が……熱がある」

おじいさんが目を開けた。セフンを見て手を握った。

「救急車を呼びますね」

「いや、いいんだ。立てるから」

おじいさんはほんとうに立ち上がった。立ち上がれる状態ではないのに、無理に立ち上がったらしい。セフンは、この老人がこの舞台、この社交場から二本の足で退場したがっていることをおぼろげに感じた。

「じゃあ、僕が病院までお連れします」

「いや、病院はいい」

「すぐ目の前ですから。二百メートルもないですよ。一緒に行かせてください」

実際はもっとあるだろうと思いながら、セフンは距離を少なく言った。コートルームのおばさんが二人のコートを渡してくれた。コートを着せかけ、帽子もかぶせてあげるとおじいさんはゆっくりと階段を上っていく。みんなが心配そうにあいさつする。セフンは後ろからついて上りながら、起こりうる二回目の気絶に備えた。

セフンは何度か、ちょっと脇を支えてあげて、おじいさんがまた倒れないように助けながら歩いていった。病院が遠くに見えはじめたときだった。

「だめだ」

「はい？」

「もう歩けない。ちょっと休まないと。ベンチがないかな」

セフンはまっすぐ伸びている道を見た。ベンチがないどころか、地下鉄工事のまっ最中なので、休める空間さえ全然ないのだった。

「背負ってさしあげますよ」

「それはだめだよ」

「体のでっかい孫が孝行していると思って、そうしてください」

おじいさんの顔が赤くなった。悲しみと恥ずかしさがそこに読み取れたけれど、とにかく病院に行かなくては。セフンは老人をおぶった。軽かった。帽子とコートの襟で顔を隠そうとしているのが感じられた。セフンは歩みを速めた。速足で、しかも注意深く歩かなければならない。敷石がぐちゃぐちゃだからだ。地下鉄工事が終わったらまた敷き直すつもりなのか、放ったらかされた敷石がでこぼこだ。おぶわなければとても行けなかっただろう。

救急治療室に到着して、一緒に医師を待っていたかったが、おじいさんが早く戻るようにと手振りをした。

「ありがとう。君は仕事中だから、帰りなさい」

「大丈夫だと思いますが……」

「いやいや、孫がこの病院で働いてるんだ。その子に電話すればいいから」

「え、ほんとですか」

「ほんとだよ。電話すればすぐに来るから」

「それじゃ、またお会いしましょう」

けれどもセフンは、新学期になってコーラテックを辞める日までおじいさんに会えなかった。コートルームのボーイの制服であるチョッキとズボンのスーツを返すときも、最後まで気になっていた。最後の日には千ウォンのチップをくれる人が多かったので、ポケットはお金でいっぱいになったが、お札だからそんなに重くない。セフンは、ポケットが破裂しそうだった五百ウォン玉の重さがときどき懐かしくなるだろうと思った。半信半疑で始めたアルバイトだったけど、おもしろかった。何を学んだと具体的に言うのは難しいが、何か学んだような気がする。

すきま風が入るコートルームに立っていた記憶がおぼろげになるころ、コーラテックから電話が来た。

「セフンさん、元気？」

「はい、元気です。急にどうしたんですか？」

「セフンさんに会いたくて電話したのよ」

「あ……はい……」

「嬉しいふりするんなら、もうちょっと気の利いたこと言えない？」

「ハハ」

「〈大兄〉のおじいさん、覚えてる？」

「はい、もちろん。またいらしてますか？　お体はどうなんでしょう」

「うん、やせたけど回復されてね。肺炎でかなり長いこと入院してらしたようだけど。とにかくあの方がセフンさんにありがとうって。それで、奨学金を預けていかれたからね」

「え？　奨学金？」

「早く来て受け取らないと私たちがもらっちゃうよぉー、おいで」

セフンはその日、授業をちょっと早く抜け出してコーラテックが閉まる直前に着いた。何人かがセフンを見てあいさつをした。お得意さんもいたし、知らない人たちもいる。何となく気まずくてセフンが急いで中に入ると、マネージャーが分厚い封筒を差し出した。ぱりっとした五万ウォン札がいっぱい入っていて、封筒には漢字で、奨、学、金、と力をこめて書いてあり、冗談ではないのがわかった。

「ああ、こんな……もしかして連絡先を残していかれませんでしたか」

「ないんだよ。そして、もう来ないって。これまでありがとうって、いっぱいあいさつしていかれたんだ」

「お礼のあいさつしなくちゃいけないのに。名前をお聞きすればよかった」

「君、そのお金でダンス習わない？」

カン先生が笑いながら訊く。

「こんど、ぜひ」

セフンも笑いながら答えた。

それでほんとうにおしまいだった。セフンはもうコーラテックを訪ねることはなかったし、何年か、あそこのこともすっかり忘れていた。そして、母方のおばあさんの七十歳のお祝いのときのこと。みんな普通に踊っているのに、田舎の叔父さんのステップがいつもと違う。床を滑るような足の動きがソフトだ。指三本を背中に当てて、叔母さんをリードしている。あれ、うまいじゃないか？　セフンはびっくりした。

七歳の甥の手を引いて、セフンも踊りに加わった。すると叔父さんの方も目配せを送ってきた。うまいもんだろ？　と叔父さんが言い出す前に、何か訊かれる前に、セフンはさっと離れた。

イ・ソラ

つきあいづらい人、というのが共通の評判だった。目上の人も目下の人も同じように、ソラは気難しいと思っていた。有能で責任感があり、一緒に働く人に対して公正だが、なぜだか気安くはつきあえないとみんなが口を揃えて言う。ソラにはソラだけにできる独特の表情があるのだが、それは主に、何かばかなことを言った人に見せるものだ。顔の筋肉は大して動かさないのに、その場の温度をグンと落としてしまうような表情で、その顔を見せられた当事者は「あ、自分、今、アホみたい」と思ってビクッとしてしまう。

その冷淡な表情を最も頻繁に向けられているのは、精神医学科のチョン・グニョンらしい。

「このごろ、女性医師が増えすぎたから給料が下がってるだろ。母親になってもパートタイムで働きたがって、給料が安くても引き受けるから市場が崩壊するんだ。女は自分のことしか考えないから全体の構図が見えないんだね。お前らも将来、そんなふうになるなよ」

グニョンと同じテーブルについていた女性医師たちの顔が曇る。

「それって、私たちがわがままだからですか？　先輩、ほんとにそう思ってるの？」

お昼の席にちょっと遅れてきたソラが、グニョンの後ろで言った。グニョンが驚いて振り向く。

「またお前か？」

他の人たちは舌戦を期待して視線を投げかける。ソラが「剣《つるぎ》の舞」をやってるよ、という表現が精神科の中では通っていた。

「俺が何か間違ったこと、言ったか？」

「女は同じ専門職でも、家事と育児を押しつけられてるでしょ。それでも働こうと思ったら、パートタイムでもお給料が安くてもやるしかないのよ。それが先輩のお好きな市場原理じゃないの。それが気に入らないんだったら、女もフルタイムで働ける社会にしてくださいよ」

「ふん、フェミニストのお出ましか」

「フェミニストの悪口言うのって、教養が足りてない証拠ですよ」

「何だって？」

グニョンが先に大声を出した。勝負あったな、と横のテーブルで誰かがささやいた。

「そうかそうか、じゃ、発言取り消すよ。けどな、お前みたいな特権層のエリートがフェミニストもクソもないぞ」

グニョンが反撃する。

「そうね、私は恵まれたエリートですよね、認めますよ。でも、ずっと差別されずに育ってきたから、差別を見たときにこれは差別だってすぐにわかるのよ。私の持ってる資源でできることをやってるだけなのに、何だっていうの？」

「何でも持ってるくせに、毎日いちいち要求ばっかりして、最近の女たちは……。口が立つよなあ、ほんとに。口から生まれてきたんだろう？」

「ああもう。口先人間じゃないですよ、私。先輩たちに押しつけられたひまわりセンターだって担当してるじゃないですか？」

事実、ソラはひまわりセンターを迷わず引き受けて運営しているので、グニョンは黙った。ひまわりセンターは、全国の中小都市の拠点病院に設置された性暴力や家庭内暴力被害者の支援施設だ。総合的な医療支援とともに、社会福祉士、警察、行政職員の援助も受けることができる。初めはみんな、クールな性格のソラがひまわりセンターを担当したことに首をかしげていたが、患者の反応は意外に悪くなかった。あくびがうつるのと同じように、強靱さというものもうつるのだ。負けない心、折れない心、そんな態度がひまわりの丈夫な茎のように植えつけられていった。

「闘鶏だな」

しばらく静かだったグニョンが言い捨てた。

「先輩、私たち、喧嘩してるわけじゃないでしょ。建設的な会話って言ってくださいよ」

ソラが率直な感じで言うと、隣の誰かが小声で笑った。

「そんなに私が憎たらしいなら、お給料がもっと下がる前に、もっといい職場を探されたらいいわ。私はここにずーっと残るんですから」

それだけは冗談に聞こえなかった。ソラの一族が病院に及ぼしている影響力を考えたら、彼女を追い出せる人はいない。何代もさかのぼれる名家の出身なのだ。韓国近現代史の転変の中で危機に見舞われたこともあったが、今も変わらずに優秀な人材が育っては、各界で活躍している。実際、ソラが決心さえすれば、グニョンを追い出すことは簡単だろう。そんなことをしてはいけないと学んだからしないだけである。

「あーあ。これじゃ、もらい手も見つからないよなあ」

「先輩ったら……後輩の恐ろしさをちょっとは知っておいた方がいいですよ。世の中に後輩ぐらい怖いものはないんだから。ああ、おなかすいた。私、海鮮ビビンバください」

ひまわりセンターは独立した建物を使っている。空色のタイルが貼られた二階建ての建物だ。お昼を食べてから一人で逆方向に行かなければならなかったが、散歩がてらちょっと歩くのも悪くない。ソラはセンターの名前に合わせて、歩道の側にある小さな花壇にひまわりを植えてみた。大粒の種だったせいか花も大輪で、それがしおれて頭を垂れると、まるで人が死んでいるところみたいに見える。次はちょうどいい大きさの種をまかなくちゃ、と心に決めていた。

センターの裏は地域の公園で、その向こうには三、四階止まりのアパートや住宅がどこまでも広がっている。セキュリティ面が劣悪なこともあって家賃が安く、いくつか恐ろしい事件が起きたために悪名がとどろいてしまった地域だ。市がさまざまな努力をした結果、凶悪事件はぷっつりとなくなったが、新しくできた派出所も地域の防犯団体も、改善された防犯窓も、家庭内暴力までは防いでくれない。古い赤レンガの壁の向こうで日々どんなことが起きているのか、知りようがなかった。

家庭内暴力のいちばん困った点の一つは、被害者に行先がなく、加害者が家を独占しやすいことだ。ひまわりセンターの仕事をするうちにそのことに気づいたソラは、地域の女性シェルターの後援者になった。ソラの患者たちはそこをよく利用している。一時滞在することもあれば、こみいった事情で長くとどまることもある。シェルターに行くと、入所時に荷物をちゃんとまとめられなかったため、もう秋も深まっているのに袖なしや半袖を着ている人たちも多い。ソラはここに定期的に物品とお金を寄付していた。病院の人事課の職員に強力なロビー活動をして、短期の求人が発生したらまずシェルターに連絡してくれるようにしたのもソラだった。

ソラ一人で動いても限界がある。そこで昨年から、バザーを行っていた。ひまわりセンターと連携しているシェルターなど三ヶ所の施設のためのチャリティバザーである。地域の公園を借りて、秋の週末の二日間、行事をやるのだ。去年のバザーが成功したので、今年はなおさら肩の荷が重い。

ソラはクールな性格だが、そのわりにまわりに人が集まってくる方だった。通販会社に勤めている友だちに電話して欠陥の少ない返品をたくさん寄贈してもらい、アウトドア用品の会社に勤めている遠縁のおばさんからは、ジャンパーと登山靴を寄付してもらった。地域の陶磁器工房の、色出しがうまくいかなかった陶器や、リサイクル資源を用いてアーティスティックな衣料などを作るブランドの品も一角を占めている。やはり、いいものが買えることが噂になってこそ人が集まる。

「チェウォン先生、二十八日って忙しい?」

「その日はオフなんですけど、何かあるんですか?」

「あのね、バザーで一コーナー受け持ってもらえないかな? 何か、子どもたちの教育プログラムみたいなのを」

バザー当日チェウォンは「バナナ手術室」というコーナーを開き、バナナの皮をむいた後、もう一度縫い合わせるという子ども向けプログラムをやった。参加費五千ウォンだったが、大人気だった。麻酔科の性格のいい先生も一人ついてきてくれて、にせもののガスでバナナに麻酔をしてくれた。あそこまで一生けんめいやってくれなくてもと思いつつ、ソラは満ち足りた気持ちで人気コーナーを眺めた。院内でいちばん優秀な外科医をこんなふうに動員しちゃって、悪かったかな。失明直前になるまで殴られたソラの患者を治療してくれた眼科の先生と、肩の骨が砕けるまで蹴られた他の患者を治療してくれた整形外科の先生が綿あめの機械を回しているのに比べたら、チェウォンはまだいい方だったが。

病院からは健診ギフト券をもらって競売にかけ、著述家としての方が有名になった精神科の同僚の講演会も開いた。絵を購入したとき知り合いになったアーティストにおずおずと参加を頼んでみたところ、とても喜んで、巨大なカンヴァスを持ってきてライブペインティングをしてくれた。その作品は、美術好きな教授たちが競争してくれて高値で売れた。香水作家が一人一人に合った香水を調合してくれるブースからはいい香りが漂い、紹介の紹介で知り合ったジャズカルテットの音楽が夜気いっぱいに広がる。

「材料費と日当を差し引いた残りを寄付していただければ結構ですよ」

ソラはすべてのブースを回って頼んだ。

「あの……」

去年も参加してくれた近所のベーグル屋の店主が声をかけてきた。

「来年もきっと呼んでくださいね」

「はい、来ていただけたらこちらこそありがたいです」

「去年は、何でこんなことやるんだろうって思ってたんですけど……何でやるのか、ちょっとわかりました。だから来年も絶対呼んでね」

「わかりました」

お盆に積み上げたベーグルは完売だった。ベーグル屋の店主はクリームチーズが種類別に入っていた空のアイスボックスを軽々と持って帰っていった。

去年よりたくさん寄付金が集まった。ソラは満足だった。最後まで一緒に動いてくれた人たちと公園を完璧に掃除し、病院の倉庫にテントを返すともう夜も更けている。クールな性格なのにエネルギーをすごく発散したので、疲れてしまった。ソラはひまわりセンターの屋上に上った。寄付金を公正に使い、その使途を可視化して詳しく記録し、それを公開するうちにまた一年が過ぎるだろう。肉が裂け、骨が折れ、傷ついた動物みたいになって運ばれてくる女性たちや子どもたちに、もうあんなことは終わったのよと言ってやりながら。そんなときでもばかみたいなことを言う人間はいるだろうし、それに根気強く答えていくことで一年の幾分かはつぶれてしまうだろう。いちばん軽蔑すべきものも人間、いちばん愛すべきものも人間。その乖離《かいり》の中で一生、生きていくだろう。

誰かがじっと見ているような気がして、振り向いた。本館の病室の下の方の階で、窓際にいる人がちょっとためらってから、ソラに手を振った。ソラも手を振り返した。窓が暗くてよく見えなかったけれど、手のひらだけは優しかった。

ハン・ギュイク

ときどき、上の姉さんと寿司を食べる夢を見る。それほど立派でもないし貧相でもない普通の寿司屋に行って、姉さんと向かい合って座る。姉さんはギュイクと似ていた。二番目の姉さんとはあまり似ていなかったが、上の姉さんとギュイクはびっくりするほど似ており、違うのは髪の長さだけだねと驚かれたりした。十歳近く年が違うが、姉さんもどんぐりみたいな顔の形で、あまり老けて見える方ではなかった。寿司屋はどこかの二階、または三階だ。姉さんが窓の外を見る。雪が降っている。雪が上昇気流に乗って、生きもののように動く。姉さんがマフラーをほどき、コートを脱いで、それらをきちんと置く。二人はあんまり重要ではない会話をする。

「お寿司が食べたかったんだ。妊娠中、食べたくて食べたくてえらい目にあったの」

そうだ。姉さんは妊娠中だった。それを聞いてギュイクは、頭の中のどこかがものすごくむずむずする。

「僕ら、姉さんは死んだと思ってた。みんなそう思ってたんだよ。何でだろう?」

でも、夢の中ではそんな気まずい疑問もすぐに軽くなり、まもなく寿司が出てくる。姉さんが一つずつ、おいしそうに食べる。二人はまだ、重要ではない話をしている。

「あん肝って、地獄からやってきたみたいな名前（あん肝は韓国語で「餓鬼肝」と表記する）だけど、食べてみればほんとにおいしいね。でしょ?」

寿司を食べ終わると姉さんはまたコートを着てマフラーをていねいに巻く。

「また食べようね」

「そうだね」

三回だか四回だか、そんな夢を見た。夢が終わる前に姉さんは死んだと気づけたためしが、一度もない。変な夢、気になる夢だった。しかも、姉さんの隣には黒いスーツを着た男性が座っている。その人は食べもしないし、話に入ってくることもなく、ただ一緒に座っていて、姉さんを連れていった。夢の中ではその人が全然気にならなかったが、覚めてみるととても気になった。初めは義兄さんかと思ったが、そうではなかった。

姉さんが死んで、両親は熟年離婚よりも早い中年離婚をした。もともと仲はよくなかったが、お互いのことがいっそう耐えられなくなり、結局はそうなった。義兄さんが海外に派遣された後のことである。両親は義兄さんが韓国を離れると、もう人目を気にしなくていいと安心したかのように決定を下した。義兄さんは義兄さんでだめになってしまい、当初は何人かが失語症じゃないかと疑っていたし、次は誰もがアルコール依存症だと確信した。義兄さんが酒飲みの多い国に派遣されたらもっと心配だっただろう。幸い中東だから、簡単には酒が手に入らないだろう。免税店の酒を飲みまくっているかもしれないけれど。

死んだ妻の家族とずっと家族でいつづけることと、そうしないことと。さほど情に篤い方ではない義兄さんが前者を選んだのはなぜか、ギュイクはときどき気になった。義兄さんは帰国すると一度は姑の家に、一度は舅の家にあいさつに行き、毎回ギュイクを呼び出して酒をおごってくれて、小遣いもくれた。ギュイクはそのお金で本を買った。お金のままで持っているのが何となく嫌で、後で困るのはわかっていたのだが全部本に使ってしまったのだ。ある日本棚が倒れて下敷きになりたいぐらいだったが、結局本は本棚から抜け出し、あちこちで危険なタワーのように積まれていた。ドアがちゃんと開かないぐらい、床は本だらけ。この本を読み終えるまで生きていたいとも思えなくて、ギュイクは二度、自傷した。一度は一人でいるときに、もう一度は学校で。二度目ので手首に白い線が残った。細い線なのでよく見えない。たぶん、年とってしわができたら全然見えなくなるだろう。年をとることができたなら……。家族はギュイクが自傷したことを知らない。知ったら怒るだろうが、驚きはしないだろう。父方にも母方にも自殺した人たちがいる。

義兄さんは二番目の姉さんとも会っているのだろうか、それも気になる。四年の間にみんなが脱落していったが、二番目の姉さんだけがまだ闘っていた。ある事件に被害者がいて遺族がいるとしたら、遺族の方がずっと人数が多いはずだが、必ずしもそうだとは限らない。ある家族は争いごとが嫌いだし、ある家族は闘いたくても闘える状況ではなく、ある家族は闘い疲れてぶっ倒れてしまい、最終的には残るべくして残った人だけになる。上の姉さんともギュイクとも似ていない二番目の姉さん。山も好きで海も好きな二番目の姉さん。彼女はあらゆるレジャースポーツで鍛えた体力を闘いに捧げた。三人のうちでいちばん健康的だったのに、何年かすると微妙に顔が変わった。表情が変わったのだ。どんな表情のときも、そこにはいつも不信感がまじっている。喜んでいるときも怒っているときも、さらに眠っているときでさえ。もう何も信じていない人の顔。目の中に毎日、墜落する心が見えた。家族の誰かがそんな顔をしているのは、見守る方にとっても辛いことだ。それでギュイクは逃げた。逃げたのが申し訳なくて、二番目の姉さんをしばしば無視した。

しばらく前に二番目の姉さんがロンドンから写真を送ってきた。上の姉さんを殺した商品を製造した会社の本社前で、また議会の前で、抗議のプラカードを掲げて撮った写真だ。姉さんの後ろの風景や建物がとても美しいので驚いた。あんなに古くて美しい建物がある国の、あんなに大きな会社がなぜ、あんなことが起きるまで放置していたのだろう。なぜもっと早く気づけなかったのか。なぜお話にもならない言い訳を並べたてるのか。その会社も他の会社も、政府のさまざまな部署も、ピンボールのように責任をあちこちへ転嫁するのに余念がなかった。

そして遺族はその目まぐるしいボールの動きをぼんやりと眺めていた。

四千ウォンの、ふたの赤い加湿器用殺菌剤だった。あの、ありえない商品が、人々を殺した。姉さんが死んだとき、それが原因だとは思わなかった。妊婦と新生児に新種の肺炎が流行しているというので、そのせいかと思ったのだ。加湿器用殺菌剤のせいだったなんて。しかも、ギュイクもそれを使っていた。怠け者だから一、二回使ってやめてしまった。姉さんは手抜きをしなかったので死んだ。カビと細菌が嫌いだったために死んだ。

学校に行かなくてはならないが、行く気になれなかった。ジウンも、学校に行けない状態が続いていると聞いた。ギュイクがすっぱり学校をやめてしまったら、ジウンが学校に行く気になるかもしれない。学校はジウンに譲ってやろうと思った。

「もう、あんたと一緒にはいられない。私の目の前であんなことしたんだもの。残酷だった」

弁解するなら、あれはジウンの目の前ではなく、それ以外の大勢の人たちの前でやったつもりだったのだが、その言葉は完全に呑み込んだ。自傷はするが弁解はしない人間になったのだ、ギュイクは。

それじゃ学校に行く代わりに、さっぱりした冷たい豆乳麺を食べに行こうか。体内のすべてを、臓器まで全部吐き出して死んでしまいたいような日でものどを通るのは、あれだけだ。夏以外の季節でも豆乳麺を出すうまい店が汝矣島《ヨイド》にある。バスと電車を上手に乗り換えても一時間半かかる距離なので、ランチタイムを過ぎるだろうけれど、そこに行くことにした。ギュイクは本の山のあちこちから二冊とってかばんに入れた。座れそうになかったので、立っても読めるように、詩集と薄い小説を選んだ。

地下鉄の駅を抜け出すと陽射しが気持ちよかった。しばらく日光を楽しみ、また地下の店へ向かう。地下から地下へ。最近のギュイクにはお似合いのルートだ。一人で来る人が多く、誰もギュイクをじろじろ見ない。ギュイクは楽にかばんを横の席に置くことができた。注文して、本を少し読み、食べものがくっつかないように本を閉じた。この店はいつもお客で混み合っているが、遅い時間に来たからか、今までいちばん人が少なかった。それで目が合ったのだ。

義兄さんと。

もしも義兄さんがむこうを向いて座っていてくれたら、気づかなくてすんだのに。ギュイクはその瞬間にも、そのことが悔やまれた。義兄さんは女性と一緒に来ているようだった。後ろ頭だけが見えている、ロングヘアの女性。テーブルに乗せた左手にはなぜか男性用の時計をしている。義兄さんが中腰で立ち上がろうとしたとき、ギュイクは思わず手のひらを広げた。あいさつではなく、引き止めるためのジェスチャーだ。そしてすぐにその手を電話機の形に変えた。後で電話して——今じゃなく。その手振りだけで意思は伝わった。

豆乳麺の味が違うだろうか、いつもと？　ギュイクは注意深く、すぐに出てきた豆乳麺を味わった。ときに心は傷つきすぎると、ものごとを見きわめることに疲れ、ごく単純な感覚だけに頼ろうとする。今は豆乳麺がギュイクの診断薬なのだ。ゆっくりと麺を噛みしめ、次にずっしりした器を持ち上げて、豆乳スープを飲んだ。

違わない。同じ味だ。これなら大丈夫だろう。


義兄さんから連絡が来たのは、予想外の出会いから二日過ぎた夜だった。二日後というところが多くを物語っている。言葉を選び、思いを整える時間だ。当然酒を飲むのだろうと思って、おでんで有名な立ち飲み屋を選んだのだが、義兄さんは酒を注文しなかった。ウーロン茶を頼んだ。

「やめたんだ。もう飲まないことにした」

「それはよかったです。僕、こんな店を指定しちゃって……」

ギュイクは生ビールを頼んで悪かったなと思った。

「いつもより短期間の帰国だったから、連絡しなかったんだ。あんなところで出っくわして、びっくりしただろ？　一緒にいたのは、職場の後輩だよ」

後輩だよ、の後に省略された部分のためか、義兄さんは話が進むほど言葉をぼかした。

「もう他の人とおつきあいしたっていいですよ。何も説明しなくてもいいんですよ」

ギュイクの言葉に義兄さんは、ウーロン茶を少しずつ、時間をかけて飲んだ。のどが渇いているのだろうか。

「僕、義兄さんが外国で死んじゃうかもと思ってた。お酒飲んで、僕らが知らないところで倒れたり、寝ていて吐いたものが気管に詰まったり、そんなことになっちゃうんじゃないかと思ってました。そうでさえないなら、いいんです。家族のみんなもわかってくれます。どうせ僕ら、もうばらばらなんだし」

「まだ、何でもないんだよ」

「お酒やめたんでしょう。それなら何でもないわけないですよ。いいことがあったのに嘘ついちゃ、だめだよ」

「お前の話し方、姉さんと似てるなあ」

その言葉にギュイクはちょっと泣きそうになった。義兄さんもそうだったのだと思う。

「君は、大丈夫か？」

「大丈夫ですよ。元気出して頑張ってますよ」

結局、義兄さんは泣いた。ギュイクは後悔した。何を後悔しているのか正確にはわからないけど、後悔した。ギュイクが泣かせたのではないのだから、後悔する必要もなかったのだが。凧の糸を切るように、いつかは義兄さんを解放してあげられるだろう。もう割れるだけ割れてしまったこの家族から、完全に。遠くない日、断ち切ってあげなければと心に決めた。ギュイクはカッターナイフを思い浮かべた。

カッターナイフを思い浮かべるような日に一人でいてはいけないと思ったから、義兄さんを見送ると二番目の姉さんに電話した。

「ちょうどよかった。うちにイチゴがたくさんあるのよ。あんた、来てちょっと持ってってよ」

ギュイクの声から何も感じなかったのか、姉さんは軽やかな声で言った。バスで三十分の距離だ。ギュイクはかばんを前に抱いたまま、揺られ揺られて姉さんの家に着いた。ひどく乗り心地の悪いバスだった。

一人暮らしの姉さんの家は、ほとんどがらんとしている。

「また何か捨てたんだね？」

「使わないものをちょっと整理したんだよ」

「髪も切ったんだな」

「乾かすの、面倒だからさ」

下の姉さんはイチゴをていねいに洗った。

「何でこんなにいっぱいイチゴがあるの？」

「うん、一緒にロンドンに行った方がね、送ってくださったの」

ギュイクはイチゴのお皿を受け取った。じゃあこのイチゴも、家族を亡くした人が栽培したものなんだな。さっぱりしない口の中で、イチゴの果肉が爆竹みたいに弾けた。

「あんた、知ってる？　世の中の安全法のほとんどは、遺族が作ったんだって」

「ほんと?」

「何百年も前からそうなんだって。あの遠い国でも、いつもそうだったんだって」

「僕も連れてってよ」

「どこに?」

「どこでも、次に何かやるときには」

「わかった」

ギュイクは姉さんの小さなソファーにもたれて足を伸ばした。何だかいっぱい食べたな、この何日かは――夢の中でも夢の外でも。ギュイクがそう考えているあいだも、白い線の残った体が、食べものをゆっくり消化していた。

ユン・チャンミン

チャンミンはもう少しでソウンと別れるところだった。ソウンが好きじゃないからではない。どんなに好きかといえば、初恋の人より、大学のときにずっとつきあってた彼女より、結婚するはずだったこの前の彼女よりも好きだった。生まれてから好きになった女の子の中でいちばん好きだった。一緒に過ごす一日一日が楽しく、そして新鮮な人だった。愉快で、センスにあふれ、いつまでも飽きることがなさそうだった。どきどきするけど一緒にいると楽で、つきあえばつきあうほど好きになる。ソウンは顔立ちがほんとにきれいで、やせればものすごい美人だろうな、と思わされるタイプだったが、自分の体へのコンプレックスが全然なく、年に一日もダイエットをしない。そんなところがいちばん好きだった。チャンミンはソウンほどコンプレックスのない人に会ったことがなかったし、これからも会えないだろうと思った。

問題はチャンミンだけでなく、みんながソウンの特別さを知っていることだった。

「ベストフレンドよ！　いちばん仲がいいの！」

チャンミンにそう言った子だけで八人はいる。みんな自分がソウンといちばん親しいと本気で思っているようだった。だけど、「八人のベストフレンド」って、ほんとはベストじゃないよな？　ソウンは友情の世界で浮気してるようなもんじゃないのか？　チャンミンがそう言うと、ソウンは大笑いした。チャンミンはソウンの笑顔がほんとに、ほんとに、好きだった。

「その言い方めっちゃ笑える、浮気だなんて。でもほんと、友だちの誕生日祝いだけで一年が過ぎちゃうよ」

そう言うだけのことはあった。とびきり親しいと言い張る人だけで八人、ほどよく親しいと思っている人は百人を軽く超えるはずで、いつみんなと会ったり連絡をとったりしているのか、理解できない。疲れそうな生活だった。チャンミンまで、そんな消耗させられる予定にしょっちゅう引っ張り込まれた。誕生日パーティー、結婚式、忘年会、開業式、一歳のお祝い、犬の一歳のお祝い……。

チャンミンは見たこともない犬のためにおもちゃとおやつとデンタルスティックを買って、もうこれ以上こんな生活はできないという結論に到達した。

「そろそろ静かな生活がしたいんだよね。二人だけで過ごす時間も大事だと思うしさ。君はほんとにすてきだし、大好きだけど……ちょっと疲れちゃったみたいなんだ」

チャンミンがそう言ったとき、ソウンの大きな瞳には何て素早く涙がたまったことか。ソウンはわあわあ泣いた。

「私だって、あなたといる時間がいちばん大事なんだよ。出かけるの、減らすから。全部、断るから。二人だけでいよう」

しばらくはほんとうに、二人だけで過ごした。だけど、それがずっと続くとみんなが放っておかない。お誘いを固辞するときソウンが辛そうにしているのを何度か見て、チャンミンは結局またソウンを送り出したり、一緒に出かけるようになった。チャンミンが見るところ、ソウンはこのままこんなふうに生き、こんなふうにして死ぬべき人なんだと思われる。社交界の人として毎日の招待に応じることはソウンにとって大したストレスにはならないのだろうから、チャンミンだけ消えればすむ話だ。

最後に一緒にパーティーに行った日、チャンミンは九人乗りのワゴン車の後部座席で人にはさまって、全然趣味じゃない音楽を聴きながら、西海の知らない島に向かっていた。ソウンは隣の席で気持ちよさそうにしている。残業続きの余波のせいか、二日も頭痛に苦しんでおり、この知らない人たちと島に行って週末を過ごさなくてはならないと思うと気が遠くなりそうだ。だからといって、ソウンを一人で行かせたら絶対誰かがつきまとうに決まっている。でもいっそ、放っておこうか。この集まりからあの集まりへと楽しく飛び回り、そうやって一生を終えるような、おもしろがり屋で人間好きな人の方がソウンには似合うんじゃないか。思いは複雑だった。橋もない島には船で渡らなくてはならず、がたんごとん音を立てながら車ごと船に乗った。他の人たちはみんな楽しんでいる。チャンミンだけを除いて。

到着して、荷物だけ簡単にほどいた。チャンミンとソウンは一軒家を使うことになったので、せいぜいほっとした。団体用の建物一つと、一軒家二つを借りたので、ソウンが手を回して一軒家に泊まれるようにしてくれたのだ。プライバシーを重んずるチャンミンのために気を遣ってくれたのだ。

「ちょっと遊んだら、疲れたって言って戻ってこようよ。朝は二人だけで散歩もしよう」

そう言うソウンはかわいらしくて、チャンミンはすっと心がほぐれた。中庭に出てみると、もうバーベキューコンロがゆっくり回っている。ゆったりとぶら下がった色とりどりの裸電球のせいで、何てこともない空間がかなりそれらしく見える。南国風のインテリアの、コーナーごとににせのヤシの木が置かれたペンションで、音楽もずっとハワイアン風のギターの曲がかかっている。チャンミンは初めて聞くその静かで優しい音色が気に入った。

幸い、今回会ったソウンの友人たちは悪くなかった。一人だけが話題を独占したり、自分たちどうしでしか通じない話を続けたり、言葉のはしばしに自慢がまじるようなことがないので楽だった。ただゆったりとそれぞれの近況などを話すだけだったが、チャンミンは知らないことをいろいろ聞けておもしろかったし、ジョークの周波数が合うように感じた。会社員もいれば、会社に勤めながら他のことをやっている人もおり、会社に所属しない生き方を選んだ人もいる。二十六歳から三十七歳までと年代はばらばらだが、どっちが年上か確かめたりもしないし、雰囲気のいいグループだ。他者の選択を尊重し、からかいはしてもけなしたりしない。小声で楽しくおしゃべりできる人たち。この人たちなら、ずっとつきあっていけるなと思った。チャンミンは特に隣に座ったタトゥー・アーティストと仲よくなり、もう少しで予約を入れるところだった。

チャンミンが会話に夢中になっているときだった。

「私、この歌好き！」

ソウンが席から立ち上がった。有名な歌だが、編曲が新しいので違う歌に聞こえる。ソウンはちゃんとわかっていて、チャンミンには声をかけず、友だち一人を引っ張り出して二人で踊った。大したダンスではなく、手足をふらふら動かす程度だったのでみんなが笑った。こんなふうに最初に立ち上がる人だから、好きな歌が流れてくるとがまんできないような人だから、みんながソウンと一緒にいたがるんだ。チャンミンはそう思いながら見ていた。泡立つ酒、裸電球、にせのヤシの木、浮き浮きした気分。このパーティーはいいな。でも、早く終わってソウンを抱きたいと、軽い頭痛を感じながらチャンミンは思っていた。

チャンミンとソウンは笑いながら部屋に戻ってきた。髪の分量の多いソウンが高く結い上げた髪からピンを抜く。チャンミンも手伝った。二十本の指が忙しく動く。

「いったい、ヘアピン何本使ってるんだ？」

チャンミンがぼやくとソウンは彼にもたれかかり、顔のあちこちに短く短く唇をつけた。ぽっちゃりしたかわいい鳥みたいに。チュニック型のワンピースは幸いすぐに脱げたし、チャンミンは片手でブラのホックをはずすのがうまかった。二十代のときに練習を重ねた結果だ。

「いい肌だなあー」

喜ばせようとして言ったわけではない。チャンミンとソウンが恋人になったのも、チャンミンがソウンの足の甲を触ってみたくなったのがきっかけだ。サンダルの上にふっくら盛り上がった白い足に触れたくてたまらなくなり、触ってもいい？　と尋ねてから冗談のように触ったのが最初のスキンシップだった。ソウンの他のところはもっと柔らかかった。あんまり柔らかいので、触っていても触っている気がせず、それでもっと触りたくなる。

「今日はおもしろかったでしょ。ね？」

「うん」

「私と別れる？」

ソウンはちょっと涙ぐんだ目をして尋ねた。

「別れられないよ。別れられなくなっちゃった」

二人は一階で服を脱ぎ捨て、二階に上がった。チャンミンはだんだん頭痛がひどくなってくるのを感じた。視野もぼんやりしてきた。もうシャンパンは飲まないことにしようと決心した。体質にまるで合ってない。それでもソウンの柔らかい、熱帯の海のような体を抱いてチャンミンは幸せだった。幸せだったので、耳鳴りがしているのを無視した。動きが激しくなった。もうセックスができなくなってもかまわないと思うくらい、よかった。

そしていちばんよかった瞬間、チャンミンの頭の中で血管が破裂した。ほんとに破裂してしまったのだ。その瞬間にはわからなかったけど。

急に目が見えなくなり、体を支えられなくなった。チャンミンはソウンのかたわらに、自分の曲げた腕もろとも崩れ落ちて嘔吐した。

チャンミンが手遅れにならずに治療を受けられたのは、ヘリコプターのおかげだ。島だから、大きな病院に行くには車と船を使わねばならず時間がかかりすぎる。みんながチャンミンを近所の小学校まで運び、ヘリコプターがそこに来た。麻痺と意識障害のせいでチャンミンはまるで覚えていないが、後でソウンが話してやった。

「心臓麻痺でしょうか?」

「いいえ、脳出血でしょう」

経験豊かな医師がすぐに脳出血を疑い、迅速に手術をしてくれた。重症ではなかったのも幸運だった。回復の速度は悪くなかった。

「君に殺されるところだったね」

退院を控えたある日、チャンミンはソウンにそう言った。

「頭、バーンって破裂させてさ」

「私のせいじゃないわ。一ヶ月ずっと残業させる会社が悪いんでしょ」

ソウンが反論する。

「こうしよう」

「何を？」

「からかわない人とだけ、つきあうんだ」

「まさか、あのことを？」

「そのことだよ。腹上死だってジョーク言う奴がいるだろうからさ。まじめに危なかったのに」

「わかった。会う人、減らそう。悪い冗談言う人とは会わないことにしよう」

「それならいいんだ」

ダイエットをしないソウンが、心労のせいで面長になってしまった。残念だ。手を伸ばして、ソウンの伸びすぎた前髪を撫でてやった。耳の後ろに撫でつけてやってもすぐに落ちてきてしまう。ソウンの前髪が伸びる正確な速度を知りたくなった。大好きな顔。ソウンの顔に日光が当たり、雲が影を落とし、また日光が戻ってくるまで、このまま見ていたかった。最大限まばたきしないで。

今日も、これからの日々も。

ファン・ジュリ

一日の食費兼活動費はいつも六十五ドルだ。ジュリの会社は全世界に散らばっているので、会社内での経費のすべてはドル建てだ。一ドルが千百二十三ウォンなら七万二千九百九十五ウォン、一ドルが千二百四ウォンなら七万八千二百六十ウォン。移動も多いし、接待がない日が珍しいぐらいだからいつもぎりぎりだ。それでもごくたまにお金が余ると、コンビニで飲みものやおやつを買って消化するのがジュリの楽しみだった。

会社は、食事会の費用も活動費から出せと言う。二十万ウォンかかったとすれば、社長が四万ウォンをちょっと超えるぐらい出し、残りの人たちがみんなカードに残った活動費を一万ウォン、八万ウォン、六万ウォンと、金額が合うまで出していく。何のためにやるのか全然わからない。一週間に四日は残業や出張なのに、食事会なんてほんとに必要ないのだ。しかも、お互い仲がいいわけでもない。クリニカル・リサーチ会社（医薬品開発などのための臨床研究支援を行う会社）という特性上、ジュリたち臨床開発モニター（臨床試験が適切に行われているかどうかチェックする職種）はみんなばらばらに働いているし、離職者も多く、わが道を行くという雰囲気が強い。ジュリもあと二年勤めたら、もっといい会社に移るつもりだった。

「シンガポールでどんなに細かくチェックしてるか知ってるか？　もうちょっと節約しろよ」

社長はほとんど毎日小言を言う。経理部はシンガポールにあり、領収書が漏れていたりすると国際電話かメッセージが来る。本社はアメリカだ。スポンサーも世界各地に散らばっている。ジュリの場合、最近はイスラエルの人々と仕事をしている。イスラエルでは週末が土日ではなく金土だということを、以前は知らなかった。時差も面倒な上に、休日や祝日も各国それぞれだから、どこの国の仕事も一苦労だ。韓国の多国籍企業がだいたいそうであるように、相手国の休日にも働き、韓国の休日にも働く。ジュリはイスラエルの担当者に電話をかけて、その家の五歳か六歳の子どもに、お母さんに代わってちょうだい、すぐに代わってちょうだいと必死で頼まなくてはならなかった。

ジュリは、肺がんの抗がん剤二相の担当だった。一緒に働いてみると、きちんとやってくれる教授もいるけれど、研究費はすっかり自分のものにしておいて、適当なデータしかくれない人も少なくないので頭が痛い。プロトコルをちゃんと守ったか守ってないか確認し、分期別にデータをスウィープした。スウィープ、スウィープと言われるたびに、ぎっしり密集したほうきの穂先が思い浮かぶ。全国の病院を回ってデータをかき集める。会社の重いノートパソコンを持って、津々浦々を渡り歩くのはたやすいことではない。いちばんの楽しみは、ＫＴＸ

（韓国の高速鉄道）の特等席を取ってもらえることぐらいだ。

ノートパソコンが軽いだけでもどんなにいいだろう。充電器まで持って歩くとほとんど三キロにもなる。データの流出事故を防ぐため、個人のノートパソコンを使うことはできない。その上、ミーティングが食事の時間に重なるときは高級弁当を買って持ち込まなくてはならないことが多く、そんな日は荷物の多さに勝てず、両腕と肩が分離してしまいそうになる。すっかり疲れてしまった日には、食費を削ってタクシーに乗った。

ソ・ヒョンジェに出くわした日も、両手いっぱいに弁当を持っていた。いつか引退したら、製薬業界の人たちのために全国高級弁当店を網羅するブログをやろうとぼやきながら、病院のロビーを横切っていたとき、見覚えのある顔が前をすっと通った。

「ヒョンジェ！」

白衣を着た小柄な男性が振り向いた。大学時代、同じサークルだった。卒業後は会うこともなかったのに、まだ見分けがついたのが不思議だった。

「うわー、何年ぶりだ？　通り過ぎちゃうところだった」

ヒョンジェはすぐに近づいてきて、ジュリの弁当の荷物を持ってくれた。ジュリは片手が空いたので、カード入れから名刺を出して渡した。名刺交換するような堅苦しい間柄ではないのだが、いちいち説明するのが面倒だったのだ。

「リサーチ会社にいるんだ？」

「うん、就職してずいぶんになるよ」

「今日はどこに来たの?」

「ガンセンターに」

「一緒に行こう。僕もそっちに行くんだ」

一時は、時間を合わせて同じ教養科目をとるほどの仲よしだった。二人が疎遠になったのは、やはり同じサークルにいたミヘのせいだ。ミヘは当時ヒョンジェの彼女でもあった。みんな、ミヘの名前をちょっと変えて「現在《ヒョンジェ》と未来《ミレ》のカップル」などと言ってからかったりしていた。ミヘとジュリは初めのうちはうまくやっていたが、基本的に性格が合わないところが多く、ぎすぎすしていった。ミヘはみんなで何かをやるときにはいつもちょっと後ろに引くタイプだった。異性の友だちにも同性の友だちにも、常にいたわりを要求するような、妙な態度をとる。そんなところがジュリとは合わず、同じグループにいても親しくなれなかったのだ。後で聞いたところでは、息子と娘にものすごく違う態度で接する両親のもとで、兄さん三人の次に生まれたため、「あんたはかわいいお人形さん」的な扱いを受けて育ったらしい。ジュリは何度か、そういうことからくるひずみみたいなものについて話してみようとしたが失敗し、以後、ミヘとつきあうことはひそかに断念したのだった。

ある日ジュリは偶然、ミヘの携帯画面を目にしたのだが、それを見ると人の名前の後ろにハートマークがついていた。学校の前で、みんな一緒にビールを飲んでいるときだった。

「わー、みんなハートがついてる。ヒョンジェには三つ、私には一つなの？　彼氏だからって多すぎるんじゃない？」

ジュリが何も考えずに言うと、ミヘがすまして振り向き、答えた。

「私に親切にしてくれたら、もう一個つけてあげる」

あ、何か変だ、とジュリは感じた。ミヘが酔ってうっかり本心を漏らしたことに気づいてしまったのだ。その後も授業でミヘの隣に座ったりすると、思わず目が携帯に行ってしまう。明らかに、人の等級によってハートマークの数に差がある。特別かっこいいとかかわいいとか、人気があるとか頭がいいとか、つきあってメリットのある人にはハートが三つ、ミヘにフレンドリーな態度をとる人にはハートが二つ、関心がある程度の人にはハートが一つだった。ハートが一つもついていない人にはあいさつもしない。

二学期過ぎてから、ジュリはちょっとした神経戦の果てにハートを失い、降格されてしまったのだが、それでいろいろと傷ついたので、ミヘがいない席でハートマークシステムを暴露してしまった。そうと決めて打ち明けたわけではない。みんなが「ミヘはもともと甘ったれなんだから、お姉さん格のジュリは大目に見てやらなきゃ」と言うのでかっとして、ぶちまけてしまったのだ。結果的には、ハートの話を聞いて他のメンバーも気を悪くしたので、ミヘはついにサークルをやめることになった。みんな未熟な年齢だったのである。ジュリも、あんなに大げさなことにするつもりはなかったのだ。あんなふうにすっぱ抜いたりせず、知らないふりしていればよかったと何年もぐちぐち思い出したりしたものだ。ミへだけではなくヒョンジェまで、サークルからも友だちグループからも遠ざけたようだったから、なおさらのこと。

「何で一度ぐらい、結婚式か何かで会わなかったんだろ。会いそうなもんなのに。なあ？」

「結婚式、ほとんど出られなくてさ」

「君は、結婚は？」

「結婚なんて。恋愛する暇もなかったわ」

ヒョンジェが笑った。大学時代はかわいい中学生みたいだったが、今はかわいい高校生ぐらいには見える。長い恋愛の末にふられ、ぼろぼろになりそうだったという話は聞いていた。あのときヒョンジェは一ヶ月ぐらい廃人だったと言う人もけっこういた。こんなに元気ならよかった。ミへの方は一昨年結婚したというが、また聞きした情報によるとおそらくハートマーク三つの男性が相手なんだろうと思って皮肉っぽい気持ちになり、それがちょっと恥ずかしかった記憶がある。まだ幼稚なところが抜けていなかった。ミへの歪んだ性格はミへのせいだけではないと知っているのに。

「病院は合ってる？　働きやすい？」

「合わないなあ」

ヒョンジェが年相応の疲労を見せて答えた。わかるような気がする。全国の病院を回っていると、病院それぞれのシステムと人材を比較できるようになる。この病院の人材はとても優れているが、システムには欠陥が多かった。改善することは十分可能だろうが、人を入れ替えてすませようとする病院が多い。

「週八十時間労働ですんでる？」

「百時間だよ」

「現代の奴隷だねえ」

「わかってくれて嬉しいよ。業界がちょっと違っても、みんなわかってくれないし」

「それはあなたたちのせいでもあるよ。みんなあんまり自己主張しないんだもん」

「病院側が強いからね。それに病院外の人たちは、医者がまだ昔と同じように儲かると思ってて、やたら嫌うだろ」

「お給料はちゃんともらえてる？　当直手当、出る？」

「何人かが訴えたんで手当は出るんだけど、その代わり基本給が削られたんだよ。ひどいだろ？　病院は拡張したのに、当直室の面積も縮小するしさ。誰のおかげでうまく行ってんだかわかりゃしない」

「ひどいねえ。あ、私、ここでいいよ」

ミーティングの場所に着いたジュリが、元気づけのためにヒョンジェの背中を叩いた。ヒョンジェが、弁当の入った重い紙袋を返してくれた。

「これ、食べなよ。私はいっぱい話さなくちゃならなくて、おなかもすかないから」

ジュリが弁当を一個ヒョンジェに差し出した。

「僕はいいよ……」

「いいのよ、食べて。これ、ほんとにおいしい店のなんだから」

ヒョンジェは素直に受け取り、ジュリはほっとした。

「ねえ、何時に終わるの？」

そわそわしたようすでヒョンジェが尋ねた。

「そうね、一時間ちょっとかかるかな」

「じゃあ、後でちょっと、会う？　お茶とか？」

「お茶する時間ある？」

「夕方、病院のロビーで待機しながら飲めるよ」

「そう。じゃ、メールする。番号教えて」

二人は番号を交換した。

「今日じゃなくてもいいよ。私、この病院には一ヶ月に一度来るから」

「そうなんだ。じゃ、これからもしょっちゅう会えるね」

その言葉に、ジュリは胸の奥がひそかに高鳴った。何でこのタイミングでどきどきするの？　うろたえてしまう。ジュリのタイプはずっと、スポーツの得意な体の大きい男の子だった。スタジアムジャンパーを着てバスケットシューズをはいている、そんな男の子たち。昔の恋人をずらっと並べたら兄弟に見えるぐらい、好みが一貫していた。

　だから交代してやったのだ。十年以上前、あの新入生オリエンテーション合宿で、二日目の夜に散歩に行くとき、パートナー決めのくじ引きでヒョンジェに当たったら、代わってくれとミへに言われて、何のためらいもなく交代してあげた。

　もしもあのとき代わってあげていなかったら、どうなっていただろう。ジュリは重いバッグを持って、悠然と肩で会議室のドアを押しながら、ちょっと想像してみた。思わずくすっと笑いが漏れた。先に来て座っていた人たちがいぶかしげに見つめ、ジュリはにやけた顔をすぐに引っ込め、自信満々の社会人の笑顔に変えた。

イム・チャンボク

母さんは韓国伝統舞踊専攻だった。あの時代に伝統舞踊専攻とは、考えてみれば大したものだと思うけど、そのころの女性がみなそうだったように、若くして結婚し、平凡な主婦の生活を送ってきた。平凡な不幸とともに生きてきた人生といった方が合っているだろう。チャンボクは内心、長寿と健康の遺伝子を受け継いだ母方の実家で母さん一人だけが認知症になったのは、先に死んだ父さんのせいだと思っていた。九十歳を過ぎても頭がはっきりしていた伯母さんたちは、妹の変化を信じたがらなかった。

子どものころ、母さんが伝統舞踊風の歩き方や手振りでチャンボクや弟妹たちと遊んでくれた記憶はあるが、チャンボクも今や還暦だから、そんな記憶もおぼろげだ。母さんがまた踊りはじめたのは、老人ホームでのことだった。

「ここがお気に召したことは確かみたいね。家では全然踊らなかったんだから」

妻が言った。ボランティアでやってきた伝統音楽のグループが演奏を始めると母さんは、若いころに学んだことを活かそうとするみたいに伝統舞踊を踊りはじめ、その場をさらった。それもそのはず、家にいたときはみんなが母さんを監視していたので、楽しい雰囲気になりようがなかったのだ。母さんは果物の皮をむいている妻のナイフを突然つかもうとしたり、ベランダの窓をドアと錯覚して開けて出ようとしたりした。アイロンやガス台をいじった後でそのことを忘れたり、浴室で滑って肩を骨折したこともある。高齢者の骨は簡単にはくっつかないので、チャンボクは病院で注射の打ち方を習ってきて、骨が早く癒合する注射を母さんのおなかに直接打ってあげた。

何より、ドアと窓を区別できないことが、母さんに老人ホームで過ごしてもらうことになったいちばん決定的な理由だった。家で最後までお世話したいからといって、四階から墜落させるわけにはいかない。昼間はみんなが見ているからいいが、夜中に音も立てずに起き出して徘徊するのも認知症の症状なので、ひやりとする瞬間が何度もあった。いったい何でこんな夜中に出かけるんですとチャンボクが問い詰めると、母さんは、マンションの向かいの棟からチャンボクの末の妹が手を振っていると言うのだった。

「母さん、あの子は統営《トンヨン》（慶尚南道の市）に住んでるんだよ。向かいの棟にはいないよ」

「ここから統営までは、遠いのかい？」

「あの子に会いたいのかな？　だったら、こっちに呼びましょうか？」

「体が弱いんだから、呼ばなくていい。私が行けばいいだろ」

「どうやって行くんです？」

「ここからあの子の家までまっすぐ道ができてるよ。そうっと歩いていけばいい」

玄関のドアを開けにくいものに取り替えたり、窓が広く開かないように安全装置をつけたり、ボランティアセンターやヘルパーさんに手伝いを頼んだりし、家族も全員総出で母さんを守ったが、母さんはみんなが寝静まった後、何としてでも家じゅうのドアを開けようとした。認知障害のある高齢者がどんなに頻繁に失踪するか、徘徊の末に事故に遭って死ぬか、チャンボクも何度となく聞いたことがある。母さんはドアを開けるのに挫折すると、あちこちの引き出しを開けて若いころに住んでいた家の品物を探し出し、しばらく前に世を去った親戚たちと会話をし、そして、ほんとにほんとに悲しそうに泣いた。その泣き声でまた家族全員が眠れなくなった。チャンボクは睡眠不足で体重が八キロも減った。五十九キロまで減ったとき、チャンボクも老人ホームを考えるしかなかった。

「よく決心したよ。自宅介護にこだわって親の状態もよくならず、子どもはストレスでガンになる家も多いんだ。何がほんとの親孝行か考えたら、答えは老人ホームだよ」

これは老人ホームの事務長をしている高校の同窓生の言葉だが、自分を慰めようとして空世辞を言っているのかと思っていた。だが、いざ老人ホームで暮らしはじめてみたら、母さんの状態がむしろ安定したことはチャンボクの目にも明らかだった。何と、母さんがまた踊りを始めたのだから。生演奏——母さんの望みはこれだったのだと、やっとチャンボクは気づいた。

チャンボクはスマートフォンで伝統音楽をいっぱい聞かせてあげたのだが、それでは足りなかったのだ。

さらに、他の患者たちとの交流も母さんにいい影響を及ぼしたらしい。母さんが同じことを何度も言うと家族はくたびれてしまうが、患者どうしではそれぞれに何かつぶやき、笑うときは一緒に笑う。くり返しを嫌う人は誰もいなかった。母さんはナイフもアイロンもやかんもなく、ベッドに寝たまま入浴でき、窓とドアとエレベーターが電子キーでしか開かない、安全で快適な空間で楽しく過ごしていた。毎日午後には折り紙、花壇作り、ボランティアの公演などさまざまなプログラムがあった。母さんを老人ホームに入れた最初の何週間かは憂鬱だったが、やがて、これでよかったのだと悟った。

「お前のお母さん、元気なころの性格そのままだな。看護師さんや介護士さんにもきつく当たらないし。一日で暴力的になる人もいるんだよ。それを考えたら、ほんとに幸せなことだ」

友だちの言葉にうなずいたが、チャンボクの考えでは、症状がどうであれ、認知症は決して幸せなことではないはずだった。チャンボク自身は、認知症とガンのどちらかを選べと言われたら、考える暇もなくガンを選んでしまうと思う。多くの人が、認知症は周囲の人が辛いだけで本人は気楽な病気だと励ましがてら言ってくれたが、チャンボクは見た、ごく簡単なものの使い方が、名前が、数字が、地図が頭の中から消えていくとき、母さんの目に浮かんでいた恐怖を。孫を見分けられず、うろたえて震えていた手を。父さんはガンで死んだので、ガンの残酷さを知らないではなかったが、それでもガンを選ぶだろう。選ぶことができればの話だが。

四段重ねの弁当とおやつと果物を持って老人ホームに通いはじめると、チャンボクの体重もある程度元に戻った。げっそりとこけていた頰がまたふっくらしてきた。マーズウィルスのせいで二ヶ月近く面会ができなかったときはちょっとじりじりしたが、理解はできる。老人ホームにそんな病気が入り込んだら食い止められないのだから。徹底管理をしてくれていると思えば、一方では満足だった。幸い、母さんは母さんでもうずっと時間の感覚が崩れているので、チャンボクがしばらく面会に来なかったことにも気づいていなかった。

「お前の父さんが亡くなって間もないのに再婚なんかして、恥ずかしい」

「はい？」

久しぶりに訪ねたとき、母さんの爆弾宣言にチャンボクはびっくり仰天した。母さんが優雅な踊りを披露してホームのスターになったことは知っていたが、それにしても、再婚だなんて。何のことかと思って、面会が終わるとナースステーションに寄った。

「ああ、お母様がですね、ちょっと錯覚してらっしゃるんです。隣のおばあさんを旦那さんだと思ってらっしゃるようでね。そのおばあさんは病気がもっと進行した方なので、お話はできません。髪の毛が短いので、男の人だと思ってられるみたいですね。とにかくお二人、仲よく過ごしていらっしゃいますよ」

看護師の説明で疑問が解けた。

「ハハハ、おばあちゃん、恋がしたかったのかな？」

面会についてきた娘が悪気なく笑った。

チャンボクと家族は軽く考えていたが、母さんの恋は思ったより長続きした。妻がときどき入浴の手伝いに行って目にしたところによれば、母さんは隣のおばあさんが裸になるとびっくりしてしまうが、服を着るとまたすぐに忘れて、夫だと思うらしかった。

「お義母さんさえ幸せならそれでいいわ。あんなに優しい方なのに、お義父さんと結婚されたから、優しい気持ちで暮らせなかったんだなって思った。優しくしたい気持ちを全部、ここで思いきり出せたらいいよね」

「それはそうだけど……」

母さんがほんとうに幸福そうに見えたのは事実だ。面会に行くとチャンボクをすぐに帰そうとする。新しい夫がチャンボクに面目ないと言って他の部屋で待っているから、早く行かなくちゃいけないという。

五分で面会を切り上げさせられ、母さんに追い出されたチャンボクは、老人ホームの駐車場に降り立ったカラスたちを脅して追い払った。

「カラスなんて縁起でもない」

「父さん、そんなことないよ。親孝行な鳥なんだってよ」

「カラスが？」

「うん、親鳥を大事にするんだって」

鳥も認知症になるのかな、とチャンボクはしばし考えた。娘はときどき、かなり慰めになることを言ってくれる。アメリカでは保険に加入してないと老人ホームに入るのに三千万ウォンもかかるというから、まだしも韓国でよかったと言ってくれたのも娘だ。母さんが何度となく夜中に危機に瀕したとき、一晩じゅうゲームをしている娘が発見してくれなかったら……。最初の職場でリストラに遭い、次の職場が見つからないまま夜はずーっとゲームをしている娘を見ると、痛々しかった。しかも、そのゲームも変なものなのだ。小さなゲーム画面の中の人物にずっと、何か食べさせたり、寝かせたり、職場に送り出したり、荷物を用意してデートをしたりする、日常的な内容のゲームだ。何でそんなのをやるのか、チャンボクには理解のしようがない。娘はもうちょっと単純なパズルゲームを選んで、チャンボクと妻のスマホに入れてくれた。

「ゲームって、認知症予防にいいんだってよ」

チャンボクはハートをもらうために弟妹たちにゲーム招待メッセージを送ったが、帰ってきた答えは彼を混乱させた。

――兄さんは何でこんなことやってるんですか？

意図したわけではなかっただろうが、弟の言葉は、母さんを老人ホームに入れて何をしてるんだ、というように聞こえた。弟妹たちは内心、チャンボクが母さんをずっと家で世話することを望んでいたのかもしれない。弟は事業に失敗したので自分のことで手一杯で、妹の一人は遠くで暮らしており、もう一人は独身で身軽だ。この独身の妹が、自分が母さんの面倒を見ると言ったことがあるが、チャンボクは止めるしかなかった。

「どうして？　私は一人暮らしだから大丈夫だよ。昼間は人にいてもらって、私は遅くまでかからない講義だけやるようにすれば、早く帰れるし」

「ああ、チャンジュ。そんなこと無理だよ」

「やってみるわよ。私がお世話したら、母さんも楽でしょ」

「できないってば。うちの家族三人がみんな家にいても無理だったんだ。お前が心配することじゃない。母さんがけがするよ。事故が起きる」

簡単には納得しない妹の代わりに、チャンボクが決定を下した。正しい決定だったと、今も変わらず、後悔することなくそう思っているが、弟妹たちにはずっとわからないだろう。チャンボクは理解してもらえないだろう。

そのころ家の向かいに区立文化センターが建った。その空き地が文化センターの敷地だということは知っていたが、予算が足りないといって何年も延期されたあげく、とうとう建ったのだ。最初、フィットネスクラブが安いというので登録した。ぼちぼち通いながらよく見てみると、おもしろそうな講座がたくさんある。卓球、民謡、伝統植物画、英会話、日本語会話、中国語会話、健康ダンス、ハーモニカ、スマホ活用術……。妻がまずキルトとベリーダンスを習いはじめ、チャンボクはあの講座、この講座と一ヶ月ずつお試し受講をして、植物細密画に落ち着いた。植物細密画は背中と首がとても痛くなる作業だったが、めったにないほど心が安らかになった。チャンボクは講師にほめられる受講生になり、野山に出かけていろいろな草を取ってきては、宿題もないのに一人で描くようになった。

娘は文化センターは利用せず、その代わりゲームのジャンルがしょっちゅう変わっていった。家でうろうろする人間たちのはやめて、かなりリアリティのある銃を撃つゲームを始めた。ブルートゥースのヘッドフォンを使って、チャンボクの知らない誰かと会話しながらゲームをしている。あの子はほんとに、何をしようとしてるんだか。チャンボクはいろんな講座を勧めてみたが、娘は聞いたような聞かないようなふりをしていた。

「まっ昼間に何か習いに行くなんて恥ずかしいよ」

その気持ちもわかるような気がしたので、チャンボクは重ねて勧めはしなかった。でも残念だった。いいのになあ。こんなに、いいのに。何か学んでいると、生きた心地がするんだが。

金曜日の夜には、妻と一緒に文化センターの講堂で開かれる「古典映画解説の夕べ」に参加する。いい服を着て、ちゃんとした靴をはいていく。妻には、プレゼントしたスカーフやイヤリングをつけてごらんと勧めている。気分を盛り上げたいのだ。二人が若いときに見た古い映画をやってくれることもあれば、そんなに古くないが、忙しくて見逃した映画のときもある。

早く行けばいい席が取れる。映画を見て帰ってくるとき、風のようすで季節の変化を感じることもあった。

ある日、帰り道で妻が言った。

「福祉って大事よね」

「え？」

「福祉でしょ。介護保険でお義母さんをいい施設に入れてあげられるのも、文化センターも」

チャンボクは改めて驚いた。堅苦しく言うなら、自分は長いこと、新自由主義者として生きてきた。ずっと金融業界で働いてきたのだし。それなのに福祉の恩恵に与《あずか》っていたとは。これが福祉だとは。体験してみるまではわからなかった。

娘は、キーキー音を立てるお屋敷を歩き回って謎を解く推理ゲームを経て、チャンボクにも見覚えのある古典的なゲームを通過し、光る四角形がいっぱいにあふれてくるのに指で必死についていくリズムゲームにたどりついていた。

「あ、俺もこれ、やってみよう」

「父さん、そんなに強く叩いたら液晶が割れるよ。興奮しないで」

自分はいい。自分たちのことはもう、いいんだ。チャンボクは四角を指で追いながら思った。娘のことを考えなくてはならない。もしも将来、チャンボクや妻が認知症や他の病気にかかったら、この子一人で何ができるだろう。二人がいっぺんに病気になったら、耐えられるだろうか。そのときも国が助けてくれるだろうか。世の中はそういう方向に進んでいるだろうか。景気も悪いし、人口も減っていくのに、そんなことができるだろうか。

面接はもう受けにいかないのかい、外出ぐらいしてごらん、お前みたいないい子にどうして職場が見つからないんだろうな、それでもお前が家にいてくれて助かったよ、ありがとう、なぜすまないと思うのかちゃんと説明できないんだけど、ごめんな……言いたいことはたくさんあるが、言葉が口の外まで出てこない。

「ゲーム機、買ってやろうか？　欲しいゲーム、あるか？」

娘はええっという顔で、しばらくチャンボクを見上げた。

「いいよ。そろそろゲームも切り上げるから」

チャンボクは冷蔵庫のところへ行って、アイスキャンディーを二個取り出した。一個の包み紙をむいて娘の口に入れてやり、娘がゲームするところを後ろから、もうちょっとだけ見物した。

キム・シチョル

頑張らなかったわけではない。すごくできが悪かったわけでもない。ただ、シチョルよりできのいい人たちが多かっただけだ。いつも足切りラインに一、二点足りないのだ。その一、二点は一、二年で埋められると思っていたが、五年も持ち越してしまうと、違うかもという気がする。一、二点を加算する努力はもうやめることにした。

大きな病院を経営しているという大おじいさんは、おじいさんの腹違いの兄さんだ。この「腹違い」には特にドラマはないそうだ。単にひいおばあさんが早く亡くなったというだけ。とにかく、大おじいさんには子どものころ一、二度会っただけで、二十年近く過ぎた今になって職場のあっせんをお願いするとは思わなかった。もちろん、お願いしたのはシチョルではなく、シチョルの両親ではあったが。

「だけどすぐにいい部署には入れないよ。文句が出ると困るから、しんどいところから始めないとな」

その、しんどいところというのが解剖室だとは、ほんとに予想もできなかった。行政学科を出たのに？　カエルの解剖もやったことないのに？　初出勤の日、シチョルは青ざめたまま突っ立っていた。ときどき学生たちが自分を見て笑っているのも知っていた。コネ就職だからではなく、コネ就職なのに解剖室の技師というのが皮肉で、おかしかったのだろう。解剖学の授業で教授の補助をするのがシチョルの仕事だった。教授はシチョルをかわいそうに思って、できるだけよくしてやろうと努力してくれた。一日がどうやって過ぎていくのかもわからないぐらいだった。あるときは時間が過ぎるのがのろすぎたし、あるときは時間がばっさり切り取られて消える。しばらくすると、完全な遺体を見ることには慣れてきた。耐えられなかったのは、活用できるすべてのパーツを、使うときまで別々に冷蔵庫に保管したり取り出したりをくり返す仕事だった。シチョルは切実に、３Ｄプリンティング技術の発展を祈った。遺体に代わるものができるようにと。その願いは、シチョルが解剖室にいる間は実現しなかった。

ほとんど三年近く地下の解剖室にいた後で、地上の人事課への辞令を受け取った日、シチョルはちょっと泣いた。机がある普通のオフィス。それ以上を望んだことは一度もない。三十三歳にしてついにそれを手に入れたのだ。やきもきしていた彼女も両親も、とうとう安心した。

人事課では、他の会社の人事課と似たような業務を担当した。そんなに違いはない。ただし、卒業シーズンになると各大学の医学部やメディカルスクールに行って病院説明会をやらなくてはならない。人材獲得競争のシーズンである。説明会に力を注ぎ、プレゼンを特別に上手にやったところで、人材誘致に大きな違いが出るわけではない。まずは賃金の問題があり、年ごとに競争の激しい科が違い、若い医師たちが好む地域もあるし、病院の雰囲気や福利厚生に関する噂が陰で流れることもあった。説明会なんてきわめて微々たる影響力しかないのだが、意外にも、説明会の食事のメニューをめぐってはひそかにいろんな話が出回っていた。例えばこんな話だ。

「S病院は今回、K大学で一羽まるごとの蒸し鶏をおごったんだって？」

「蒸し鶏？　じゃあうちはカルビで受けて立とうか？」

「豚カルビ？　牛カルビ？」

「豚カルビ」

「いや、メニューに牛カルビがあるのに豚カルビを出したら、むしろ逆効果でしょ」

「A病院はファミレスだったたっていうけど」

「D病院は豪華和食弁当だったんだって」

「でもA病院って、地方のJ大学に行ったときはハンバーガーだったんだってさ。それが学生の間でまた噂になってるらしい。学校差別じゃないかって、陰口たたかれてる」

「そこの担当者、何でそんなことしたんだろう」

一食おごられたぐらいで応募者が病院を決定するはずは絶対ないのだが、病院の財政状況や待遇のよしあしがうかがえることは確かなので、食事のことは毎年頭の痛い問題だった。できるなら他の病院の人事課にスパイでも送り込みたい。シチョルは予算を組んで計画を立て、調査をした。ハンバーガーか、ステーキか、ピザか、ピザならどのブランドか……それらすべてを決めるために、ずっとまじめに取り組んだ。一生まじめに取り組めそうだと思った。大おじいさんには年に一度、御用始めの式で会えるか会えないかだが、それでも会うたびに肩を叩いてくれる。コネ就職でもよかった。長く勤めることさえできれば。デスク一つが欲しかったのだし、今やそれを手に入れたのだから、最善を尽くしたい。

そんなわけで、シチョルのデスクは人事課でいちばん清潔だった。いつだったか一度、課長がシチョルの席まで来て、他の職員たちにこう言ったこともある。

「シチョルさんの机をちょっと見て。こんなふうに使ってくださいよ。引き出しにおやつを入れっぱなしにして、虫を湧かせたりしないように」

おやつ好きな向かいの席の職員が、ちっ、と声を出した。シチョルはちょっと申し訳なかったけど、その日の午後もウェットティッシュでマウスとモニターを拭き、キーボードを掃除した。

病院説明会を二度経験したあと、長くつきあったヘリンと結婚した。結婚と同時に探した住まいは、病院のはす向かいの大規模マンションだ。チョンセ（韓国特有の賃貸形式。一九七ページ参照）だが、最初に払う保証金が高いので、分譲とほとんど差がないぐらいだ。ヘリンが社会人になったのは二十代半ば、シチョルはさらにその五年後だったので、二人の貯金は全然足りなくて、保証金を払うために銀行から融資を受けた。

「でも、ソウルじゃないからこれですむんだよ。ソウルだったらこの価格じゃ絶対住めないでしょ」

ヘリンは楽天的な性格だった。就職試験に落ちつづけたときも、想定外の解剖室で働いていたときも、ヘリンのおかげでシチョルは耐えられた。ヘリンはピアノを上手に弾けそうな指をしていたがピアノは弾けず、テニスがうまそうな外見だったがテニスの実力は全然なかった。けれども気にせず、いつも新しい趣味にチャレンジしていた。まわりを見回してみると、昨今は結婚であれ何であれ、よほど楽天的な性格でない限りする気になれないんじゃないかと思う。

二人で料理をして、新居披露をやった。シチョルの家族たちを一度、ヘリンの家族たちを一度、招待した。ヘリンの上の姉、シチョルにとっては義姉さんに当たる人がちょうどシチョルの病院に入院していたので、新居披露が終わるとみんなでお見舞いに行った。みんなこの地域の人だし、大きい病院はいくつもないのでこうなる。ゴルフ場で働く義姉さんは、何を考えたんだか木に上って落ち、骨盤をけがしたそうだ。落ち着いて見えるのに、何でそんなに自分の運動能力を過信したのか尋ねてみたかったが、まだそんなに親しくないので訊かなかった。

友だちへの新居披露もして、とても静かな生活が続いたが、ある日下の階からインターフォンが来て、驚いてしまった。

「はい、もしもし？」

「下の部屋の者ですけど、うるさいですよ」

「あっ、すみません」

ヘリンが驚いて、テレビの音を下げた。

「ふだんからすごくうるさかったでしょうか？」

「うち、病気の子どもがいるんですよ。ちょっと気をつけてください」

朝早く出勤して夜遅く帰ってくるので、すぐに入浴して寝ると一日が終わってしまい、下の階の人がうるさがっているとは思いもしなかった。シチョルは、今まで足音をドシンドシン響かせていたのかと思い、反省した。二人はその日から気をつけて歩くようにし、厚いラグも買ったし、よく使う椅子の脚にはテニスボールでカバーを作ってはかせた。朝早くシャワーを使うときは、水をちょろちょろとしか出さなかった。

だが、その次の週もインターフォンは鳴った。土曜日の昼間である。

「今、洗濯機使ってます？」

「いいえ、うちじゃありません」

「洗濯機をベランダに移したでしょ？　うるさくてしょうがないんですよ」

「いいえ、室内で使ってますよ」

そのころには、地下室で三年耐えぬいたシチョルもそろそろ腹が立ちはじめた。

「上がってきて、ごらんになりますか？」

下の部屋の夫婦はすぐに上がってきた。「失礼します」の一言もなく、ベランダに直行する。自分たちが疑っていた場所に行き、洗濯機を置いていた跡がないか調べているらしい。

「ベランダに置いてたのを、今、元に戻したんじゃないですか？」

「違いますよ」

下の部屋の夫婦はそれでも疑り深い顔で室内を見回し、軽い謝罪さえせずにまた降りていった。不愉快な経験だった。

その日ずっと、ヘリンは気分がすぐれないように見えた。そんな状態が長く続くタイプではないので、シチョルは心配になった。

「怒ってる？」

「うん。私たちのせいじゃないのに」

「子どもが病気だっていうから、どうしても敏感になるんだろう」

「だね。そういうこともあるんだろうね」

ほんとうは、下の部屋の人たちよりも、家そのものに腹が立った。築十年程度のマンションだったが、上下階での騒音以外にも問題がたくさんあった。あまりにも問題だらけなので、建築会社と入居者の間で何度も訴訟が起きているという。こういったことは不動産価格が落ちるのを恐れて隠されがちであり、シチョル夫婦もそのことは後で知ったのだった。このマンションはほとんど劇場と同じぐらい音がよく響く。上階の子どもたちが走ると電灯が揺れ、居間に接している浴室では、他の人たちが交わす会話まで聞き取れるほどだ。上なのか隣なのか、どこかで喧嘩をしている声や、愛し合う声が聞こえてくるたびに下の部屋では何歳だかわからない子どもが泣きはじめ、その子をなだめる声と、下の夫婦がけわしい言葉でやりあう声が聞こえてくる。

ヘリンが早めに帰宅し、シチョルの帰りが遅くなったある日のことだ。下の部屋の男性が何度か、上がってきたという。初めのうちはヘリンもドアを開けてやっていたが、男性がいきなり怒鳴りはじめたので、結局、居留守を使うしかなくなった。それでもずっとドアを叩いていたというのだから、シチョルがいたら喧嘩になっただろう。そしてあるときから、ヘリンの顔が不安を帯びはじめた。実際、ヘリンが楽天的で温厚な性格なのは、攻撃的な人に接する機会が少なかったおかげであり、いざ攻撃的な人に接すると、免疫がないためすぐに崩れてしまった。ヘリンは仕事が終わっても家に帰らず、病院のロビーでシチョルを待つようになった。わざわざ英語教室に登録し、教室が終わるとロビーで英語雑誌を読みながらシチョルの退勤を待った。ヘリンの仕事には別に英語が必要でもなかったのに。シチョルはそんなヘリンがいじらしく、また彼女の気持ちがよくわかった。

「僕らじゃないってことがほんとにわからないのかな?」

「だよね。私たち、敵じゃないのに」

暖房費の節約と、静かな夜を過ごすためを兼ねてベッドの上に置いた暖房テントの中で、二人で静かにスマートフォンをいじっているときだった。よりによって上階のどこかにお客がたくさん来ているようで、遅くまでざわざわと笑ったり話したりする声が途切れなかった。あの声は下の階まで聞こえるかな？　聞こえるよね？　ヘリンとシチョルははらはらし通しだった。

ドン、ドン、という音が下の方から響きはじめた。シチョルとヘリンの真下に、振動が感じられる。間隔は不規則だった。それはちょうど、天井に向かってバスケットボールか、何かずっしりしたものをぶつけているような音だ。その音にところどころ、罵声がまじって聞こえてくる。

ヘリンがそっと泣き出した。シチョルが服を着て下の部屋に降りていこうとすると、ヘリンが引き止めた。

「引越そう」

「え？　六ヶ月も住んでないのに？」

「でも、もう無理だよ。仲介手数料も、引越し代も、惜しくないよ。引越そうよ」

「……わかった。そうしよう」

二人は近寄って横になった。半分は抱き合って寝て、暖房テントに入ってもまだ冷たい足を重ね、スマートフォンで想定外の費用を計算してみた。

「でも、買ったわけじゃなくてほんとにラッキーだった」

ヘリンの言葉に、怖い顔をしていたシチョルはくすっと笑ってしまった。

「ラッキーはよかったね」

「こんな家を買っちゃった人はどんなに悔しいでしょうね？」

「だよなあ」

シチョルは空気が澱んでいると感じた。ボイラーをつけても熱が全部外に散ってしまうから、こんな暖房テントなんか張って暮らさなくてはならない。起きてテントをたたんでしまいたかったが、ぐっとこらえた。それより、ちらっと眠りかけたヘリンを起こして訊いてみたかった。僕らもあんなふうに変わってしまったらどうしよう？　まるで見当外れな相手にあたりちらすような人間になってしまったら？　世の中は不公平で、不公正で、不合理だ。その中で僕らが疲れ果てて、あんなふうになってしまったら？

「違うって、言ってくれ」

「ん？」

「変わらないって」

「うん」

ヘリンが夢うつつで答えた。その顔からは涙の跡が消えている。シチョルは眠れなかった。

出勤までの時間を計算してみた。計算すればするほど眠気が覚めていく。

上の部屋の誰かがまた大声で笑い、下の部屋の誰かがまたドンと天井を打つ。シチョルはテントからやっとのことで這い出して、ベッドスタンドからイヤホンを二個取り出した。睡眠アプリを開いて、寝ているヘリンの耳にはめてやった。静かな音楽と水の音が流れるものだったが、ヘリンはうるさそうに首をよじった。だが、また起きてしまうよりましだろうと思いながら、シチョルはそっと手を離した。シチョルもイヤホンを耳に入れて横になった。水の音はあまり気に入らない。また画面を開き、さまざまな項目の中から「都市のホワイトノイズ」を選んだが、何だか笑えてしまった。騒音の中に住んでいるのに、騒音を選ぶなんて。

ホワイトノイズは優しかった。攻撃性が除去されたノイズだった。

イ・スギョン

定期検診みたいだよね、こんなにしょっちゅう来てるなんて。スギョンはその日、そこにいる自分自身についてしばし自嘲的に考えた。産婦人科の待合室である。友だちは妊娠中絶手術を受けており、スギョンは雑誌をめくりながら待っていた。もう四人目だから、慣れている。

友人たちは、こういうときにスギョンに頼みに来る。怯えているときだ。世の中のどこかには、女が中絶手術を受けなくてはならないとき一緒に病院に行ってくれる男もいるんだろうけど、スギョンの友人たちはそういう男性とつきあうことができなかったのだ。それでスギョンが代わりを務めている。だからといって、スギョンのやることは別にない。行って、待っていてやり、連れて帰る。困難なときに思い出す友、信じられる相手と思われているのは悪くないことだ。けれども、四回目ともなるとスギョンもさすがに複雑な気分になる。

避妊はそんなに難しいことではないし、スギョンのまわりの人たちは避妊よりはるかに難しいこともさっとやってのけるのに、こんなにしょっちゅう避妊の失敗があるなんて……文化的な問題があるに違いない。性教育が貧弱なせいだろうか？　カップル内のパワーバランスの問題なのかな？　お酒のせい？　成人向けコンテンツが編集過程で避妊シーンを省略するから？　何年かごしで考え中だけど、正解が見つからない。まさか、みんな避妊をすっかり忘れてしまうほど情熱的な前戯を楽しんでいるのか？　そんなはずはないよね。

スギョンは幸い避妊に失敗したことはなかった。その点では徹底する方なのだ。コンドームを好んで使う。今までコンドームが破れるなどの不運に遭遇したことはない。経口避妊薬に敏感な体質なのでそれは使えない。飲むと毎晩ひどい吐き気がする。楽しい十五分のために毎晩吐きつづけるわけにはいかない。その上、性病予防も考慮しなくてはならないし。いつだったか、元彼が「元気か？　ところで俺、淋病だって。君も検査受けてみて」というメールを送ってきたことがあって、以来いっそうコンドーム信奉者になった。

ポリウレタン。

ポリウレタンはすばらしい素材なんだから。ほんとは、友だち全員にポリウレタン製のコンドームを手渡してやりたいくらいだ。コンドームのせいで快感が鈍るとか言う人たちもいるけど、ポリウレタンのコンドームは厚さ〇・〇一ミリだ。素肌との差がそんなに出るはずがない。次世代コンドームはひょっとすると小数点以下三けたの厚さになるかもと、驚異の念とともに注目しているところなのだ。やっぱり人類は科学に助けられている。

スギョンはコンドームを自分で買う。ドラッグストアのセールのときにも買うし、手に入りにくい新製品は通販で買うこともある。このようにスギョンがコンドーム好きなので、スギョンの恋人たちも、コンドームを選ぶにも楽しみがあることを学ぶ。笑えないハプニングもあった。最近引越しをしたのだが、スギョンが好きなトカゲのキャラクターのついたブリキの貯金箱に入れておいたコンドームが散らばってしまったのだ。何とも思わず拾い集めていると、彼氏が見つけてびっくり仰天した。

「俺は日本製のしか使わないのに、このアメリカ製のは何だよ？　誰と使ったんだ？」

笑うタイミングではなかったのだが、そのときスギョンは吹き出してしまい……最後はちゃんとなだめたが、彼氏があんまりふくれっ面をしているので冷や汗をかいてしまった。すまないとは思ってない。スギョンは謝る必要のないことに謝るタイプではなかった。こういった判断力は誰にも習わず、自分で身につけたものである。とにかく、大韓民国の性教育の実態が惨憺たるレベルにあることは明らかだ。羞恥心を持つべきときに持たず、持っちゃいけないときに持つように、間違って教えられている。ポリウレタンの祝福を受けられなかった国なんだ。歌でも作って歌うべきかも。コンドームは私の友だち、コンドームがあれば怖くない、と。

病院の雑誌は古すぎる。スギョンはいやいや見ていた雑誌をソファーに置いた。雑誌が古いと、すばらしい商品もみすぼらしく見える。スギョンは背中をソファーに深々ともたせかけて、家に作って置いてきたわかめスープ（韓国では昔からわかめスープが滋養によいとされ、産後や、誕生日に飲む習慣がある）のことを考えた。友だちが回復室から出たら、タクシーを呼んで乗せ、すぐに連れていくつもりだった。二人は温かいスープを飲み、友だちは今日スギョンの家に泊まるだろう。ボイラーの運転開始時間も予約しておいた。

回復室から出てきた友だちは注意事項を聞き、薬局に寄り、ちょうど来たタクシーに乗りこんで憂鬱そうな顔をしていた。こんな不要な経験を一人でするのは憂鬱だろうな、とスギョンは心の中だけで思う。人間には一定の時点まで起きなかったことはずっと起きないと信じる傾向があるが、友だちもそうだったのに違いない。

「どんな顔してたかな」

「顔も何も。十グラムにもならないんだよ。ちっちゃい魚みたいなもんよ」

「私、ずっと気になるだろうな」

気にするのは友だちの分担だと思う。スギョンが最優先すべきことは友だちの体、友だちの選択、友だちの人生だ。それについて異議を唱える人に対しては、中世の騎士さながらに槍を掲げて駆けつけ、ぶつかっていく覚悟があったが、スギョンにしてやれることには限界がある。ただ、その憂鬱さが、ずっとマスコミから注入されてきたことの結果でないことを祈るのみだ。

家に着くと友だちにいちばん楽な椅子を出してやり、向かいの肉屋に行って生ハンバーグを買ってきた。芽が出る直前のジャガイモでポテトサラダも作ることにした。母さんが送ってくれたジャガイモだ。

「私たちの母親世代がものすごくいっぱい中絶手術受けてたって、知ってる?」

二個口のガステーブルの一個でスープを温め、もう一個でジャガイモをゆでるお湯を沸かしながら、スギョンは言った。

「そうなの?」

「結婚後にやる人が多かったんだってよ。うちの母さんも私が生まれる前に一度、生まれてから一度、やったって」

「何で?」

「生活が苦しいとか、お父さんが信じられなかったとか、息子を産めって言われたとか……訊くたびに理由は違ってたけど」

「なるほどね」

「私も去年、あんたと似たような手術したんだ。子宮にポリープができてて。私のポリープの方が大きかったはずよ。それとほとんど同じ、簡単な手術だよ」

「そうなのかなあ。私、あの人と結婚することもありえたんだよね。結婚して、産んで、育てて」

「その状況で? えー」

「別れることになるのかなあ?」

「わかんないねえ」

「普通はこういう場合、別れるのかな？　時間が経ってからかな？　それともすぐに？」

「そんな統計はないと思うなあ。カップルが中絶手術をしました。その後は？　別れたでしょうか、末長く仲よく暮らしたでしょうか？　そんなこと誰も訊かないじゃん。それより、今後もちゃんと避妊しようねっていう合意がとれないんだったら、その関係はちょっと見込みがないんじゃないの、とは思うけど」

ちょっと断定しすぎただろうか、友だちの顔が若干赤くなった。そんなに自信がないのかな。これからも不確実な避妊に頼りつづけるような、投げやりな関係なんだろうか。

「信じられないなら薬を飲むとか、薬を体に入れとく方法もあるよ」

「そうね。そうしようかな」

「あのお医者さん、親切らしいから、聞いてみ」

炊飯器が音声ガイド機能でしょうもないことを言いながらご飯を炊いてくれた。友だちは、家から持ってきたふかふかのパジャマズボンをはいてもまだ寒そうだったので、スギョンは毛布を一枚出してかけてやった。

「毛布もトカゲなの？　あんた、ほんとにこのキャラが好きなんだね」

「トカゲだけど、男の中の男、紳士の中の紳士なんだよ」

「そう？　何に出てるの？」

「童話の本もあるし、アニメにもなってるよ」

スギョンがじゅうじゅう音を立ててハンバーグをひっくり返したとき、友だちはちょっと眠りかけていた。料理が冷めても寝かせておくか、起こして食べさせるか、スギョンはちょっと悩んだが、結局起こすことにした。わかめスープは透明に仕上がったけど別においしくはなく、ご飯はちょっと柔らかすぎ、ポテトサラダは単にポテトサラダだというだけの味だった。冷やしてあればまだよかったかもしれないが、冷やす時間がなかったので。出来合いのハンバーグだけがおいしかった。スギョンは友だちにもう一個やった。

「え、何で食べないの。そういえば、ちょっとやせた?」

友だちがやっと気づいた。

「フェイスラインの注射、したからさ」

「あ、そうなんだ。どうだった?」

「たった五万ウォンで顔は細くなったけど、一ヶ月に生理が三回も来ちゃって大変」

「え、そのせいなの?」

「だから毎日お肉食べてたの。そういえばあんた、肉、嫌いだったっけ? 家で犬飼ってるよね? 動物愛護家だからベジタリアンかな?」

するとと友だちはまた顔を赤くして答えた。

「私、肉いっぱい食べるよ。犬も私も、肉は好きだよ」

友だちは家にいる犬と、犬と一緒に夕食をとっているはずの両親を思い出したようだった。

スギョンがまず自分の家に連れてきたのもそのせいだ。スギョンは音楽を聴くことにした。小さい壁掛け式のブルートゥースのスピーカーで。しばらくすると彼氏から友だちに電話が来たので、二人が話せるように、スギョンは席をはずしてやった。狭い家なので、はずすといってもたかがしれているが。

電話が終わると友だちは、本棚にあったトカゲの絵のついた缶をつまみ、食卓の上で音楽に合わせてダンスをさせた。トカゲの貯金箱は空だった。宝物はもう別の場所に移してある。

「統計のことだけど……」

スギョンが切り出した。

「何の統計?」

「九十五パーセントの女性が、後悔してないってよ。何年か後に訊いてみたんだって。そしたら、自分の決定を後悔してる人は五パーセントしかいなかったって」

「どこで見たの?」

「インターネット」

「いい統計ね、それ」

「いい統計でしょ」

「けど、私がその五パーセントだったらどうしよう?」

「そうねえ」

「それ、どうやったらわかるのかなあ」

「わかるとしても、何年か経たないと」

「わかったら、あんたに教えてあげるからね」

「うん」

たぶん、教えてくれないだろう。スギョンも忘れるだろうし、訊かないだろう。何年後か、お互いの目の中に、今夜のことを連想させるものを見つけたとしても、見えなかったふりをするだろう。何でもないことは何でもないことらしく、忘れなくては。

「外に出たいな」

「寒いのに?」

「大丈夫だよ」

二人はしばらく歩くことにした。ずっと工事中だったが完成したばかりの公園に行った。遅い雪が降ってきた。歩いていくと、橋脚の下にさしかかった。歩いてきた道にも、この先の道にも雪が降りしきっていたが、橋脚の下の二人が立っているところだけは地面が乾いている。ちょうどそこだけ魔法のように雪がやんだみたいで、前後の雪のカーテンがあまりに美しく感じられた。雪があまり降らない年だった。二人は子どものようにほっぺたを赤くして、黙って立ち止まった。

「ここ、すてきだね。まるで……」

友だちはぴったりくる言葉を思いつけなかった。

「舞踏会場？」

セメントのアーチがほんとうにそんなふうに見えた。スギョンの突拍子もない答えに友だちが笑い、スギョンはお構いなく、二人が子どものころ習ったフォークダンスを踊りはじめた。運動会のときに無理やり踊らされたダンスだが、そのときは違って感じられた。友だちもスギョンに合わせて踊った。

雪と雪の間で子どものように手をたたき、くるっと回ってから、お互いを抱きしめた。

ソ・ヨンモ

父さんが入院していた病院で、アルバイトを募集していた。そんな仕事があるとも知らなかった種類のアルバイトだ。近所の先輩が推薦してくれた。

「一日じゅうベッドを押して歩くんだぜ。二ヶ月もやってりゃ腕の筋肉がすぐつくよ。ジムなんか必要ない」

それは冗談ではなかったようで、初日に会った患者移送係はみんな、腕と肩だけはみごとだった。筋肉が発達しているせいか、またはそれが粋だと思っているのか、みんな空色のユニフォームの袖をぐっとまくり上げているので腕の筋肉がぎゅっと締めつけられている。その上、休み時間にも腕立て伏せなんかの運動をせっせとやっているので、見ていて感心してしまう。勉強ばっかりしてきたヨンモは、たるんで色白な自分の体が照れくさかった。幸い、数十人が際限なくローテーションするシステムなので、お互いよく知らないし、ヨンモに目を留める人もいないから、気まずい思いをしたことはない。学校に行かなくてはならないので平日の夜間に一度、土日の夜間に一度の二日だけのバイトだ。やることは、コールを受けたら患者を検査室まで移送し、検査室で補助が必要なら補助し、検査が終わったらまた患者を病室まで連れていくことだ。コールがひっきりなしに続くこともあるし、検査が長引くと途中で他のコールも受けなくてはならないので、大忙しだ。

力だけ出せば済む仕事ではない。ベッドを動かすこと自体も大変だが、滑りやすい病院の床でカーブを切ったり、傾斜で力の調節をするには技術が必要だった。最初は技術がないので力で乗り切ろうとした結果、何日もうんうん唸ることになった。家庭教師のアルバイトもやっていて、時給計算ではそっちの方がはるかによかったが、仕事自体は患者移送係の方がおもしろい。空色のユニフォームを着た血液細胞か何かになった気分だ。マーチに合わせて踊りながら進む、学習マンガの中の細胞みたいな感じ。体を動かすと頭も刺激を受けるので、それもいい。夜中じゅう病院の廊下を行き来するうちに、ヨンモの頭にはいいアイディアがいっぱい浮かび、たまっていった。とうとう大学の初の学期だ。アイディアを具体化する能力はまだないけれど。

父さんは、自分のせいでヨンモが建築に関心を持つようになった、それしか見たことがないからそうなったと自分を責めているようだったが、実際は違う。いろいろと小さなきっかけはあった。例えば、中学生のとき「自分が住みたい家の模型作り」で賞をもらった経験とかだ。他の子たちは四角に四角をつなげただけだったが、ヨンモは、屋上で雨水を集め、壁面を庭に活用する、水槽みたいでもあるし楽器みたいでもある家を作って持っていった。

「お前は建築家だなあ」

先生の言葉に、ヨンモは笑った。

「模型が上手に作れたって、本物の家も作れるわけじゃないでしょう」

先生は笑わなかった。

「絶対じゃないが、可能性はけっこうあると思うけど？」

ヨンモの模型の家は、学期の間じゅうずっと中央玄関に展示されていた。家族に自慢してもよかったのだが、しなかった。自分が誇らしく感じているだけでいいというような気持ちがあった。しかも、学期が終わったとき家に持ち帰ることすらしなかった。

「これ欲しいな。かわいい」

ちょっと好きだった女の子がそう言ったので、あげてしまった。これぐらいならいつでも作れるから。

それからまた、母方のおじいさんの家の改築工事が、ヨンモに大きな影響を与えた。ヨンモはおじいさんとおばあさんが大好きだったが、田舎に行くのはいつも気が重かった。古い農家の家は、秋でも鼻が凍るぐらい寒かったし、壁紙の模様とカビの見分けがつかないぐらいで、水道設備もひどかった。お風呂に入りたければ毎回公衆浴場に行かなくてはならないし、用足しは地面に掘った穴ですませ、後で石灰をかけるのである。ヨンモは一九九七年生まれだ。現代的な衛生施設のないところで生活したことがほとんどない。祖父母が大好きなのとは別に、田舎の家に着くともう家に帰りたくなった。

問題は、おじいさんおばあさんの健康が悪化してからだった。これ以上、そんな家で暮らしてもらうわけにいかない。家を建て直すために母さんのきょうだいはお金を集めたが、経済状態が経済状態なので大したお金は集まらなかった。そのときヨンモが、建築雑誌で見た若い建築家グループのことを思い出した。使わなくなったコンテナを再利用して、低価格で美しく、便利な農家用住宅を作っている人たちだ。本屋さんで立ち読みした雑誌だった。バックナンバーを探して母さんに見せてあげると、年長者たちに相談するまでもなく賛成してくれた。ヨンモは両親と一緒に毎週、おじいさんおばあさんの家に行った。古い家が壊され、新しい家が建つまでにはさほど長い時間はかからなかった。父さんの目を逃れて工具の使い方も習った。楽しかった。おじいさんとおばあさんは、思ったよりはるかに前衛的なデザインに最初はめんくらっていたが、すぐに慣れた。暖かくて清潔な家が嫌な人はいない。

そんな経験が重なり、増幅して、ヨンモが進路を決定する際の重要な要素になったのだ。

「大企業に入って大きな仕事をしたくないのか！」

父さんはよくそんなことを言うが、ヨンモは初めからそういう人生を望んでいなかった。最近は誰もが大きな会社で一生働けるわけではないのだから、最初からすきまを探した方がいい。美しいすきま、ヨンモのためのすきまがどこかにはあるだろう。小さな家を建てたい、とヨンモは思った。

だからある夜中、患者を検査室に連れていって待っている間、待合室のテレビに一人のヨーロッパの学者が出てきて、韓国の建築について話しているのを聞いたときには、笑ってしまった。教育チャンネルの番組で、何かのフォーラムのために来韓した際に行った講演の録画を流していたのだ。はげ頭にあごひげをもじゃもじゃに伸ばし、毛玉のできたセーターを適当に着た学者は、言った。

「韓国は好きです。人は親切だし、食べるものもおいしいし。でも建築は……建築はちょっとね……プッ！」

最後にプッと吹き出した音に実にいろんな感情がこもっていて、共感するしかなかったのだ。誰もいないベンチで、ヨンモはよく知らない外国の教授と一緒に吹き出した。プッ！　ほんとですよね、吹き出すしかない。彼の話は、韓国に美しい建物がないという意味ではなかった。問題は、普通の人たちが暮らす普通の空間が、美しさも生活の質もほとんど考えずに建てられていることだった。かっこいいランドマークがいくら増えても、ほとんどの人が資本主義の浅薄さと醜悪さを体現したような空間で暮らしているとしたら、その弊害は他の領域にも広がるだろうと彼は言った。最後に慰めるように、韓国は変化が早い国だから、すでに変化は始まっているようだとつけ加えはしたが……。あの人はソウルやその他の大都市だけを見たのではないだろうか？　中央から離れたらまた、どんなに殺風景か知れたものではない。

ヨンモは壁に頭をもたせかけて、目を閉じて考えた。冷たく、ざらざらした壁に後頭部が触れて気持ちが悪い。際限なく続くベージュ色のマンションと、まがまがしく古ぼけた赤レンガの集合住宅群。その中間のどこかに、ヨンモが探している場所があるはずだ。ヨンモのすきまがあるはずだ。でたらめに増築された病院の、しょっちゅう構造が変わる迷路のすみからすみまで歩き回ることには一種の学習効果があった。ここが僕のダンジョン。このダンジョンを通過すれば、と深夜ヨンモは一人つぶやいた。

日が昇り、あと少しで退勤というとき、あいさつを交わすようになった患者移送係の人が声をかけてきた。

「今日はこの後、どうしてます?」

「いつですか?」

「夜の遅い時間帯」

「何も予定、ないです」

「あ、それじゃ、みんなで集まるんだけど、来ませんか?」

ヨンモは家に帰ってちょっと眠り、午後の授業を聞いた後、夜に約束の場所に行った。移送係だけが集まっているのかと思ったら、インフォメーション係の職員もほぼ全員来ていた。つまり、病院でいちばん若い男性の集団と、いちばん若い女性の集団が集まっていた。この二つのグループの若々しさは、ふだんは目立たない。誰も患者移送係をまともに見ないし、インフォメーション係は主に声だけの存在である。それが、ともかくもお互いを発見したというわけだな。大学でもこれと同じことを学びつつあった。若い身体どうしが互いに惹かれ、互いを発見するということ。

ヨンモは黙って座っていた。恥ずかしがり屋ではないが、知らない人たちばかりなのが困る。退屈に任せて手が動き、ナプキンを折り、白鳥ができた。

「あ、私にもそれ、作って」

向かいに座った女の人が言った。

「お二人さん、仲よくするといいよ、ジウンさんも大学生だから。休学中だけど」

その隣の人が口を出した。

ジウンもその場になじめず、退屈しているように見えた。みんなの親しげなムードにすぐ溶け込めるほど、長く勤めてはいないらしい。

「いつから働いてるんですか？」

ヨンモが尋ねた。

「あ、先月からです」

「僕も似たようなもんです。休学は、どうして？」

「たぶん戻らないかも」

「どうして？　何年生だったんですか？」

「三年の二学期までは行ったんだけど……」

「それ以上はやりたくなかった？」

「うん、好きじゃなかったんです。他のことをやりたくて」

「例えば？」

「声優の試験、受けたいんだけど……だめですかね？」

「いや、声、かわいいですよ」

するとジウンは笑った。ヨンモが大人女性をこんなふうに笑わせたのはほぼ初めてだと思う。やがて王様ゲームが始まった。大人のゲームだ。ヨンモは、もうほんとに未成年じゃないんだなと少し不思議な感じがしたが、すぐに慣れた。二人の間の雰囲気を読んだのか、勝った人がジウンに命令した。

「ヨンモのほっぺたにチュッてして」

ジウンは、こう？　と言ってヨンモの顔に手を当てた。弟にでもするようなキスだったので、ヨンモは何となく物足りない。ジウンの乾いた暖かい唇が頬に触れて、離れた。

「わー、赤ちゃんみたいな肌だ。毛穴がないよ」

ジウンがヨンモをからかう。

集まりが終わって散会になると、帰る方向は違っていたのだがヨンモはしばらくジウンと一緒に歩いた。

「電話番号教えてもらっていいですか?」

「ううん、だめ」

「残念だなあ」

ヨンモは何か言いたかった。ジウンの記憶に残るようなことを。

「初め好きだったものをずっと好きでいられなくなっても、また次のものが見つかればいいですよ」

実は、ヨンモもそう言いながらよくわかっていなかった。すごく好きなこと、やりたいことがある人は、自分がどんなに幸運かあんまりわかっていないことがあるから。

「ありがとう、そう言ってくれて」

ジウンは振り向くと、ほら、というような表情を浮かべ、こんどは弟にするみたいではないキスをヨンモの唇にしてくれた。そして、もうついてこないでというように手振りをするとまっすぐ歩いていった。ヨンモはジウンの後ろ姿を見ながらしばらく立っていた。

ヨンモのファーストキスだ。胸の中で白鳥が百羽、いっせいに水面を蹴って飛び上がるような音がした。

僕たちはまた出会うよね。ヨンモは半ば信じ、半ば信じられないような気持ちでそう言った。

イ・ドンヨル

ドンヨルは毎日自転車で通勤していた。もともと誰のものだったかわからない古い自転車だが、官舎を案内してくれた職員が乗ってもいいと言うので、乗りはじめた。官舎も刑務所から自転車で十分の距離である。歩くと二十五分ぐらいかかる。サドルの高い、古い自転車だったが、とても助かった。毎日往復五十分も歩かなくてはならなかったら、うんざりしてしまっただろう。重たい自転車に乗って心も軽く通った。

「刑務所って怖くない？　危なそう」

ドンヨルと同じく公衆保健医（法律に基づき、農漁村・島嶼部の保健所や刑務所など特定の場所で公衆保健業務に携わる医師。三年間働くことによって兵役に充当することができる）をしている同期生に、電話でそう言われた。そいつは江華島《カンファド》の、船にしばらく乗らないと行けない小さな島の保健所に勤務しているのだが、かなり寂しいらしい。週末には何としてでも陸に上がろうと努めていたが、波風が強くて出られないことがよくあると言った。

「思ったより怖くないよ。ちょっと険悪なムードになっても、刑務官がすぐに割って入ってくれるし、機動巡察隊がほんとに、鬼みたいに素早く現れるんだ。どこにいたらあんなにさっと出てこられるんだか、わかんないよ」

「そうか。俺も刑務所の方がましだったかな？　ここは退屈すぎてさあ」

「でも、携帯使えるだろ。こっちは持ち込みもできないんだよ」

「俺の電話、拒否してるのかと思った。それじゃ連絡とるのに苦労するだろ」

「おかげで時間が余るから、職員用のジムで運動ばっかりしてるよ。在所者ものすごく運動するんだ。一緒に体、鍛えてるよ」

「ハハ、立派だね」

　同期生には大ざっぱにしか話さなかったが、実はドンヨルはとても忙しい。出勤すると、診療室のデスクにあちこちから病気だと訴える報告書が百枚近く来ているからだ。ここは大きな刑務所ではなく五百人しかいないのに、報告書が百枚だなんて。それじゃ疾病発生率が二十パーセントにも上るということなのか、初めのうちは見当もつかなかった。今では報告書だけ見て、ほんとうに病気なのか、仮病なのか見抜けるようになった。

　死ぬ一歩手前みたいな細かい報告書を上げてくるのに、いざ診療となって管区に連れてくるとぴんぴんしている在所者が一人二人ではない。何か目的があって病名をでっち上げているのだ。狭い部屋から出て足を伸ばしたいという単純な理由もあれば、職員に会って、物品の不足など困りごとを解決したい場合もある。医療記録を裁判に利用しようとしていることも多いし、環境のいい医療棟に移るか、外部の病院に診療を受けに行って外の風を浴びたいという者もいる。それぞれの目的は隠したままで執拗に、くり返し、病名を変えて報告書を上げてくるので、ほんとに病気の人は誰なのか突き止めるのに多大なエネルギーを要するが、狼少年のような在所者の名前を暗記してからは、ドンヨルも多少うまくやれるようになった。

まず、鎮痛剤、湿布薬、水虫薬など一般的な医薬品で対処できる患者に指示を出し、毎日三十人ぐらいは直接診療する。既決囚の巡回診療をして、その次に未決囚を見る。地域に拘置所がないため、未決囚は刑務所の別棟に収監されていた。五百人のうち三十人前後が女性だが、ドンヨルの担当ではない。女性棟では科長と女性看護師が別に診療を行っていた。

風邪と皮膚病が多かった。夏には結膜炎が、冬には凍傷が増える。刑務所の外ではめったに見られない疥癬《かいせん》も三回流行り、広がりを食い止めるのに苦労した。みんな熱心に運動するので整形外科疾患が絶えなかったが、そうまでして鍛えた体で殴り合って、傷害が発生することもときどきある。映画みたいに毎日流血沙汰があるわけではないけれども。

いちばん手を焼くのは不眠症と精神疾患だ。向精神薬は処方できないので、症状のコントロールが難しい。外部からボランティアで来る精神科専門医にサポートしてもらえなかったら、もっと大変だっただろう。精神科、眼科、泌尿器科の医師がボランティアに来ていた。ドンヨルはよく、人間の善意と悪意について考えた。罪を犯してここに来る人もいる一方で、ボランティアをしに来る人もいるのだから、人間とは実に複雑な存在だというしかない。科長が女性棟の話をしてくれるたびに、在所者五百人のうち四百七十人が男性だということは医学的・科学的に説明可能なのだろうかと悩む。携帯がないので、休み時間にもそんなことを考えて過ごす。

ドンヨルは意図的に、事件の概要を照会しないことにしていた。患者への先入観が生じるかもしれないからだ。コンピュータですぐに見られるのだが、できるだけ見ないように努力している。

「あれ、先週の外耳道炎の患者、何で診療申請をしてないんです? 治療を続けないともっと悪化するのに」

慢性外耳道炎のため、外耳道がかさぶたや膿でいっぱいの患者だ。治療をやめるべきではないのに、診療申請もしていないし、刑務官を通してまた来るように言っても拒む。理解できなくてこぼしていると、看護師が当然だというように言った。

「死刑囚ですもん。死刑囚が診療申請することはほとんどありません。先週治療に来たのは、ほんとに痛くてがまんできなかったからでしょうね」

その通りだった。非常に高齢の死刑囚がいたのだが、毎年実施する健康診断も拒否しているし、診療申請も絶対にしない。そうこうするうち病気になったとき、職員の一人がドンヨルに、ちょっと寄ってみてくれと頼んできたのだ。わかったと言ってその部屋を訪ねてみたが、部屋に入ることもできなかった。寝たままで大声で怒鳴りちらしており、その勢いに押されてしまったのだ。

「……じゃあ、今日は休んでもらって、明日また来てみます」

「来るな！　消えろ！　さっさと失せろ！」

死刑囚は出ていくドンヨルの後ろ頭に向かって罵声を浴びせた。発作でも起こしたらいけないと思っていったん退出したのだが、折悪しく老人はその夜、死を迎えた。夕食を食べた後、急に息ができなくなり、救急室に移送され、深夜に息を引き取った。国立科学捜査研究院の解剖結果では、窒息による死亡と判断された。気道に入った食べものを吐き出す力がなかったという。食べものも吐き出せないような状態なのにあんな大声を出していたのか。うっかりしていた。無理にでも診察すればよかったとドンヨルはしばらく自責の念にかられた。かつて人を殺した人間だし、もしかしたら二人以上殺した人間だが、ドンヨルにとってはただ患者であるのみだ。

在所者の健康に国が責任を持つということ。極悪非道な殺人者であっても刑務所内で病んだり、死んだりするのを放っておかないということには、どこかドンヨルを安心させるものがあった。人々の目が届かないところでもシステムが機能しており、少なくともぎりぎりの線では人権が実体を持っているという点で。刑務所の在所者には法律上、医療保険が適用されないため、健康保険料も払っておらず、保険の恩恵の外にいる代わり、すべての医療費は法務部の予算によって支払われていた。診療の一切が保険適用外だが、それらの費用はすべて国が出してくれるのだ。それを悪用してぎっくり腰や痔を治そうと、大げさに訴える在所者に悩むこともあったが、そんなことをする余裕がある方がましだ。

「どうやら私は、二番目に会えそうにないですね」

慢性心不全のため、最近いちばん頻繁に診療を受けに来る在所者が言った。

「二番目の子どもにですか？　ちょっと大きくなったら面会に来るでしょう」

ドンヨルは患者の全身のむくみが気になり、どう治療すべきか悩んでいたので、適当に答えた。

「生まれて間もないんです。でも、病気が重いらしくて」

「あ」

「私が死んでも、その子が死んでも、会えないわけですから」

同情したわけではない。このごろ感じる感情には、簡単に名前をつけることができなかった。青少年を残忍なやり方で殺した男が、病気のわが子に会いたがっているとき、腹の中では何かぬめぬめしたものが、ドンヨルの意志とは関係なく動いているようだった。そんなぎこちない居心地悪さは、感情というより消化不良に近い。初めの何週間か必死で消化しようとしたが、今ではドンヨルもそれは不可能だとわかっている。たぶん、公衆保健医期間が終わってここを離れても消化できず、何年も過ぎてやっと消化しきれるのだろう。ドンヨルは動揺に負けず、ただ在所者が刑期をまっとうできる環境を作るために心を砕くのみだ。

たった一度、爆発したことがあるにはあった。建設会社の社長が贈収賄で入ってきたのだが、入所直後の診療で、自分は認知症なので、大学病院に入院させてくれと要求してきたのだ。持参した診断書を見ると、検察の調査が始まって以降、何としてでも刑を免れようとして、大学病院に入院してありとあらゆる検診を受け、その中からようやく「軽度認知障害と推定」というのを拾い上げたらしい。軽度認知障害は学界でも、積極的に治療すべきかどうかをめぐって論議があるほどで、入所するや否や厚顔無恥にもそんな要求をするとは、呆れてしまう。ドンヨルは疲れそうだなという予感とともに、要請を拒否した。

翌日からその入所者は、ありとあらゆる症状をでっち上げては毎日報告書を提出した。職員の話では、午前中は診療を要請し、午後はずっと接見室で弁護士とゆったり過ごしているという。ニュースに出てくる、いわゆる「皇帝接見」（大企業のトップなど経済犯が収監された場合、接見時にも特権的な扱いを受けるようすを指す）なのだ。ドンヨルは彼の要請を無視しつづけたかったが、そうすると他の人が困ることになるので、ときどきは受け入れていた。

「先生、私、幻聴があるんです」

「どんな症状ですか？」

「耳からピーッというすごい音がするんです。大学病院に行かせてください」

「それは幻聴じゃありません。耳鳴りです」

ドンヨルは冷たくそう説明し、耳鳴りの薬を処方して追い返した。それなのに次もまた幻聴だという報告書を上げてきた。巡回診療のときに行ってみると、耳鳴りと幻聴の違いを勉強したことはしたらしく、こんどはほんとうに人の声が聞こえはじめたと大げさに言う。

「どんな声が聞こえるんです？」

「私が賄賂を渡した公務員が自殺したんですが、その人の声が聞こえるんです」

そう言う本人の顔には罪悪感のかけらもなかった。微笑さえ浮かべた恥知らずなその姿は、あまりにもおぞましかった。ドンヨルはふだん、これぞ悪人の顔なんていうものは存在しないと思っていた。在所者たちがどんなに平凡な顔をしているか知ったら、外の人たちは驚いてしまうだろうと思っていた。だがそのとき、笑いながら死について話すそいつの顔は違っていた。ドンヨルはようやく悪人の顔とはどんな顔か理解し、いつまでもその顔を覚えているだろうと思った。体が震え、歯がカチカチ鳴った。

「嘘をつくな、この、クズ野郎！」

立ち上がって怒鳴ってしまった。その男は平然としていたが、診療を補助していた刑務官はビクッとした。一人は二十代中盤の看護師、もう一人は五十代に入ったばかりの看護助手で二人ともベテランだ。それまで険悪な事態がなかったわけではないが、ドンヨルが二人の前で大声を出したのはそのときが初めてである。

「息子をアメリカ留学させてるんですが、私がここにいることは知らないんです。ちょっとしたら韓国に帰ってくるんで、その前には病気保釈で出たいんですよ」

若い医者一人ぐらい、自分の思い通りにどうにでも丸めこめると思っているのだろう。そいつはにやにや笑いながら、怒っているドンヨルにそう言った。ドンヨルはその後も、相次ぐ診療申請を拒否しつづけたが、そいつはどんな手を使ったのか、弁護士を通して他のルートで病気保釈を勝ち取った。それも何ヶ月かだけで、結局また捕まって入ってきた。戻ってきた後は、ドンヨルに直接申請することはなかった。どんなことでも弁護士を通して、医療課ではなく他の部署に要求し、欲しいものを何でも手に入れていた。皇帝接見もそうだし、領置金で他の在所者を操って楽に過ごしている。刑務所の中でも外の世界での権力がそのまま反映されているのが苦々しかった。

最後に彼を見たのは、売店で鶏もも肉にかぶりつきながら、片手に本を持ってぶらぶらしているところだった。ドンヨルはその本のタイトルを注意深く見た。その本だけは読みたくないと思ったからだ。一度死んで生き返ったとしても絶対読まないだろうと思われるエセ精神修養的な自己啓発書だったので、安心したが。

一日を終えて家に帰るときがいちばん楽しい。ドンヨルの重い自転車はゆっくり加速するのだが、スピードを出すと風が顔を洗ってくれる。そんなときは、いつか全部忘れることができるだろうという気がした。衝撃的な事件も、先送りにした悩みも、どん底というものを体現したような顔たちも、ほんの一瞬、ぎゅっと感じた辛さも。

盗むなら盗んでいけばいいと、夜中も自転車を放ったらかしにしていたが、誰も持っていかなかった。

チ・ヨンジ

昨夜は不思議な夢を見た。誕生日だからだろうけど、部屋の中に、年齢の違う自分が大勢集まっているのだ。ジジは四歳のジジに気づき、六歳のジジにあいさつし、何歳なのかよく思い出せないジジに会って首をかしげ、四年前のジジと去年のジジをとても親密な気分で見やった。一年に一人ずつのジジがそこにいた。今の年齢とかなり近そうなジジがケーキを差し出した。

「ろうそく、消して」

「え？　私が？」

「そりゃそうだよ」

ろうそくを吹き消して振り向き、他の人たちを探した。もしかしてハニョンが来ていないかと思って。誰もいなかった。ジジしかいなかった。

目を覚ますと、ケーキはないがわかめスープ（健康を願って誕生日にわかめスープを飲む習慣がある）はあった。料理の苦手なハニョンが肉とわかめを買ってきて作ってくれたもので、肉が少なくてわかめが多く、鍋からあふれそうだったが、わかめスープの範疇《はんちゅう》からそんなに大きく逸脱してはいない。台所に立つと故障したロボットみたいになっちゃうハニョンが頑張って作ってくれたのだから、嬉しかった。二人の共同生活は、ジジが料理、ハニョンが掃除と虫の駆除ということでスムーズに分担されていた。

「正式なパーティーは夜、後でやろうね」

「明日は小テストがあるんだ。どんなパーティー?」

「軽く夕ご飯でも食べよう。イサクも呼んでいいでしょ?」

「いいよ」

ほんとは、イサクは呼ばないでと思ったけれど、言い出せなかった。前から気づいていたが、ハニョンは最近、何かとイサクのことを小出しにほのめかす。ジジが気に入りそうな話題を持ち出すのだ。イサクはああ見えて奥が深いとか、イサクはほんとにセンスがいいとか、イサクは一緒にいて楽だよとか、イサクはそういうのすごく上手だよ、イサクが遊びに行こうって、イサクが、イサクが……。典型的な、ハニョンらしい、ちょっと間をもたせた言い方だとジジは思う。こんなふうにソフトに、遠回しに言うようなハニョンの性格が好きで仲よくなったのだが、これぱっかりは方向性が違っている。イサクはイサクでしきりに潤んだ目で見つめたりするので困る。どうすりゃいいのよ、あんたたち二人でそんなに一生けんめいになったたって、私、レズビアンなのに。二人の友だちが無駄骨を折っているのをジジはもどかしい思いで見守っていた。

いつも女の子が好きだった。女の子が好きで、女の子であることも好きだった。中高生のときにはもうわかっていたし、実は六歳のときからわかっていたが、大学に入って再確認した。近づいてくる男の子たちに対して、ほんとに何の感情も湧いてこなかったから。やっぱりそうだよねえとすんなり結論を下し、大学内の性的マイノリティのコミュニティ活動を始めた。ジジはまわりの人に自分の性的志向をわざわざ話すことはなかったが、隠していたわけでもない。訊かれれば誰にでも答えるつもりだったが、誰も訊かなかったし、誰にも訊かれず騒がれないのは楽だったから、そのままにしておいた。

はみ出す人生。ジジの家族の特徴はそれだった。父さんの実家では、反物《たんもの》商の家に生まれたおじいさんが突然有名な童謡作曲家になったし、父さんとその兄弟は大学歌謡祭（大学生の音楽コンクールで、優勝者からプロのミュージシャンを多数輩出した）に出るために大学に行き、勉強はそっちのけでフォークとロックに明け暮れた。何年か前にいとこの一人がクラシックから急にジャズに転向したのが、最近のビッグニュースだ。

母さんの家系は音楽ではなく、行方不明になるという方法ではみ出してきた。九十年代の初めに海外旅行が自由化されて以降、母さんの姉妹たちは、お互いの居場所をものすごくはっきりしない方法で確認していた。船長出身だったおじいさんの気質を受け継いだのか、やたらと旅行に出たあげく、最後は移民することで落ち着く。おばさんもおじさんも、コンギ遊び（石を使ったお手玉のような伝統的な遊び）の石を遠くまでまき散らしすぎたみたいに地球上のあちこちに散らばっていたが、おじいさんもおばあさんも別にそれが不満なようではない。ジジの両親だけは例外で、今は音楽もやらず、国内に住んでいたけれど、ジジが去年カムアウトすると、二人とも「うちにも何かいると思ってた。お前だったのか」と言ってひどくあっさり受け入れたので、実は内心、味気ないほどだった。

「それで髪を短くしたのかい？」

父さんはそんなことが気になるらしい。

「ううん、これはコ・ジュニ（女優。二〇一五年にショートヘアにしたことが大きな話題となった）のせいだよ」

「コ・ジュニみたいなのがタイプなの？」

母さんまでそんなことを訊く。

「えー……タイプなんてないよ。誰だって、それぞれいいところがあるんでしょ」

タイプなんてなかったが、ハニョンがジジのタイプでないことだけは確かだ。ハニョンをそんなふうに思ったことは一度もない。これはもう、確固たる友情だった。世の中を見る視点が似ていた。ハニョンにはそんなところがあった。野蛮から文明へと脱出してきた人だけが持っている、基本的人権への強烈な指向性みたいなもの――青くさい表現かもしれないけど。一緒に暮らしてさえいなかったら、ハニョンにももっと早く話しただろうと思う。一緒に住んでいるから何もかもがいっそう複雑になり、ジジは後悔したが、ほんとは後悔しなくてよかったはずだ。というのは、先にルームメイトになろうと言い出したのはハニョンだったから。

何の考えもなく、ワンルームの契約期間がそろそろ終わるんだと言ったら、ハニョンが手をむんずとつかんだのだ。すごくせっぱつまった顔だった。またあのときに戻ったとしても、拒否なんかできないだろう。もしもジジがためらったら、ハニョンの心には、顔に残った果物フォークの傷跡よりもずっと大きな傷が残ったかもしれない。一緒に暮らしはじめてみるとさらに気が合った。一生つきあいたい友だちだ。でも手遅れにならないうちに言わなくてはならない。訊かれなくても。

授業中ずっと、何も耳に入らなかった。それでも手はほとんど自動的に動いて、筆記した。外に向かっても中に向かってもなめらかに動く機械になったような気がする。みんながそんな機械だったらいいのに。何の誤解もなく、誤解が生み出す変な感情もなく、情報だけを伝えることができたなら。そんなふうに同期できたなら。

その日最後の授業はハニョンと一緒に受けた。

「ヘルピット、予約したよ」

「あのビストロ？　ちょっと高いんじゃない？」

「大丈夫、お金、あるから」

ハニョンはいつも「お金、あるから」と言うのが不思議だ。アルバイト先が気前がいいらしい。

「そういえばあそこのモツ煮、おいしいよね」

「今日の天気、あれにぴったりだよ。トマトモツ煮。イサクはちょっと遅れるって」

「よかった」

「え?」

「あんただけに話したいことがあるからさ」

ヘルピットという店名は一瞬「ヘルプ・イット」みたいに聞こえるが、看板を見ると「ヘル・ピット」なので驚いたことがある。古いレンガ作りの建物の端っこを使っており、くるみ材の家具と裸電球というインテリアで、素朴で温かみのある雰囲気だったが、壁にかかっている絵はゴヤ風の地獄のペン画のコレクションだった。

「何で地獄の穴《ヘル・ピット》なんですか?」

ずっと知りたかったが訊けなかったことを、イサクが訊いた。

「人生は地獄みたいで、楽しいのは少人数のよき友とうまいものを食べるときだけだってことを、忘れないようにです」

あんまり愛想はよくないが料理のうまいオーナーが、答えてくれた。学生なのでそうしょっちゅうは行けないが、行けば楽しく食べて帰るので、オーナーは三人をお得意さん扱いしてくれる。

鉄板の上でモツが焼ける音や、ソースが煮える音が聞こえてくると、ハニョンがプレゼントを取り出した。開けてみると、ブレスレットだ。小さなシルバーのチャームがついており、両生類か爬虫類風っぽくて、細かい部分の作りが甘かったが、かわいかった。

「私のもあるんだ。ルームメイトブレスだよ」

楽しそうに袖をまくって見せてくれるハニョンに、ジジは準備してきた話を切り出した。ずっと練習してきた言葉があふれ出てきたが、自分の声がよそよそしく感じられる。私、レズビアンなんだ。すごくちっちゃいときからわかってたんだけど、いよいよ確実になった。女の子が好きなんだよ。前に私、性的マイノリティの人権コミュニティに入ったって言ったじゃん？　でもあんたが何も訊かないからさ……後で話さなきゃと思ってたんだけど、時間が経ちすぎちゃった。困らせるつもりはなかったんだ。だからあんたも、気まずく思わないでくれるといいんだけど。私、あんたのことほんとにいい友だちだと思ってるし……そこまで言って、ジジはハニョンを見た。ハニョンの表情はまったく変わっていなかったが、体のセンターが六度ぐらい傾いていた。驚いたようすだった。

「そんな大事なこと、話してくれてありがと」

ハニョンが言った。まだ体が傾いたままで。

「ああ、私、ばかみたいなこと言わなくてよかった。そんな大事なこと聞いて」

こんどは一人言のように言う。

「そういえば、コミュニティの活動やってるって言ってたねえ。私、ただ善意でやってるんだと思ってた。そのとき訊けばよかったのかな……？　全然、思いつかなかった」

「ううん、私が先に言わなくちゃいけなかったんだよ」

そのときパンとモツ煮込みとニョッキが運ばれてきたので、二人ともしばらく話ができなかった。

「あっ」

ハニョンが短く悲鳴を上げた。何だろ。ジジは緊張した。

「あ、あ、イサクのこと、どうしよ」

「え」

「どうしたらいい。私、何かすごく、けしかけちゃったんだよね。あんたと合うと思ってさ」

ジジにはあんまり気にならない種類のショックを受けているハニョンを見て、ジジはちょっと安心した。今、この状況でそれが悩みだっていうなら、いいんじゃないだろうか。

「イサクは大丈夫だと思うよ」

そう言いながらも、ジジが訊いてみたいのは別のことだった。私たちも大丈夫だよね？

「あ、じゃあひょっとして、彼女いるの？」

「いないよ、まだ」

「よかった。私のせいで家に連れてこられなくて、隠れて会ってるのかと思ったよ。そのうちできたら、連れてきてよ」

「じゃあ、私と暮らしてるの、嫌じゃない？　大丈夫？」

するとハニョンは反対方向にまた傾いた。ほんとに驚いたらしい。

「あんたを、どうして？　どうして私があんたを嫌になるの？　そっちこそ、私のせいで嫌なことがあったら、言ってね」

「そんなのないけどさ……」

大切な話を終えてみると、おなかがすいてきた。急激に空腹感が襲ってきた。出てきたお皿をきれいに平らげたころ、イサクが来た。

「僕が来るまで何の話してた？」

さっと座ったイサクを二人は、どうしたものかといじらしげに見やった。ハニョンが急にイサクの肩に両手をかけた。

「大丈夫。私があんたによくしてあげるから。ほんとに」

「え？　急に、何？」

「ワイン飲む？」

「うん。スパークリング！　スパークリング！」

三人はメニューの中でいちばん安くていちばん泡がなめらかなホワイトワインを飲んだ。地獄からいちばん遠い味がする。

気持ちよく酔っ払って店を出た。ハニョンとイサクが手をつないで、マンガに出てくるウサギみたいに走った。ジジはちょっと後ろをついて歩き、二人が路地をむちゃくちゃに横切るのを見た。その姿は奇妙なくらい幸せそうに見えた。踊ってるみたいだった。子どもたちが思いのままに踊るみたいな。

いい誕生日だった。小テストは完敗だろうけど。ジジは、夢で会った他の年齢のジジたちも、今日のことは嫌がらないだろうと思った。

ハ・ゲボム

救急治療室で五人以上。ICUで五人以上。少ない日は十五人、多い日は二十五、六人も死ぬ。大病院全体で一日に死ぬ人の数だ。安全で清潔そうな、夜には白く光る建物の中で、ある人は地下へと下りていく。みんなあまり考えたがらないことだが、病院はいつも葬儀場を抱え込むようにして建てられている（韓国の病院は地下に霊安室とともに葬儀場があり、そこで葬儀を営めるようになっていることが多い）。

毎日亡くなる人を全部、たった一人の人間が搬送しているという事実も、関係者以外は知らないだろう。それがゲボムの職業だ。専用の移送用ベッドと、故人の体を覆う不織布のカバーを準備して、呼び出しがあった階に上っていく。そのタイミングは常に適切でなくてはならない。あまり早すぎると、きちんと確保されるべき遺族とのお別れの時間を妨げることになるが、遅すぎても遺族のショックが強くなっているときにあたってしまうから、何分かの差もよくよく考慮するよう努力している。その努力を病院の人たちはわかってくれているようではある。ゲボムがこの仕事についてもう長い。

専用のエレベーターがあればいいのだが、分かれていないので、患者や見舞い客があまり使わないすみっこのエレベーターを利用する。患者も患者の付き添いも、顔を隠された人と同じエレベーターには乗りたがらない。やむをえず一緒になったときに彼らが見せる特有の表情があって、それがゲボムをいつもいたたまれなくさせる。いっそ顔が見えるまで移動すれば、ただの病気の人だと思ってくれるんじゃないかとゲボムは考える。しっかり隠されていることがなおさら、カバーの下にあるもののことを想像させるのだ。すみっこのエレベーターに乗って降りていき、職員が利用する通路を通って葬儀場へ行く。多くの病院がそうであるように、本館を中心として時間差を置いて増築を重ねた構造なので、全部がつながっているのは地下だけなのだ。遺族が病院の葬儀場ではなく他の場所を選んだ場合は、そこから送り込まれた車を待って引き継ぎすることもある。亡くなった人の横に立ち、窓の外を眺めながら車を待つ時間は、ゲボムにはあまり訪れることのない休息だった。

もともとは二人で手分けして働いていた。だがもう一人が辞めてから、ゲボムが宿直室に寝泊まりしてカバーするようになった。患者がゲボムの勤務時間に合わせて息を引き取るはずがないので、担当者は絶対二人いなくてはならなかったのだが、病院側は気づかないふりをして新たに人を採用してくれなかった。ゲボム一人でも何とかやってのけたので、必要ないと判断したのかもしれない。ゲボムはゲボムで、すぐにもう一人採用してくれと言える状況ではなかった。気に障るようなことを言って切られたら、それこそ大変だ。ゲボムは六十五歳。どこに行っても、これだけいい仕事をまた見つけることは難しいだろう。それで、病院の近くに借りていた小さな部屋の契約を解消して宿直室に引越した。病院とゲボムの間で何度かにわたって合意が形成された。公式にはゲボムの勤務時間は変わらなかった。月給は、どう操作したのだか二割増しぐらいになった。そして宿直室一つがゲボムの空間として定められた。ゲボムが少しずつ運び込んだ所帯道具を見てどうこう言う者はいなかった。

家族はいない。それに近い人がいたのは二十年ほど前だ。しばらく同居していた女がいたことはいたが、それこそしばらくの間である。いい女だった。仕事を終えて帰ってくると、ゲボムの半分しかない右足を揉んでくれる優しい女だった。ゲボムは生まれたときから右足の指が二本しかない。親指と二番目の指はあったが、残りは切り取られたように斜めになくなっていて、足全体は尖ったひれのような形をしていた。作業靴をはけば気づかれないが、固い作業靴の中で一日じゅうバランスを取ることは難しい。靴下などで靴の内部を埋めたりしてみたが、ほんとうに疲れる。よろよろする体を引きずり、節々がちぎれそうなときも働いて、三万ウォンとか三万五千ウォンの日当をもらっていたころのことだ。同居していた女が、住居と食事つきの仕事が見つかったので他の都市に行くと言い、ゲボムは止めなかった。いい女だからいいチャンスをつかんだのに、止めてはいけないと思ったのだ。ゲボムが最後に家族らしき存在を持ったのがそのときだった。

ゲボムはあまり病院の外に出なかった。長く席をはずして、必要なときに病棟に上っていけなかったら、誰か不満を言うかもしれないし、そのためにゲボムより若い人と交代させようという意見が出てくるかもしれない。それが怖くてたばこもやめた。たばこをやめたら、外の空気に当たることがほとんどなくなった。

宿直室の外には廃紙の収集箱があった。主に患者が、読み終えた新聞や雑誌を捨てていく。ゲボムは気に入った読みものを持ってきて夜の時間を過ごしていた。幼いころ、母さんが無理にでも文章を読めるようにしてくれたのが幸いだった。お前は足が悪いのだから、絶対に文字が読めなくちゃいけない、学校は途中までしか行けなくても文章は読めなくちゃだめだと言って、机の前にむりやり座らせたのだ。母さんは若すぎる年齢で亡くなり、その後ゲボムは南海岸の故郷を離れ、北へ、北へと移動した。たった一度、そこを訪ねていったことがあるが、水に足をつけ、まだ若い牡蠣をとって食べたら腹を下してしまった。湾の向こうに見える工場のせいだろうと思った。腹痛に苦しみながら、牡蠣をとってくれた母さんを思い出していた短い休暇の夜、そのときもゲボムは誰かがバスに置いていった新聞を読んでいた。

すらすらと早く読めるわけでもないし、読んでも内容を全部理解できるわけではなかったが、新聞や雑誌さえなかったら、コールを待つ夜の時間はいっそう耐えがたかっただろう。年をとって睡眠時間がだんだん短くなっているからだ。ゲボムは病院の外にも世の中があることをしょっちゅう忘れてしまうので、忘れないように努力していた。ゲボムが知らないところでこんなに多くのことが起きているとは、信じがたいほどである。主に写真を見て、その下の短い説明を読む。昔みたいに新聞が漢字だらけではないのは、よいことだ。

ある日ゲボムは、廃紙の中から童話の本を見つけた。最近、子どもが死んだことがあったっけとしばらく記憶をたどってみた。いないと思う。子どもが死ぬことにも慣れてしまって久しいが、どうせなら退院する子が捨てていったものだといい。

表紙の下の方がちょっと傷んでいるだけで、中のページはきれいだ。そっと開いてみると、細密に描かれた絵が気に入ったので、ゲボムはその本を持ってきた。部屋に戻って落ち着いて読んでみると、トカゲが主人公のお話だ。事故で足の指をなくしたトカゲだというので、思わず感情移入してしまう。トカゲは、足の指はどうしてまた生えてこないんだろと、静かに不平を言っていた。

「ほう、お前も足の指がないのか?」

一冊だけではなくて長いシリーズの本らしく、事故のことは別の巻に詳しく書いてあるらしい。片目になったハツカネズミを慰めるために足の指を見せてやろうとして、トカゲは脛《すね》まであるブーツを脱いでいた。そのへんの人間よりきちんとした服装のトカゲである。ゲボムは、紺色の作業服を脱いだのがいつだったか思い出そうとした。宿直室の簡易ハンガーには、いくらも服がかかっていない。トカゲは、ページをめくるたびにおしゃれな帽子をかぶり、植物採集用のかばんを持ち、雪が降れば木で編んだかんじきをはいて友だちに会いに行く。植物の絵を描くのがトカゲの仕事なので、ふだんは田舎で暮らしているが、一度は自分が描いた絵を持って雑誌社のある大都市にも出ていった。汽車に乗っておやつを食べるトカゲは、空とぼけた表情に描かれていた。編集長はハチドリである。編集室をずっと飛び回り、床に足をつけることがないという描写に笑ってしまった。

ゲボムはその本を三回ぐらい読んでから、子どもの患者が多い休憩室に持っていった。ゲボムがその階に降りると病院の人たちはちょっとぎょっとしていたが、すぐに、呼び出されたためではないとわかったらしい。本を置くとすぐに戻ってきた。廃紙の収集箱に戻すのはあまりにもったいないと思ったのだ。誰かが読んでくれるだろうと思った。あと一人でも読んでから捨てればいいじゃないか。

たくさんの建物を継ぎ足していったので高さが合わないのか、地下の通路にもときどき傾斜がある。最近は力が足りなくて、傾斜のところでときどき滑ってしまう。以前は何でもなかった通路だが、死んだ人の体格がちょっとよかったりすると、後ろへずるずる押されてしまうのだ。そんなことをしていると突然、あのトカゲが、発酵したジュースを飲んで眠ってしまったモグラをベッドに寝かせようと苦労する場面を思い出した。まさにあんな感じだ。心配しないでくださいね、寝かせてあげますから、連れてってあげますからと、カバーで覆われた死者の体の肩のあたりに安心させるように手を置いて、ゲボムはしばらく息を整えていた。

「僕が押しましょう……そこまで」

どこから現れたのか、若い患者移送係が近寄ってきて助けてくれた。若者にはいとも簡単なことなのだろう、まるで平地のようにすーっと押し上げてくれて、ゲボムがありがとうと言う前にせかせかと早足で去っていった。

あの若さ。思い出すこともできない、自分の若さ。

若かったころには確かに、ゲボムにも友がいた。故郷の友、一緒に働いた同僚、町のご近所さん。みんなどこにいるのだろう。あのころだってしょっちゅうは会えなかった。でも、頑張って会っていたのだ。連絡をとるのが今よりはるかに難しかったのに。時間があれらの友をみな食ってしまったのか、今はどこにいるのかも知るすべがない。何人かはこの世を去ったかもしれない。お互い、薄情だったのではない。友人に会うことも贅沢なぐらい、生きていくことが大変だったのだ。

どこかに手帳があったはず……ゲボムも携帯電話は持っているが、めったに鳴らないし、携帯で何かを読むのは面倒なので、しょっちゅう充電を忘れる。いくらもない荷物をひっくり返して手帳を探し出した。ほとんど空いたままの手帳の後ろの方から、昔の友人の連絡先を探してみた。電話番号もなく、住所だけがぽつんと書いてあるだけの人もある。その中からいちばん最近までやりとりしていた友人を選び、電話をしてみた。かけてから時間を確認した。地下にいると、よく時間を忘れてしまう。幸い、まだ電話をかけても迷惑ではない時間だった。

「お。元気かなと思って電話してみた」

「いやあ、誰かと思えば」

「元気にやってるか?」

「死にかけてるよ。今、病院にいるんだ。見舞いに来るか?」

「どこの病院だ?」

友人が病院の名前を言った。ゲボムには、どこにある病院なのかもよくわからない。世の中には、うちの病院以外にもたくさんの病院があるんだよな。ゲボムは病院と病室の番号を書き取った。行けないことはわかっていたが、行くよ、と言った。

何日か病院の廊下を歩きながら、外出することを考えた。誰かが何時間か代わってくれれば、気づかれずに行ってこられるかもしれない。二ヶ月に一度、散髪に行くときと同じように。だが、それよりずっと時間がかかるだろうし、上でゲボムの不在に気づいたらことが大きくなる。傾斜のあるところでもベッドをうまく押せる若い人に仕事を取られてしまったら、どうしよう。病院ではそんなことがひっきりなしに起きる。いい機械が一台入ったといって医者が続々と首を切られたこともあった。経営状態が悪いといって、受付の職員も、駐車要員も半分に減らされた。ゲボムは危険を冒すわけにいかなかった。

地上階に上がるたび、日光に誘惑される。病院の前に並んで停まっているバスを眺めた。最後にバスに乗ったのはいつだろう。ほんとに、いい日ですね? あともう一日見られたらよかったのにね。ベッドを押しながら、運ばれていく人に声をかけても、答えはない。

――来るって言ってたのに、何で来ないんだ？

友人からメールが来た。ゲボムはすぐに電話した。

「何か食べたいものないか？　買ってってやろうか？」

「ジュース、持ってきてくれ。いつ来られる？」

「……今日か明日、出るときに電話するから。それまで死ぬなよ」

「死なないよ。縁起でもないこと言うな」

「声が元気そうだなあ、何で入院したんだ？」

「ジュース、高いの買ってこいよ。ガラス瓶に入ったやつ」

「わかった」

ゲボムは外出時に着るシャツにアイロンをかけた。ばれるだろうから先に言っておこう。アイロン済みの服をハンガーにかけて、人事課に上っていった。

「あの……」

声をかけたが、誰もこちらを見ない。もう一度、ちょっと大きい声で言うと、いちばん外側のデスクに座っていた人が立ち上がった。ゲボムは彼を知っていた。以前は技師として解剖室にいたから、地下で一緒になることもあった。その後、人事課に移ったのだ。人事課の職員が首にかけている職員証に名前があった。キム・シチョルだ。シチョルもゲボムの顔がわかって、首をかしげて尋ねた。

「何のご用でしょう?」

「ちょっと外出時間を……」

勤務表を見てシチョルはあわてた。二交代勤務を一人でやってきたことをようやく知ったらしい。二十四時間、三百六十五日。他に誰もおらず、たった一人で。シチョルは人事課に来てから日が浅いので、ゲボムと病院の間の合意を知らなかったようだ。

「今まで、どうやってらしたんですか?」

「これからもできるんですが、ときどき外出の時間が必要になりそうで」

「当然です。行ってらしてください。それより、もう一人採用しなくちゃいけませんね」

「違うんです、私が宿直室にいて、二十四時間待機することで全部話がついているんです。上の方に訊いてみてください。外出の時間さえ決めてくだされぱいいんです」

「でもねえ……まあ、上の人に訊いてみますね。それと今日のところは、いったん、曜日と時間を教えてくだされば、そのときは患者移送係がちょっと代わりを務めるということにしませんか? あっちは人手が多いから、大きな負担にはならないでしょう」

「じゃ、水曜日の三時……」

ゲボムが言った。トカゲがいつも友だちに会いに行っていた時間だ。

「三時から何時までにします?」

「七時にしてください」

「八時にしましょう、ゆとりを持たせて。今週はそうやっておいて、今後は私がどうにか調整して、休日を作れるようにしてみますから」

「そうしてくだされればほんとうにありがたいですけど、でも、病院の事情もあるでしょうから……私は大丈夫ですから」

ひょっとしてことが悪い方へ動くのではないかと心配になったが、その気持ちは無理に抑えて、シチョルにあいさつをして降りていった。あの若い人にどれだけ裁量があるのかわからないので、大きな期待はしないことにする。

水曜日、ゲボムは病院を出て、バス停に向かった。あらかじめ調べておいたところでは、バスだけでも一時間以上かかる。だが、友だちにも一時間ぐらいは面会できるだろう。いい天気だ。外の景色はずいぶん変わったことだろう。窓際の席に座った。ずっと窓の外を見ようと思っていたのに、バスが大通りに入ると心地よい振動で眠くなる。ぐっすり眠ってしまわず、二十分だけ眠ろう。閉じたまぶたの中で光が踊る。

来週の水曜日には帽子を買おう、とゲボムは心に決めた。

パン・スンファ

母さんが亡くなったとき、ほっとしてしまった。自分でも無意識のうちに、この残酷な人からついに解放されたんだと思い、おかげで葬儀の間じゅうずっと罪悪感に苦しめられた。放心していた心を一瞬占拠した、あの安堵感のせいで。

「私、ほんとに悪い娘だよね」

「うーん……知らない人はそう思うかもしれないけど、私たちは小さいときからあなたのお母さんを見てきたからねえ……。難しい方だったもの」

葬式に来てくれた親しい友人たちが、思いやりのある言い方で慰めてくれた。

文字通り、難しい人だった。成人して家を出て以来、母さんとは四時間以上一緒にいられなかった。四時間を超えるともう親孝行どころではなく、がまんできない。この世でいちばんうらやましいのは仲のいい母娘だった。母親と腕を組んで歩いたり、一緒に旅行したり買いものをしたりして、ともに年齢を重ねながら近くで暮らす、そんな母娘。ドラマの話ではない。実際にそんなふうに暮らしている人たちは思ったより目につくし、そのたびに変な気持ちになるのだ。あの人たちは何であんなことが可能なんだろうと。

今でも夢の中で、母さんの荒々しい手を感じる。首根っこをつかみ、背中を打ちすえ、ほっぺたを張り倒し、髪の毛を引っ張る、どんな一瞬も爪を隠すことがなかったあの手を。無意識に母さんをそんな姿で想起していることには罪悪感を感じるが、どうしようもない。でも実際、昔の母親たちは娘をよく叩いた。スンファが育った町では、路地ごとに子どもたちが母親に叩かれていた。

それよりもっと身にしみて残っているのは、愛情に差をつけられた記憶だ。母さんはスンファを連れて市場に行くのを嫌がっていた。母さんは噂になるほどの美人だったが、スンファは母さんと全然似ていなかった。父さんにそっくりだったのだ。それに比べて妹二人はかなり母さん似だったので、連れて歩けば誰もが口々にかわいいと言ったものだ。母さんはそんなことを重視する人だった。

その上母さんは、季節ごとに姉妹の服を買うときにも差をつけた。スンファにはからし色のセーターにコーデュロイパンツ、学校の上ばきと大して変わらない紺色の運動靴。妹たちには花模様の綿のワンピースにエナメルの短靴という具合だ。スンファの分はいつも、ごく実用的な服だった。体が大きくなったから仕方なく買ったというような服。母さんは、スンファのものを買うときには、誰にはばかることもなくお金を出し惜しみした。小さなスンファは、母さんがそんな意地悪さを人前でむき出しにするたび、そばでいたたまれない思いをしてきた。

いつだったか母さんが市場で、リボンのついたパッチンどめを買ってきたことがある。紫色のビロードのリボンだった。スンファはそれが欲しかった。けれど母さんはそのリボンをこれ見よがしに上の妹につけてやったかと思うと、すぐに下の妹にやってしまった。娘が三人いるのにリボンを一個だけ買う、そんな人だった。気分でくれたり、取り上げたりする。

二人の妹にも心を許すことができなかった。顔のかわいさと同じぐらい、意地悪な性格も母さんに似ており、毎日やっかいなことだらけ。スンファは妹たちの頭の上を蝶々のように移動する紫色のリボンを見ているうちに、あんなもの欲しくないと思うようになった。手に入らないものは欲しがらずにすませる方法を、心を守る方法を、苦労して学んだのだ。

そんなことももはや、前世紀の話。スンファの身も心も苛《さいな》んだ母さんはもう死んで、いない。スンファはほっとし、ほっとするたびに自分を憎む。自分に寛大になる方法は学ぶことができなかった。

母さんは、自分がこんな人間になったのはおじいさんのせいだと言うことがあった。もしかしたら、親とうまくいかないのも遺伝なのかもしれない。やはりきつい性格だった母方のおじいさんは、大金と引き換えに母さんを、愛していない男性と無理に結婚させた。そういう結婚が珍しくない時代だったが、母さんは一生わだかまりを捨てることができなかった。父さんは富裕な家の息子というだけで、あまり魅力のある人ではなかったらしい。体が弱く、外見もよくなかったし、何か秀《ひい》でた手腕があるわけでもない。娘三人をもうけて若死にした。人々は「強すぎる女と一緒になって早く死んだ」と噂した。父さんは長男ではなかった上に、娘しか残さなかったので、大した財産は分けてもらえなかった。市場の中にある布団屋と、小さな家一軒でおしまい。

スンファはその家を覚えている。家から市場まで行く道も覚えている。妹たちの面倒を見るのはスンファだった。一日に何度も何度もその道を行ったり来たりして、お手伝いをした。布団屋にはやたらと男性のお客が多かったが、母さんは彼らを全然歓迎しなかった。好意をむき出しにしてつきまとう男たちにも、容赦なかった。その点では一貫性があったのだ。それでも男たちは布団を買いにくる。何組でも買っていく。母さんは美人だった。子どもを三人産んでも、年を取ってもきれいだった。きれいで残酷な人。スンファが母さんに抱いてきた複雑な感情は、長年にわたって作られたものだった。

スンファを叩き、引っかき、子どもには不可能なことを言いつけ、あてこすり、罵倒し、露骨に妹たちの方をかわいがりながら、学校に持っていくもの一つとっても何度も恥をかかせた後でなければくれず、そうやって絶えずスンファを攻撃しながら、母さんは、もし自分が愛する男性と結婚していたらこうはならなかったと言った。スンファは疑問だった。ほんとにそうだろうか？　そうだったら、母さんは善良な人になれたのだろうか？

おじいさんがはねつけたという人、母さんが愛していたと主張する人は貧しかったが、産業の発展と時代の流れに乗って成功した。よくある話だ。工場をいくつも持っていたそうだ。故郷の友だちや弟から、その人がまた工場を建てたと伝え聞くたびに母さんは身震いしていただろうとスンファは思う。手に入ったかもしれないのに逃してしまった人生に対して、怒りを燃やしながら。

ところが、予想もできなかったことが起きた。その人の方も妻と死別した後、母方の叔父さんを通して母さんに連絡をしてきたのだ。そして母さんは人生の最後の何年か、初恋の人とデートをすることになった。

スンファの妹たちは彼を「蘇《ソ》おじさん」と呼んでいた。

「お前たちのおじいさんが、蘇定方《ソジョンバン》（七世紀の中国唐代の武将で、百済を滅したとされる）の子孫だからってつきあわせてくれなかったんだ。あの蘇氏じゃなくて、晋州《チンジュ》の蘇氏だったのに。何であんなに愛国者ぶってたんだか」

「今からでも、一緒に暮らす？」

「面倒だわ。ずっと一人で暮らしてきたんだもの」

母さんはほんとにソおじさんをうるさがっていた。愛していたと言っていたのに、あの人と結婚していたら人生が違っていただろうと口癖のように言っていたのに、面倒くさがった。そのためデートはとぎれとぎれだったが、それでも続いていた。季節ごとに一、二回会うという調子で。ソおじさんは母さんに会うたびに、プレゼントをたくさんくれた。健康食品を持たせてくれたこともあるし、金のネックレスとか、ずっしりした金時計とか。母さんはそれらのプレゼントにも別に関心がないようだった。健康食品は体の弱い下の妹が飲み、金製品は上の妹が持っていって他のものに交換した。スンファはだんだん、ソおじさんのことが気になりはじめた。初恋の人にさえ優しく穏やかに接することができない母さんをそんなにも愛しているなんてお気の毒に。どんな人なんだろう。はっきりいっておばかさんかも。でも、そんな人が詐欺にも会わずに事業をしてこられたなんて珍しい。母さんは子どもたちにもおじさんを紹介しなかった。

そうこうするうちに母さんが入院した。母さんを苦しめつづけてきたいろいろな持病が突然激しく渦巻き、互いにからみあって現れたのに違いなかった。数値は日ましに悪化した。晩年に訪れたよい時期を楽しむ暇もなく下降線をたどる母さんを、スンファと妹たちはもどかしい思いで見守った。母さんはソおじさんの見舞いを必死で拒否した。どの病院にいるのかも教えず、娘たちにも口止めした。そして母さんはスンファの家に近い病院に入院した。今さら近居だなんて。でもスンファは、便利だわと辛い気持ちで考えた。愛情はくれなかったのに、辛いことは長女に押しつける母さんだった。案の定、母さんは病室に入ってくるスンファを見るなりすぐに攻撃した。

「あんた、その髪は何?」

「むしろみたいね。それが洋服なの?」

「また太った？」

「あんたと暮らしてくれてるなんて、旦那にありがたいと思うんだね」

スンファは耐えに耐えたが、母さんがある一線を越えて、スンファの娘や息子にまで毒のある舌を伸ばしはじめたときはがまんしなかった。二十九歳と二十七歳。すっかり大人になり、忙しいさなかに祖母に会いにきた孫たちにまで憎まれ口を浴びせるのを、放っておくわけにいかない。

「子どもたちにそんなこと言うなら、もうお見舞いに連れてきませんよ」

子どもを生んだ後、最初から実家と遠く離れて育ててきた。そうするしかなかった。最初に娘が生まれて、上の妹が「姪ならみんなかわいいかと思ってたけど、ただの普通の韓国の子どもの顔ね」と言ったとき、一発ひっぱたいてやりたかった。二人目が男の子だったときは、息子を生んだからではなく、前回よりは攻撃されないだろうと思って嬉しかった。スンファは子どもたちの外見をほめもけなしもしなかった。どっちにしても弊害があると思ったからだ。子どもたちも実家側の血を受け継いでいるのではと心配したが、幸い、優しい性格でよく育ってくれた。

気道挿管で母さんがしゃべれなくなり、気力を失い、悪態をつけなくなって初めて、スンファは母さんと楽に向き合えるようになった。

「一度、ソおじさんに会いませんか？」

母さんは全力で強い拒否の意思を表した。それから間もなく、意識すらなくなった。母さんの鼻から、耳から、何か液体が流れ出ていた。母さんは内側から腐っていた。下の妹は母さんに会いに来るたび、お願いだからもう終わりにさせてあげてと言って泣いた。死は醜かった。あんなに残酷だった人が味気なく死に、遺体を清める儀式をしているとき、上の妹が言った言葉が忘れられない。

「みんな、生きてきたように死ぬものね」

あんたがそれを言っちゃだめでしょう、とスンファは心の中でだけたしなめた。もちろん妹たちも、スンファよりはちょっとましだっただけで、母さんとの関係には苦労したのだろう。

葬儀場にソおじさんが入ってきたとき、スンファは一目でわかった。母方の叔父さんが立ち上がってあいさつしたからだけではない。説明のつかないわかり方で、わかってしまったのだ。あの人だ、と。

体の弱い下の妹は家で寝ており、上の妹も奥の小部屋で仮眠をとっていた。よりによって母さんにいちばん似ていない自分がソおじさんと対面することになって、スンファは気が重かった。上の妹を起こそうかと迷ったが、母方のおじさんが手招きをする。弔問を終えたソおじさんは、席について待っていた。

「もっと早く来られなくて申し訳ありません。いい服の一着もあつらえてさしあげられず、今日も、いいお棺に入れてさしあげたかったけれど、ここに来るのがやっとというありさまでして」

ソおじさんが言った。スンファは何を言うべきかためらってから、飲みものを手にとって紙コップに注いだ。

「お知らせを聞いて、すぐにでも来たかったのですが……肺炎で寝ていましてね」

「お体はもう、よろしいんですか？」

ソおじさんは笑うだけだった。八十歳を過ぎた人にとって、健康は大した問題ではないのかもしれない。美男ではなかった。体も小柄だった。母さんが色白で面長な北方系の美人だったとしたら、おじさんの若かりしころは、色白の南方系の少年だっただろうと推測された。

「苦しまれたんでしょうか？」

「楽に亡くなりました」

スンファは嘘をつき、ソおじさんもそれを見抜いているようだったが、何も言わなかった。

「言い残されたことはありませんでしたか？　私のことを何かおっしゃらなかったでしょうか」

どう言いつくろったらいいものか。スンファは茫然としてしまったが、言った。

「一人で大切に、胸にしまっていました。最後に一度会ったらどうかと言ってはみたのですが、きれいな姿で思い出に残りたかったのだと思います。再会できたことを喜んでいました。

もともと、嬉しさを外に出せる性格ではありませんでしたけれど……」

言いながらよく考えてみると、あながち嘘ばかりというわけでもない。

「昔からそういう方でした。小さいころ私が同じ町に住んでいたことは聞いていますか？」

「ええ」

「お祭りのとき、他の人はみんな踊っているのにあの人だけは踊りませんでしたよ。音楽に合わせてちょっとだけ体を動かすことはありましたけど、かわいげがないくらい、踊らないんです。きれいな顔をして、誰かが踊りに誘おうとして引っ張っても、手をパシッとはねのけて。その様子が、とてもすてきでした」

母さんは一貫性のある人だったんだな。その光景は、見なくても思い描けた。

ソおじさんが白い封筒を取り出したとき、スンファはお礼をして香典箱にしまったが、さらに小さな箱を差し出されたときはどうしたらいいかわからなかった。

「これは、私がいただいてしまっては……」

箱の中には、薄紫色の石が入ったおそろいの指輪が入っていた。

「もう一度会って渡したかったけれど、それができなかったものです。代わりに受け取ってください」

そう言うソおじさんのまなざしはスンファの髪に、まぶたに、目に、鼻に、口に、あごに、手に、爪に注がれ、どこでもいいから母さんに似ているところを探そうとして揺れていた。スンファは申し訳なかった。どこか一つでもいいから、似ていたらよかったのに。

ソおじさんを見送りに葬儀場を出て、ロビーの外まで一緒に行った。透き通った冷たい春風が吹いていた。

「目が似ていますね」

「似てませんわ」

「似ていますよ。目の中に気持ちが現れているところが。いちばん頼りにされていた娘だということ、わかっているでしょう?」

耳に優しい話し方をなさるおじいさまだわ、とスンファは微笑んだ。古い古い傷を、その言葉は塗り薬のように覆ってくれた。それをスンファは一言も信じなかったし、同意もしなかったけれど、ありがたいと思った。

ゆっくりと坂を下りていくソおじさんの後ろ姿を見送った後、ソンファは反対方向に歩くことにした。借り着の喪服だけで外を歩くには肌寒かったが、散歩をしたかった。肺の中の空気を、地下の空気を吐き出したかった。

軽くなったな。誰もいない庭でスンファは、自分でも気づかないうちにそうつぶやいていた。それはどこから来たのかわからない軽やかさだった。無意識に持って出てきたおそろいの指輪が、握りしめた手の中で踊った。

チョン・ダウン

赤ちゃんに会いに、二回だったか病院に行った。赤ちゃんは、いくら赤ちゃんだといっても小さすぎ、そして具合が悪そうに見えた。ダウンの妹。ママがまだ名前をつけてやらず、ただ「赤ちゃん」と呼んでいたので、ダウンもそう呼んでいた。なぜか妹という感じがあんまりしない。一緒に暮らしていないから、病院にいるからなおさらだ。ダウンはいつかママが妹を家に連れてくることは知っていたが、それがいつなのかはわからなかった。

パパが誰かを傷つけたことは知っていた。それで牢屋に行ったということも。そのことでママがびっくりしたために妹が早く生まれすぎてしまい、病院でもうちょっと大きくならないと家に来られないことも。ママは、パパが牢屋とは別の場所にいると信じさせるためにあらゆる手を使って頑張ったけれど、ダウンは大人たちの会話のはしばしからそれらの情報を集めた。ダウンの小さな頭の中には、「自分が知っていること」のリストがあった。ダウンはそのリストをしっかり埋めたかった。賢くなりたかった。

ママが遠くの職場に通いはじめてからは、隣のおじいさんとおばあさんがダウンの世話をしてくれている。ほんとは、ダウン一人でもちゃんとやれるのだ。お隣にはただ、時間になれば行って一緒にご飯を食べるだけだ。隣のおばあさんが作ってくれた昔ふうのおかずを、できるだけおいしく食べようとダウンは努力していた。ラーメンの方がよかったけど。ママは三日に一度帰ってくる。ダウンは一人で寝ることに慣れなくてはならなかった。実際、ママ、パパと三人で暮らしていたころもときどき一人で寝ることはあった。パパはあまり家にいるタイプではなかったし、ママとパパはすごく仲がいいか悪いかのどっちかで、中間がなかった。

昨日学校から帰ってくると、ママが家にいた。こんなに午後の早い時間にママが家にいるのは、久しぶりのことだった。

「ママと一緒に妹を連れに行く?」

「うん。ママ、仕事行かなくていいの?」

「もう行かないんだよ」

ダウンはママと手をつないで家を出た。陽射しの中で見るママはちょっと老けて見える。パパは洋服も若そうに見えるものを着ていたし、髪の毛もきれいに整える方だった。いつだったかママは、パパはお金さえ入れば自分のものを買ったりお酒を飲んだりしてしまい、家に持って帰らないと言って怒っていた。ママはもっとお金をたくさん稼げるところに行ったというけど、それならどうして洋服を買わないのだろう。うちはなぜ引越しをしないのだろう。引越さなきゃいけないはずなのに。ダウンには訊きたいことがたくさんあったが、ママをうるさがらせたくなかった。いつかはわかるだろう。大人たちが話すことを聞いていれば。

病院のコンビニでヨーグルトを買った。そしてママはダウンをロビーに座らせておいて、妹を連れてくるため、一人で上に上がっていった。すぐにおりてくると思ったのにしばらく待っても来ないので、ダウンはロビーのテレビを見ていた。足をぶらぶらさせながら座っていた。もうちょっと大きくなったら、足が床につくのに。もうちょっと背が伸びたら。

ママに抱かれておりてきた妹は、前よりはちょっと大きくなったみたいだ。前は近くで見たわけじゃなかったので、正確に比べることはできないけど。相変わらず、赤ちゃんとしても小さすぎるけど、それでもちょっとは大きくなったんじゃないかな？　ダウンは目測で測ってみた。触ってみたかったが、それはぐっとがまんして、息もかからないように注意した。病気の赤ちゃんにはそうしなくちゃいけないとどこかで聞いたことがある。妹はいい子なんだろう、バスに乗って家に戻るときもずっと泣かなかった。夕方も夜も、寝てばかりいた。ママが病院でもらった粉ミルクを飲ませたが、あまり飲んだようでもない。

「抱っこしてもいい？」

ママが妹を渡してくれた。ダウンは息をするのをがまんした。赤ちゃんはとても小さく息をしている。どんなに顔をのぞきこんでもどんな顔だかまだよくわからなかったが、ダウンは無理にかわいいと言った。かわいくなくてもかわいいって言ってやるよ。これからずっと、そう言ってあげるよ。

「名前は何？　もう、名前、ある？」

「あんたがつけて」

「そんなのできないよ。ママがつけてあげなきゃ」

「つけてごらん」

「じゃあ……ダイン」

「ダイン？　どうして？」

「僕と似てるでしょ。僕の妹だから」

　ママがダウンをぎゅっと抱きしめてくれた。ダウンは暑かったので、体を離した。久しぶりに電気温熱機を入れておいたので、部屋は暑くて乾燥している。水道と電気はまだ使えるが、ガスは止まってしばらく経った。ダウンはずっとダインのことが気になった。布団に包まれているけど、暑くないだろうか？　暑くても暑いって伝えられないいんじゃないだろうか？　そんな心配をしているうちに、赤ちゃんはぐっすり眠ってしまった。汗を流しながら。

　朝起きると、ママが言った。

「今日は学校、休まない？」

「何で？」

「ママと一緒にいない？」

「でも、学校は行かなきゃ」

卵とソーセージの朝ごはんを食べて学校に行った。ママが家にいるのは嬉しい。学校でもおもしろかったし、給食はおいしかったし、ドッジボールでもほとんど最後まで残れた。持っていけなかった図工の道具は、ジョンビンが貸してくれた。ジョンビンがもっと遊んでいこうと言ったけど、今日は早く帰らなくちゃと答えた。家まで歩いていく時間が、いつもより短く感じられる。

家に帰ってドアを開けようとすると、鍵はちゃんと回るのにドアが開かなかった。ダウンが全力で引っ張ると、ドアのすきまで何かがはがれる音がする。べたべたしていた。青いテープが見えた。ママは何でドアにテープなんか貼ったのかな。理解できない。変だ。

「ママ？　ママ？　何でこんなことしたの？」

ダウンはドアにしがみつき、動物園で見た怒っている猿みたいに全身を震わせた。そうやって何度も何度もドアを揺さぶるとドアが開いた。ママは寝ていた。

近寄ってみると、ママが横になったまま吐いているのが見えた。とにかく具合が悪いらしい。ダウンはママを揺り起こしたが、反応がない。脈が打っているか、手首を握ってみた。ママの手首は腫れているからよくわからない。胸に耳をつけてみると、かすかな音が聞こえる。

ダウンはママのバッグをかき回して携帯を探した。一一九番を押した。

「一一九番、状況室です」

「もしもし?」

「はい、どうされました?」

「ママが病気みたいなんです」

オペレーターはダウンの話を全部聞いて、もしかして家で練炭を使っているかと尋ねた。ダウンは練炭が何かもすぐには思い浮かばなかったが、流し台の中に、オペレーターが説明してくれたのと同じようなものがあった——燃え残りの練炭が。オペレーターは、ドアと窓をすぐに開けろと言った。ドアは入ってくるときにちゃんと閉まらなかったので、開いたままだ。

「まわりに大人はいませんか?」

ダウンはすぐに隣のおばあさんのところへ行ってブザーを押してみたが、おばあさんもおじいさんも外出しているらしい。つきあいのない他の家のドアも叩いてみたが、その家に住んでいた人たちはもう引越したことをダウンも知っていた。それまで頑張ってがまんしてきたダウンは、もう泣き出しそうだった。

「ダウンにもできることがあるよ。ママの口の中に、息を邪魔するものがあるかもしれないから確かめてください。ない? ないんだね? それじゃあ、ママが息をしやすいように、体を横に向けて」

そこまでやったときダウンは、妹のことを思い出した。驚いたあまり妹を忘れていた。もうがまんできなくなって、ダウンは泣いた。布団に包まれた妹の顔は灰色だった。

「救急車がそっちに向かっているからね……」

ダウンは怖かった。ママが目を覚まさなかったらどうしよう？ 妹の具合がもっと悪くなったら？ ダウンは電話を切ってから、生まれてこの方いちばんの大声で泣いた。泣き虫だったことは一度もないが、大口を開けて泣き、その口から赤ん坊のようによだれが流れて、袖で拭かなくてはならなかった。一一九番のオペレーターは大丈夫だと言ったけれど、大丈夫だとは思えない。どうしたらいいのかわからない。

突然、部屋のすみに、ジョンビンがくれた絵が立ててあるのが見えた。裏返して番号を探した。

「もしもし？」

「……ジョンビンの家ですか？」

「ジョンビンのお友だち？」

「おばあちゃんですか？」

「ううん、私、ジョンビンのママだけど。ジョンビンは家にいるはずよ」

「おばさん、助けて」

会ったこともない人だ。でも、ジョンビンのママなら助けてくれると思った。大人が必要だった。

ママには酸素治療が必要だと言われた。ダウンはよく理解できなかったが、酸素ならよさそうだ。お医者のおじいさんと、ダウンの町にボランティアに来ていたお姉さんやお兄さんがダウンに会いに来た。救急治療室の一人がダウンの顔を覚えていたのだ。おじいさんの方が、ママに何が起きたのかダウンにもわかるように説明してくれた。一酸化炭素について、ママがなぜ高圧酸素治療を受けなくてはならないかについて、治療が成功しても、数ヶ月以上病気が続くことがあることも聞いた。おじいさんのお医者さんはダウンと手をつないで、妹に最後のあいさつをしに行こうと言った。金属でできた机みたいなものの上に寝かされた妹はとても小さく、冷たくなっていて、ダウンはまた泣いた。いちばん体の大きいお医者さんが、泣いているダウンを抱いて病院のロビーのコーヒーショップに連れていき、ココアを飲ませてくれた。そうしているうちにジョンビンとジョンビンのおばあさんが到着し、ちょっとしてジョンビンのママも来た。

「心配だね？」

ジョンビンが本とお菓子の入った袋をくれて、そう言った。ジョンビンが自分で買ってきてくれたらしい。ダウンはジョンビンに何か言いたかったけれど、「心配」よりもずっと大きくて、重くて、恐ろしい、この気持ちの名前がわからない。まだダウンが習っていない単語の中に、その気持ちの名前があるだろうか？　ダウンは袋を受け取って、ジョンビンの空いた手を握った。

「今日、うちに泊まってく？　ジョンビンがそうしたいって言ってるんだけど」

ジョンビンのママが言った。ダウンは首を振った。

「ここにいます」

「でも、ダウンがここに泊まったらみんなが心配するよ。今日だけ、おばちゃんちに泊まらない？」

みんなだって。誰のことだろう。ダウンにはママしかいないのに。ダウンは自分には選択肢がないということを悟った。それでうなずいた。

「服も、学校に持っていくものも、一個も持ってこなかったんです」

四人はダウンの家に寄ってからジョンビンの家に帰ることにした。ダウンはなぜか恥ずかしくなった。ダウンの住む町は、家によくわからない記号がスプレーで書いてあってみっともないし（再開発地域に指定されているため、撤去を控えた空き家や、崩壊の危険のある建物などの壁に記号が書かれている）、空き家が多いし、家の中は隣のおばあさんがときどき掃除してくれていたけれど、おばあさんの目がよくないせいか、とても清潔とはいえなかった。ジョンビンが、汚い家に住んでいるからダウンを嫌にならないか、心配だった。そのときだ。

「あんたはおばあちゃんとここにいなさい。ママとダウンは荷物を持ってすぐ帰ってくるから」

「何で？」

「大人のいないおうちに、招待もされていないのに入っちゃいけないからだよ」

「わかった」

ジョンビンのママは、ジョンビンが言ってるような冷たい人じゃないみたいだ。ダウンはありがたいと思った。ジョンビンのママは家に入っても、何かをじっと見たりしないように気をつけてくれている。ダウンは服と歯ブラシ、学校のかばんを持ってすぐに出てきた。

「忘れもの、ない？　もっとゆっくり探してもいいんだよ」

ダウンは首を振り、ジョンビンのママはダウンの靴ひもを結びなおしくれた。片方がずっとほどけていたのだ。

おばあさんは自分の家に帰り、三人は夕ご飯にフライドチキンとピザを食べた。ジョンビンがおもちゃもゲーム機も貸してくれたけど、何をしても集中できなかった。緊張のせいで、ふだん寝る時間をずっと過ぎても眠くならない。

「出かけよう。二人ともジャンパー、着て」

ジョンビンのママが急に言った。

「どこ行くの？」

ジョンビンが尋ねた。

「映画、見に行こう。友だちが泊まりにきた夜はそういうことしてもいいのよ」

ジョンビンのママが連れていってくれた映画はアニメだったが、字幕がついていた。ダウンは字幕のついた映画を初めて見た。幸い、ダウンもついていけるぐらい、主人公のトカゲはゆっくりしゃべった。それはクレイアニメだったのだが、ダウンはクレイアニメも初めてだった。ママが目を覚ましたら、色粘土を買ってって言わなくちゃ。それから、ママの携帯で僕もあんなクレイアニメを撮ろう。映画が終わったらまた泣きたくなるかもしれないが、見ている間は気分がましになった。

途中でジョンビンの方を振り向くと、ジョンビンはうとうとしていた。今日は、ダウンの長くない人生で最悪の日だった。でも、友だちがそばにいる。そばにいるということを確認したくて、ダウンはジョンビンの肩にそっともたれた。

コ・ベキ

みんなどうしてポップコーンを床にまき散らすんだろう。

うっかりこぼしたんだと信じたいが、上映が終わって入ってみると、床一面がポップコーンの包装紙と、置きっぱなしの飲みものだらけ……。暗いからだ。暗いから、何をしてもいいと思ってるんだ。明るいところだったらここまではしないだろう。それでもベキは、映画館でアルバイトすることにしてよかったと思っている。このアルバイトをしたおかげで、自分は暗いところでも恥ずかしくない行動がとれるという確信が生まれたからだ。おばあさんになっても、サービス業従事者をばかにするような人にだけはなるまい。

半年ぐらい他の支店にいたが、新しくオープンしたここの方が家から近いので、異動願いを出した。最初のころは縛るのがやっとだった髪が、今ではヘアネットにぎゅうぎゅうだ。ヘアネットなんて小さいときにも使ったことがない品物を、今になって使うとは。仕事を始める十分前にヘアネットと化粧、服装全般をマネージャーに検査してもらうのだが、減点されないようにあらかじめ何度も何度もチェックする。口紅の指定色はレッド。レッドの口紅ははげやすいしにじみやすいので塗り直さなくてはならないが、鏡を見る時間を作るのが簡単じゃない。それでも前にいた映画館よりは息抜きする暇がある。前のところは特に土日のお客さんがとんでもなく多かったので、売店担当だったベキはトイレに行く時間もなかった。コーラを何千杯も出し、ポップコーンとするめを際限なく作った。家に帰っても売店の食べものの匂いが毛穴にまで染みついていて、洗っても洗っても消えないような気がした。ここに移ってきてからは、チケットのもぎりと掃除、設備の点検にポジションが変わった。平日はお客さんが少ないので、長時間退屈しながら立っている。どっちが辛いか、よくわからない。

「ベッキー？」

ベキをそんなふうに呼ぶのは、同じ高校を出たイサクしかいない。

「ここでバイトしてんの？　いいなあ。毎日映画見られるじゃん」

「毎日じゃないよ」

「僕、これ見るんだけど、おもしろい？」

「うん、私好きだったよ。かわいいよ」

「ベッキーはセフンと同じ学校だったよね？」

イサクは錯覚しているようだった。ベキは大学に行っていない。高校三年のとき家庭の事情がいろいろあって、ストレスに弱いベキはずっと体の調子が悪かった。大学修学能力試験

（一六五ページの注を参照）では模試のときよりぐっと低い点しか取れず、何だかやる気をなくしてしまって、志望校もまともに選べなかった。初めは浪人するつもりだったが、だんだんそれもなしくずしになっていった。ベキは自分が何をしたいのかまだわからなかった。自分は何になりたいのだろう。今は、それがサービス業でないことはわかったが、それを除いてもまだ選択肢はいっぱい残っている。けれども、その中のどれにもほんとになれそうには思えなかった。みんな、どうやって確信を持って生きているのだろう？　どうやって確信を持って大学生になり、確信を持って仕事に就いてるのか？　そして誰もが、確信を持てないベキに、当然大学生だと思って話しかけるのだ。大学進学率がとんでもなく高い国だから。

「次はこれで見に来なよ」

ベキは慎重に答えをそらして、大切にとっておいた招待券をイサクにやった。イサクとあまり長く話していると、上の人の目について減点されるかもしれないので、キョロキョロしながら。

「わー、ありがと。僕さ、セフンやハニョンとよく会うんだけど、いつか一緒に集まろうよ。電話番号、変わってないだろ？」

「うん、そのままだよ」

イサクがほんとに連絡してきたら、忙しいと言って断るだろうけど、ベキは喜んでいるふりをした。トイレの方からイサクの母さんだと思われる人が歩いてきて、イサクと一緒に映画館の中へ入っていった。

今ごろになって、頬に残ったおできの跡が気になってきた。売店で働いているとき、油がはねるせいか肌トラブルがひどかったのだが、まだその跡が残っている。専門大学（技術系・実務系の大学。二年か三年履修で、情報処理、建築、デザイン、看護、介護、美容、旅行、スポーツ医学など専攻は幅広い）に進学してエステティシャンの資格をとった友だちが、自分の働く病院に来いと言うのだが、いくら安くしてくれるといっても、今の時給を考えたら気軽には行けない。友だちは専門大学を卒業したのに、その間に自分は何もやってないと思うと信じられないし。

六時間立っていると、座って休める休憩時間が与えられる。大きな買いものはほとんどしない方だが、厚いクッションが入った靴だけは迷わずに買った。中ヒールの黒い靴だ。たぶん映画館を辞めたらはくことはないだろうが、それまでは命と同じくらい大切にするだろう。ホールががらんと空くと好きな歌がかかった。かすかに。大音量で聴きたいと思った。国籍も人種も年代も違うけれど、ずっと好きだった歌手の歌だ。勝手に「女王様」と呼んでいる。

「ん？　この歌手好きなの？」

「歌、いいじゃん」

「うわー、腿があんたの腰ぐらいあるよ」

「女王様の腿に失礼なこと、言わないの！」

「女王様だって、ハハハ。ベキの趣味、変だよ」

まわりの友だちは全然理解してくれなかった。ときどき、韓国ではベキ一人だけがこの歌手を好きで、愛しているんじゃないかという気がすることがある。ベキは靴のかかとでそっと床を打って、リズムをとった。一緒に働く人たちが見たら、ストレッチをしているんだと思っただろう。歌詞がほんとにいい。辛くても大丈夫、情けなくても大丈夫、あんたのでたらめなところまで愛してる――英語がよくできる方ではなかったが、この歌詞はいつも完璧に理解できた。しばらく前に遅く帰宅して、夜中に、テレビでヨーロッパの有名な学者だという人が講義しているのをちょっとだけ見たことがある。「ある作品の創り手とその消費者は世界じゅうに散らばっているが、それは特別に結ばれた関係で、肌合いの似通った人々である」という内容だった。その学者の話す言語には疎いので、「肌合い」はいったい何がどう翻訳された結果なのかわからないが、首をかしげながらも、急に女王様を思い出したのだ。女王様と私は肌合いが似ているのだ、と。

最後にトン、と足を踏み鳴らしたときだった。床がごろごろっと鳴った。かん違いだろうか？　ベキはこの振動みたいな感じは錯覚ではないはずだと思い、床に両足をつけてみた。やがて、もう一度振動が感じられた。ベキは指定された場所を離れることができなかったので、無線機で副マネージャーに連絡した。

「下の階で何か起きたみたいなんですが？　床がやたらと揺れるんです」

「えー、こんな夜に工事でもしてるのかな？　電話してみますね」

そして何分かして、事務所から副マネージャーがあわててやってきた。こわばった顔で、残っていたすべての職員を集めた。九人、残っている。ちょうど十一時四十分を過ぎたところだ。

「先月、避難訓練をやりましたよね？　みなさん、覚えてますか？」

「はい？」

ざわつく暇もなかった。

「地下のスーパーの工事現場で何か事故があったらしい。ショートか何かだと思いますが、火が広がっているようです。消防署にも通報したからすぐに来ると思うけど……私たちは各自の担当館で観客を退避させます。担当の館は覚えていますか？」

非常用懐中電灯が配られた。アルバイトを始めたばかりで避難訓練の経験のない職員もいたが、幸い上映中の館は多くない。映画館は四階から六階までである。地下とは離れているから、大丈夫じゃないだろうか？　とまどった表情を隠しきれぬまま、職員たちは四方に散っていった。ベキは四階に駆けつけた。イサクのいる館である。もしも誰かがけがをしたらどうしよう？　よりによって今日はマネージャーが早めに退勤している。副マネージャーをはじめ、全員が契約職だ。大丈夫だろうか？

上映を中止し、状況を説明し、観客たちを非常口に誘導した。人々は不安そうだったが、怒ったり走ったりお互いを押しのけたりはせず、一列に並んでついてくる。非常口が見えてきて一安心した。もう大丈夫、何事もないだろう。つけなくてすんだ懐中電灯が、冷や汗のためにベキの手の中で滑った。

ユニフォームで手のひらを拭いて、非常口を開けた。煙が充満している。ただの煙ではない。ベキも後ろに立っていた人々もひどく咳こんだ。目を開けていられない。ベキはすぐにドアノブを見つけることができず、後ろにいたイサクが代わりに急いで閉めてくれた。二人はお互いの顔がどんなに青ざめているか確認した。

「非常口が利用不可能です。どこへ行けば?」

無線機に向かって叫んだが、すぐには答えが返ってこない。

「どうすればいいですか?」

ベキは自分の声に不安がまじるのを感じ、そのことがとても嫌だった。

「どこへ行けばいいですか?」

ソ・ヒョンジェ

空気の質に敏感だった。狭くて火をよく使う飲食店や、換気の悪い地下や、強い芳香剤を使っている空間に行くと激しいめまいを感じた。子どものころは気絶することさえあったし、よく吐いた。父さんが働いている工場に遊びに行っても吐いたし、母さんがタンスに入れておいたナフタリンでも吐いた。

「今は吐いてないか？」

親戚が久しぶりにヒョンジェと会うと、それがあいさつ代わりだ。

「今も吐きます」

ヒョンジェはきまり悪そうにそう答える。最近も友だちの新居披露に行って、急に頭痛と吐き気に襲われて困ったことがあった。友だちがあわてて、家じゅうの芳香剤を全部集めてベランダにかたづけてくれた。いまだにそんなことがよくある。アロマキャンドル、ディフューザー、アロマストーン、タイマーで芳香剤を噴射する噴霧器、ゼリータイプの芳香剤、竹のリードディフューザー、紙タイプの芳香剤……そのたび、どれが犯人なのかわからない。とにかく、空気への敏感さがちょっとやそっとじゃないのだ。空気がとても悪い日には目がかゆくなったり、鼻血が出ることもある。

「大の男がそんなに弱くてどうするんだ?」

こういうことに性別も年齢も関係あるものか。でも人々は面と向かってヒョンジェをそう叱咤する。よく黄色いパーカーを着ていることも手伝って、ヒョンジェは「カナリア」とからかわれていた。よく鳴き、よく吐くカナリア。

だから工場では働けなかった。工場の空気に耐えられる自信がなかったのだ。おじいさんも父さんも伯父さんも叔父さんも母方の伯父さんも叔父さんも、両親どちらの実家もみんな工場に縁があり、ヒョンジェだけが別の道を選んだ。どの工場に行っても強いガスが出ないところはなく、ヒョンジェが耐えられないことは明らかである。このことはヒョンジェのどこかを萎縮させた。幼いころ、帰宅した父さんの体から漂う鉄の匂いや油の匂いを大人の匂いだと思っていた。髪の毛から落ちる鉄粉、父さんの靴底に刺さってはやかましい音を立てる金属のかけら。それらが象徴するある種の強さを受け継ぐことができないのは、悔しかった。

それは威圧的な強さではなかった。工場はいつも楽しかった。両家のおじいさんが二人とも温和な性格だったので、男たちの連帯で成り立った集団とはいえ、攻撃的な雰囲気が漂うことはほとんどなかった。よき大人と、よき大人を見て学んだ次世代の男たち。そこに合流したかったけれども、ヒョンジェは弱かった。他の道を進まねばならなかった。

「そんなに勉強してどうするんだ？　工場の方が稼げるぞ」

両親は、大学を出たのにさらに勉強したいというヒョンジェが理解できなかった。理解できなかったが、ヒョンジェの体質をいちばんよく知っているのも両親だったから、腹が立ったかもしれないが、長期間の勉強を支援してくれた。

病院から遠からぬところに、工業団地がある。学生実習のときも、インターン時代にも、工場でけがをしたり病気になった人がしょっちゅうやってきた。そのたびにヒョンジェは身内のことを思った。指を一節失った叔父さんや、年がら年中ひどい咳をしている母方の伯父さんのことを。ヒョンジェは、それでも状況は改善されたと思っていた。大人たちが、最近は機械がほんとによくなった、安全になった、自分たちのころはこんなじゃなかったとよく言っていたので、そうなんだろうと思いこんでいたのだ。ところが実は、そうではなかった。フォークリフトの下敷きになって足がつぶれた人がかつぎこまれてきたし、アルミニウムの部品工場でメチルアルコールを吸った人は失明した。身体の切断事故や火傷はもう、きりがない。熟練度の低い初心者はもちろん、熟練したベテランも、一見危険度が低そうな工場で働く韓国人も、見るからに危険そうな工場で働く外国人も、入れ替わり立ち替わり慌ただしく運ばれてきた。

あるとき、パキスタンから働きに来て事故に遭った患者の指の接合手術に入ったのだが、思ったより損傷がひどかったので、すぐには縫合できなかった。教授たちは苦労して、指を腹部の血管につないだ。腹のまん中に指を植えたわけである。患者が目覚めてびっくりしないように、ヒョンジェが枕元に付き添った。ヒョンジェは英語がうまい方ではない。患者も同じだった。

「セイブ・フィンガー」

患者の目がまん丸になった。

「セイブ・ユア・フィンガー」

しばらく腹を、次に指を眺めて、患者はうなずいた。

そして二件のガス漏れ事故があった。一件は四塩化ケイ素、もう一件は硫化水素と一酸化炭素の漏出である。勤労者だけでなく、地域住民も一緒に避難したが、特に二回目の場合は大量漏出だったので、二百人あまりが一度に症状を訴え、患者のほとんどを引き受けた病院は目も回らんばかりの忙しさだった。その混乱のまっただ中でヒョンジェは、自分の進路を決めたのである。陣頭指揮をとっている職業環境医学科の医師たちがあまりにもかっこよかったからだ。それまで気づいていなかったが、いつだって、こういうことを勉強したかったのだ。病院だけではなく、病院を含むコミュニティ全体を見るということ。そして身体の特定の部位ではなく全体について学ぶということ。そんなヒョンジェの欲求を、ここなら満たすことができるだろう。育った環境や関心の方向性を考えれば自然な選択だったが、周囲のみんなは驚いた。

「えー、これからまたメディカルスクールに行くなんて……しかも、職業環境医学科なんて」

「そこ、金にならないんじゃないか？」

親戚が集まると一族の大人たちが舌打ちするのを聞かされたが、ヒョンジェは揺らがなかった。

労働環境に関する測定と臨時健康診断のために現場に行ってみると、まともな防護具がなく、木綿のマスクしか支給されていない作業場が少なくない。排気装置が故障したまま放置されているところも多かった。ちょっと立ち寄ったヒョンジェがめまいを起こし、どこでもいいからつかまろうとすると、手すりがない。そばにいた人が支えてくれなかったらけがをするところだった。だが、毎回そんな人がいるはずもない。

そこは何度も何度もくり返し墜落事故を起こしている工場だった。誰もそんな環境で働いてはいけない。たとえものすごく頑丈な人でも。ごく短期間だけ働く非正規職でも。ヒョンジェは産業関連疾患に関する所見書を誠心誠意書いた。目に見える因果関係があるケースは易しい。難しいのは、複雑にからみあった要因で発生する病気だ。その上、事業主が隠蔽しようとして介入してくると、解決困難事案になってしまう。

「働きはじめて何ヶ月目だ？　もう、たぬきみたいになってるじゃないか、目のまわりがまっ黒だぜ。仕事、きついか？」

食堂でばったり会ったギユンに訊かれた。

「きついですね」

ヒョンジェは、できるだけ疲れを見せないように気を遣いながら笑った。

「だから救急医学科に来いって言ったのに。今からでもこっちに来るか？」

「大声で言わないでくださいよ、教授たちがあそこにいるのに」

こんどはギユンが笑った。ヒョンジェがポールダンスの看護師ヘジョンをギユンに紹介して以来、ギユンはヒョンジェを特別大事にしていた。ヒョンジェはヒョンジェでギユンを、気心の通じる先輩と思っていた。頭の中の回路がシンプルで、瞬間的な判断力が優れている。昔だったら将軍になれるタイプだと思う。

「後で、映画でも見に行くか？　隣に」

「何の映画です？」

「『トカゲのゾフと仲間たち』だよ」

「それ、どういう映画なんです？」

ヒョンジェはスマートフォンですぐに調べた。よく見かけるトカゲのキャラクターだ。

「ヘジョンさんも来ます？」

「子どもの見るアニメは嫌だってさ。子ども用じゃないのに」

「じゃ、僕と見ましょう。僕も頭を冷やしたいから」

満足そうな顔でギユンが先に立ち上がり、大股で歩いていった。食堂を出る前にまたヒョンジェに手を振る。ギユンは激務の中でも健康そうだ。みんながギユンみたいに健康ならいいのだが。

ヒョンジェの見たところ、ヒョンジェの同僚たちも労働災害の危険にさらされていた。ヒョンジェの同期は四十人だが、そのうちもう三人は深刻な病気にかかっている。脳出血と心筋梗塞と甲状腺ガンだ。他の人たちも、三十代中盤にしてもう生活習慣病の入り口をうろうろしている。寝てないし休んでないのだから、当然病気になる。週に百時間も働いていたら、循環器系がだめになったりガン細胞ができたりしても驚くにあたらない。伏せられてはいたが、実はうつ病による自殺未遂も一年おきに起きていた。

インターンやレジデントの労働時間に関する特別法が病院協会の粘り強い反対を押し切ってようやく通過したが、その法律で定められた制限も週八十八時間である。ヨーロッパでは週四十八時間のところを、韓国では八十八時間も働くのだ。医療事故は起こるべくして起こる。医師たちが先に倒れるに決まっているのだ。こうすれば医療サービスを安く提供できるのかもしれないが、ほんとうにこんな、人を使い倒しては取り替えるような方法しかないのだろうかとヒョンジェはしょっちゅう悩んでいた。

「どっかに行ってそんな、アカみたいなこと言っちゃいかんよ」

オフで実家に行ったとき、父さんがそう言った。

「そうだよ、がんばりどきなのにぶつくさ言いなさんな。このご時世じゃみんな大変なんだよ」

母さんがつけ加えた。

つけっぱなしのテレビが、造船所で起きた死亡事故を報道していた。父さんがテレビの方をあごでしゃくって言った。

「見ろ、あんなところで働いてる人もいる。もっと大変な人たちもたくさんいるのに、医者が弱音を吐いてどうする？」

「父さん、知ってます？　あそこじゃ月に一人ずつ、人が死んでるんですよ」

「造船所はもともとそういうところなんだ」

「もともとそうだなんて、ありえます？　死ぬのが当たり前の職業なんて、なくさなくちゃ。造船所で働きたければ死ぬ覚悟をすべきだなんて。工場でも病院でも、人を全とっかえしてるんですよ」

ヒョンジェは思わず真顔で言った。

「最近の若い奴は弱っちいな……」

「ミキサーにかけられたくないからって、弱いわけじゃありませんよ」

帰るまでずっと、冷たい沈黙が流れた。ヒョンジェは、聞き流せばよかったと後悔した。聞き流せない性分だった。だからインターンのとき、鼓膜を破った教授を訴えることまでやったのだ。問題を起こそうとしたのではない。聞き流せなかっただけ。おかげでヒョンジェには、今でもあの事件に関する噂が常につきまとう。

午後、集中できないまま診療と書類仕事を終えると、夜には地域のボランティアの定期会議があった。時間に間に合うように行ってみると、シュークリーム教授とヒョンジェしかいなかった。

「こんなに遅れるなんて。私を気安い人間だと思ってくれるのはありがたいけど、あんまりだね」

老教授が軽くこぼし、ヒョンジェは笑った。

「ソ先生も大変だろうに。忙しいでしょう?」

「いいえ。それより……」

ヒョンジェは思わず本音を言いそうになって、言葉を呑み込んだ。イ・ホ教授には人の本心を引き出す力のようなものがあって、つい誘い込まれそうになる。

「何だね、言ってごらん」

「それより……いつも負けてばっかりいるみたいで、辛いんです」

すべてがなぜこんなにでたらめなのか、めちゃくちゃだらけなのか。このぬかるみの中で変化を起こそうと試みても、何てしょっちゅう、挫折させられることだろう。努力はかなわず、限界にぶつかり、失望させられ、のろのろ、のろのろと改善がなされてはまた後退するのに耐えながら、どうやったらくたびれ果てずにいられるのだろう。ヒョンジェは気持ちを吐露し、そして尋ねた。話をかいつまむことは難しかった。

「私にアドバイスを求めているんじゃないでしょう？」

望んではいけないのだろうか。ヒョンジェはかすかに笑った。

「若い人たちは、誤解しているよ。老人は答えを持っていると思っているんだね。そんなことはないいんだよ。私はただの年寄りです」

「他の方たちはそうでも、先生は違うと思うんです」

「君はほめ上手だね。私はアドバイスが嫌いだけど、ソ先生が望んでいるようだから言いましょう。ほんとは、アドバイスがいちばん嫌なんだよ、そんな資格は私にはないし。ただね……私たちの仕事は、石を遠くに投げることだと考えてみましょうよ。とにもかくにも、力いっぱい遠くへ。みんな、錯覚しているんですよ。誰もが同じ位置から投げていて、人の能力は似たりよったりだから石が遠くに行かないって。でも実は、同じ位置で投げているんじゃないんです。時代というもの、世代というものがあるからですよ。ソ先生はスタートラインから投げているわけではないんだよ。私の世代や、そして私たちの中間の世代が投げた石が落ちた地点で、それを拾って投げているんです。わかりますか？」

「リレーみたいなものだということですね？」

「それですよ。今でもすばらしい学生だね、君は。もちろん、そのことはしばしば忘れられます。頭のおかしい者が現れて、反対方向に石を投げることもありますよ。でも、ちょっとでも遠くへ投げて、ちょっとでも長いスパンで見ていく機会が運よくソ先生に与えられたら——例えば四十年ぐらい後、私ぐらいの年になって振り返ったら、石は遠くまで来ているでしょう。そして、その石が落ちたやぶを次の人たちが探して、また、それを投げるんです。ソ先生では届かなかった距離までね」

「先生がおっしゃると、ほんとにそう思えます」

「どうですかね。これは私の見解にすぎないし、私も耄碌《もうろく》しているしね。でも、今の私はそう信じています。若い人たちは当然ストレスを感じるでしょうね、当事者だから。先端に立っているから。でも、傲慢にならずにいましょうよ。どんなに若い人にも、次の世代がいるのですから。しょせん私たちは飛び石なんです。だからやれるところまでだけ、やればいいんです。後悔しないように」

そこまで聞いてヒョンジェは考えた。職業環境医学科の教授たちが悔しがってもいいから、ジュリと結婚することになったら仲人は絶対シュークリーム教授に頼もうと。ジュリの方で、他に大切な先生がいなければの話だが。そのとき他の人たちが来はじめて、会議は短く効率的に進行した。

少し晴れやかな気分になってギユンと落ち会い、映画館に行った。ギユンがポップコーンと飲みものは自分が買うと言い張ったが、ヒョンジェが素早くカードを先に出してしまった。遅い時間帯だったので、映画館は半分だけ埋まっていた。ヒョンジェはすぐに映画に引き込まれた。とても美しいクレイアニメだった。人間によく似た、人間よりずっと人のいいトカゲとその友だちが出てくる。

だが、始まって三十分も経たないうちに咳がこみ上げてきた。何とかがまんしようとしてみたが、無理だった。頭痛と吐き気も襲ってきた。ヒョンジェはしばらく外に出てくるという意味でギュンの腕を軽く叩いた。ドアを開けて出ると、職員たちが懐中電灯を持って駆けつけてくるところだった。

そして、みんなが

A列とB列は空いていた。

C列には遅れて到着したチャン・ユラとオ・ジョンビン、チョン・ダウンが座っていた。職員の説明を聞いたチャン・ユラは、二人の子どもの手をぎゅっと握った。これ以上は許さない、もうこの子たちをひどい目に遭わせるわけにはいかないと。

D列の左側に分かれた席にはイ・スギョンとスギョンの友だちが、まん中部分にはチョン・ジソンとチョン・ジウン姉妹が、四席飛ばして右側にハ・ゲボムが座っていた。ゲボムは水曜日が休みと決まったので久しぶりに映画館に来たのだが、何が起きたのか状況を把握することができずにいた。妻が旅行中なので遅く帰ることに決めたイ・ホ教授も、二つ隣に座っていた。

E列にはキム・ヒョッキョンとユ・チェウォンがデートで来ていた。ホン・ウソプと、キム・イジンとイ・ミニ夫妻もまた夕食を共にし、その流れで映画を見に来ていた。

Ｆ列ではイ・ギユンとソ・ヒョンジェ、パク・イサクとその母さんが列の両端を占めていた。ソ・ヒョンジェはもう外に出ている。

Ｇ列にはペ・ユンナとイ・ファニ夫婦、コン・ウニョンとその子どもたち、ちょっと離れてイ・ソラがいた。

Ｈ列にはムン・ヨンニン、ムン・ウナムとチン・ソンミ夫婦、キム・シチョルとヤン・ヘリン夫婦、ハン・スンジョとハン・スングク兄弟が並んで座っていた。

Ｉ列にはそれぞれ一人で来ていたキム・ハンナ、チョ・ヤンソン、ソ・ヨンモが散らばっており、イム・チャンボクとその妻が右側の二席を占めていた。ヤンソンは娘の事件が起きて以来、初めて映画館に来ていた。娘のペンケースについていたのと同じトカゲのキャラクターを見つけて衝動的に入ったのである。上映が中断され、非常灯がつくとヨンモは、前方にチョン・ジウンがいるのを見つけた。ヨンモだけではない、何人かが知り合いを見つけていた。

Ｊ列ではキム・ソンジンが左に、まん中にはチョ・ヒラクとチ・ヒョンを含むバンドのメンバー四人が、右側にはキム・インジ、オ・スジ、パク・ヒョンジの３Ｇがいた。

みんなで列を作って出ようとしたとき、イ・ギユンが叫んだ。

「もしものときのために、飲みものでハンカチや服、ティッシュを濡らしておきましょう！」

それを聞いて何人かが、置いてきたミネラルウォーターやコーラを取りに席に戻った。

みんなは落ち着いて非常口の前に並んだが、階段の下からひどい煙が上ってくるのを確認しては、呆然と待っているしかなかった。コ・べキが受けた無線連絡によれば他の非常口も似たような状況で、その上、非常口がまったく使えないと判断してこちらに向かっているチームもいるという。

「下には降りられないんですよ」

キム・シチョルが誰にともなく言った。

「屋上への通路は開いてます？」

ユ・チェウォンがコ・べキに尋ね、べキがまた副マネージャーに無線で連絡を取った。副マネージャーがわからないと答えたが、彼にわかるはずもないのだった。屋上は映画館の二階上なのだから。

キム・ヒョッキョンとイ・ギユンが、屋上が開いているかどうか確認して、電話をしてくれることになった。ソ・ヒョンジェも一緒に行こうとしたが、下で電話連絡を受け、みんなを上に行かせてから最後に上がってくれとギユンが引き止めた。チェウォンがヒョッキョンの手をしばらく握ってから離す。ヒョッキョンとギユンは、濡らしたTシャツで口を覆って階段を駆け上がっていった。

ぺ・ユンナがうずくまって膝の間に頭を埋めた。ここしばらくは何とか無事に経過していたのだが。イ・ソラがそんなユンナを見つけて近寄り、励ました。呼吸をゆっくりしてくださいねとソラが言い、ユンナだけでなく全員がそれに従った。空気がもう熱くなってきた。ドアの向こうはもっと熱いのだろう。

「屋上に行く通路は開いてる。上ってきて！」

ギユンの電話を受けたヒョンジェがみんなを上へ行かせる。ヒョンジェとベキは最後列につく。ヒョンジェはひどい咳をしていたが、吐きはしなかった。

屋上に上ると、他の非常階段から来た人たちも含めてかなりの人数がひしめいていた。消防車が人命救助用はしごをかけようとして努力しているのだが、外壁にはめらめらと炎が走っている。防火ブロックもなく、可燃性の素材でできている外壁は、ビルの内部よりも状況が悪かった。比較的ましな面は、周辺の不法駐車のせいで消防車が進入できず苦労している。

「ヘリコプターが来ますから！」

消防官が拡声器で叫ぶ。

「でも、一機で足りるのかな？」

イ・ミニが自分たちの一行だけに聞こえるよう、小声でささやいた。他の人たちを不安にさせたくないからだ。

「病院にドクターヘリを要請すれば……もちろん、あのヘリがこういう救助作業に役立つかどうかはわかんないけど……」

ホン・ウソプが確信なさげに意見を述べた。

「それでも電話してみましょう。一機じゃ、こんなに大勢の人を運べません」

近くに来たキム・シチョルがそう言うと携帯を取り出した。

二機のヘリコプターが人々を移送した。消防ヘリから救助隊員が二人降りて、救助作業を開始した。ドクターヘリには予備の救助網が取りつけられた。着陸条件が整わないし、時間も足りないので、救助隊員をぶら下げてそのまま飛行し、病院の屋上に近づく方法を選んだ。遅々とした作業だった。

最初にオ・ジョンビンとチョン・ダウンが屋上を抜け出した。

次はコン・ウニョンの子どもたちの番だ。

ハ・ゲボムはゆっくりと後ろに下がった。先の長い人から順に脱出すべきだと思ったのだ。口に出して言いはしなかったが、イ・ホとハ・ゲボムの目が合ったとき、二人はお互いが同じ考えだということを知った。ゲボムはイ・ホがわかったが、イ・ホは背広姿のゲボムが誰か気づいていない。それよりもイ・ホは、屋上にこんなに大勢の人間が一度に乗っていても大丈夫か心配だった。少なくとも二百人はいそうである。足元で、ずっと振動が感じられる。

「お姉ちゃん、傾いてるってよ」

「何が?」

「ビルが」

「何でわかった？」

チョン・ジウンが姉さんのジソンにインターネットのニュースを見せた。短い速報である。写真で見ると、下の階の火災は思ったより深刻だ。冷媒ガスに引火しそうだということらしい。

「何度傾いてるんですか？」

ソ・ヨンモがそう言いながらチョン・ジウンに近づいていった。

「六度」

「そんなに大きくはないですね」

「誰？」

ジソンがジウンに小声で訊いた。

「ここの病院のアルバイトで会った子よ」

ジウンが答える。

「今ごろ、救急治療室はしゃれにならない状態だね」

オ・スジがキム・インジとパク・ヒョンジにいった。

「先に逃げた人たちだけでも手一杯でしょう」

インジが、ちょっと涙ぐんでいるヒョンジの肩を抱いてやりながら、答えた。

「私たち、ちゃんと逃げられるかな」

「心配ないよ。最近のビルは火災に強いはずだよ。火は地下で出たんだから、そこからここまでには防火ドアとか、いろいろあるはず」

スジがヒョンジをなだめながらそう言ったが、心のどこかでは何となく嫌な気持ちがしていた。

「こんなとき、楽器でも持ってればよかったのに、手ぶらだわ」

チ・ヒョンがチョ・ヒラクに言った。

「何言ってんだい、大荷物は捨てて逃げるもんだよ」

「そうかな。だって、みんな不安そうじゃない」

「お前は、もう」

チェ・デファンは映画館の屋上から病院の屋上へ、際限なく二人ずつ移動させつつ、集中力を失うまいと努力していた。遠くまで飛行するよりもはるかに細かい作業である。消防のヘリとの順番を守り、片方が救助しているときは上空に小さな円を描いて旋回しながら待機し、また降下する。待機中、何度も人数を数えた。むしろ数えない方がいいと思いながらもやはり数えた。口の中がからからに渇いていたが、水を飲む暇がなかった。

「ちょうどいい工具さえあったら……」

ハ・ゲボムが屋上の空色の水タンクを叩きながら一人言を言った。ゲボムには自信がなかったのだが。

「あったら？」

偶然それを聞いたヒョンジェが尋ねた。

「それがあれば、ここの水を外壁に流せるんじゃないかと……」

ヒョンジェはゲボムの横に立って、トン、トンと水タンクを叩いてみた。水がどれくらい入っているのかは、こんな方法ではわからない。工具がどこにあるのかもわからない。下の階に降りることは無理だった。ヒョンジェはともかくそのことをギユンに伝え、ギユンがまたヒョッキョンとチェウォンに伝えた。するとチェウォンが、階段室の横の、閉まっている他のドアを揺さぶった。

「倉庫ですよね？」

「かもしれません」

「倉庫なら、工具を置いてある可能性もあるでしょう」

チェウォンが髪の毛からピンを二本抜いた。髪を伸ばしている途中なので、おくれ毛を押さえるために使っていたのだ。チェウォンがピンを開き、鍵穴に入れて一生けんめい回しているときだった。

「それ、私がやりましょう」

イム・チャンボクの妻が歩み出て言った。チェウォンが注意深くピンを渡す。チャンボクの妻は何度か、穴の内側を回したり突いたりしていたかと思うと、簡単にドアを開けてしまった。

「そんなの、どこで覚えたんだ?」

チャンボクが驚いて尋ねた。

「お義母さんが間違って内鍵しちゃって、閉め出されたことが何度もあったのよ」

ゲボムが適当な工具を探している間、コ・べキが懐中電灯で手元を照らしてやった。

それからは早かった。ゲボムがパイプをはずして向きを変え、ホースにつなげた。実はサイズがぴったり合わなかったのでちょっと漏れはしたが、それでも水の勢いはかなり強かった。炎を消し止めるのに大いに役立ったというより、人々を安心させるのに効果があった。水柱と水柱が出会うことを願いながら、作業に参加した人たちも、取り巻いて見ていた人たちも肩の力を抜くことができた。その間も、ヘリはかいがいしく人々を運んでいた。

鎮火作業の効果か、燃えるだけ燃えたからか、ともかく片側の壁にはしごをかけることができるくらいに炎は鎮まった。はしごも一度に大勢の人を救助できるわけではなかったが、ヘリよりはずっと早い。ひどく咳こんでいたヒョンジェが降り、そのときまで黙って屋上にいたチョ・ヤンソンが降り、身動きが不自由な人たちを助けていたハン・スングクとハン・スンジョが降りた。イ・スギョンとその友だちは無事に地面を踏むと互いに抱き合った。はらはらしながら下で待っていた人たちは、滑り台で降りてくる子どもを迎えるように、上から降りてくる一人一人を喜んで迎えた。

安堵の時間は短かった。襟元に焦げくさい臭いを漂わせたまま、人々はすぐに救急治療室に運ばれた。

消防官二人が煙を大量に吸い込んで治療を受けた。火災を最初に見つけ、何とかしようとした夜間警備員が、狭い範囲に火傷を負った。

誰も死ななかった。遺族は発生しなかった。ビルは傾いただけで、倒れなかった。完全に消し止められ、ほんの短い時が過ぎれば忘れられてしまうニュースだった。例えば自分の国に帰っていったスティーブ・コティアンやブリタ・フンゲンには決して届かないニュースだ。毎年、空気が乾燥する季節になるとくり返され、誰にも大きな印象を残さないニュース。

病院は夜ごと白い姿でそびえ立ち、その隣にしばらくの間、燃えてしまったビルが黒々とした姿で立ちつくしていた。あの夜あそこにいた人たちはその近くを通るたび、黒くやせ細ったまがまがしいものから目をそらすことができなかった。すると、一緒にいる人たちがそっと肩に触れてくれる。

「見なくていいよ。無事だったんだから」

ビルはそれから八ヶ月も放置された。安全性検査を受け、補強について論議もされたが、結局取り壊すことが決まった。いっぺんに壊すのではなく、防塵幕が設置され、クレーンで掘削機を吊り上げて、一階ずつ崩しながら降りていく。解体はゆっくりと行われた。建築廃棄物が処理されるまでにもしばらくかかった。仮囲いもはずされ、空き地だけが残ったときには年が変わっていた。

わずかな人だけが、空き地を見るだけであの夜を思い出すことができた。平凡な赤土で埋め固められた敷地に、もう存在しない建物の影法師が映る。ときどき、信じられないというようにその端を踏んでみている人たちがいた。近くにバス停があった。バスに乗ろうとするたび、がらんとしたその場所から目を離せず、しばらく眺めているのだ。八階建てのあのビルを思い出すと、呼吸が乱れる。

そこに新しいビルが建つまでには何年もかからなかった。薬局とチェーンの飲食店、予備校とレンタル会社、フィットネスクラブとヨガ教室、歯科医院と保険会社が入居した。地下には当初の計画通り、スーパーが入った。中小都市によくある、ジャングルのような大型テナントビルだ。一階のエレベーターの横にある階ごとの案内図は、ものすごく複雑だった。

ときおりその前で、このビルに映画館があったっけ、と悩む人がいた。映画館は彼らの錯覚の中に何秒か存在しては、また消えていった。

〔原註〕

・イ・ホが語るパスツールとジョセフ少年のエピソードは、サム・キーンの『消えたスプーン』(日本では『スプーンと元素周期表』として刊行〈松井信彦訳・ハヤカワノンフィクション文庫〉)を参考にしました。

韓国の医師養成課程について

韓国の医師養成課程は米国のシステムに準じてグローバルスタンダードを目指しており、日本とかなり異なっている。

医師になる第一歩には、

①高校卒業後、大学の医学部（六年制）で学ぶ

②四年制大学の他の学部の卒業者や社会人がメディカルスクール（四年制。「医療専門大学院」と呼ばれる）で学ぶ

の二つの方法がある。いずれも卒業後、医師国家試験を受けて合格すれば医師免許が発給される（なお、メディカルスクールは、多様な背景を持つ医師の養成などを目的として二〇〇四年からスタートした）。以後の臨床研修は、次の三段階で行われる。

①インターン（一年間かけて主要な診療科を巡回する）

②レジデント（診療科を確定し、三年か四年経験を積む。この課程を終了すると専門医になる）

③フェロー（専門医として、一般に一～三年の経験を積む）

各課程ごとに国家試験があり、それを通過してステップアップしていくシステムが統一的に運用されている。また、男性は兵役の義務があるため、大学の学部卒業後やレジデント終了時などに約二年軍隊生活をし、復帰する。

あとがき

何も置いていない低くて広いテーブルに、ピース数の多いジグソーパズルをばらまいて、いつまでも合わせていたいと思いました。秋も冬もそういうことにはおあつらえ向きの季節ですよね。そうやってパズルをやっていくと、ほとんど白に近い空色のピースばかりが残ることがあります。人の顔がついていたり、品物のはっきりした輪郭線が入っていたり、強烈な色のピースは正しい位置を見つけやすいけれど、淡い空色のピースはなかなかそうはいきません。

そんなピースを手にしたときに突然、「主人公のいない小説を書きたい」と思いました。でなければ、全員が主人公で、主人公が五十人ぐらいいる小説。一人一人には淡い色しかついていないけれど、全員が一緒にそれぞれの定位置を探していく、そんな物語をです。

書きはじめてみると、何年か後に取り組んだ方がよかったかもと思えてきて、辛くなったこともありました。でも書き終わった今、やはりこれは二〇一六年に書くべき物語だった、と受け止めることができます。

一月から五月まで出版社チャンビのウェブサイトに連載したとき、この、実際にはいない人々の安寧《あんねい》を祈りつつともに読んでくださった方々に、まず御礼を申し上げます。連載をしている間に、初めは見えなかった五十人の顔が、知り合いの顔のように鮮明になっていきました。これらの顔はどこからやってきたのでしょう？　そこここの街角から来てくれたようにも思うし、夢の中から訪れたようでもあります。この世が崩れ落ちてしまわないように包んでいてくれるのは、何気なくすれ違う人々をつなぐ、ゆるやかで透明な網だと思います。

二百字詰め原稿用紙で六十二枚と半分書いたところで「もう手に余る、書くのをやめたい」と言ったとき、続けなきゃだめと説得してくださったキム・ソニョン編集長には大きな借りがあります。完成したときは千三百三十枚になっていましたが、六十二枚半を除いた分はキム・ソニョン編集長のものです。

名前と人生、仕事と生活の断片を貸してくださった皆さんにも感謝します。この小説の多くの部分は会話と取材に依《よ》っています。

最後に、小さな秘密を告白します。

1. 仕上がってみたら五十一人でした。実際に数えた方がいたら驚かれると思うので、言っておきます。私が書きすぎたわけですが、『フィフティ・ワン・ピープル』という題名にはしづらいのでこうなりました。また、独立した章を持たずあちこちに出入りする人物もいるので、実際の人数は五十二人、五十三人……と、数え方によって違ってきそうです。

2. 最初の構想で考えていた題名は『みんなが踊る』だったので、登場人物が踊る場面がほとんど毎回入っています。全員を踊らせることには失敗したため、題名は変更しました。ここまで読んでくださった方がこの本を読み返される際には、誰が、どこで、どんなふうに踊っているか、探してみてくださるといいと思います。

3. 人々をつなぐもう一つのしかけであるトカゲのキャラクターは、実在しません。

この本のなかに一人でもあなたに似た人がいて、あなたの声で語ってくれることを願います。パズルの中で並んだすぐ隣のピースのように、読んでくださるあなたを近くに感じています。

二〇一六年秋

チョン・セラン

訳者あとがき

「入り口の風船みたいな作家でありたい」。『フィフティ・ピープル』の著者、チョン・セランはそう語ったことがある。その真意は、「複雑な思考や苦悩を読者と共にしてくれる作家はたくさんおられるので、私は軽やかな、気安い作家になりたい」ということだった。遊園地や百貨店の入り口で揺れるカラフルな風船のように、文学に接近するエントランスで読者を迎える存在でありたい。そして自分を通過して他の作家の作品も読むようになってくれたらいいという願いである。

チョン・セランは一九八四年ソウル生まれ。本好きな両親のもとで育ち、大学の歴史学科と国文科を卒業したあと、民音社、文学と知性社という名だたる文芸出版社で編集者として働いた。二〇一〇年に、ファンタジー小説の専門雑誌『ファンタスティック』に「ドリーム、ドリーム、ドリーム」を発表して作家活動を始めた。二〇一三年に『アンダー、サンダー、テンダー』（吉川凪訳、クオン）でチャンビ長編小説賞を受賞。韓国ではSFなど純文学以外の小説を「ジャンル小説」と一括して、純文学より下に見る傾向が強いが、そんな中でチョン・セランはジャンルの境界を飛び越えて自由に創作活動を展開し、人気を獲得してきた、個性的な作家である。本書はそんなチョン・セランの新境地といえる作品で、今まで以上に現実としっかり切り結びつつ、優れたエンターテイメント性とみずみずしい叙情という美質をそのまま保っている。

『フィフティ・ピープル』は二〇一六年一月から出版社チャンビのウェブサイトに連載され、連載中から話題を集めていた。同年十一月に単行本にまとめられると、翌年、韓国で最も権威ある文学賞の一つである第五十回韓国日報文学賞を受賞した。受賞の際には「きわめて読みやすく、また強い吸引力を持っている」「皆がつながっているという感覚と、連帯への意志を回復させようとする姿勢がある」ことが高く評価された。

この物語集は、韓国の首都圏のどこかにある大学病院にまつわる人々のお話を集めたものだ。というと、病院を舞台にしたさまざまなドラマが思い出されるが、『フィフティ・ピープル』はそれとはちょっと違う。本書が映画やドラマだとしたら、その最大の美点は、監督がカメラを病院内部に据えなかったことだ。撮影者が狙っているのはあくまでコミュニティの中の病院だから、カメラは町の人々の目で外から病院を見ている。病院はあたかも空港のような一つのハブであり、人々は――そこに勤務する人々も含めて――病院を通過しながら互いにすれ違い、影響を与え合い、そのようにして人生の旅程を歩き続けていく。チョン・セラン自身、大学病院から百メートルぐらいのところに住んだことがあり、「大病院は一つのコミュニティを表現するのに非常に適した場所」という明確な考えを持ってこの設定を選んだ。病院をハブにしたことによって、死と痛みと悲しみ、また回復と再出発の物語が交錯することになった。

著者の想定では、舞台となる町は富川《プチョン》、仁川《インチョン》、ソウル市内の金浦《キンポ》あたりを想定しているとのこと。著者の親友に看護師がいること、家族に医療関係者がいることから、医療にについてはかなり綿密な取材を行ったそうで、また医療関係以外の人物についても、何年もかけて相当量のインタビューを重ねた。初めに十八人のエピソードを書き、そこから放射状に人間のネットワークが広がっていくようにして書いていったという。人物の名前は同窓会名簿から姓と名を選び出し、組み合わせてつけたそうだ。

著者があとがきで述べているように、『フィフティ・ピープル』は「主人公がいないと同時に、誰もが主人公である物語」だ。この構想が生まれたのは、東京を旅したときだというから面白い。渋谷のスクランブル交差点をビルの上から眺めているとき、大勢の人々が一斉に行き交うようすをとても美しいと感じ、「私が小説に描きたかったのはあれだ」「お互いがお互いの人生と交錯している様子を描きたい」と思ったそうである。

例えば、病院の広報部に勤めるホン・ウソプが知人の紹介で会った女性チへに対して抱いた思いを、著者はこう書いている。

「惹かれたとか、ときめいたというには無理がある。それより、同僚への親近感に近い気持ちだった。それぞれ違う方角に向かって探検しているときに道が交錯した極地探検家どうしが感じるような好意、というか」

この「同僚への親近感」が一つのキーワードだと思う。家族のように近い関係ではなく、すれ違う程度の人々、良き隣人たちの存在が社会においてどんなに重要かを、著者は描きたかったのだろう。『フィフティ・ピープル』にはそんな、「人生の同僚」としてつきあいたい顔ぶれが並んでいる。綿密な取材が役立っていると同時に、著者の共感力、想像力の賜物でもあるのだろう。

常々「何ももらえず搾取されるばかりの自分の世代の声を代弁したい」と語っているように、チョン・セランによる若者の心情描写はまさにお手のものだ（『アンダー、サンダー、テンダー』がその代表といえる）。だがこの本を読みながら、中高年の気持ちもずいぶんよくわかってくれているなあと感心せずにいられなかった。ありていに言って、「こんなに若いのに、なぜこんなに〈親心〉というものを深く理解しているのだろう」と思ったのである。実際、年代、性別（LGBTの人々を含めて）を問わず、『フィフティ・ピープル』の人物描写にはたぐいまれな公平さの感覚がある。還暦を前にした母親である訳者にとっては、お嫁さんのけがに心を痛めるチェ・エソン、初の就職でダメージを受けた娘を思いやるイム・チャンボクの二人はまさに同僚、もう一歩進んで同志のように感じられたし、読む人の立場によってそれぞれに、忘れられない「人生の同僚」を見つけることができるだろう。

また、救急治療室の外科医から主婦の掃除術、ゴルフ場のキャディまで、さまざまな仕事の描写も魅力的だ。とくに、非正規雇用で働く若者や高齢者の気持ちが生き生きと記されていることに注目したい。さらに、人々が多様な形でボランティアなどの社会貢献に参加している点にも注目していただきたい。これは韓国が、人口の約三十パーセントがキリスト教信者、約二十パーセントが仏教信者という宗教社会であることとも関連するだろう（もちろんそれだけが理由ではないが）。

多くの人物の中でも、老教授のイ・ホと、ナム・セフンおよびパン・スンファの章に登場する「ソおじさん」の二人について著者は、「自分の好きな大人二、三人の姿を混ぜて作った人物で、尊敬できる上の世代、信じてついていける大人が必要だという気持ちから、理想的なキャラクターを作りたかった」と話している。一方、オ・ジョンビンとチョン・ダウンの二人については、「こんなに幼いときに残酷な経験をさせてしまってすまないという気持ちがある。いつか同じ名前を使って、良いことが起こる物語が書けたら」ということだ。

同じ人が別の章に後ろ姿を見せて登場したり、名前を伏せて登場したりするので、読み返すたび「あ、これはあの人のことか」という発見が必ずある。著者は韓国日報文学賞受賞の所感で「すべての人物が自分の声を持つ平等さと、お互いがお互いの背景となり、誰の声も剝奪されない様子」を形象化したかったと語ったが、それは十分に達成されたといえるだろう。

また、本書には、韓国社会で起きたさまざまな事件や事故などが盛り込まれている。すべてに言及することはできないが、主立ったものに触れておきたい。

チョ・ヤンソン（二一ページ）

この章が発表された後の二〇一六年五月、ソウル市の繁華街である瑞草区のカラオケ店のトイレで、二十二歳の女性が見知らぬ男性によって刺殺された。「江南駅通り魔殺人事件」などと呼ばれ、この年の韓国を揺るがすことになった事件である。犯人は三十代男性で、男女共用トイレで張り込んでいたが男性六人には手を出さず、最初に現れた女性を狙った。また、事件後「女たちはいつも自分を無視してきた」などと発言した。そのことが明らかになると、女性たちが自然発生的に、かつてないほどの大規模な追悼行動を開始したのである。通り魔的な殺人事件はそれまでにもあったが、今回の事件が明らかな女性へのヘイトクライムであると感じた若い人々の動きが、フェミニズム運動のうねりにつながった。なお、犯人には二〇一七年に懲役三十年の刑が確定した。

別れ話から殺されてしまった十七歳のスンヒとこの殺人事件は一見無関係に思えるかもしれない。しかし韓国で長年続いてきた男性中心社会の息苦しさと、近年、ネット空間の中で広がった強いミソジニーという二つのベクトルが重なったとき、二つの死を連続したものと感じた読者は多かったようだ。江南駅通り魔殺人事件の犠牲者追悼デモには「私がそこにいたら殺されていた」などと書いたプラカードを持った女性たちがつめかけたが、いつ自分が標的になってもおかしくないという危機の感覚に共通のものがあっただろう。別の章でぺ・ユンナが「死はあまりにも近くにあった。（中略）電車の中で体をひどく密着させてくる気持ち悪い男みたいに近かった」と述懐していることも、思い出される。

著者にとってもこの事件のショックは大きく、「社会的な暴力は常に、とても身近にある」という思いを新たにしたそうである。ここから派生して、「事件・事故の実態を描くだけでなく、それを治癒するための努力も描きたい」という動機のもとに生まれたのが、家庭内暴力や性暴力被害者の支援に尽力する女性精神科医、イ・ソラ（三〇四ページ）だという。

チェ・エソン（三五ページ）

日本では二〇一六年に福岡市博多区で大型シンクホールが出現して広く知られるようになったが、韓国でもシンクホールによる事故が頻繁に起きている。地下鉄工事などで掘削を行った際に地下水と土が抜け出し、そこに空洞が生じたことや、上下水道管の老朽化、手抜き工事などが原因と見られている。ソウル市が行った調査では、ソウル市内のある地区では道路一キロメートルあたり平均一・八個のシンクホールが発見されたという。ユンナが二度目の事故を恐れてしまうのも無理はない。

なお、エソンがユンナを励ます際に言う「運動会のくす玉割り」は、あずきや大豆を入れた玉を投げてひょうたんを割る種目で、著者が子どものころに体験したものだそうである。

チャン・ユラ（四九ページ）

トラックの過剰積載は日常的に起きており、それが絶えない背景には運送費が安すぎることがあるとされる。二〇一四年に沈没した大型旅客船セウォル号も、適正貨物量の三倍を超える貨物を積載していたことが明らかになったが、これは陸上でのトラックの過積載がそのまま船に積み込まれ、書類には正確な重量を記載しないという慣行によってもたらされたものといわれる。この章に出てくる「貨物連帯」は実在する労働組合で、過剰積載や低賃金の問題を解決するため「標準運賃制」の導入を要求してきた。ユラが彼らにハンバーガーの差し入れを持っていくシーンは、韓国の多くの読者が本書の最も印象的なシーンとして挙げている。

ペ・ユンナ（一一四ページ）

韓国では度重なる教育改革の結果、大学の数が急増し、大学進学率が八十パーセントに迫ることとなった（現在は低下して約七十パーセントになっている）。しかし一方で少子化が急速に進み、定員割れを起こしている大学も少なくない。そこで、二〇二三年までに大学の学生定員を十六万人減らすことを目指して「大学構造改革評価」が実施されてきた。学生の研究活動や就職率などを評価し、点数が低い大学に対しては補助金がカットされる。このため各大学で、就職率の低い人文系・芸術系の学科が統廃合の対象となったが、中でも文芸創作科は真っ先に標的となった。

現在の政権は、大学構造改革評価の見直しを進めており、行きすぎた定員削減策を是正し、大学ごとの個性を重んじた高等教育政策を模索中である。著者自身は、「効率は悪く見えても、芸術家は独特な方法で社会に寄与している」「まだ生まれていない芸術家たちに、あなた方は必要な存在だと伝えたくてこの章を書いた」と語っている。

チェ・デファン（二六八ページ）

韓国空軍における戦闘機KF-16の事故は実際にたびたび起きてきたが、この章で描かれた事故は、二〇〇七年二月の墜落事故を参考としているそうだ。死亡者は出なかったものの、米国のエンジン製作会社が一九九三年から九四年に製作したエンジン部品に欠陥を発見し、必ず交換するようにと通知していたにもかかわらず、韓国空軍では交換しないまま使用していたことがこの事故をきっかけに明るみに出た。さらに、整備に関する書類に「異常なし」と虚偽の記載をしていたこともわかった。後に、空軍OBのチョン・ギグァンらが戦闘機整備会社に天下りし、架空の部品交換を偽装して整備代金二百四十三億ウォンを横領していたことも明らかになった。

なお、「クァン上士」が階級が上のデファンにパワハラを行うエピソードは、実際にあったケースを下敷きにしているが、いかに年長者を敬う韓国といえどもこのようなことはごく稀だそうである。

ヤン・ヘリョン（二七九ページ）

文中で「いくつかの有名なケース」と描写されているのは、二〇一四年に起きた大物政治家パク・ヒテのキャディへのセクハラ事件などを指す。パクは若い女性キャディの胸をしつこく触るなどの行為を行い、キャディが警察に被害届を出し、パクは懲役六ヶ月、執行猶予一年の有罪判決を受けた。また元検察総長が、自ら会長を務めるゴルフ場の二十代の女性職員にセクハラをして告訴されたこともある。これらに対してキャディたちは従来泣き寝入りをしてきたが、訴える人が出てきて、ヘリョンも働きやすくなったことが描写されている。

ちなみに著者は、本書の中で自分にいちばん似た人物はヤン・ヘリョンだと語っている。「マニュアルが好きですみずみまで読むところと、好きになった人がいるとその人のために無理してしまうところが似ている。運動神経があんまりよくないのに木登りをするとか……」ということだ。

ハン・ギュイク（三一二ページ）

ここで扱われているのは、加湿器に使用する殺菌剤により、新生児や妊産婦をはじめ多数の死傷者が出た「加湿器殺菌剤事件」である。二〇一一年に発覚し、本書が連載されていた一六年には裁判をめぐって盛んに報道されていた。ギュイクの姉を殺した殺菌剤は英国に本社を置く日用品メーカー、レキットベンキーザー社の韓国法人「オキシー・レキット・ベンキーザー」社が発売したものおよびその類似品で、被害者は、そこに含まれる有害性分を霧状にして吸い込むことで肺に重い損傷を負ったとされる。犠牲者の多くが自宅で長時間過ごす女性や幼い子どもだったことから「家の中のセウォル号事件」とも呼ばれた。二〇一八年一月に市民団体「環境保健市民センター」が発表したところによれば、死者は千二百九十二人。

韓国は秋から冬の空気の乾燥が激しいため加湿器が必需品であり、この商品は「加湿器は細菌が繁殖しやすいので殺菌が必須」「これを使わなければ細菌を吸入しているのと同じ」という宣伝文句によって韓国でのみ市場が形成され、年間六十万個程度が売れていたという。二〇一一年に大規模な疫学調査によって原因が特定され、この殺菌剤は販売中止、廃棄処分となった。二〇一七年、業務上過失致死傷罪などに問われたオキシー社の元社長に懲役六年の実刑判決が下った。

キム・シチョル（三五〇ページ）

マンションの騒音の問題は韓国では「層間騒音」と呼ばれ、殺人や放火事件に発展する例もあり、近年、深刻な社会問題となってきた。そもそも韓国は一軒家よりマンション、特に高層マンションを選好する傾向が強く、ソウル市の住民の八十パーセント以上がマンションや集合住宅の住民であるとされ、騒音問題は誰にとっても他人事ではない。騒音の原因は韓国独特のマンションの施工方法や、無分別な規制緩和、施工会社の手抜き工事にあるといわれ、政府が相談センターを設けたり仲裁システムを作るなどして対応に苦慮しているが、はかばかしい解決に至らないことが多く、シチョル夫妻のように引越しを余儀なくされる人もいる。

騒音に限らず、マンション中心の画一的な住まいの問題に著者は敏感で、本書の随所にそういった視点が見られる。この問題の解決を探ろうとしているのが建築学科に進学したソ・ヨンモ（三七一ページ）だ。

イ・ドンヨル（三八〇ページ）

「皇帝接見」は、一般人と特権を持つ人々との不公平さをまざまざと見せつける事象の一つである。二〇一六年に法務部は、弁護士との接見室利用回数が年間千回を超える収監者もいることを明らかにした。千回以上の接見を行った八名のうち七名は横領・背任・詐欺などの罪に問われた経済犯であり、最も多かった者は一年半で二千五百九十一回、一日に平均四・九回も弁護士に会っていたという。この場合の接見は事実上自由時間に近く、接見室ではなく設備の良い弁護士控え室などで自由に飲食したり、弁護士のスマートフォンを使うなど気ままに過ごしているといわれ、高額の謝礼をもらって相手を務める弁護士は「執事弁護士」と呼ばれている。法曹界ではこのような接見権の乱用を防止する手立てを模索中であるそうだ。

ソ・ヒョンジェ（四四〇ページ）

インターンやレジデントなど専門医研修中の医師の労働環境の劣悪さは長く議論の的となってきた。二〇一五年に高麗大学のキム・スンソプ教授が行った調査では、インターンの週平均労働時間が百十六時間、一年目のレジデントが百三時間となっている。二〇一〇年に、過労と睡眠不足に苦しんでいた研修医が抗ガン剤を誤って投与し、九歳の患者を死亡させる事件が起き、これが契機となって「専門医訓練環境改善及び地位向上のための法律」が二〇一五年に制定され、一七年十二月から施行された。これによって彼らの労働時間は週八十八時間に制限されたが、その後も勤務表の操作をしている実例が報告されるなど、根本的改善まではまだ遠い道のりが続きそうだ。

そのほかにも、ＬＧＢＴの人々の生き方（キム・ソンジン、チ・ヨンジ）、公務員汚職の問題（カン・ハニョン）、建設業界での劣悪な資材や下請け制度の問題（ソ・ジンゴン）、図書館司書の非正規化（キム・ハンナ）、認知症と介護の問題（イム・チャンボク）、避妊と妊娠中絶の問題（イ・スギョン）など、日本で暮らす我々にとっても重要な多くの問題が取り上げられている。

そして、最終章ではやはり、セウォル号沈没事件を思い出す。

二〇一四年四月十六日に起きたセウォル号沈没事件では、修学旅行中だった高校生をはじめとする三百四人が亡くなり、当時のパク・クネ大統領の対応のひどさに対する批判はいやが上にも高まった。ここで詳しく述べる紙幅はないが、この事件は政府の無能を追及するにとどまらず、皆が棚に上げてきた問題のつけが若者たちに回された事件として、国民の深い自責の念を誘ったのである。作家たちも例外ではなく、しばらく作品が書けなかった人もいるし、真相解明や遺族のためのさまざまな行動に参加する人も多かった。

チョン・セランもまた、セウォル号犠牲者のための「三〇四朗読会」（三〇四とは同事件で亡くなった三百四人を表す）に参加してきたが、本書と事件の具体的な関連については、「自分はまだ、セウォル号事件を書いてはいけないと考えている」と語ったことがある。この真摯なことばはそれとして受け止めつつ、やはり訳者はこの最終章を読んで、たびたびセウォル号を想起した。

実際、『フィフティ・ピープル』が出たときのインタビューで著者は「二〇一四年から一六年にかけては、自分の足元が崩れているという無意識の感覚があった。助けるべき人たちを助けられなかったという絶望が非常に大きく、そのために自然と、人が互いに支え合わずにはいられない場所に関心を持つようになった。連帯が可能になる場所、お互いを救うことができ、また救わなくてはならない場所に」とも語った。厳しい競争社会、学歴社会である韓国において大学病院はその頂点ともいえるだろうが、あえてそこを支え合いの舞台に選んだことに、作家としての強い意志を感じる。

最終章のタイトル「そして、みんなが」は、原文では「そして、人々」である。登場人物全員が火災現場に居合わせたわけではないので、正確には「みんな」ではない。しかし、本書で名前を呼ばれた人たちがどういう組み合わせでここにいようと、誰もが自分の職分をまっとうしようと努め、知恵を出し合い、子どもと若者を先に助けようとし、励ましあう姿は同じだっただろうという思いから、「みんなが」という語を選んだ。ここにはセウォル号事件の後で目指すべき社会の雛形が素朴に現れたものと考えている。

そして、このラストシーンが単純なハッピーエンドでないことも大切に考えるべきではないかと思う。犠牲者は出なかったが、まさに間一髪であったのだし、教訓が後に生かされる保証もない。物語の中で指摘された数々の問題は解決されていないし、火事の日にたまたま隣りあわせた人々はまた散っていく。また、カン・ハニョンの弟やチョン・ダウンの父など、名前を呼ばれなかった人々のその後は暗いままだ。そして現場は取り壊され、一部の人の脳の中にしか残らない。何事もなかったかのように続く日常の裂け目で立ち止まり、何かを感じることから明日のための作業は始まると、著者は言いたいのではないか。

本書が単行本として刊行を控えていた二〇一六年の十月、「チェ・スンシルゲート」と呼ばれる一連の不正の責任を問われたパク・クネ元大統領の退陣を要求する大規模なデモが始まった。百万人規模のデモは連日続き、十二月に入って弾劾訴追が決定、政権は幕を閉じるに至った。『フィフティ・ピープル』はまさに、激動の一年を読者とともに走り抜けた小説だった。

日本語版の出版にあたって、韓国人の名前だけを見てもイメージしづらいため、各登場人物の顔をイラストにするアイディアを提示したところ、著者にも快諾していただけた。また、とくにチ・ヒョンとナム・セフンのイラストが、自分のイメージとあまりにも似ているので笑いが止まらなかったというお返事をいただいた。

訳出にあたっては最低限の注釈を加えたが、事件・事故に関する説明が長くなる場合はこの「訳者あとがき」で補っている。さらに、韓国の医師養成課程は日本のそれとはかなり違い、同じ用語を使っていても内実が違うので、四六五ページに説明を載せた。

診療科名など医療に関する用語も韓国と日本では違っている。おおむね日本式の呼称に沿って違和感なく読めるようにしたが、「職業環境医学科」など、日本では用いられていないが字面を見て理解できるものは、韓国式の言い方をそのまま用いた箇所もある。

また、韓国では年齢を数え年であらわす。本書では日本式に満年齢で表記しているが、「二十歳」など節目の意味がある年齢設定はそのままとした。

さらに、韓国では結婚後も女性の姓が変わらない。そのため母親と子どもの名前が違うのが一般的である。本書でいえば、チェ・エソンの子どもがイ・ファニ（とぺ・ユンナ）であり、チャン・ユラの子どもがオ・ジョンビンであるのはそのためだ。

なお、二〇一八年九月現在、一ウォンは約〇・一円である。文中に出てくる金額は十分の一にすると日本での物価の感覚に近くなる。

「入り口の風船」でありたいというチョン・セランだが、これらの風船が伝えるメッセージには重いものも含まれる。『フィフティ・ピープル』の中では、真摯さと楽しさがそのままの色で、一緒に揺れている。大きく俯瞰《ふかん》してみればこの小説は「倫理をめぐる物語」であり、それはまた韓国現代文学の伝統に忠実だ。この方向性は、正しさに照れてしまいがちな今日の日本の小説の世界ではなかなかお目にかかりづらいものだが、チョン・セランが差し出してくれたカラフルな風船の束の下で、自分にとっての「人生の同僚」を探していただきたいと願う。

著者あとがきによれば、もともとの構想では『みんなが踊る』というタイトルだったという。隣人に手をさしのべること、心を傾けることは本来、楽しいときに思わず体が動いてしまうのと同じくらい、自然なことではないだろうか。

担当してくださった亜紀書房の内藤寛さん、翻訳チェックをしてくださり、多々のアドバイスをくださった伊東順子さん、岸川秀実さん、そして愛すべきイラストを描いてくださった伊藤ハムスターさん、デザインを担当された坂川栄治さん鳴田小夜子さんに御礼申し上げる。

斎藤真理子

二〇一八年秋

この作品では、登場人物たちは、他人の章にあちこち顔を出します。そんな再登場キャラを見つけたら、ページ番号を書き込んでいって、索引を完成させてください。

人名索引

著者 チョン・セラン

1984年ソウル生まれ。編集者として働いた後、2010年に雑誌『ファンタスティック』に「ドリーム、ドリーム、ドリーム」を発表して作家デビュー。2013年、『アンダー、サンダー、テンダー』(吉川凪訳、クオン)で第7回チャンビ長編小説賞、2017年に『フィフティ・ピープル』で第50回韓国日報文学賞を受賞。純文学、SF、ファンタジー、ホラーなどジャンルを超えて多彩な作品を発表し、若い世代から愛され続けている。童話、エッセイ、シナリオなども手がけている。他の小説作品に『保健室のアン・ウニョン先生』(斎藤真理子訳、亜紀書房)、『地球でハナだけ』、『島のアシュリー』など。

訳者 斎藤真理子

1960年新潟生まれ。訳書に『カステラ』(パク・ミンギュ、ヒョン・ジェフンとの共訳、クレイン)、『こびとが打ち上げた小さなボール』(チョ・セヒ、河出書房新社)、『ギリシャ語の時間』(ハン・ガン、晶文社)、『ピンポン』(パク・ミンギュ、白水社)、『誰でもない』(ファン・ジョンウン、晶文社)、『羞恥』(チョン・スチャン、みすず書房)など。『カステラ』で第1回日本翻訳大賞受賞。

となりの国のものがたり 01

フィフティ・ピープル

피프티 피플

This book is published with the support of the Literature Translation Institute of Korea (LTI Korea).

2018年10月17日 初版第1刷発行
2022年 8月14日 第8刷発行

著者 チョン・セラン
訳者 斎藤真理子

発行者 株式会社亜紀書房
〒101-0051 東京都千代田区神田神保町1-32
電話(03)5280-0261 振替00100-9-144037
http://www.akishobo.com

装丁 坂川栄治+鳴田小夜子(坂川事務所)
イラストレーション 伊藤ハムスター
DTP・印刷・製本 株式会社トライ
http://www.try-sky.com

Printed in Japan